U0899103

All Things Wise And Wonderful

万物既聪慧又奇妙

James Herriot

（英）吉米·哈利 著

戴国光 种衍伦 译

九州出版社
JIUZHOUPRESS

目录

想家的牛

“脚抬高，”班长大声喊着，“跑快点！”他好像有用不完的精力，老是跑到气喘如牛、汗流浃背的队伍后面催促着大家。

我在队伍中间，和其他人一样费力地抬起脚步，并且怀疑自己究竟还可以支撑多久。腹部痛苦不堪，两腿发麻不听使唤，脑子也没精神去计算我们到底跑了多少路了。

早上在营房门口集合的时候，我根本没有起一点疑心，我们穿的不是野外装，而是套头的羊毛衫和皮鞋，一点也不像马上就要大难临头的样子。更何况，那个矮小的班长还挂着一脸笑容，简直就把我们当成他的亲兄弟似的。

“好吧，各位兄弟，”他亲切地对我们这50个新兵说，“我们只不过是要跑到公园去散散步，大家跟着我一起来。向左转！跑步走！左、右、左、右！”

结果，不知道究竟过了多长时间，我们还在伦敦大街上摇来晃去，连个公园的鬼影子也没见着。起初，我还尽力告诉自己，我的身体是禁得住考验的。一个乡下兽医，尤其是约克郡谷地的兽医，是从来没有机会让自己的健康状况不佳的。他总是随时随地地在运动，和大型动物斗角力，或是在山谷之间的农场来回走几里路。他是结实、耐劳的。刚开始的时候，我就是这么想。

可是现在，其他的念头慢慢爬进了我的脑中。我和海伦几个月的婚姻生活是多么的安逸。她是个那么出色的厨师，而我又是她最忠实的食客。在那段日子里，我不顾自己的肚皮凸起，不顾自己的胸部下陷。可是，现在我却尝到苦头了。

"就快到了，兄弟们！"班长在队伍后头叽叽喳喳叫着，一点也不顾别人所受的痛苦。一路上，他这句话也不知究竟说了多少遍，弄到最后，谁也不再相信他了。不过这一次，听起来似乎是当真的。

队伍转进另一条街道后，我马上看见街尾的一排铁栏杆和树。这时，我的心中真有说不出来的欣喜。我估量自己大约正好还有跑进公园的力气，接着就可以坐下来好好休息一下，抽根烟舒服舒服了。

我们穿过一排稀稀落落还有几片秋叶的树木，立刻不约而同地停了下来，可是班长却仍一个劲挥手叫我们往前走。"过来，兄弟们，绕着公园跑！"他又叫又跳地指着一条土黄色的跑道。

我们吃惊地瞪着他。他不会是开玩笑吧？随后，队伍中爆出了一阵抗议声："哦，不！班长……""发发慈悲吧，班长……"

那个小家伙的脸上失去了笑容："我叫你们跑就跑！快，快！左、右，左、右……"

我抬起脚，踉踉跄跄地往乌黑的石楠和颓败的草皮之间的黄土上跑去，一个支撑不住，整个人栽倒在地。忽然，我简直不敢相信这一切都是真的。三天以前，我还在德禄镇上，而现在是怎么了，我的心思一半回到了海伦身上，另一半则还在计程车上，从后窗望着在晨光下渐渐消失的翠绿山冈;还在火车的过道上,望着南英格兰的平坦草原向后溜走。我越想,胸中就越像塞了一块磐石那么沉重。

我加入皇家空军的第一天,是在劳德板球场上度过的。先是填了一大沓的表格,做了体格检查,接着又领了一大堆的装备。手续完毕后,我被安排到圣约翰森林旅馆里宿营。在他们没有搬走家具之前,这里可说是一个极富丽堂皇的地方。但是他们却没能搬走笨重的浴室设备,因而,我们最感快活的一件事,就是有无限制的热水供应。

经过白天一整天繁忙、累人的报到手续,晚上,我躲到了一间那样的避难所里,痛痛快快地洗了一个热水澡,用的是临走前海伦塞到我皮包里的一块高级香皂。可是自从这次以后,我就再没有用过这块香皂。它的香味实在太刺激人了,我只要闻到一点,就忍不住想起离开太太的头一个晚上,以及我那时的感受。

第二天,我们不停地行军、上课、用餐和打预防针。我是非常习惯注射器的,可是对我的一些同伴来说,那种景象却是太触目惊心了,尤其是当抽取血清的时候。他们一见到从自己血管里流出来的黑色液体,通常就有四五个人不声不响地一起倒了下去。结果,总是要由担架兵咧嘴笑着把他们抬走。

我们的三餐都是在伦敦动物园吃的,用餐途中还夹杂着猴子的吱吱喳喳声和狮子的吼声作为伴奏,非常有趣。可是每顿饭之间却尽是行军、行军、行军,新皮靴又弄得我们苦不堪言。

今天已经是第三天,一切仍然使人觉得迷迷糊糊,不知自己究竟到了哪里。第一大早上,我们是在6点钟就被一阵嘈杂的垃圾箱盖敲打声吵醒的。其实我也并没真正希望会有嘹亮的小号声,但是我觉得如此催人起床的做法真是不够浪漫,完全不能忍受。然而,不管以前的几天有多么难过,在现在这个时候,我惟一关心的事就是赶快把公园跑完。公园大门就只剩下几步路了，我鼓起最后一口气，摇摇欲倒地跑了过去，并和痛苦呻吟的同伴一起停了下来。

“再跑一圈，兄弟们！”班长兴奋地吼着，而当我们震惊地瞪着他时，他更是乐得笑了。“你们以为这就算苦，等你们上战场的时候，你们就知道了。我现在只是一步一步地训练你们，以后你们就会感谢我的。向右转！跑步走！一、二，一、二！”

我抬起发抖的两脚再次向前跑时，一阵痛苦的念头钻进了我的脑中。再跑一圈一定会折腾死我——这一点是毫无疑问的。我离开了可爱的妻子和幸福的家庭来为国家效命，他们竟然这样对我。这真是没有天理啊！

前一天晚上，我梦到了德禄镇，梦见自己回到了戴金老先生的牛栏。这位农夫弯着身子，一对眼睛从长满络腮胡的长脸上耐心地瞅着我看。

“看起来老阿花是完了。”他的手轻抚着老牛的背。这是一只巨大、长满粗茧的手掌。戴金先生枯瘦的身子上见不着几块肉，而他那十根干巴的手指更是一生劳苦的明证。

我把针擦干，随手扔到装着小刀、刀片等缝合设备的铁盒子里。“当然这得由你决定，戴先生，不过这可是我第三次为它缝乳头了。这种事恐怕以后还是会发生的。”

“唉！它就是这个样子了。”农夫一面说一面弯下身子，察看着那道四寸长伤疤上的一排乳头，“真是的，你简直想不到会是这么一团糟。只是另外有头牛站在上面而已。”

“牛蹄子是很利的，”我回声说，“几乎就像把刀子一样。”

这种情形算是牛最不幸的事了。上了年纪，它们的乳房就垂了下来，而乳头也变得越来越大，越来越松垮。只要一躺下，它们这些要命的造奶器官就被挤到了一旁，而别的牛走过时，就随时有可能踩到上面。

戴金先生的小牛栏里只有六头牛，每头牛都有自己的名字，什么“阿花”啦，“梅梅”啦，“金凤”啦。在这个年头，你已经见不着有名有姓的牛了，也看不到像戴金先生这样的农夫了，他只靠着六头乳牛、几头小牛、几头猪和几只母鸡勉强维持着穷困的生活。

“唉，算了吧！”他叹了口气，“就算这个老小姐不欠我什么了。我还记得12年前它出生的那个晚上。它是老雏菊生的，地方就在这个牛栏里。我用麻袋把它给背了出去，而那时还正下着大雪呢！从那天起，我也记不清楚它到底造出了几万加仑[①]的奶来。现在，它可以说不欠我什么了。”

就好像知道自己是我们的话题似的，阿花转过头来，痴痴地望着它的主人，俨然一幅古代经典的牛画像。它和主人一样瘦骨嶙峋，全身骨头紧紧巴着满是皱纹的皮，再加上四只瘦长、外八字的脚。还有，它那曾经高耸、结实的乳房，也都无精打采地快垂到了地上。

同样，它安详、无奈的表情也酷似它的主人。我在为它缝乳头之前曾先给它打了一针麻醉药，不过，我想我即使没打的话，它也是不会动的。本来，为牛缝乳头这件差事，正好使兽医处在了一个挨踢的理想位置。不过阿花可是一点危险也不会有，它这一生就从来没踢过人。

戴金先生吁了一口气：“好吧，它的一生就算到此为止了吧。我会叫德生在礼拜四把它牵到拍卖场上去。它的肉吃起来可能会有点老，不过，我想它还是能做几块肉饼的。”

他努力想说个笑话，可是他看了看那头老牛，却又一点也笑不出来。在他身后，翠绿的山坡直奔到河沿旁，春日的太阳照在宽阔的水面

① 注：1加仑＝4.545升。

上，洒成无数道跳跃的光芒，裸白的河石映着青葱的堤岸闪闪发光，而绵延的堤岸又连接着山谷两旁的牧场。

我常常觉得，像这样的小农场才是一个理想的家园。这里离德禄镇虽然只有一里地，但是却已远离尘嚣，而且还有令人心旷神怡的河水和草原。我曾经有一次对戴金先生表示过这种意见，而这个老人却只是转过头来，一脸苦笑。

“唉，可是这有什么用，它又让我发不了财！”他说。

结果，我在下个星期四再来这农场“清洗”一头牛的时候，牲畜贩子德生正好也来牵阿花了。他已经从别的农场收购了一群老弱的阉牛和乳牛，而它们这时就站在上面的山坡路上，由德生的伙计照料着。

“您好，戴金先生，”他急忙嚷嚷着，“我一眼就看出来你要我牵的是哪一头。就是边上那个老家伙，是不是？”他指着阿花说。

他这句话听起来虽然有点残忍，可是事实上倒也适合那头老态龙钟的牛，尤其是站在它气宇轩昂的同伴中间，更显得如此。

老农夫有好一阵子没回答，只是走到阿花面前，轻轻摸着它的前额。“唉，就是它，杰克。”他踌躇了半天才解开它脖子上的铁链，“去吧，老小姐。”他喃喃地说。而那老牛转过身子，依依不舍地才要走出牛栏。

“你快点来吧！”德生大声呵斥着，又用棍子顶着它的屁股。

“不许打它！”戴金先生吼了出来。

德生吃惊地看着他：“我不会打它的，只是想赶它走快点。”

“我知道，我知道，但你也犯不着动棍子。不论你到哪儿，它都会跟去的。它一向都是这么听话。”

阿花就好像想证明它主人没撒谎似的，慢吞吞地走出大门，然后再按着他的一个手势，才转身走到了路上。

我和老先生一同望着那牛不慌不忙地爬上了山坡，而德生则在它后面悠悠哉哉地晃着。直到小路转进稀稀疏疏的一丛树里面，人和牛群都已不见了踪影，戴金先生还是两眼巴巴地凝望着他们，听牛蹄子在硬石地上踩出的踢踏声。

等到声音完全消失后，他才急忙转过身来，“好吧，哈利先生，我们开始我们自己的工作吧。我去为你端盆热水来。”

我用肥皂洗完手，再把手插进牛肚子时，那农夫都一直默不做声。如果还有什么比取出牛产后胎物更不愉快的事，那就是看别人做这种工作了。所以，我每次伸手在牛肚子里摸索的时候，总是要和人聊天。不过这一次却让我费尽了心机。戴金先生对于我的各种话题，诸如天气、板球和牛奶价格等，只是报以几声咕哝作为回答。

帮我抓着牛尾巴时，他把身子靠到了牛背上，两眼无神地呆望着远方，同时还使劲地抽着烟斗。另外，由于大家心情比较沉重的缘故，今天的工作当然也比平常费时长了许多。其间，我每隔几分钟就要把手抽出来，放回热水和消毒剂中，重新用肥皂消除一些疼痛。

最后，工作总算吃力地完成了。我松了松腰带，又剥下了衬衫。谈话在老早之前就已经结束了，而当我们打开栏门时，沉默的气氛更是压得人喘不过气来。

忽然，戴金先生停了下来，一只手还抓着门闩。“那是什么？”他低声说。

山坡的某个地方传来一阵牛蹄的踢踏声，而当我们凝神听着时，一头牛绕过小路上的一块大石头，直直朝我们走了过来。仔细一看，大家都吓了一跳。那是阿花，踏着轻快的步伐，几只松垮的奶子还一摆一摆的，两眼紧紧盯着我们后面的栏门走了过来。

“这是怎么回事，”戴金先生大叫了一声，可是那老牛却毫无反应地从我们旁边擦身过去，一点也不迟疑地踏进了它居住多年的牛栏内。它不解地闻了闻干草架,然后回头望着它的主人。

戴金先生也同样回望着它,饱经风霜的脸上没有丝毫表情,不过烟斗上的烟圈却喷得更快了。

外面忽然又发出了一阵啪哒啪哒的皮靴声,紧跟着德生气喘吁吁地冲进了栏门。

“喔,原来你在这儿,你这个老家伙!”他上气不接下气地喘着说,“我还以为我丢掉你了!”

说完,他又转向农夫:“对不起,戴金先生。它一定是从另一条路转回头的,害得我都没看见它走丢了。”

农夫耸了耸肩:“没关系,德生。这不是你的错,我事先应该告诉你的。”

“反正找到就不要紧了,”牲畜贩子咧嘴笑了笑,再转身对着阿花,“走吧,大小姐,再一次上路吧。”

可是戴金先生却伸手拦住了他。

接下来是好长一段时间的沉默。德生和我吃惊地望着农夫,而他则继续盯着那头老牛。它贴靠在腐朽的隔间木条上,两眼流露出坚忍、听天由命的眼神,身上散发着一股令人怜悯的尊严。这种尊严盖过了它那难看的四肢,它那皮包骨的胸部,和它那几乎垂到地上的乳房。

接着,戴金先生仍旧默默不语地走到阿花面前,给它套上了铁链。然后,他再慢吞吞地走到牛栅栏尾端,带了一叉子的干草回来,随手把草扔到了槽架上。

这就是阿花盼望的东西。它探出头去咬了一大口,心满意足地嚼了起来。

“我该怎么办,戴金先生?”牲畜贩子迷惑不解地叫着说,“他们还在市场上等我呀!”

农夫在门上敲了敲烟斗，再从破烂不堪的罐子里抓出一把黑烟草填了进去。“对不起，浪费了你的时间，德生。但是你得空着手走了。”

“空手走？可是……”

“唉，你一定会以为我发神经了，但这就是这么回事。老小姐既然回家了，它就要待在家里了。”他意志坚决地瞥了牲畜贩子一眼。

德生想了半天，点了几下头，才拖着脚走了。

戴金先生追在他后面，大声叫着：“我会赔偿你的时间的，德生，把费用记在我的账上！”

说完，他转过身子，点燃烟斗，深深地抽了起来。“哈利先生，”烟雾飘到了他耳后，他思索着说，“你有没有觉得，有些注定要发生的事才是最好的？”

“有的，戴金先生，我常常这样觉得。”

“看见阿花从山坡上走下来的时候，我就是这样觉得。”他伸出手去捋着牛尾巴，“打从它小时候起，我就最疼爱它。现在，谢谢老天，我真高兴它又回来了。”

“但是那些乳头怎么办，我很愿意把它们缝上，可是……”

“不，哈利先生，我有好主意，是刚才你在做清洗工作的时候想到的。”

“好主意？”

“是的。”老人点了点头，又用拇指把烟草压紧了些，“我可以不要挤它的奶，而要它喂个两三头小牛。那边的老牛栏是空着的，它住在那里，以后就再也不会有牛踩它的老乳头了。”

我大声笑了出来：“你说得不错，戴金先生，它住在那里面不但安全，也能轻轻松松喂个三头小牛的。”

“不管怎么说，这些都不重要啦。”他那布满皱纹的脸上露出了一抹微笑，“重要的是，它又回家了。”

现在，我踉踉跄跄绕着公园跑的时候，眼睛大部分时间一直闭着。而当我有次睁开两眼时，空中忽然卷起了一阵红沙。接着，黑树下的铁门再一次出现时，我简直不敢相信似的眨了几下眼睛。

人的忍耐力真是一件不可思议的东西。我已经跑完了第二圈却还活着，不过现在光靠普通的休息是不会够的了。这一次我要躺下来。我觉得想吐。

“好兄弟！”班长兴奋丝毫不减地叫喊着，“你们表现得不错。现在我们再来原地跳跃。”

我们这群如丧家之犬的队伍中发出了一阵难以置信的哀号，可是那班长却仍然脸不红，耳不臊。

“脚离地，跳！跳，还不够高，快点，再跳！跳！”

这真是集天下荒谬之大成了。我的心头燃烧着愤怒。这些家伙本来是该使我们强壮结实的，可是正好相反，他们却使我的心、肺遭到了不能挽回的伤害。

“你们以后会感谢我的，兄弟们，记住我这句话。让你们的脚离地，跳！跳！”

痛苦中，我看见了班长的笑脸。这个家伙显然是个虐待狂，向他哀求是没有用的。而当我使尽吃奶的力气跳到空中时，我突然发现我昨天晚上为什么梦到了阿花。

我也想回家。

帮倒忙的爵爷

又浓又黄的伦敦大雾笼罩在我们身上。我见不着纵队的排头，只看得到班长手上那只摇摆的灯笼。6点30分去吃早餐的这段路是一天中最难走的一段了。这时，我的心情低落，而思乡之念又痛苦地涌了上来。

德禄镇上也时常有雾，不过那都是乡村的雾，和这里的完全不同。有天早上，我有事在身，驾车离开了西格家。车灯强烈地照射着前面的灰幕，可是我在门窗紧闭的车上什么也看不见。这时，我是在驶往山谷上方的途中。当车子平稳地爬上山顶后，突然之间，浓雾变成了一面闪闪发光的银纱，跟着转眼就消失了。

在这上面，耀眼的太阳使人目眩，而绵延不尽的翠绿山冈也浮现在我眼前，欣喜若狂地耸入了夏日的蓝天。我如痴如醉地再驱车向前，从车上凝视着这一片风光，就好像以前从来没见过似的。

这时，我本来也是和平常一样在赶时间，但是我仍然在路边停了下来。山姆急急忙忙从车上跳了出去，带我走到了一块空旷的草地上。

这只小猎犬在闪亮的草皮上纵情地奔跑着，而我则沐浴在温暖的阳光中，回首望着山下的田野。接着，我深深吸了一口清新芳香的空气，心怀感激地凝视着我正前方那片绿油油的大地。

本来，我可以待在这里，四处逛逛的，或是看着山姆摇晃尾巴，在阳光还没照射到的角落上这儿钻钻、那儿闻闻的，可是我却有个约会得去，而且还不是平常的——是和当地一位贵族的约会。所以，我心不甘情不愿地回到了车上。

我预定在早上9点30分开始贺顿爵爷的结核菌素检验，而当我开车绕过伊丽莎白大厦后面，到旁边的农舍时，我忽然觉得一阵疑虑不安。放眼望去，到处也见不着一头牲畜，只有一个穿破烂蓝布工作服的人在羊圈出口边忙着敲打东西。

他转身看见我时，挥了挥他手上的铁锤。我向前走近，惊讶地看着这个一头灰发散落在额头上的瘦子，又看了看他身上那件破了洞的毛背心和盖了一层粪便的长靴，心里以为他会说“嗨，哈利先生，今早好吗”。

可是他却没这么说，说的反而是：“吉米，我的好朋友，我非常非常抱歉，恐怕我们还没为您准备好呢。”说完，他摸起了他的烟斗袋。

威廉·乔治·亨利·奥古斯都，这位贺顿家族的第十一代侯爵，总是叼着一根烟斗，而且，随时都是在填烟叶，或用钻孔工具清除烟垢，要不就一定是打算点燃烟斗。不过我却从没看他真正抽过烟。而在紧张的时候，上面那三样事他总想同时一起做。

由于事情还没准备好，他显然觉得很尴尬，而在看见我无心瞥了手表一眼时，他更是急躁得把烟斗从嘴中拉了出来又放了回去，并把铁锤挟在腋下，翻弄起一大盒火柴。

我凝望着农舍对面的一片高地。在地平线远处，我认出了一些微小的身影：飞奔的牲畜和疾行的人。另外，我还隐约听见阵阵狗吠声、发怒的牛鸣声，和“呵！呵！”“走开！”“小狗，坐下！”各种的尖叫声。

我不禁叹了一口气，这已经不是件新鲜事了，因为约克郡的贵族对时间一向是这么不负责任。

侯爵老爷显然感觉到了我的心情，因为他更加不安了。

“真是不好意思，老朋友。”他一面说，一面扔了几根火柴到地上，并把烟草层撒到石板上，“我确实答应你在9点半准备好的，可是那些该死的畜生就是不听我的话。”

我勉强挤出了笑容：“不要紧的，贺顿爵爷，他们好像在赶它们下山了，而且，反正我今儿早上不赶时间。”

“太好了！太好了！”他说完又想点燃烟斗，不过那高高的一堆黑烟叶先是劈里啪啦响了一阵，然后从烟斗边缘垮了下来。“你再来看看，我正在用厚板和铁皮搭这个呢！待会儿我们把它们赶到这里面，就可以好好给它们做检验了。记得上次我们还费了点劲儿吗？”

我点了点头。那次的事我可真是忘不了。贺顿爵爷他只有差不多三十头乳牛，可是那次我却费了三个钟头的工夫，就像牛仔表演特技似的才把它们赶到一块儿，给它们做好了检验。我满心狐疑地瞅了瞅那摇摇欲坠的围栏几眼。待会儿看看它怎么应付得了那些野性十足的牲畜，想必一定是件趣味十足的事。

其实，我并没存心强调这件事的，可是我无意中竟又瞥了手表一眼。这下，那个小矮子活像挨了晴天霹雳似的缩起了身子。

“该死！”他咆哮道，“他们到底在那儿搞什么玩意儿？我要亲自过去帮帮他们才行！”说完，他心神不宁地把铁锤、烟叶袋、烟斗和火柴在左右手间倒来倒去，把它们放到地上又拾起来，最后才终于决定把铁锤放下，把其他的塞到他口袋里面。弄好后，他四平八稳地向前走去。看着他的背影，我心里想全英国大概再也没有几个像他一样的贵族了。

要是我是个侯爷，那我现在不躺在床上享福才怪；要不，最多就只扒开窗帘，看看外面是个什么样天气。可是贺顿爵爷却从来也不闲着，他做起事来就跟他任何一名手下一样勤快。有天早上，我来到这里时，发现他竟然站在一堆肥料上面，起劲地做着那“粗俗”的扒粪工作，把一铲铲热乎乎的粪肥往车上扔。此外，他也总是穿着一身破布衣服。起先，我以为他那破衣服里面一定会有什么值钱玩意儿，可是我却从来也没看见过。还有，就连他抽的烟丝也跟普通农夫抽的是一个牌子——知更鸟羽毛。

我正沉思的当口，忽而被一阵轰隆隆的蹄响和狂叫声打断了，原来，贺顿爵爷的牛群向前跑近了。不消几分钟，栏场上便挤满了乱哄哄的牲畜，身上散发出像浮云似的热气。

紧接着，只见侯爵老爷从农舍一角蹦了出来。“喂，查理！”他大声吼着，“把第一头先赶进围栏里去！”

在里面的人打开栏门时，他满心期盼地喘着大气站在栏板边，不过他却期盼不了多久。因为，一头毛发蓬松、满身通红的怪物突然从里面钻了出来，先是在窄道里露了一下面，然后便以50英里的时速从另一头冲出去，两角和脖子上还丁零当啷吊着一些侯爵老爷搭的玩意儿。至于其他的牛兄牛弟，那当然也是紧跟在它后面，咚咚地扬长而去了。

“挡住它们！挡住它们！”那小个子贵族尖叫着，可是一点儿用也没有。

没多久，那些牛儿们全都惊狂地窜回到了原先的高地上。贺顿爵爷的手下们跟着牛儿跑了过去，而我跟他只有傻愣愣地站着，像刚才一样的看着地平线那端的小黑影，听着遥远的“呵、呵”声和“走开”什么的叫声。

“你看看，”他丧气地自言自语说，“那玩意儿并没多大用，是吧？”

不过他是个死脑筋，牛脾气。话才一说完，他便抓起铁锤，精神十足地再次叮叮当当起来。等到那群牲畜回来的时候，他的围栏又重新钉好了，而且前头还加了根铁棍，以防再一次被撞破。

看起来，那玩意儿这一次是管用了，因为第一头牛在顶到铁棍后，便静静地站着不动了，而我也能从木板间隙中，伸手抓住它的颈毛。

贺顿爵爷兴冲冲地一屁股坐到一个油桶上，又把我的检验本子放在他的大腿上。“我替你登记，”他叫着说，“开始检查吧，老哥儿们！”

我弄稳了我的弯脚规，说：“八、八。”他写好后，下一头牛又进来了。

“八、八。”我说完，他再次点了点头。

第三头牛进来后，我说：“八、八。”第四头，我还是说：“八、八。”

侯爵老爷这下抬起头来看了看我，不耐烦地伸手抹了抹前额：“吉米小老弟，你不能换点别的说啊，我已经快没兴趣啦！”

一切进行顺利，直到看见首先发难撞破围栏的那头牛为止。它的脖子上受了点小擦伤。

“乖乖，你看看！”侯爵老爷叫道，“那个伤要紧吗？”

“不要紧，只是点皮外伤。”

“这就好。可是，你不觉得我们该给它上点药吗？上点那个什么……”

我等着他说出药名，贺顿爵爷是“五月面包师”药厂造的“普罗巴霉定”消炎软膏的信徒，不管碰到各式大小伤，他就只认那种药。他爱用那个玩意儿，可惜他却说不出“普罗巴霉定”这个名词。事实上，这整个地方也没有一个人能说出那个词，除了农场工头查理以外，而即使他也是说个大概。侯爵老爷对他可是有莫大的信心。

"查理！"他哇哇大叫着，"你死到哪去啦，查理？"

那名工头从牛群中露出头来，碰了下小帽，说："在这儿呢，老爷。"

"查理，哈利先生给我们的那个妙玩意儿——你晓得，就是那个治割伤、擦伤的什么普罗……布罗……你到底管那个叫什么？"

查理踌躇了一会儿，每次替侯爵说那药名都是一桩大事。"普罗普巴霉，老爷。"

侯爷欣喜若狂地猛拍一下膝盖："就是它！普罗普巴霉！该死，我的舌头怎么总是绕不过来，你真是好脑筋，查理！"

查理谦虚地点了点头。

跟上次比起来，这次的检验要顺畅多了，一共只费了一个半小时便大功告成，不过当中却发生了一件不幸的事。在进行到一半的时候，有头小牛突然低镁血症发作，气也不吭就倒地死了，害得我连救它的机会也没有。

贺顿爵爷低头看着那个刚断了气的小家伙，"你觉得，我们是不是可以放掉它的血，把它的肉拿来废物利用？"

"嗯，这是常有的低镁血症，对人类不会有害……你可以试试，不过还是得看肉类检验员怎么说。"

侯爷要人放了小牛的血，把它拖上一辆小卡车，然后自个儿开车到屠宰场去了。就在我们做完检验的时候，他又嘟嘟地开着车回来了。

"怎么样？"我问他说，"他们收下它没有？"

他犹豫了老半天，"嗯……啊……没有，老哥儿，"他伤心地说，"他们没收。"

"为什么？是不是肉类检验员认为死牛不能用？"

“嗯……我根本没见到肉类检验员。事实上……我只见到一个屠夫。”

“他又怎么说？”

“只说了两个字，吉米。”

“两个字？”

“是的……两个字：‘滚蛋！’”

我点了点头说：“我懂了。”想想当时那幅景象并不怎么难，那凶悍的屠夫见到这个貌不惊人的矮侯爵，一定是把他当成个普通农夫了，而没想多理他。

“算了，侯爷，”我接着说，“你也只能试试的。”

“不错……不错。”他一面难过地摸索着烟具，一面扔了几根火柴到地上。

我正要上车时，忽又想起普罗巴霉定，“别忘了来拿那个软膏。”

“一定！吃完中饭我就去。我可是信得过那个普罗……普巴……真该死，查理！那玩意儿叫什么名字？”

查理骄傲地挺直了腰杆：“普罗普巴霉，老爷。”

“喔，对！普罗普巴霉！”这个小矮子又高兴地咯咯笑了起来，“好家伙，查理，你真是个天才！”

“谢谢你，老爷。”这名工头挂着一副沾沾自喜的表情，大摇大摆地把牛赶回到草原上去了。

说也奇怪，只要你为了某桩事见过一个客户后，你常常就会为了另一桩事马上再见到他。事隔仅仅一周（这个地方仍然笼罩在寒冬中），我床头的电话忽然在半夜中丁零零响了起来。

心头扑咚咚跳了几下后，我昏昏沉沉地从床单下伸出了一只手。

“喂？”我咕哝着说。

“吉米……喂，喂，吉米……是你吗，吉米？”这阵声音听来极为紧张。

“是我，贺顿爵爷。”

“谢天谢地……谢天谢地……对不起，我不该在这个时候吵醒你，可是……我这儿发生了件好奇怪的事。”接着是轻轻的啪哒几声，听起来像是火柴掉到听筒上的声音。

“真的吗？”我打了个哈欠，情不自禁地闭上了眼睛，“究竟是哪门子事？”

“嗯……我在照顾我的一头母猪，它刚生下了一打肥嘟嘟的小家伙，可是有件事情非常奇怪。”

“什么意思？”

“很难形容，小兄弟……不过你该晓得……呃……下面的洞……那儿冒出了一个血淋淋的、长长的、红彤彤的东西。”

我的两眼啪哒一声睁了开来，嘴巴咧得像口井一样大。那是子宫脱出，对牛来说，这是难产；对羊来说，这是趣味活动；对猪来说，这是不可能的。

“又长又红的……什么时候……怎么会呢……”我词不达意地结结巴巴着。其实，这些话我都用不着问的。

“就是扑通一下冒出来了嘛！我正在哇哇叫着等下一个小宝宝的时候，那玩意儿就莫名其妙冒出来了，把我吓了一大跳。”

我的脚趾在床单下面紧紧绷了起来。在我短暂的执业生涯中，我曾遇到过五次猪的子宫脱出，可是每次我都枉费工夫。由此，我得到个结论：绝无办法把那脱出的子宫塞回去。

不过，我还是得试试。“我马上就过去。”我喃喃地说。

我转头看了看闹钟，时间是5点30分。这真是个讨厌的时间，不但斩断了我的美梦，而且让人没办法在天亮之前再上床睡个回笼觉。自从结婚以后，我更是讨厌在这个时候起床了。虽然海伦会愉快地再回到原位，就因为这样，要离开她温暖的怀抱而进入外面冰冷的世界，那才真叫人痛不欲生呢！

由于想起以前那五头母猪，我在到贺顿农场的这段路上也没打起精神。我曾用尽了一切方法：全身麻醉，用滑车把它们的身子翻过来，用橡皮管对准了那个冒到外面的器官喷水，并且汗流浃背地不停使劲把那一大团肉推进那个可笑的小洞里面。可是到头来，我每一个“病人”的下场都是变成一块块的猪排；至于我呢，也总免不了是自尊大伤。

这时，月淡星稀，只见猪舍发出一道微弱的光亮。贺顿爵爷站在门口等候我。我想，我最好还是先警告他一下。

“我得先告诉您，侯爷，这是个非常严重的情况。我觉得您应当知道，发生这种毛病的猪通常都会被宰了的。”

听了这话，那个小矮子张大了眼睛，撅起了嘴巴：“呃，是这样啊……那是我最好的一头猪，我还……我还蛮舍不得它呢。”

他穿着一件破得不成样的套头毛衣，边上脱落的毛线几乎垂到了膝盖上，而当他哆哆嗦嗦地想点燃烟斗时，那副模样真是可怜透了。

“不过，我会尽我最大的力量，”我忙不迭说，“天总无绝人之路的。”

“这就好！这就好！”他很高兴，烟具袋不小心从他手上掉了下去，而当他弯身要去捡它时，一盒火柴又稀里哗啦撒满了一地。等我们收拾好地上的东西再走进猪舍，那已经是好一阵子以后的事了。

实际情况跟我想象中的一样糟糕。在猪圈惟一一只灯泡的微弱灯光下，只见一头笨重的母猪一动也不动地侧身躺着，屁股上伸出了一条貌似非常结实，而且长得难以置信的红色肌肉组织。它浑身上下，12头粉红色的小猪抢着要吃它的乳头；看来，它们也没多少奶可吃了。

在脱下上衣，要把胳膊伸进热腾腾的水桶时，我打心眼里希望猪的子宫是个短点的东西，而不要像这么怪模怪样。更令人不安的是，今晚我没有一个帮手。在这间寂静的猪舍下，这儿只有那头猪、贺顿爵爷和我。虽然，我知道侯爵老爷诚心愿意帮我（他以前就帮过我好几次），可是他每次总是越帮越忙。因为，他手上老是爱抓着烟具袋，而且，他老是爱弄撒火柴。

我跪到那头母猪后面，心想，这次我只得孤军奋战了。而当我把那团肥肉捧到手上时，我心中又涌出了这个念头：这次的结果还是会跟前几次一样的。在我开始推它的子宫后，这个念头更为强烈了。那玩意儿竟然连推也推不动一下。

起初，我已经给那母猪打了一大针镇静剂，所以它并没有使多少劲来抵抗我。只是，那玩意儿实在太大了。我想尽办法，费尽力气硬塞了几英寸回到阴道里面，可是我一松口气，它就又不声不响地冒出来了。这时，我只想赶紧取消这件事，反正不管怎么弄，结果总是一样的，而且，我又不觉得怎么有力气。其实，我整个人无精打采得连手都抬不起来。任何人被迫在清晨做事，都少不了会有这种感觉的。

算了，我还是再试一次好了。我光着上身贴住冰冷的水泥地，使出了吃奶的力气去推那玩意儿，直到我眼冒金星，心脏停止跳动，可是仍然是一点用也没有。这下，我可下定决心了，我非得把情形告诉他不可。

我翻过身来，气喘如牛地向上看着他，一直等到呼吸调匀了才好说话。我本来想说：“贺顿爵爷，我们这会儿真是在浪费时间。它已经无可救药。我现在要回去了。明天一早，我头一件事就会打电话给屠宰场。”可是这些话一到嘴边，那小矮子忽然可怜巴巴地低头看着我，就好像知道我要说什么似的，他本想挤出个笑容，可是却焦急地瞥了我一眼，再看了猪一眼，然后又回头直瞅着我。

结果，我一句话也没说，立刻又翻身躺下，两脚顶着墙壁，继续开始推。我不知道我究竟在地上躺了多久，只晓得我是又累又喘，而汗水更像雨点似的不停滴到我背上。这段时间，侯爷是大气也没吭。不过我知道他一直专心地看着我的动作，因为我不时都得把火柴从子宫表面上拍掉。

后来，不知为了什么缘故，我手上那团肉忽然变小了，我睁大了两眼瞪着那玩意儿。没错，它确实只有原来的一半大了。

“天呐，我想它在缩回去了！”我张口结舌了老半天才哇哇地冒出了这么一句。

我想，我一定是在贺顿爵爷憋着气时把他吓着了，因为我听见，他呃了一声：“什……什……什么……喔。这……这……这太好了……”然后，一阵烟草像雪花似的从我头顶上撒了下来。

我用尽余力猛吸了一口气，使劲把大约半两重的烟草从子宫黏膜上吹掉，然后拼命把子宫往里面塞。就像发生奇迹似的，那玩意儿竟然丝毫没有抵抗，于是，我目瞪口呆地瞪着那巨大的器官光光荣荣、神神奇奇地消失了。这时，我就躺在那猪后面，疯狂地把手往阴道内伸，一次又一次地旋转手腕，直到把我整个胳臂都伸了进去为止。等确定一切回到原位后，我脑袋向下继续在地上躺了一会儿，整条胳臂仍然深插在猪肚子里面。然后，我在筋疲力尽中隐隐约约听到了贺顿爵爷的叫声。

“哇噻，真是太棒了！乖乖，真是好家伙！”他乐得差点跳起舞来。

躺了不久，我忽又觉得一阵紧张。假如那玩意儿又冒出来怎么办，于是，我赶紧抓起针线，打算给那猪的阴道缝上几针。

“来，拿住这个！”我一面大叫，一面把剪刀递给他。

用贺顿爵爷当助手，实在是头疼。我不停地把针和剪刀塞到他手上，然后不容分说地再要回来，可是这么点小事，他竟然也搞得天下大乱。有两次，他把他的烟斗递给了我要我剪线头；还有一次，我发现我竟然把线穿进了他的钻孔工具。当然，侯爵老爷也吃了不少苦，因为他老是不小心把针插到了手上。

不管怎样，手术最后总算完成了。我踉踉跄跄地站起来，背靠在墙上，嘴巴死死地张着，满头大汗一滴滴滴地进了我的眼睛。

小矮子侯爷眼带关怀地在我身上的血块和猪屎、猪尿上转了半天，才说：“吉米，我的好兄弟，你可是累坏了！你要再光着身子站在那儿，可是会得肺炎什么的。你得喝杯热东西才行。告诉你怎么着，你把身子洗干净再穿上衣服。我到屋里弄点什么。”说完，他就像阵风似的跑了。

我洗净身子，穿上衬衫，浑身肌肉疼得几乎不听使唤。戴上手表后，我发现现在已经过7点了，而且，农场工人们也已在庭院外面劈里啪啦地开始了一天的工作。

我正在扣外套扣子时，矮侯爵又急急忙忙跑回来了。他端着一个盘子，上面放了一杯热腾腾的咖啡和两片厚厚的面包。他把盘子摆在一捆稻草上，拉起一个翻倒的水桶当做椅子，然后自个儿跳到一个谷箱上，像个小精灵似的两手抱膝坐在上面，深情地望着我。

“佣人们都还在睡觉，”他说，“所以我亲自为你随便弄了点吃的。”

我一屁股坐在水桶上，拿起咖啡，不管三七二十一便猛喝了一口，一下子烫得我全身像着火了一样。然后，我咬了一大口面包，嗯，是自制的，上面抹了厚厚一层奶油，另外还加了许多蜂蜜。我闭上两眼，心怀感激地嚼着，然后，我再伸手去拿咖啡时，抬头看了看谷箱上的小矮子侯爷。

“我说啊，侯爵老爷，这不是随便一点东西，这是一顿大餐。每样都非常好吃。”

他像个小孩似的高兴地睁大眼睛：“真的？你真这么想，那我太高兴了。不过你也做了件了不起的事，好兄弟，我说不出我心里有多感激。”

我再回头品尝咖啡，觉得精神渐渐恢复时，他忽又不安地瞥了猪圈一眼。

“吉米……那些针线……我不太喜欢它们的样子……”

“喔，对了，”我说，“那只是预防措施，你过几天就可以把它们拆了。”

“太好了。可是，它们不会留下伤口吗？我们是不是该抹点东西在上面？”

听了这话，我嘴里还嚼着东西就停了下来。他又来了，凡事只要有普罗巴霉定，他就高兴了。

“没错，老兄弟，我们该抹点那个什么普里……普罗……该死！我怎么就是说不出来。”他猛一抬头，大吼道，“查理！”

那位工头在大门口露出脸来，摸了下小帽，说：“早安，老爷。”

“早，查理。去给那头母猪抹点那个奇妙软膏。还有，你到底叫那药什么玩意儿？”

查理咽了咽口水，挺起了胸，说：“普罗普巴霉，老爷。”

矮子侯爵乐得把手甩了个老高：“对！对！普罗普巴霉！不晓得我这辈子有没有办法记住这个词。”他赞赏地看着他的工头，“查理，你真行！我想不透你脑筋怎么还这么好。”

查理正儿八经地鞠了个躬。

贺顿侯爷又转向我说:“你会再给我们一些普罗普巴霉，是吧,吉米? ”

“当然,”我回答说,“我想我车子上就还有一些。”

坐在猪屎、大麦面包和咖啡的混合气味中,阵阵快活感像浪似的一直袭上我心头。侯爵老爷显然被这整件事弄得乐不可支,查理挂着那副每次展露语言天才后固有的优越笑容。至于我呢,则沉醉在渐渐高涨的安乐感中。

我两眼直直地看着猪圈,看见那里面的景象,实在令人感到欣慰。在手术期间被关到箱子里的小猪,现在又回到了它们母亲身边,肩并肩地靠在一起,每张小嘴各咬着一个乳头。猪妈妈似乎也流出奶来了,因为它的孩子们再也没发出争夺位置的哭叫声,大家都一心一意地吸吮着母亲的乳汁。

它实在是头很好的纯种猪,而且是头命大的猪,今天非但不必躺在屠宰台上,反而可以开始抚养它的子女了。就好像看穿了我的心思似的,它满足地连连咕噜了几声,使得我心头又翻起了一种古老的感觉:出自最微不足道的琐事,因而使人生充满意义的喜悦和成就感。

拔牙历险记

我怕牙医。

我尤其怕陌生牙医。所以，在进皇家空军之前，我得先弄清楚我的牙齿是不是没问题。每一个人都告诉我说，皇家空军对飞行员的牙齿要求非常严格，而且，我不希望让什么莫名其妙的东西在我嘴巴里面扎来扎去。他们说，每颗牙齿一定不许有洞，否则到了天上，光是一颗牙就会疼得你死去活来。

所以，在召集令到期之前，我去看了德禄镇的葛路华老先生，而他非常卖力地给我做了一次详尽的检查。他的手艺相当不错，而且，他检查起来总是温温柔柔、小心翼翼。更重要的是，他不会像别的牙医那样，让人看了就胆战心寒。每次我走进他的诊所时，最多只是觉得喉咙干燥，两腿发软，不过假使我能从头到尾紧紧闭着眼睛，那我也就能相当轻松地熬过这次“登门拜访”。

我之所以怕牙医，可以追溯到我在20年代的早期经验。小时候，我父母总是带我去看格拉斯高市的“怕怕牙医”海特，而他照顾我的牙齿，就这么一直照顾到我十几岁。我小时的朋友告诉我说，他们也是同样被他吓得毕生难忘。其实，有同样这种感觉的，至少有整整一代的格拉斯高人。

当然，你不能把整个责任都推到海特身上。当年，医学设备非常简陋，去看哪一个牙医都免不了要受顿苦。可是海特，他用他那轰隆隆的笑声、夸张的动作和别人受不了的力气，却使得情形更为恶化。事实上，他是个非常和蔼的人，性情开朗而且心地善良，可惜他的另一面却把这一切都给毁了。

当时，电钻还没有发明出来，即使已经发明了，也还没有到达苏格兰。因此，海特是用一种脚踩的吓人的机器钻牙洞。这种机器有一个用皮带带动的大轮子，而钻子就是靠这个轮子供应动力。所以，只要你一躺到椅子上，从头到尾就只能感觉到两件事：轮子在你耳边呼呼不停地响，以及海特起劲地踩着踏板时整个大膝盖几乎直直撞到了你脸上。

此外，他一点也不担心是不是钻到了别人的敏感部位；我那像杀猪似的叫声对他一点作用也没有，每次他都是无动于衷地继续钻到底。我觉得，海特这个人大概认为喊痛是女人家的事，要不然，他一定认为受苦受难对灵魂有好处。

不管怎样，打从那段日子起，我就情愿去看像葛路华先生这样个子又小、心肠又软、说话口气又温和的牙医。我常常想，假如我有必要跟他打场架的话，那我起码能够打得赢他。此外，他也了解人会害怕这一点，而这实在是太重要了。我记得他曾咯咯笑着告诉我农场那些大男人到他这儿来拔牙的事。他说有好多次，他才一转身去拿拔牙器械，回头就发现椅子上的人不见了。

虽然至今我仍不喜欢去看牙医，但是我得承认，现代人实在是不得了。每次我到走时，几乎连医生长得什么模样都没看清楚。开头光只瞥了件白长袍一眼，然后什么就都从后面做好了。手指从两边绕过来，冷冰冰的几样东西在我嘴巴里面钻进钻出，可是当我放胆张开眼睛，我竟然连什么也没看到。

相反的，海特似乎老是爱卖弄他那吓人的工具，每次都把好几英寸长的针筒举到我眼前，对着天花板喷几下，然后才拿我开刀。更糟的是，每次拔牙之前，他总喜欢把一个铁盒子弄得丁零当啷响，翻出了一支又一支可怕的夹子、钳子，一面开心地吹着口哨，一面细细检查那些玩意儿，而每次都要老半天后，他才会找到对的那支。

所以，心里有着这么些念头的坐在一长排飞行员当中等初检时，实在谢天谢地我先去让葛路华先生做了一次彻底检查。长屋尽头的一把椅子旁站着一位牙医，而他就这么一一检查身穿蓝制服的年轻人，然后把结果报给桌子后面的医务兵记下。

欣赏着这些小伙子听到自己结果后的表情，我心里实在很乐。“补三颗，拔两颗！”“补八颗！”听到这些话，大部分人都傻住了，有些吓得呆若木鸡，有些则泪流满面。不时的，总有人会想上前跟那穿白衣服的牙医理论，可是每次都无济于事，因为根本就没有人理他。看到这个场面，有时候我真想大笑出来。这儿我得先提醒诸位读者一句话，其实，我对自个儿这种反应也觉得有点卑鄙，可是这一切毕竟都是他们自找的。谁叫他们没有先见之明，否则，他们现在也就没什么好担心的了。

等叫到我名字时，我嘴里哼着小调，大摇大摆地向前走去，满不在乎地一屁股坐到了椅子上。凭我这嘴漂亮牙齿，那牙医当然费不了多少工夫检查。没两三下子，他就大声嚷嚷了：“补五颗，拔一颗！”

一听这话，我刷地挺起了腰杆，像遭晴天霹雳似的两眼直瞪着他。

“可是……可是……”我结结巴巴地大叫说，“我自己做过检查啊……”

“下一位。”牙医不缓不急地说。

“可是葛路华先生说……”

“下一位！向前移动！”医务兵大声吼了，而当我拖着脚走开时，我可怜巴巴地直望着那穿白衣的人，可是他光顾朗诵我的牙齿表，却对我的目光一点儿兴趣也没有。

在我拿到我的“判决书”时，我浑身每一个细胞仍一直哆嗦个不停。

“明天早上向指挥部报到，去做拔牙手术。”空军妇女预备队的一个女孩说。

明天早上！天啊，他们真不是说着玩的！可是，这究竟是怎么回事呢？我的牙齿几乎十全十美，只有一颗有点儿珐琅质剥落了。葛路华先生曾向我指出过这颗，并说，它不会为我惹上麻烦。更何况，我叼烟斗用的就是这颗牙齿——出问题的当然不会是它。

可是，我心里又涌出一阵不安，觉得我再有什么意见，也都无关紧要了。在我软弱的抗议遭到漠视后，我发现这是我不再是老百姓以来，头一次受到这样大的打击。

第二天一早，垃圾箱盖的铿锵声还没停，我就犯起愁，苦起了脸。今天我要去拔掉一颗牙齿，而且马上就要去了。去吃早饭的这段路，我是在心神恍惚中走过的；以至于平常觉得可口的煎蛋和烤面包，现在连一点味道也没有了。可是在我没走进指挥部阴森的大门之前，痛苦还不算真正开始呢！

登上台阶时，我连手掌心都冒出了汗。我不喜欢钻牙，更别说是拔牙了。中国人有句话说：“身体发肤，受之父母，不可损伤，谓之孝也。”孝不孝先别管，起码，拔牙很疼的呢！不过，在穿过回声大作的走廊时，我不停地安慰自己,如今医学进步了,拔牙不会疼的,只会有点痒痒的感觉,其他什么也没有了。

于是,我带着这种自我安慰的念头,转身走进了一间两旁都是号码门的大厅。大厅四周坐了约有三十个人,各人的表情从苦笑到故作勇敢,不一而足。空气中漂浮着一股消毒剂的刺鼻味道。我选了一张椅子,坐下来耐心等待。我在军中待的时间,久得已足以知道凡事都须漫长等待,而且,我看不出拔牙有什么原因会不一样。

我一坐下来后,左边的那个人跟我随意点了下头。他长得很胖,一头油腻腻的黑发散落在满是粉刺的前额上。虽然专心用着一根火柴剔牙,他仍上上下下打量了我老半天,然后用浓浓的乡音跟我搭讪起来。

“你几号房,老兄?”

我看了看手上的卡片:“四号。”

“啊哈,你中头彩了!”他拿开火柴,不怀好意地咧了咧嘴。

“中彩?这话是什么意思?”

“啊,你不晓得啊,那房间里的是个屠夫啊!”

“屠……屠……屠夫?”我忍不住打了个哆嗦。

“对啊,每个人都是这么叫那里面的那个医官的。”他张大了嘴,笑着说,“我告诉你,那个混蛋,是个地地道道的刽子手。”

我猛咽了一口口水:“屠夫?刽子手?算了吧,我相信他们还不都是一样。”

“你别不相信,老兄。他们有好的,也有坏的。要说那个混蛋,他绝对是个不折不扣的刽子手。”

“你怎么知道?”

他装腔作势地摆了下手:“我来过这儿几次,每次都听到那间房里传出杀猪一样的叫声。后来我也问过一些朋友,这才知道每个人都管他叫屠夫。”

我在粗布蓝裤上搓了搓手:“原来你只是听说的。我相信他们都夸大其词了。”

“好吧,那你就自己去发现吧,”他又继续剔起了牙,“不过可别说我没警告过你。”

后来,他又拉拉杂杂跟我说了一大堆事情,不过我都是心不在焉地听着。他的名字好像叫做辛金。跟我们不一样,他不是飞行训练学员,而是地勤的常备兵,并且是个伙夫。他很瞧不起我们这些菜鸟学员兵,并且警告说,我们还得“吃上一大堆苦头”,才能和真正的皇家空军交上朋友。不过,虽然他嘴巴上这么说,我发现他入伍了这么多年,到现在还跟我一样,是个二等兵。

接下来一个钟头,四号房门每次一打开,我的心就像打鼓似的怦怦跳着。我得承认,离开那间屋子的年轻人,每个人看起来都有点摇摇晃晃的,其中还有一个用两手捧着下巴,几乎是爬着出来的。

“看看那个可怜虫!”辛金幸灾乐祸地说,“你完蛋了!还好我不是你,老兄。”

我吓得越来越魂不附体,便问他:“对了,你自己是要到几号房?”

他用火柴梗往嘴巴里面剔了一会儿:“二号。我以前去过那间。他是个好家伙,一个最好的。他从来不会把人弄疼。”

“那你运气不错。”

“不是运气,老兄,”他停下剔牙工作,拿火柴扎了我一下说,“我只是知道门路罢了。凡事都有门路的,你说对不对?”他说完眨了下眼睛。

过不多久,我们的谈话在那鬼门关打开时突然被打断了。

“二等兵吉米·哈利!”一名空军妇女预备队队员走出来叫道。

我两腿发软地站起来,深深吸了一口气。刚一向前走时,我隐约瞥见辛金又幸灾乐祸地跟我眨了下眼睛。他可真是个能自得其乐的家伙。

走进房门后，我终于明白这次果然是大祸临头了。那个屠夫又是一个海特，他大约有一米八九，白色的外套裹着一对橄榄球队员似的肩膀。在他发出一阵阴阳怪气的笑声，并要我坐到椅子上时，我浑身上下都冒起了鸡皮疙瘩。

坐下来后，我决定临死再挣扎一次。

“是这颗吗？”我敲着惟一可能有嫌疑的那颗问。

“不错！”屠夫像打雷似的说，“就是它！”

“这就好。”我轻声一笑，说，“我相信我可以解释，这件事有点儿误会……”

“是啊……是啊……”他一面叽咕说着，一面把针筒举到我眼前，对着天空喷了几下。

“这颗牙只不过掉了点珐琅质。而且，葛路华先生说……”

空军妇女预备队的那个队员突然把椅子往后摇了下去，使我成为半躺的姿势，而那穿白衣服的大汉整个遮住了我的身子。

“你要晓得，”我拼命喘着气说，“我需要那颗牙齿。那是我咬……”

一只强有力的手掌不由分说地抓住了我的齿龈，一根尖针接着便插进了我的嘴巴。这么一来，我只好听天由命了。

在做完局部麻醉后，那个大块头把针拔了出来：“先等个一两分钟。”说完，他就走出了屋子。

一等房门关上后，空军妇女预备队的那个队员踮着脚尖向我走了过来。

“那家伙是个疯子。”她低声说。

我躺在椅上，睁大了两眼瞪着她：“疯子？这是什么意思？”

“就是神经病嘛！根本不晓得怎么拔牙！”

“可是……可是……他不是个牙医吗？”

她扮了个鬼脸说：“他自以为是！但他连窍儿都没开呢！”

我还没时间回味这句话，房门就被推开，那大个子又回来了。他抓着一把模样吓人的钳子，而在他开始弯曲手掌后，我紧紧闭上了眼睛。

我得承认，我竟连一点感觉也没有。我知道他是拿着钳子在我嘴里又拧又拔的，不过，幸好局部麻醉发挥了功效。心里正想着手术马上就要结束时，忽然，我听到了“啪哒”一声。

我赶紧睁开眼睛，只见屠夫失望地瞪着钳子上我那颗断了一半的牙齿。那颗牙的牙根居然还留在我的齿龈里面。

他身后的那个预备队女队员连连跟我点了几下头，意思好像是说：“看吧，我早告诉过你了吧！”她可算得上是个漂亮的女孩，不过来这儿的人恐怕也不会有什么心情欣赏她。

“噢！”屠夫咕哝了一声，便开始在一个铁盒里翻来翻去。他这一来，又使我想到了海特的那段日子，因为他抓出了一支又一支的钳子，用手试了几下后，便拿我当起试验品。

可是不管哪一支都没有用，而随着时间的消逝，我不情愿地亲眼看着他渐渐从热心转为沉默，然后再变为慌乱。这个人显然丧气了，他不晓得该怎么弄松那个牙根。

又敲又挖了差不多半个钟头后，突然，他好像想到了一个主意。紧接着，他把所有钳子推到一边，连忙跑出了房间。不多久，他又拿着一个上面放了一根长凿子和一把铁锤的盘子跑了回来。

顺着他的手势，预备队的那个女队员又把椅子往后摇了几下，直到我整个人直直躺着为止。就好像熟悉这个手续似的，她老练地用双手捧住我的脑袋，一言不发地站着等待。

在那人把凿子塞进我嘴巴里，并用铁锤对准它时，我心想，这绝不可能是真的。可是，一当铁锤砰砰猛响后，我的疑虑全都一扫而空了，而且，我的脑袋还跟着弹起来，一直撞到那小女孩的胸部。从此，事情就是这么进行下去的：屠夫一个劲地猛敲，那女孩拼命按住我像打摆子似的脑袋。至于我呢，则早已忘了现在是哪年哪月的哪一天。

这段期间，我心中只有一个念头，就是：我常奇怪，那些马儿在被我敲掉牙齿时，心里不知怎么想。现在，我可知道了。

敲打声终于停下来后，我慢慢睁开了眼睛。虽然事到如今，我对任何状况都已经有心理准备了，可是在看见屠夫用一段丝线穿针时，我仍然微微吃了一惊。他浑身冒着大汗，而在再次弯身到我面前时，他看来可真是有点要孤注一掷的样子。

“只要缝几针。”他粗声粗气地嘀咕说。于是，我又闭上了两眼。

“手术”完毕后，我实在感到很不自在，不但脑袋被那女孩抓得昏昏沉沉的，嘴巴也被线头弄得痒痒的。我相信我走出屋子时，两脚一定打着哆嗦，而且，我还本能地一直猛搔我的嘴巴。

我第一个看见的人就是辛金。他还坐在我离开他时的老位置，不过他的表情看来有点不一样了。我本想从他面前走过去，可是被他一把抓住了我的衣服。

“你觉得怎样，老兄？”他喘着气说，“他们把我的号码换了，我要到四号房去。”他倒抽了一口气，说：“你的样子真是糟透了！事情到底怎么样？”

我看了看他，心想：说不定今早还是能够有件愉快的事。于是，我一屁股坐到他隔壁的椅子上，唉声叹气地说：“妈呀，你还真不是盖的！我这辈子就从没碰过像他那样子的人，他差点儿就害死我啦！你们叫他做屠夫，还真不是平白无故的！”

"他做了些什……什……什么？"

"也没什么，只不过用一把铁锤和一根凿子把我的牙齿敲了下来而已。"

"什么?！你乱讲！"

"我用人格担保，"我说，"何况，她把那个盘子端出来了。不信你自己看看。"

他转头瞪着那个预备队女队员，不禁脸色大变。

"天呐！他……他另外还做了些什……什么？"

我捧住我的下巴一会儿："嗯……他还做了件我这辈子从没碰见过的事。他把我的牙龈弄了好大的一个洞，后来非得用线才把洞缝上了。"

辛金拼命摇着脑袋，叫着说："不！我不信！我不信你的话！"

"好吧，"我叹了口气说，"那你看看这是什么，"

我把头向前倾过去，用手指扳开嘴巴，好让他仔细看看里面的伤口和沾满血迹的缝线。

他急忙缩开身子，眼睛瞪得老大，嘴巴打着哆嗦，一直哀号着："天呐！天啊！"

煞风景的是，预备队那个队员偏偏选了这个时候叫出"二等兵辛金"的名字，使这个可怜家伙像遭电击似的跳了起来。然后，他低垂着头，有如丧家之犬似的拖着脚走进了那个房间，在门口边，他还停下来，绝望地回头看了我最后一眼。从此以后，我就再也没看到过他这个人。

这次的经验加深了我对未来五颗补牙手术的恐惧。不过，我的担心其实是多余的；那些都只是小手术，而且是由跟屠夫完全不同的牙医操刀的，不但补的速度快，更连一点痛苦感觉也没有。

然而,在大战结束后多年,我觉得嘴里钻出了一个尖尖的东西,于是,我去了葛路华先生那儿。他给我照了X光,并拿了一张很有意思的片子给我看:原来,那个要命的牙根还在我的牙龈里面,虽然被铁锤和凿子又敲又打了老半天。他把那牙根拔了出来,而这段惊险故事便就此结束了。

屠夫之所以留给我那么深刻的印象,除了他让我吃过苦头之外,主要是因为,我每次用嘴巴里那个本无须有的缺口含住烟斗,就自然而然地想起了他。

不过,我的回忆中总算还有件稍稍值得安慰的事。在结束四号房的“手术”后,我可逮了个机会狠狠挖苦了他一句。

“对了,”在他为下一名被害人做准备时,我回头说,“我以前也用你刚才那种办法拔过许多牙。”

他转过身来,瞅着我说:“真的?你也是个牙医?”

“不,”我撇过头去,回说,“我是个兽医!”

天生一对

我喜欢女人甚于喜欢男人。

这么说,并不是表示我对男人有什么偏见——毕竟,我也是男人之一。只是,皇家空军里面,男人实在太多了,多得像蝗虫似的,你怎么躲都躲不掉。他们之中有些成了我的朋友,直到今天;可是,他们实在太吵了,不但爱斗嘴,又爱发誓,而且一个个脏得跟泥巴似的。

比较起来,女人就温柔多了,文雅多了,也干净多了,反正,优点多得让人很愉快就是了。其实,我以前也总认为自己是个大男人的,没想到,如今我竟得到了这么多个令人诧异的结论:我喜欢和女人做伴。或许,这是短暂几个月的婚姻生活把我改变的吧。

我这种自认为被投入一个"粗鲁世界"的感觉,总是在每天清晨最为强烈。尤其是有天早上我站岗时,心里更是憋得忍不住了。于是,我像个虐待狂似的把垃圾箱盖敲得震天响,并沿着每条走廊大叫:"起床!起床!"结果,让我印象深刻的倒不是他们的叫骂和诅咒,而是在漆黑的屋子里从一些人肚子里发出的怪声。这些人的反应让我想起了我的一个“病人”——西瑞。于是,我的思绪立刻回到了我有天在德禄镇接到的一个电话上面……

电话那头的声音吞吞吐吐得很奇怪。

“哈利先生……我会非常感激,假如您能过来看看我的狗的话。”说话的是个女人,听她声音,显然是个有钱人。

“没问题。它有什么毛病?”

“嗯……啊……它……它好像得了……嗯……好像是肠胃气胀。”

“什么?”

对方停顿了老半天:“它……它的腹气太多。”

“究竟是怎么回事?”

“嗯……我想……我想你可以说那是……肠胃滞气。”她的声音开始抖了起来。

我想我大概明白了。“你是说,它的肚子……”

“不,不是肚子。是它的……嗯……这么说好了,它老是会放……啊……会放一大堆……一大堆……”她的音调露出了一丝绝望。

“我想到啦!”终于拨云见日。“我完全懂啦。不过听起来,那似乎不怎么严重。它生病了吗?”

“没有,它别的地方都很好。”

“那么,你觉得我还有必要去看它吗?”

“要,一定要,哈利先生。我希望你能尽快来。那已经变成……变成个大问题啦。”

“好吧,”我说,“我早上就随便过去看看。请问小姐贵姓,还有地址是……”

“我是郎太太,住在桂庐。”

“桂庐”是坐落于镇郊的一幢非常别致的房子,四周有一座很大的花园。郎太太亲自为我打开了门，而我一见到她，立刻像触电似的吃了一惊，原因不只是她长得美若天仙，她身上更有一股人间少有的脱俗的气质。她年约四十左右，但却拥有爱情小说中的女主角的外貌——身材高挑，娉婷袅娜，杨柳细腰。而且，我立刻了解了她在电话中为什么会吞吞吐吐。就连她的一举一动，一颦一笑，也都是那么羞答答、娇滴滴的。

“西瑞在厨房，”她细声说，“我带你过去。”

在看到西瑞时，我又吃了一惊。一只巨大的拳师狗高兴地往我身上跳了过来，直用它那粗硬的大爪子抓我的胸膛。我用力想把它推开，可是它仍然贴着我不放，并且兴奋地一面对着我的脸喘气，一面猛摇它那个大屁股。

“坐下，小狗！”郎太太嗔声叫说，可是西瑞连理也没理她。不得已，她只好紧张地又转向我说：“它太好客了。”

“没错，”我憋着气说，“我看得出来。”

后来，我终于设法把那条大狗推开，然后赶紧躲到一个角落去。“这个……这个肠胃气胀多久发生一次？”

就好像是回答我的问题似的，那狗放出了一股几乎摸都摸得到的硫磺气波，直直向我冲来，其速度之快，使我避难不及，只好就地用手遮住嘴鼻，以做掩蔽。

“你是不是就是这个意思？”我屏息了一阵子，等毒气稍微消失后才说。

郎太太原来一直用一条丝巾扇着鼻子，听了我的话，一抹红晕不禁爬上她白皙的脸庞。

“是……”她声音像蚊子似的回答说，“是……就是这个意思。”

“那么，”我急忙说，“这就没什么好担心的了。我们先到别的房间去,再来谈谈它的饮食和其他一些事。”

结果是,西瑞肉吃得太多了。所以,我拟了一张饮食表,把蛋白质的分量减少了一些,额外增加了一点碳水化合物。另外,我再开了一种早晚各服一次的解酸剂掺白陶土的混合药,然后便带着充满自信的心情走了。

说实在的,这件微不足道的小事我早已忘得一干二净了,直到郎太太又打来了电话。

“恐怕西瑞一点也没好,哈利先生。”

“真是抱歉。它现在还……呃……还对……对……”我边说边想了一下子,“我告诉你怎么办——我想我现在去看它也做不了什么。不过,我觉得你可以完全不给它吃肉一两个礼拜。光让它吃饼干和用烤箱烤的黑面包。让它试试那个和蔬菜。另外,我还会给你一些药粉掺在它的食物里。麻烦你方便的时候就过来一下。”

那个药粉是种药性相当强的吸收剂混合物,因此,我相信它绝对治得了那个毛病了。可是一个礼拜后,郎太太又打来了电话。

“还是一点变化也没有,哈利先生,”她的声音这次又抖了起来,“我……我真的希望你能再过来看看它。”

我想不出有什么道理再去看那只十足健康的狗,不过我还是答应了她。这天,我的事情很忙,直到晚上6点后,我才有空转到了“桂庐”。只见花园里停了好几辆汽车,而在我进屋后,我又看见郎太太请了几个人来喝酒,几个和她一样有钱的人,而且显然都很高贵。一比较之下,我觉得自己穿着这身工作服,实在有点像个乡巴佬。

郎太太正要带我到厨房时,厨房门忽然“砰”的一声打了开来,紧接着,西瑞就欣喜若狂地跳到客人当中。不到一秒钟,只见一个长相斯文的先生疯狂地抵挡着西瑞那双大脚,以保护他的背心。最后,他以几颗纽扣的代价逃开了，而那拳师狗又把注意力转到了一位女士身上。在我拼命把西瑞拖走时，她正濒于衣衫全落的危险。

这间原本祥和的屋子此时爆发了一场骚乱。随着那只大狗的横冲直撞，各个角落宾客的惊叫声和女主人的哀求声混成一团。可是不久后，我发觉这场混乱中又出现了一个更可怕的情况：屋里的空气很快的充满了强烈的恶臭。显然，西瑞的老毛病又犯了。

我想尽了办法要把那只狗引到屋外，可是它好像不懂什么叫做服从，使得我白白追了它一场。而随着尴尬场面的加大，我头一次了解郎太太碰到问题的严重性。大部分的狗偶尔也会放一两个屁，可是西瑞却不一样，它随时随地都在放。虽然人们说“响屁不臭，臭屁不响”，可是在这样一群高贵的人当中，它的响屁无疑更让人吃不消。

更让人受不了的是，每放一个响屁后，西瑞都会莫名其妙地回头看看屁股，然后傻乎乎地在屋里追来追去，就好像它看得见那个臭屁似的，而且决心把它给逮到。

我花了好像有一年的时间才终于把它给弄了出来。在我引它向外去时，郎太太帮我把门放得开开的。可是那个死东西却还不愿这样就走，在往外去时，它迅速跷起了一只脚，冲着我一条干净裤管狠狠撒了一泡尿。

从那天晚上以后，我便为郎太太投入了这场奋战。我觉得她急需我的帮助，所以，我去了她那儿好几次，并试了好几种法子。我还向我的伙伴西格请教过这个问题，而他建议我用木炭饼干作为西瑞的伙食。这种饼干西瑞一顿就吃一大堆，而且显然吃得津津有味。可是就跟别的东西一样，木炭饼干一点也没改变它的情况。

除此之外，我还一直思索着郎太太身上的谜。她住在德禄镇已经有好几年了，可是镇上的人一点也不清楚她。他们时常会为了她究竟是寡妇还是跟她先生分居了而争辩，可是我对那种事却没啥子兴趣。对我来说，最大的谜该是：她究竟是怎么跟西瑞那样一只狗扯上关系的。

我实在想不出，再没有比西瑞更不适合她个性的动物了。除了那令人遗憾的毛病之外，它在每一方面也都跟她完全相反。它不但笨头笨脑，而且鲁莽、外向，怎么说都不会适合她那高尚、文雅的家庭。虽然我从没查出他们是怎么凑在一块的，可是在我去了几趟后，我发现西瑞竟然还有一位仰慕者。

他叫做老康，是一个退休的农场工人，现在靠做点整理花园的零工过活，平均每周都到“桂庐”三次。每次我离开时，那拳师狗都会跑到外面，又跳又叫地跟在我后头，而这时候，那个老人总会毫不隐瞒地赞赏它。

“乖乖！”他说，“真是个好家伙！”

“没错，老康，它的确是只好狗。”而且，我说这话是真心的。在你跟西瑞混熟了后，你还真不能不喜欢上它。它是那么亲切、善良，而且经常会发出一些气味，不仅仅是臭死人的毒气，更有甜死人的好脾气。在扯落别人的纽扣或冲着他们的裤子撒尿时，它的态度可是完全出自于天真无邪，而且是为了讨好他们才这么做的呢！

“看看它那几条腿！”老康一边吐着气，一边神魂颠倒地盯着那只狗结实的大腿，“我的妈呀！它能跳过那个栅门，就好像根本没那回事儿似的。这才真是我心目中的一只好狗！”

在他说这些话时，我忽然想到，西瑞所以那么吸引他，是因为他跟那拳师狗实在很像：没有脑袋过重的负担，长得跟头公牛似的，有一副结实的肩膀，还有一张经常咧嘴在笑的大傻瓜脸。其实，他们根本是一个模子出来的。

"太太每次放它出来到花园玩,我都好喜欢它,"老康接着说。他说话时总是带着一种奇怪的鼻音,"它真是一个了不起的伙伴。"

我眯着眼睛看了看他。也难怪他没注意到西瑞的毛病,因为他总是在户外才看到它。

在我回诊所的路上,我苦思着我的治疗法一无所获这个事实。虽然为了这么一种病症发愁有点荒唐,但是无疑的,这件事已经使我伤起脑筋了。不但如此,我还把我的烦恼传给了西格。我下了车后,他从诊所的台阶走下来,握住了我一只胳臂。

"你到桂庐去了,是吧?告诉我,"他关心地问,"你这只放屁狗今天好了点没有?"

"恐怕,还是老样子。"我回答说。而我的伙伴同情地摇了摇头。

我们两个人都被打败了。要是那个时代有叶绿素药剂的话,说不定也就能扭转局势了。但是事实上,我也已经用尽了一切办法。看来,没有东西改变得了这种情况了。此外,假如狗主人是郎太太之外任何一个人的话,事情或许也就不会这么糟糕。我发觉,即使只是和她讨论那件事,也都变成了一件难以忍受的事。

西格的学生弟弟屈生,一样也没帮上忙。在执行业务上,他对于要看的病非常挑剔,可是他却立刻被西瑞的症状吸引住了,而且有一次坚持要跟我一起去。那次以后,我就再也没有带他去过。因为,我们一进了屋后,那只狗"噌"一下从它女主人身边跳过来,立刻放了一个特别响的臭屁,就好像是放礼炮欢迎我们似的。

屈生急忙挥出一只手掌,做出演话剧似的手势,高声朗诵说:"跑呀!三十六计走为上策!"

这就是他惟一一次的登门拜访,而没有这次的事,我也已经有够多麻烦了。

可是,当时我还不晓得有个更大的打击在等着我。几天以后,郎太太又打来了电话。

“哈利先生,我一个朋友有只非常可爱的小拳师母狗,她想把它带来跟西瑞交配。”

“什么?!”

“她想让她的母狗跟我的狗交配。”

“跟西瑞?”我紧紧抓着桌沿。这不可能是真的!“而你……你同意?”

“当然。”

我摇了摇头,以驱除这不可思议的感觉。我实在想不透,天底下为什么有人愿意再制造西瑞。而在我张嘴瞪着听筒时,一个可怕的景象飘到了我眼前:八只全都得了放屁病的小西瑞。不过,那种毛病当然不会遗传的。所以,我醒了醒脑筋,又清了清喉咙。

“好吧,郎太太,那你就让它去交配吧。”

电话停了半晌。“可是,哈利先生,我希望你来监督这件事。”

“真的啊。我想那倒没什么必要。”我用指甲戳了一下手掌心,“我觉得没有我,你也行的。”

“可是,要是你在场的话,我会高兴多了。拜托你来嘛……”她哀求着说。

我本想长叹一声,结果却深吸了一口气。“好吧,”我说,“我明天早上就过去。”

这晚,我始终被一种恐惧感困扰着。这位羞答答的淑女又将面临另一次极为尴尬的场面。天呐,为什么我要和她分享的总是这种事?此外,我更怕最糗的事会发生,在面对一只热情如火的母狗时,即使是全世界最笨的笨狗,光凭本能也都知道该怎么做。可是如果对方是像西瑞那样的猪脑袋,那我就不敢说了……

第二天早上,我担心的事结果都成真了。那只母狗,崔姬,是个干干净净、娇小玲珑的可人儿,而且做出了各种暗示,表示愿意合作。相反的,西瑞虽然也非常高兴见到她,但却老是不做它的部分。在闻了她几下后,它又吐着舌头,一副蠢相,绕着她跳了几圈。然后,它在草地上翻了个筋斗,接着便向她直直冲去,又在她面前来了个紧急煞车,低着头,张着大脚,准备跟她玩耍。我叹了口气。这正是我所料想的。那个笨蛋真的不晓得该怎么做。

这场哑剧又继续了一段时间,然后,不可避免的,情绪的紧张终于促成它的宿疾复发。在戏演到一半途中,它经常会停下来,回头瞧瞧它的尾巴,就好像它以前从没听过那种声音似的。

它偶尔会绕着草地来几个倒栽葱以变换它的舞蹈花样,而在做了大约连续十次后,它终于决定要对那只母狗采取什么行动了。我屏住了呼吸看它向她逼近,但不幸的是,它选错了方向开战。崔姬刚才一直以极大的耐心忍耐这个呆头鹅的胡闹,可是发现它竟然忙着在她左耳地区瞎搞,这就实在太过分了。只一下子,气得她尖叫一声,狠狠对着它的后腿咬了一下,把它吓得连忙跳开了。

从此之后,不论它什么时候靠近她,她都会龇牙咧嘴地警告它滚蛋。显然,她已经对她的新郎失望透顶,而且,这也难怪她。

“我想,她已经受够了,郎太太。”

不用说,我也已经受够了,而从那楚楚可怜的女士停止呼吸、脸羞红,以及不停挥丝帕等事来判断,她也是一样。

“是的……是的……我想你说得不错。”她回答说。

如此这般,崔姬便被带回了家,而西瑞作为种狗的生涯也就从此结束。

这最后一段插曲终于使我下了决心。我得好好跟郎太太谈谈，所以，过了几天后，我就又到"桂庐"去了。

"说不定你会觉得我多管闲事，"我说，"可是我实在觉得西瑞不适合你。事实上，它对你一无用处，只会把你的生活搞乱了。"

郎太太两眼睁得大大的："嗯……它在某方面的确是个麻烦……可是，你有什么办法？"

"我觉得你该另外再养一只狗，譬如狮子狗或京巴儿，只要是小一点的，你能够管得住的。"

"可是，哈利先生，我实在舍不得西瑞。"她的两眼很快就盈满了泪水，"我真的很喜欢它，虽然它会……虽然它会……"

"不！不！你误会了！"我急忙说，"我也很喜欢它，我对它没有一点恶感。不过我倒有个好主意。你为什么不把它送给老康？"

"老康？"

"是啊，他非常欣赏西瑞。跟这个老人家在一块儿，西瑞一定会有好日子过的。他在他茅屋后面有几块地，而且还养了几头牲畜。西瑞在那儿一定能尽情地跑啊、跳啊的。而且，老康来整理花园的时候，也能够把它一起带过来。你一个礼拜还是能看到它三次的。"

郎太太默默地看了我半天，脸上慢慢流露出了欣慰和希望。

"哈利先生，我想这的确是个好主意。可是，你确定老康愿意要它吗？"

"我敢打包票。像他这样的老光棍一定很寂寞的。不过，我倒担心一件事。通常，他们都只在外面见面，我怕，要是他们都在屋子里，而西瑞又开始……嗯……它这个老毛病又——"

"这个你放心，"郎太太赶紧打岔说，"我每次出去度假的时候，老康都会把它带回家一两个礼拜，可是他从来就没提过……嗯……提过那方面有什么不平常的。”

我站起身来,准备告辞:“那事情就这么办了。”

郎太太过几天给了我回音。她说,老康一听到她要把西瑞送给他的消息,高兴得立刻像冲天炮似的跳了起来。现在,他们爷儿俩显然非常快活地生活在一起。另外,她也听了我的建议,又买了一只小狮子狗。

直到那只新狗差不多六个月大后,我才头一次看到它,而且是因为它的女主人要我去给它治湿疹。我坐在那高雅的客厅,望着从容、安详、宁静的郎太太手上抱着那只洁白的小宠物时,心中实在忍不住想,这是一个多么适当、优美的画面:翠绿的地毯,落地的天鹅绒窗帘,细致轻巧的茶几,以及茶几上昂贵的瓷器和加框的小画像。这儿实在不是西瑞的安身之处。

老康的茅舍离此不到半里地,在回诊所的路上,我突然一冲动,就把车开向了他家。那老先生应了我的敲门声,一见到我,他那张大脸立刻欢喜地咧出了笑容。

“请进, 小伙子,” 他用他那奇怪的鼻音嚷嚷着,“我真高兴见到你! ”

我脚还没踩进他家窄小的客厅,一团毛茸茸的东西飞也似的便冲到了我身上。西瑞还是一点没改,逼得我非得苦战一番,才坐到了火炉旁的破椅子上。老康在我对面坐了下来,而当那拳师狗跳到他身上去舔他的脸时,他就像个爷爷似的用拳头捶了下它的脑袋。

“坐下,你这个小笨蛋。”他又疼又爱地轻叱说。只这么一声,西瑞便高高兴兴地在他脚边一小块破地毯上蹲了下来,敬仰地抬头望着它的新主人。

“嗯,哈利先生,”老康切了一小块样子非常难看的劣等烟草,一面把它塞到烟斗里，一面继续说，“我实在感激你让我得到这只好狗。哇，它真是个心肝宝贝，不管出多少钱我都不会卖它。天底下再也找不到这么一个好伴侣了。”

“这太好了，老康，”我说，“我看得出来，那个大家伙在你这儿的确很快活。”

那老人点燃了烟斗，一片苦辣的烟雾接着飘到了低矮、漆黑的屋梁上。“还有，它几乎从来不肯待在屋里。像它这样一只结实的好狗都希望把它的精力发泄光。”

可是就在这时，西瑞显然发泄起了别的东西，因为出自它身上的熟悉臭味甚至冲破了层层浓烟。老康似乎对这个味道全不在意，可是在这个密闭的小屋子里，我实在是受不了了。

“好吧。”我憋着气说，“我只是过来看看你们爷儿俩处得怎样。这会儿，我可以放心地走了。”说着，我急忙站起身来，踉踉跄跄地向门口冲去，可是那股恶臭仍然成波地紧追着我。在经过摆着残汤剩饭的桌子时，我看到了似乎是这间茅屋里仅有的一样装饰品：一个插了一大把康乃馨的花瓶。这倒不失为一条逃生之路，心里刚一想，我已经把头埋到了花里面。

老康表示赞许地看着我：“那些花真可爱，是不是？桂庐的郎太太让我爱摘什么就摘什么回家，而我觉得我最喜欢康乃馨。”

“不错，这种花很适合你家摆。”我说话时仍然把头埋在花里面。

“只可惜，”那老人哀伤地说，“我没办法完全享受它的好处。”

“这怎么说？”

他猛吸了几口烟。“嗯，你不觉得我说话声音有点好笑吗？”

“不……不会……一点也不会。”

“算啦，我知道你会。我从小时候起，说话就是这个样子了。我那时候动过一次腺状体肥大手术，可是不知道什么出了纰漏。”

“真对不起。”我说。

“没关系，反正也不是什么大毛病。只不过，它给我留下了一样缺陷。”

“你是说……”我终于恍然大悟这个人和那只狗究竟是怎么达成平衡的，以及他们的关系为什么会如此和谐。另外，我更确定了他们的未来绝对会快乐。仿佛，这一切都是命运的安排。

“唉，”那老人伤心地接着说，“我丧失了嗅觉。”

坏男孩也有爱

我想，那是在我看见一名伦敦警察用手指着一个愁眉苦脸的顽皮小孩时，我想起了卫理，还有他把鞭炮从信箱放进我诊所的那段日子。

那种爆竹，他们好像叫做“水鸳鸯”。每当我急急忙忙穿过漆黑的走道来应门铃时，那玩意儿就会在我脚边爆炸，把我吓得跳到半空中。

等我拧开大门，向马路望去时，却怎么也看不到人，只隐隐觉得街角有个飞掠而去的黑影和一阵模模糊糊的笑声。对于这种事，我是一点也拿不出办法，只知道卫理就躲在外面什么地方。

不得已，我只好拖着脚回到屋中。这个小孩为什么要这样虐待我，一个十岁大的小男孩会有什么跟我过不去？我从来也没伤害过他，可是，我却成了一场蓄意发起的消耗战的目标。

或许，这事并不是冲着我这个人而来的，说不定他只是觉得我在某些方面代表了权威，也说不定我只是方便而已。

我确实是他这种“打了就跑”战术的理想目标。因为我绝对不敢不应门铃，怕万一来人是我的主顾；此外，诊疗室和手术室距离大门又是那么远。有时候,我得从楼上的卧房被拖下来,费尽了千辛万苦走到门口,结果发现外面只有一个小黑影在远处跳跃着,并对我扮着鬼脸,那才真是气得人牙痒痒呢。

他经常也会变换一些恶作剧的花样，或是把垃圾从信箱塞进来，或是把我们在大石板之间开垦出的一小片花园上种的花拔掉,或是用粉笔在我的汽车上写一些粗话。

不过,我知道我并不是他惟一的受害人,因为我也听过别人的抱怨。譬如,那个老是发现苹果从他箱子里失踪的水果商啦,或是那个老是不情愿给他免费饼干的杂货店老板啦等等。

不错,他的确是镇上最调皮捣蛋的孩子,而不相称的是,他竟然叫卫理这个名字。他的行为完全没有他曾受过卫理公会熏陶教育的迹象。其实,我一点也不了解他的家庭背景,只知道他出生在镇上最贫穷的一个区域,那儿尽是一排排快要倒塌的茅屋,其中还有些因为景况更惨而没有人住了。

我经常在他应该上学的时间看见他在田野和小巷中闲荡,或是在小溪的水流平静处钓鱼。每次在这种地方认出我,他都一定会大声嘲弄我几句,而且,假如凑巧还有几个同伴跟他在一起,那他们也都会合着一块儿来嘲笑我。遇到这样的事,实在是让我恼火不堪,不过我总是安慰自己,他们并不是专冲着我这个人来的。只因为我是个大人,这就足以使我成为他们的目标了。

卫理的最大成就,无疑是他把诊所外面那个煤坑上的铁栅搬走那件事。那个铁栅在前门台阶左边,铁栅下面有条很陡的坡道,送煤的人都是利用这条坡道把煤袋倒到坑洞里面。

我不晓得这是不是出于一时的灵感,不过他在德禄镇庆那天把铁栅偷走了。庆祝活动是要由郝登银线乐队带头的全镇游行首先登场。

隔着卧房的窗户往下看，我看见他们全都聚到了下面的马路。

“海伦，你看，”我说，“他们一定是要从春门开始游行，凡是我认识的人好像都来了。”

海伦靠在我肩上，凝视着那长排的男童军、女向导、退役军人，还有全镇一半以上的男女老少都挤在人行道上，等着欣赏表演。“嗯，的确是很壮观。来，我们下楼看看去。”

我们快步下了楼梯，而我跟在她后面迈出了大门。一出去后，我突然发觉我又变成了注意力的中心。原先站在人行道上耐心等待游行开始的镇民们，现在可有了另一样可供观赏的东西。男女幼童军们在行列中热情地跟我挥着手，而街上和四面八方的大人们也都亲切地对着我点头、微笑。

我猜，他们这时的想法一定是：“看，那个年轻兽医出来了。他才刚结婚呢！旁边那位就是他太太。”

一股幸福的感觉涌到我心头。我不晓得别的新婚男人是不是也同样有这种感觉，不过在往日那个时代，我确实感受到一种平静的满足和成就感。此外，我更以身为一位“兽医”和他们生活的一部分为荣。旁边的墙上挂着我的名牌，这就是我的重要性的有力象征。我现在是个有身份的人了。我已经成功了。

放眼四周，我频频露出几缕庄严的微笑，并不时像个皇族似的举起手来，慈祥地一一向台下的群众答礼。然后，我注意到海伦快被我挤得没位置站了，所以，我向左边原来该有铁栅的地方跨了一步，谁知道就这么一跨，我竟动作优美地滑进了煤坑内。

假如说，我整个人完全从地面上消失了，那实在也有点夸张。其实，我还真希望我整个不见了，因为那样我就可以躲在洞里面，免得更加丢人现眼。可是，谁知道我只滑了一半却被卡住了，剩下个脑袋和肩膀露在地面上。

我这小小的表演在观众中造成了相当大的轰动，因为庆祝活动中绝对没有一项可以跟我这个媲美。我旁边的一两个人露出了惊慌表情，不过绝大部分人的反应都是捧腹大笑。成人们几乎乐得全都抱在了一块。不过最欣赏我的表演的还是那些男女幼童军，他们冲乱了自己的队伍，一个个在马路中央挤得东倒西歪，而他们的队长却还拼命想恢复秩序。

我在正要举起乐器准备出发的银线乐队中也造成了骚乱。假如他们原先是想开始吹奏乐器的话，那他们也得暂时打消这个主意，因为我不觉得他们之中还有哪个人吹得响乐器。

事实上，最后还是多亏两位队员用手撑住我的腋窝，才把我救出来的。我太太在这场危机中一点也没帮上忙，而我也只能抬着头，用责备的眼光看她靠在门柱上猛捂她的眼睛，以防笑出泪来。

爬到马路上后，我终于恍然大悟事出何因。我正拍着裤子上的煤渣，并尽力想装出一副满不在乎的样子时，忽然看见卫理兴奋地弯着腿，得意洋洋地用手指指我，又指指那个煤坑。他挤在观众中，离我相当近，而我这才头一次看仔细了这个一直折磨我的小坏蛋的坏相。我可能不自知地向他动了一下，因为他对我扮了最后一个鬼脸，接着就混到人群当中去了。

后来，我向海伦问起过他。她只能告诉我，卫理的父亲在他六岁时离家了，他的母亲已经再婚，而这个孩子现在就跟她和他的继父住在一起。

说也奇怪，我竟很快又有了一次机会去观察他。那是在铁栅事件之后大约一个礼拜，我心里还有一点生气时，居然看见他孤零零地一个人坐在候诊室里面。孤零零的意思是说，除了他腿上一只瘦成皮包骨的黑狗以外。

我简直不肯相信我竟会逮到这样子的机会。过去一个礼拜,我一直预习着要在这种时机使用的严词厉语，可是由于有那只狗在场,我就又忍了下来。假如他是为了向我请教我职业上的事情而来,那我可不该开口就骂人。还是待会儿再骂吧。

我穿上一件白袍,走进了候诊室。

“怎样,有何指教?”我冷冷地问。

那孩子站了起来。从他脸上藐视和绝望交集的表情,看得出他是下了很大的决心才走进这间诊所的。

“我的狗不知道有什么毛病。”他咕哝着说。

“好吧,把它牵过来。”我带路沿着走廊走到了诊疗室。

“麻烦把它放到桌上。”我说,而当他把那小狗抱起来时,我决定不让这个机会白白溜走,而要在做着检查时,随口跟他讨论一下最近的事。不说狠话,也不拐弯抹角,只是平心静气地探讨一下这个情况。在我刚想说“你到底为什么要这样子捉弄我”等等之类的话时,不巧我正好仔细看了那狗一眼,于是乎,刚才想说的话一下子全都从脑中溜走了。

它长得比一只幼犬大不了多少,而且,它是一只地地道道的杂种狗。看它那身发亮的黑毛,它大概是系出拉布拉多猎犬;而它那尖鼻和竖耳,也还有点短脚狗的味道;可是它那细长的尾巴和内八字的前脚,却把我给搞糊涂了。虽然如此,它还算是个很漂亮的小东西,尤其是有一张甜蜜而且富于表情的脸孔。

不过,吸引了我全部注意的却是它眼角的几滴黄脓,从它鼻孔流出的黏脓,以及使它痛苦的猛眨眼睛的畏光症。

典型的犬瘟热是种那么容易就诊断出来的病,可是却从来也没有法子可以把它给彻底治好。

“我不晓得你还有狗。”我说,“你养它多久了?”

“一个月。是个朋友从哈丁顿的猫犬之家弄来再卖给我的。”

“原来是这样。”我拿出温度计,一点儿也不诧异发现它的体温是40度。

“它多大了?”

“九个月。”

我点了点头,正是最会出问题的年纪。

我继续做了别的检查,又问了他一大堆例常的问题,虽然我心里早知道每个的答案了。

不错,这只狗已经病了一两个礼拜了,它并不是真的生病,只是无精打采,并且偶尔会咳嗽。此外,也一定是等到它眼睛和鼻子都流出脓后,那孩子才开始担心,并把它带来看。而我们做医生的看到这种病,通常就都是在这个时候——等到已经病入膏肓了。

卫理脸色阴沉地看着我,采取守势地回答我的问题,就好像我会随时去拧他的耳朵似的。不过,在我观察过他后,我刚才即使怀有什么坏意,这下也都全消失了。仔细一看,这个该死的顽皮鬼却成了一个缺乏照顾的可怜孩子。他的手肘从一件脏卫生衣的破洞中冒出来,他那条短裤也是同样破破烂烂。不过最使我吃惊的是,他那个小身子发出了像是一辈子没洗过澡的酸臭味。我从来没想到,德禄镇上竟然还有他这样的小孩。

在回答完我的问题后,他费了半天才脱口说了一个他自己的问题:“它到底有什么毛病?”

我犹豫了半晌:“它得了犬瘟热,小弟弟。”

“什么?”

“嗯……那是一种讨厌的传染病。它一定是从别的病狗身上感染来的。”

“它会好吗？”

“希望会。不过，我会为你用尽一切办法的。”我实在狠不下心告诉一个他这样年纪的小孩子，他的宠物或许会死的。

我用注射器吸满了“混合梅特灵”，那是我们在当代用来抵抗第二期犬瘟热病菌的一种药物。这种药从来都起不了多大作用，而就连今天有了那么多种抗生素，我们还是影响不了最后结果。假如你是在早期的滤过性病毒段得了一种病，那么只要打一针超免疫血清就可以治好了。可是，人们通常都要等到那个阶段过了后，才会把他的狗带来看病。

在我打着针时，那只狗哀吟了几声，而那小男孩伸出了一只手，一直轻轻地拍着它。

“不要紧的，公爵。”他连声说。

“你就叫它这个名字——公爵？”

“是啊。”他抚摸着它的耳朵，而那小狗翻过了身子，一直摇摆着它那奇怪的长尾巴，并拼命舔着他的手。卫理露出笑容，抬头看了我一眼，而就在这片刻之间，原先那张倔强的面具从他的脏脸上掉了下来，我在他乌黑、狂放的眼睛内看到了纯粹的喜悦。

我倒了一些晶体硼酸到一个盒子里，再把盒子递给他。“用这个溶到它喝的水里面，使它的眼睛和鼻子保持干净。注意它的鼻孔是怎么结块、堵塞的，你可以使它舒服很多的。”

他一句话没说就拿起盒子，而且几乎是在同时丢了九便士到桌上。这差不多正好是我通常的医疗费用，因此解除了我在这方面的疑虑。

“我什么时候再带它过来？”他问。

我犹豫地看了他一会儿。我所能做的就只是一再给它打针，可是这又能改变得了什么呢?!

那小男孩误会了我犹豫的原因。“我会给你钱！”他大声叫说，“我会赚到钱的！”

“我不是这个意思，卫理，我刚才是在想什么时候最合适。你礼拜四再带它过来怎么样？”

他急急点了个头，随后就带他的狗走了。

我在用消毒剂擦洗桌面时，心里不禁涌出了一股绝望无助的古老感觉。现代的兽医不像我们见过那么多犬瘟热病症，因为大部分人都尽可能早地就给他们的小狗打过免疫针。可是回想30年代，只有少数几只好命的狗才种疫苗。这种病是那么容易的预防，可是却几乎没有办法治好。

接着三个礼拜，卫理的个性竟发生了不可思议的变化。原先，这孩子是个出了名的懒鬼，而今，他居然变得出奇的勤快，不但每天早上送报，为人整理花园，而且还在拍卖场帮忙赶牲畜。或许，只有我才知道他这么做是为了公爵。

他每隔两三天就会把那狗带来一次，而且每次都当场付钱。我自然是尽量少算他的费用。因为，他赚的钱还要用到别的方面，向肉贩买新鲜的肉，以及向杂货店买最好的饼干和牛奶。

“公爵今天看起来好漂亮，”我有次在他来的时候说，“我发现你给它买了个新项圈和一条新皮带。”

这孩子害臊地点了点头，然后用他那对乌黑的眼睛直直看着我，“它好些了吗？”

“嗯……还是差不多，卫理。这种病就是这个样子的，一直没有多大变化地拖着。”

“你……你什么时候才会知道结果？”

我想了一会儿。说不定让他知道真实情况，反而可以使他不这么担心。“事情是这样子的：假如能避免神经上的并发症，那公爵才会变好。”

“什么并发症？”

“癫痫、麻痹，还有一种会使肌肉抽动，叫做舞蹈病的并发症。”

“假如它得了怎么办？”

“这样的话，前途就不妙。不过并不是每只狗都会得的。”我想让他恢复信心，笑了笑，“而且，公爵还有有利的一点——它不是一只纯种狗。杂种狗有种叫做混合活力的东西，能够帮助它们抵抗疾病。不管怎么说，它现在不是又能吃，而且还很活泼吗？”

“呀，是还不错。”

“这样，我们就继续替它看病吧。我现在再给它打一针看看。”

那孩子三天后又回来了。从他脸上的表情，我知道他有了重大的消息。

“公爵好多了！它的眼睛和鼻子都干了，而且，它现在像个饿狼似的能吃！”他兴奋得直喘着气。

我把那狗抱到桌上。无疑的，它的健康已大有改善，使得我也为之雀跃不已。

“这太好啦，卫理。”虽然我口头上这么说，我脑中却“丁零”响起了一阵警铃声。假如神经并发症要接着而来的话，这正是大好时机——就在那狗表面上康复的时候。

我强迫使自己乐观一点：“照现在这个情形，你可以不必再来了，只要多加小心照顾它就可以。假如看到有什么不平常的事，那再带它过来。”

这个一身邋遢的小男孩高兴得三步当做两步地带着他的宝贝跑了，而我打心底里希望以后不会再在这个地方见到他。

上面说的是星期五晚上的事。到了星期一，我已经把这整件事给扔到回忆里去了，但就在这天，那小男孩又牵着公爵来到了诊所。

当时，我正在桌子上写着日记，看到他，我马上抬起了头，“怎么回事，卫理？”

“它在摇摆。”

听了他的话，我急忙从桌后面走出来，蹲在地上专心地研究起那狗。起初，我并没看出什么，后来再一仔细看，我发现它正隐隐地一直点着头。我把手放在它脑袋上，憋着气等了一会儿。糟糕，我担心的事果然发生了——颅肌微弱但规则的抽动。

“恐怕它得了舞蹈症，卫理。”

“什么？”

“这就是我以前告诉你的一种并发症，有些人管它叫‘圣维塔之舞’。我原来希望它不会发生的。”

那小男孩忽然显得又脆弱又孤零零的，只见他不言不语地站在那儿，一直不停地搓弄着手上那条新皮带。

“它会死掉吗？”他费了好大的劲才说出这句话来。

“有些狗也会变好的，卫理。”不过我并没告诉他我只见过这种事一次，“我有种药可能对它有帮助。我去拿一些给你。”

我给了他一些我惟一治好那次病所用的砒剂。其实，我根本不知道那次是不是靠这个药治好的，可是我也没有别的好给他了。

接着两个礼拜，公爵的舞蹈症完全照着教科书的情形而来。我所害怕的每一样事全都残忍地发生了，痉挛这个毛病从它头部蔓延到了四肢，然后，它后半身在走路时也摇摇晃晃起来。

它那位年轻主人不断地把它带到我这儿来，而我虽然想尽了办法，同时却也想让他明白怎么样都没有用了。这孩子固执地不肯听劝，一会儿还是忙着赶去送报，一会儿又去做别的工作，并且坚持要付医疗费用，虽然我不想收他的钱。然后，有天下午，他又来了。

“我没办法把公爵带来，”他喃喃地说，“它现在不能走了。你愿意跟我去看看它吗？”

我们一起上了我的汽车。这天是个礼拜天，时间大约是下午3点，街上人声寂静。他带我走上一座铺满圆石的庭院，打开了其中一间屋子的大门。

我一走进去后，屋中的臭味立刻向我扑来。平常，乡下兽医很不容易对环境感到恶心的。可是现在我觉得我的胃酸像波涛似的翻腾、汹涌。卫理他妈长得非常胖，一套脏衣服没形没样地在她身上挤成了一团。她斜靠着餐桌，嘴巴里叼了根香烟，全心全意地看着一叠脏盘子中间的一本杂志。在抬头来看了我们一眼时，她脑袋上的发卷稀里哗啦乱响了一阵。

窗户下面的一张沙发上，她丈夫像头死猪似的横身躺着，咧了个大嘴巴打着呼噜，呼噜声中带着浓厚的啤酒味。堆满了更多油腻碗盘的水槽，上面覆盖着一层让人反胃的绿色浮渣。旧报纸、破衣服，还有各种说不出名字的垃圾撒满了一地。除此之外，一架收音机正全力地哇哇响着。

屋里惟一一样又新又干净的东西是角落上的狗篮。我走过去，俯身看着公爵，只见它气息奄奄、孤苦无依地趴在篮子里，瘦弱的小身子不能自已地抽动着。它那对凹陷的眼睛再次流满了黄脓，无神地向前凝视着。

“卫理，”我说，“你必须让我解决它的痛苦。”

他没有回答我的话，而当我想解释时，那架哇哇作响的收音机掩盖了我的声音。我抬头看了看他母亲。

“你介意把收音机关掉吗？”

她朝她孩子扭了下头，他才敢过去关上了旋钮。利用接下来的安静，我又开了口：“相信我，只有这样办了。你不能让它受尽折磨才死。”

他没有看我，两眼只是一眨也不眨地盯着他的狗。过了好久，他才举起一只手，微微吐出了一句话：“好吧。”

一听他这么说，我赶紧向外跑去，到车上去拿戊巴比妥。

“我保证不会有一点痛苦的。”我一边用针筒吸满药水，一边说。的确，那小狗只是叹了一口气，然后就一动不动地直直躺着，要命的痉挛也终于停止了。

我把针筒摆进了口袋：“你要我把它带走吗？”

他两眼茫然地看着我，这时，他母亲插了嘴：“把它弄走！我打一开始就没想要那个该死的东西。”说完，她又继续看起了杂志。

我迅即抱起那个小身子，向外走了出去。卫理紧紧跟在我后头，张大了两眼看着我打开车后盖，轻轻地把公爵放到我的黑色工作外套上面。

我关上车盖后，他用指节使劲揉着眼睛，浑身不禁打起了哆嗦。我伸手搂住他的肩膀，好让他靠在我身上，狠狠哭个够。这时候，我不禁怀疑，他这辈子是不是有机会像这样有人来安慰他哭过。

可是，他很快又缩回了身子，伸手擦干了脏脸上的泪水。

“你要进屋子去吗，卫理？”我问他说。

他眨了眨眼，又以他以前那种凶狠的表情看了看我.

“不！”说完，他掉头就走，而且始终没有回头。我一直看着他穿过马路,翻过围墙,慢慢越过田野,向小溪走去。

从那以后,我似乎总是觉得卫理又回到了他往日的生活,从此再也不打零工或做有用的活动了。他再也不跟我搞恶作剧,可是,他却更进一步做起了更严重的坏事,不但放火烧谷仓,而且还因偷窃上过法庭。到了13岁时,他更偷起了汽车。

最后,他被送到一间感化院,从此就在这个地方上消失了。没有人知道他去了哪里,而大多数人也随之都忘了他。有一位没忘记他的是本地的警官。

"那个小卫理,"他有一次沉思着对我说,"他是我一生中见过的最坏的孩子。你晓得,我觉得他这辈子从来也没在乎过别人或是任何有生命的东西。"

"我了解你的感受,警官。"我回答说,"不过,你说的并不全对。曾经有个有生命的东西……"

香肠和薯泥

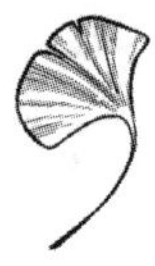

屈生这辈子永远也不会因为炒菜做饭而得奖。

我们在皇家空军的伙食要比大多数战时英国人的好,不过再怎样还是比不上德禄镇的佳肴。我想,我大概是被惯坏了,先是被何嫂,后又被海伦。在西格诊所,我们只有短短一段日子吃得不像王孙公子,而这就是屈生充当临时厨师的那几天。

这事发生在我还是个光棍的时候。有天早上,屈生和我正坐在红木餐桌旁边吃早餐,西格突然从外面冲了进来,叽里咕噜打了声招呼后,就给自个儿倒了杯咖啡,并且心神恍惚地在一片吐司面包上抹了奶油,又在盘子上切了一片咸肉。闷不吭声地嚼了差不多一分钟后,他忽然用劲往桌上用力一拍,吓得我差点儿跳了起来。

“有啦!”他大呼小叫着。

“有什么啦?”我问他说。

西格放下刀叉,用根手指指着我:“真笨,我刚才一直坐在这儿发怔,绞尽了脑汁不知道该怎么办,然后我突然就想出来了。”

"怎么回事,到底是什么问题?"

"是因为何嫂。"他说,"她刚刚告诉我说,她妹妹病了,她非得回去照顾她。她说她大概会离开一个礼拜,所以我就一直在想要找谁来代她照料诊所。"

"原来是这么回事儿。"

"然后我忽然想到,"他切了一块煎蛋,又说,"屈生能代替她。"

"啊?!"原来一直看着《每日镜报》的屈生,这下吃惊地抬起了头,"我?"

"是的,你!你平常光磨屁股,浪费太多时间了。做点有用的活动对你有好处的。"

屈生满脸狐疑地望着他:"有用的活动,这话是什么意思?"

"嗯……譬如整理这个地方啦。"西格说,"我不会希望你做得十全十美,只要你每天有进步就好了。另外,当然还有做饭。"

"做饭?!"

"不错,"西格两眼直直盯着他,"你总会炒菜的,是不是?"

"嗯……啊……会是会……我会蒸香肠,还会煮马铃薯。"

西格两手一张,说:"你看,没问题吧。麻烦把炸薯条推过来,吉米。"

我默默地把盘子推了过去。他们刚才的对话,我只隐隐约约听了一点,因为我部分的心思早已飘到了远处。就在吃早餐以前,我接到了一通老甘打来的电话,他是我们最好的一位农民,而他的话这时仍萦绕在我脑中。

"哈利先生,你昨天看的那头小牛死了。这是我一个礼拜来损失的第三头了,弄得我已经不知所措了。希望你今早来这儿一趟,好好地再看一遍。"

我心不在焉地喝着咖啡。其实,不知所措的并不是只有他一个人。三头健康的小牛显出急性胃炎的症状,经过我的治疗,它们还是死了。事情光这样本来就够糟的了,可是更糟的是,我完全弄不清楚它们究竟得了什么病。

我擦了下嘴巴,匆匆站起身来:"西格,我想先到老甘那儿去一趟,然后再去你交代我的那些地方。"

"好吧,随你便。"我的老板甜甜地而且像是打气地跟我一笑,接着又像表演特技似的用一片面包把一个立着的蘑菇送到了嘴中。他并不是一个食量很大的人,不过他实在爱吃早上这顿饭。

在到农场的路上,我的心脏绝望无助地猛跳着。除了已经做的之外,我还能再做什么?碰到病因不明的病患,一个人总会不由自主地认为它是吃了什么有害的东西了。因此,我曾在牧场附近四处闲逛过,想要找找是不是有有毒的植物。可是对老甘的小牛来说,这样逛又毫无意义,因为它们从来没出过门:它们都只是一个月大的小宝宝。

我也给这几头小牛验过尸,可是却只发现很不明显的肠胃炎。我也把它们的肾脏送到化验室做过铅毒估算,结果是否定的。跟它们的主人一样,我也是迷惑得不知所措。老甘在他的院子里等候着我。

"幸好我打了电话给你。"他上气不接下气地说,"又有一头开始发作了。"

我跟他冲进牛棚里, 当即看见了我所预期以及所害怕的景象:一头小牛拼命踢着它的肚子,一下爬起来,一下又躺下去,不时还在它的草床上翻来覆去,典型的腹痛。可是为什么呢?

我像给以前那几头一样的给它做了检查。体温正常,肺部无恙,只有瘤胃失去张力,极为柔软。

在我把温度计放回盒子时,这头小牛突然倒了下来,一边猛打摆子，一边口吐白沫。我急忙给它打了镇静剂、镁和钙，可是心中仍泛起一股劫数难逃的感觉。这些我已经全都做过了。

“到底是怎么回事？”那农夫道出我的想法并问我说。

我耸了耸肩：“是急性胃炎，老甘。可是我真希望我知道原因。我敢发誓这头小牛一定是吃了什么有刺激性或有腐蚀性的毒物。”

“该死！可是，它们只吃了牛奶和几颗核桃啊！”他双手一摊说，“它们碰不到一点儿对它们有害的东西的。”

于是，我又一次做了以往的例行公事：在牛棚里四处搜寻，想要找出一点线索，哪怕只是一个生锈的油漆罐，或是一包破开的羊用浸液都好。通常，你在一间牲畜栏舍里会发现的东西都是五花八门，千奇百样。可是老甘的牛棚却不是这么回事儿。他这人干净得近乎挑剔，尤其是为了他的小牛，更是把窗台和草架都打扫得连一点脏东西也没有。此外，喂奶桶也是一个样子，每次用后总是洗刷得一尘不染。

老甘对待他的小牛还有一点值得一提。他那两个十几岁大的孩子都非常热衷农牧的事，而他也时时鼓励他们学习各种农技，不过喂牛这件工作，他绝不假手他们，总要亲自动手。

“喂牛是饲养牲畜中最重要的一样工作，”他经常对我说，“让它们活过第一个月，你就成功一半了。”

而且，他绝对是言行合一。他照顾的对象从来没得过一般小牛所得的病，譬如腹泻、关节疾病，或是肺炎等等。我时常惊奇他竟能做到这点，可是这却使得目前的不幸更难忍受。

“好吧，”我离开时故作轻松地说，“说不定这头小牛的情况不会那么糟。明儿早上你再打个电话给我。”

其余的巡察工作，我都是在愁眉不展的心情下做完的。而到吃午饭时，我仍然心神不定，恍恍惚惚的，所以看见屈生端菜上来，我还奇怪他怎么了。原来,我把何嫂请假这件事全给忘了。

虽然如此,香肠和薯条的味道还算不坏,屈生更是狼吞虎咽地吃着他那份。我们三个人全都把自己的盘子打扫得干干净净。因为早上的工作总是最忙,所以每到中午,我都快饿得半死。

下午,我的心思仍然放在老甘的问题上,而到吃晚饭时,我发现菜还是香肠和薯条,心里只不过微微感到意外。

“又是这个啊?”西格咕哝了一声。不过他还是吃完了他那盘,没有多说就离开了餐桌。

第二天早上,情况一开始就变得很坏。我走进餐厅,发现饭桌上空空如也,而西格正气得猛跳着脚。

“我们的早餐跑到哪去了?”他暴叫着,“还有屈生也死到哪去了?”

他沿着走廊咚咚地跑着,然后,我又听见他在厨房大叫:“屈生!屈生!”

我知道他是在浪费时间,他的弟弟经常爱睡懒觉,而今天早上只不过是更过分了一点。

我的老板怒气冲冲地沿着走廊飞奔回来,吓得我赶紧硬起心肠,准备迎接下面的不愉快场面。不过,屈生可是处理这种情况的个中老手:才见西格跳上楼梯,就见他已经从楼上走了下来,而且悠哉游哉地打着领带。这种本事真是出奇,他总是睡得比别人多,可是却极少被他哥哥在床上逮着。

“对不起,”他叽咕着说,“恐怕我睡过头了。”

“这下可好!”西格吼着,“我们的早饭怎么办?!我给了你工作做的!”

屈生面露悔色地说:“我真的很抱歉。可是我昨天晚上熬夜削马铃薯了。”

他哥哥听了气得满脸通红。“我知道！”他咆哮着说，“不过你是在酒店打烊后才开始削的！”

“没错，”屈生咽了口气，又露出他自尊心受到伤害时常见的那种表情，“我昨天晚上是有点口渴，我想大概是打扫屋子的缘故。”

西格没有理他，只是愤怒地瞪了他一眼，然后转向我说：“我们今早只得吃面包、果酱凑合凑合了，跟我到厨房来，我们……”

丁零响起的电话打断了他的话。我拿起电话，听了一会儿后，一定是因为我脸上的表情，才使他在厨房门口停了下来。

“怎么回事，吉米？”我挂上电话后，他问我说，“你看来好像是肚子被人踢了一脚。”

我点了点头：“我的感觉确实就是这样。老甘那头小牛又快死了，另外还有一头又病了。西格，我希望你能跟我去那儿一趟。”

我的老板隔着栅栏，一动也不动地低头看着那头小牲畜。它似乎不知道该怎么是好，一会儿又站，一会儿又躺，一会儿又痛苦地猛踢四肢，一会儿又难过得翻来覆去。

“吉米，”他看了一会儿静静地说，“这头小牛中毒了。”

“我也是这样想，可是是怎么中的呢？”

老甘这时打了岔：“这样说没有用的，法西格先生。我们检查过这个地方好几遍了，它们弄不到什么东西吃的。”

“嗯……我们还是再检查一遍看看。”说完，西格跟我以前一样的绕了牛栏一遍，回来时，脸上丝毫没有表情。

“你的核桃是从哪儿弄来的？”他咕哝着说，一面用手捏碎了一个核桃仁。

老甘把两手一摊：“跟本地的莱德工厂买的，是他们最好的一种。你当然不会怪他们吧？”

西格一句话也没说。莱德是一家以做牲畜食品仔细出了名的工厂。接着,他用听诊器和温度计给那头病牛做了检查,又用手指伸进它那长满毛的腹壁,两眼直直瞪着它的脸以注意它的反应。最后,他给那头小牛开了跟我昨天开的差不多一样的药。开完药,我们就走了。

到别的地方的前半段路上,他闷声不响的气也没吭,突然,他用手掌猛打方向盘,说:"它一定是吃了有刺激性的毒物了,吉米。可是,该死!我就是不知道那毒是从哪儿来的。"

我们的巡察花了好长一段时间。回到诊所吃中饭时,他跟我一样仍然苦思着老甘的问题,就连屈生把一盘热腾腾的香肠和薯泥摆到他面前,他都没眨一下眼。然后,等到用叉子去叉薯泥时,他似乎才清醒过来。

"我的老天!"他惊叫着,"我们还要再吃一遍这个?"

屈生想要讨好地笑了一笑:"是啊。詹森先生告诉我说,他们今天的香肠特别好,味道绝佳。"

"真的?"他哥哥冷冷瞥了他一眼,"我倒觉得跟昨天的晚饭,还有跟昨天的中饭都差不多。"他的声音渐渐高起来,最后又降了下去。

"算了,管他的。"他自言自语地说,说完便无精打采地拨弄起他的食物。显然,那些小牛已经耗尽了他的精神,而且,我了解他的感受。

我毫不费劲地吃完了我那份——我一向就喜欢香肠和薯泥。

不过,我的老板个性倒很有弹性,到了下午,他已经恢复老样子,又吼又叫的。

"我可以告诉你,吉米,老甘的那个问题动摇了我的信心,"他说,"不过后来我又去看了其他几个病患,发现它们都很有进步,这才大大提高了我的士气。来,我给你倒杯酒喝。"

他伸手到炉架上面的纸箱里拿了一瓶琴酒,倒了一杯后,他和蔼地看了看正在打扫客厅的弟弟。

屈生是在小题大做，只见他一下推着吸尘器奔上奔下，一下又弄直椅垫，一下又用掸子拍打每一样看得到的东西。他一面瞎忙和着，一面叹着气、喘着息，活像一个工作劳累的佣人，只差再戴一顶袋型帽，再围一条花边围巾，他那副模样就更像了。

我们喝完酒，西格专心读着《兽医纪录》时，厨房传出了阵阵香味。大约7点左右，屈生把头从饭厅门探了出来。

"菜已经摆在桌上了。"他说。

我的老板放下《兽医纪录》，站起来伸了伸懒腰，"好吧，我肚子也饿了。"

我跟他走进饭厅，没想到一头撞上了他紧急停下来的身子。只见他一脸不信地瞪着桌上的大碗。

"拜托别又是香肠跟薯泥！"他大吼一声。

屈生挪了下两脚："嗯……啊……这很好吃的。真的。"

"很好吃，我做梦都开始梦到这该死的东西了！你难道不会弄点别的花样啊？"

"我告诉过你了，"屈生一脸委屈地说，"我告诉过你我只会弄香肠跟薯泥的。"

"你是告诉过我了！"他哥哥叫着说，"可是你没说你'只会'弄香肠跟那该死的薯泥！"

屈生做了个无可奈何的手势。他哥哥没办法，只好一屁股倒到了椅子上。

"算啦！算啦！"他叹了口气说，"把那玩意儿舀出来吧！希望老天保佑我们。"

他吃了一小口，紧接着就抱住他肚子，哼哼哎哎了几声："这个东西快害死我了,我想我过完这个礼拜,整个人都会变了。”

第二天一早,家里就发生了场大变。我才刚下床要穿上睡袍时,一阵爆炸声忽然震撼了整幢房子。紧接着,一阵呼呼声又像龙卷风似的扫过了走廊和各间屋子,使得每扇窗子嘎嘎作响。随后留下了一片不祥的寂静。

我冲出房间,登时与西格撞了个满怀,而他张大了两眼看了我一会儿,才向楼下飞奔而去。

跑进厨房后,只见屈生脸朝上躺在一堆碗盘中间,熏肉和碎鸡蛋撒满了一地。

“怎么回事?”西格大声嚷嚷着。

他弟弟一脸好奇地看了看他:“我也不晓得。刚才我正点着火,忽然就轰了一声。”

“点火?”

“是啊。这两天早上,我点火都有点困难,火炉就是点不着。我想,烟囱大概需要通一通了。这间老房子……”

“是啊!是啊!”西格暴叫着说,“我们知道这是老房子啦,可是究竟是怎么回事?”

屈生在地上坐了起来,即使是在这个时候,坐在一堆瓦砾之中,脸上还沾满了黑灰,他仍然是一副处变不惊、若无其事的模样。“我想我做事是急了点。”(他那灵敏的头脑永远都在找保留体力的新方法。)“我拿一块棉花蘸了些醚,就把棉花扔进了火炉。”

“醚?”

“是啊,那个点得着,是不是?”

“点得着!”他哥哥两眼快瞪了出来,“它会爆炸啊!你没把整个房子给炸了,还真是个奇迹。”

屈生站起来，拍了拍身上的黑灰："嗯……啊……算了，我马上就会把早饭弄好的。"

"你别弄啦！"西格哆哆嗦嗦地猛吸了口气，然后从罐子里抽出一条面包，切了起来，"早饭都已经到地板上了，而且，等你把这一团糟打扫干净，我们早就都走了。你吃果酱面包可以吧，吉米？"

我们又一次一起出了门，我的老板已经跟老甘讲好，要他在我们到之前不要喂他的牛，好让我们能亲眼看看它们得病的过程。

这真不是一次愉快的拜访。昨天那两头小牛都已经死了，而那农夫两眼露出了绝望之色。

西格紧紧咬了一会牙，然后才做了个手势说："开始吧，甘先生，我想看你怎么喂它们。"

那些小牛随时都吃得到核桃，所以我们专心看着老甘把牛奶倒进桶子里，让那些小牛喝了起来。"这个可怜人显然已经放弃了希望，从他漠不关心的态度来看，我敢说他对这最后的花招并没什么信心。"

我也是一样，不过西格却像个困兽似的走来走去，似乎希望会有什么事情发生。在他靠近那些小牛时，它们好奇地"嗯"了几声，并且吐出白沫。不过它们跟我差不多，对这神秘的事也提不出什么解释。

我放眼看了看这一长排牛栏。栏舍里，仍有三十多头小牛，忽然，我心里涌出了这么个可怕的念头，这种疾病可能会蔓延到它们每一头身上的。我正提心吊胆之时，西格猛地用手指戳了戳一个奶桶。

"这是什么？"他高声说。

老甘和我走过去，低头看着漂浮在牛奶表面上一个大约半英寸直径的黑东西。

"是块粪肥，不知道怎么跑了进去，"老甘咕哝着说，"我来弄出来。"说着，他把手伸进了桶子。

“不，让我来，”西格小心翼翼地拾起那东西，再甩了甩手指上的奶水，好奇地研究了起来。

“这不是粪肥，”他喃喃地说，“你看，这个东西中间往下凹，像个小杯子一样。”他用拇指和食指搓了搓那玩意儿的一角，“我告诉你这是什么，这是个痂。它究竟是从哪儿来的？”

他开始检查起小牛的脖子和头，然后一动不动地抓着一个小角芽说：“这儿有块粗糙表面，摸得出来，那个痂是属于这儿的。”他把那黑色的杯形东西套到角芽上，结果正好相合。

老甘耸了耸肩：“喔！对了，我晓得了。两个礼拜前，我给所有小牛拔过角芽。”

“你是用什么拔的，甘先生？”我的老板轻声问。

“是一种新玩意儿，有个家伙跑来卖给我的。你只要把它涂上去就行了。用起来要比老式的烈性药容易得多。”

“你瓶子还留着没有？”

“有。在屋子里，我这就去拿。”

老甘回来后，西格看了看标签，再把瓶子递给我。

“是三氯化锑，吉米。现在我们晓得了。”

“锑……你们在说些什么啊？”老甘一脸迷惑地问。

西格同情地看了看他：“锑是种要命的毒药，甘先生。不错，它是会把角芽腐蚀掉，可是要是它掺到食物里面，事情就完了。”

老甘两眼瞪得老大：“对了。该死，而它们一低下头去喝牛奶，痂就会在这个时候掉下去！”

“正是如此，”西格说，“或者，是它们用角芽去蹭奶桶边才掉下去的。不管怎么样，我们还是快去保住其他小牛的安全。”

我们检查了每一头小牛，把它们角芽上的毒屑全给刮干净，而到我们离开时，我们知道老甘这段短暂但痛苦的插曲终于结束了。

在汽车里面，我的老板把手肘靠在方向盘上，用两手撑着下巴开车。他一沉思时，经常就是这个样子开车，而每次总是吓得我胆战心惊。

“吉米，”他轻声说，“我以前从没见过这种事情。这实在是写本书的材料。”

他的话就像预言似的，因为现在写着这件事时，我发觉事隔35年，它就从来没再发生过。

回到诊所，我们分道各做各的事。无疑的，因为早上的爆炸事件，屈生急着想要弥补自己的过错，所以这时他正满怀热心地拖着拖把清洗走廊。

可是，西格把车开走后，忙碌的活动忽然停了下来，而当我背着装满设备的手提袋要离开时，我瞥了客厅一眼，看见屈生正懒洋洋地躺在他心爱的椅子上。

我走进客厅，惊讶地发现煤球炉上放了一盘香肠。

“这是怎么回事？”我问他说。

屈生点了根“木斑”香烟，甩了甩手上的《每日镜报》，又跷起了一只脚：“只不过是在准备午饭。”

“在这儿？”

“是啊，吉米。我受够那个热火炉了，那儿一点也不舒服。而且，厨房离这儿反正又是那么远。”

我低头瞅着横身躺着的他：“我用不着问菜单是什么了？”

“是用不着问。”屈生傻乎乎地跟我笑了笑。

我正要离开时，心里忽然想起了一件事。“马铃薯呢？”

“在炉子里面。”

"在炉子里面……"

"是啊,我刚把它们放进去烤一会儿,这样子味道比较好吃。"

"你有把握?"

"没问题,吉米。我告诉你,你会爱上我的新手法的。"

直到1点左右,我才返回诊所。屈生这时不在客厅里面,屋里却笼罩着一片烟雾,而且,一股像是柴火的熏味刺激着我的鼻子。

我在厨房里找到了那个小伙子。他平常那种以不变应万变的神态消失了。这时,只见他一个劲刺着一堆好像焦炭的黑东西。

我两眼直直瞅视着他:"那是什么?"

"是那些该死的马铃薯,吉米!我刚才迷糊了一会儿,谁知道就发生这种事!"

他小心翼翼地切开了其中一个黑团,在这个炭球中央,我只认出了像弹丸那么小的白粉。看来,这就是当初的马铃薯仅存的硕果了。

"我的天呐,屈生!你打算怎么办?"

他像惊弓之鸟似的看了我一眼:"把芯挖出来再搅和在一块儿。我只能这么办了。"

这是件我不堪目睹的事。所以,我上了楼,先洗了个澡,然后才坐到餐桌的位置上。西格已经就座了,而且,我看得出来,早上的那个小成就使得他非常开心。一看见我,他快乐地跟我打了个招呼。

"吉米,老甘那件事是不是最该死的事?真高兴我们把它给解决了。"

只可惜,他的笑容在屈生进来把大碗放到他面前时僵住了。眯眼一看,只见一碗盛的是不可避免的香肠,另一碗装的则是乱七八糟一堆泥糊,里面还装满了各式各样、大小不一的黑东西。

"看在老天的分上,"他脸色阴森地问,"这是个什么玩意儿?"

他弟弟咽了口气，轻描淡写地说：“香肠和薯泥。”

西格狠狠瞪了他一眼：“我是指这个。”他谨慎地挑了下这堆黑糊。

“嗯……啊……这是马铃薯，”屈生清了清嗓子，“恐怕，有点儿烧焦了。”

我的老板一句话没吭，便用汤匙舀了些那玩意儿到他盘子上，又叉了一叉子到他嘴里，慢慢嚼了起来。在嘎吱嘎吱咬到一块特别硬的碎炭时，他面带痛苦地停止了咀嚼，然后两眼一闭，狠下心把嘴里的东西咽了进去。

像是暴风雨之前的宁静，闷声不响了老半天后，他忽然用双手抱住肚子，呻吟了一声，同时猛一下子跳了起来。

“够了！”他大叫说，“我不在乎到农场去调查中毒事件，可是我受不了在我自己家里被人下毒！”他迈步离开饭桌，又在门口停了下来。“我要到多福酒店去吃中饭去。”

在他转过身后，他全身又起了一阵痉挛。他再次抱住肚子，并且回头看了一眼。

“现在我才了解那些可怜小牛的感觉！”

三人行，必有我师

我们在伦敦的日子已接近尾声。大伙都在等待进驻“初期训练营”的命令。

这种时候谣言难免满天飞。有人说我们要去威尔斯的艾伯瑞史维斯——这对我来说实在太远了。我希望往北走。稍后，又有人说我们要去康瓦耳！那更糟！我知道二等兵吉米·哈利的老婆马上就要生孩子的事并不会影响战略，可是我还是希望驻防的地点能离海伦近一点。

在伦敦的这段期间成了我记忆中的空白。我想这也许是什么事对我都是新的，以至于我完全不能吸收它们，也可能这些日子我实在太疲倦了。事实上，每个人都很疲倦。每天清晨6点我们就被叫起来做体能训练，要不就是行进、踏步。连吃一顿饭都要叫我们绕上几里的圈子，才肯放我们进餐厅。入伍之前，我已步入“汽车化”的时代，现在又倒回来以双腿代替机器，实在让人很不习惯。

有时候，我免不了要想这一切都是为了什么。我跟其他年轻的伙伴一样幻想过，只要接受简单的基本训练就可以坐在飞机里学习飞行。可是事情跟所想的完全不同，我知道这些都是未来遥远的事。事实上，入伍这么久，他们根本没有提过“飞机”这两个字。在初期训练营里，我们要开始学一些基本的飞行理论，但他们还是不会让我们看到或摸到真正的飞机。

很令人感激的是我通过了数学测验——这意味着我够资格成为一位飞行员。以前我计算东西一向是靠扳指头，所以收到征集令时，我很紧张。入伍前我翻了翻小学的算术课本，彻底温习了一遍。什么两列车以不同的速度相向而行或浴缸进水、放水的算术问题，过去一向都会让我头痛一天。

临走的前两天，我还遭受一次意外的震撼。我虽是兽医，可是也并不喜欢洗猪舍和清理饲水。某些人一定急着想把皇家空军吃剩的食物变成猪肉或猪排，所以猪圈里堆满了臭气冲天的饲水桶——我发誓那是我平生所见过最脏的猪圈。要清理这样一个局面，当然要抓几个倒霉的大兵，而我很荣幸也是其中之一。

可是一接到移防命令时，我的不愉快全都抛到脑后了。我们要去史卡保罗——我去过那儿，那是一处海滨度假胜地。当然这并不是我高兴的原因，最主要的是因为它在约克郡。

我们列队走出车站，进入史卡保罗的街市上时，我几乎不敢相信我又回到了自己的郡县。即使我原来打算在这个地方挑出点小毛病，可是一吸进第一口空气后，我已打消这个念头。我好久没有闻到这么清新怡人的空气了。伦敦的空气跟这儿的比起来，实在应该感到惭愧才对。我跟着队伍行进时，几乎是眯着眼享受这大自然的财富的。

提醒各位，这儿是很冷的地方——事实上整个约克郡都很冷。我还记得在德禄镇度过头一次寒冬时那种震摄的感觉。

那天刚下了初雪，我的车蹦蹦跳跳地在白色的谷地间游荡。到达史先生家的大门前时，我看着窗外的新世界。白色的地毯向山谷中的田野卷开来，铺过农庄的屋顶，也盖过谷仓，把所有的景物——矮石墙、防风林、小溪——都变成从未见过的样子。

可是我一打开车门，尝到刺骨寒风的滋味时，原先欣赏美景的心情就给刮得一干二净了。来自北极的寒风刮起细白的雪粉，冲击在我的脸上。我穿了厚毛大衣，也戴了羊毛手套，可是风还是可以钻进骨髓里。我靠在车上边喘息，边把大衣的领扣扣上，然后，踩着笨重的步子走到大门前面，把门栓拉开。

走进了牛舍，我看到史先生正在把牛屎铲成一堆。

他今年七十多岁，可是却能独立经营这个小农场。有一次他告诉我说他在别人的农场里干了30年的长工，每天的工资是六先令，却还能存钱买下现在这座农场。或许这就是他不愿与人合伙的原因。

“你好，史先生。”我刚说完，一阵风卷进牛舍，留了一些细冰粉在我脸上。我觉得鼻子痒痒的，赶紧偏开头打了个爆炸性的喷嚏。

老农夫很吃惊地看看我，然后又看看四周，好像他这才发现天气变冷了。

“小伙子，今早风还小了一点儿呢。”他的香烟上迸出几点火花。

这位老农好像并没有什么御寒的保障。这种严寒的天气，他却只穿一件卡其罩衫外加一件破旧的海军大衣就心满意足了。我看得出这已经是他最好的装备。他那凹陷的脸颊上的白胡须似乎在笑我才24岁就那么不中用。顿时，我觉得自己是城市里长大的嫩草。

老农夫把叉子戳进牛粪里：“今天有好几只动物要你看。头一个就在这里。”他打开里面的矮门，我看见干草堆上趴了几头小公牛。

“它们都是好青年！”他指指角落一头吊着一个蹄子的小牛，“几天以来，它都是用三只脚站着，我想另一只脚一定受伤了。”

我走到小牛旁边,可是它立刻以矫捷的身手闪开了。

“史先生，我们得把它赶进通道里。”我说,“麻烦你打开通道好吗？”

我溜到小牛背后,想把它推进去。它很听话地走了几步,可是到了通道门口又停下来了。它像是迟疑了一会儿才决定掉头逃走。我在牛舍里追着它转,绕了十几圈以后,我一点儿都不冷了。我打赌最能使人出汗的运动大概就是追小牛，现在我已经完全忘了外面是怎样的世界。我猜想待会儿我还会变得更热,因为小牛似乎爱上了这种游戏,而开始越跑越快。

我靠在木栏上,等气喘够了才开口对农夫说:“没有用,我们永远也追不到它,除非你去弄条绳子来。”

“不,小伙子,不必那么麻烦。”说完,老农夫走过去抱了一堆干草,再走到通道里,把干草铺在地上。他转过来对我说,“好了,你可以推它进来了。”

我用手指猛戳牛屁股,这回它竟毫不犹豫地走了进去。

史先生一定注意到了我满脸疑惑的表情。

“它只是不喜欢冰凉的石板地,所以只要铺上干草它就没话说了。”

“是的……是的……原来如此。”我慢慢走近小牛。

它得的是“臭蹄症”——也就是两趾间的组织坏死而发出恶臭。我没有抗生素,也没有磺胺类药剂。若是现在,我只要打一针就可以在两天之内治好它。可是当时我必须蹲在它肚子底下和随时可能突击我的后脚搏斗,然后把硫酸铜和斯德哥尔摩焦油掺和着抹在蹄缝间,最后,我还得用棉花和纱布把整个蹄子包起来。大功告成的时候,我把大衣脱下来挂在钉子上。我已经不再需要它了。

史老先生很满意地看看我的成果。“很好，很好，”他喃喃地说，“现在请你看看一群小猪——有几头泻肚子，我想请你给它们打几针。”

我的药箱里有新问世的特效药，所以我满怀希望地走进猪圈里。可是几秒钟后，我又冲出来，因为小猪的母亲咬牙切齿地不同意陌生人走近，向我怒吼。这头母猪跟驴子差不多大，它一看我进来，不给我考虑的机会就把两排黄色的牙齿从我大腿旁边刷过。我也很识相，立刻转身冲出猪栏把门关上。

我沉思地回首望猪栏：“史先生，我们必须把母猪弄走才能为小猪看病。”

“对，你说得对，小伙子。我去把它弄走。”说完，他拖着脚步走进去。

我伸出一只手：“不，我来好了。”我不能让这么一个脆弱的老人独自走进虎口。我环顾一周，找了把快烂光的铁铲做武器。

“请打开门，”我说，“我马上就把它赶出来。”

我把铁铲挡在前面，再度进入猪圈里。我用铁铲顶着它的大屁股，试图把它推出门外，可是这一招一点用都没有，因为它总是面对着我。当它开始吃生锈的铁铲时，我知道我该叫暂停了。

走出猪圈，我看见史先生拖来了一样大东西。

“这是什么？”我问他。

“垃圾桶。”老农夫理所当然地回答。

“垃圾桶！干吗……”

他根本不打算向我解释，只是打开栏门走进去。母猪向他冲过来时，他把垃圾桶当头套上去，然后再向后推它。这么一来母猪可迷糊了——突然发觉自己塞在一个黑漆漆的世界里，它自然会向后退。一般的主人应该会帮助它脱离困境，可是它的主人却顺水推舟，一路跟着它倒退。

在弄清是怎么回事之前,它已经给推到猪栏外了。老农夫冷静地拔出垃圾桶,然后向我使了个手势:“哈利先生,你可以进去了。”

他只用了20秒就把问题解决了。

我抓起老农夫事先准备好的铁皮冲进猪圈里。如果我能在小猪散开之前,把它们圈在角落里,我的工作很快就可以完成。

可是母猪的叛逆性似乎传给了这一家子。我只看见十几头粉红色的小猪像赛马般地在猪圈里绕圈子。我正看得眼花缭乱的时候,发现有人在拉我的手。

“别急,小伙子,别急,”老农夫很仁慈地看看我,“站着不要动,再绕几圈它们就会停下来的。”

接着,我听见他发出很奇怪的声音。

“嘶,嘶——,”他一动也不动,“嘶,嘶——”

小猪奔跑的速度减慢了,接着,它们一致停下来,自动聚集在角落,那光景就像有人用遥控器控制它们似的。

“嘶——”史先生拿着铁皮慢慢走过去,“嘶——”

最后,他从容地把小猪全部圈在角落里。

“哈利先生,你可以准备针了。”

剩下的工作只是几分钟的事了。史老先生并没有说:“怎样,小伙子,今天是不是从我这里学了两招?”他那对冷静深沉的眼睛里根本看不出得意或是胜利的意味。他所说的只是:“小伙子,今早把你忙坏了。现在还有一头牛要请你看,它的奶头里长了一个小痘痘。”

在用手挤奶的时代里,“小痘痘”或是其他的小玩意儿出现在奶头里是很平常的事。它们有些是奶块,也有些是微小的良性肿瘤。母牛的乳房是个学问很多的小世界,所以我走进牛舍时抱着几分兴趣。

我还来不及走近母牛，史先生就抓住我的肩膀。

“等一等，哈利先生，还不要摸它奶头，否则它会踢你。它的脾气很大。你等一下，我用绳子把它套起来。”

“是。”我说，“不过让我来做好了。”

他犹豫了一下：“我想应该由我来……”

“不，不，史先生，这大可不必。我也知道如何防止牛踢，”我很正经地说，“只麻烦你把那根绳子拿给我。”

“可是……它是个混球……踢起人来就像踢毽子一样。它的奶很多，只是……”

“不用担心，”我笑着说，“我可以治得了它。”

我开始解绳子。能让他知道一个刚毕业的年轻兽医也知道如何制伏动物，实在是件挺不错的事。我很感激他事前就告诉我他的牛是足球健将。有一次我给一头牛踢到牛舍的另一端，等我爬起来的时候，那位农夫才面无表情地说：“哦，我忘了告诉你，它总是有这种习惯。”

事先有个准备的确是安全多了。我把绳子绕过母牛的肚子，再把两条后腿用活结绑紧。这是我在学校里就学会的。当我蹲下去时，母牛很感兴趣地回头看我。

我轻轻地捏了捏乳头，挤出了几注奶水，可是后面的奶马上就给阻断了。可不是吗，奶管里有颗小痘痘塞住了奶路。我可以不必切开括约肌而直接把小痘痘从出奶口挤出来。

我用力捏了一下，同时一只蹄子弹起来正中我的膝盖。我摸着受创的部位，嘴里轻轻地咒骂着。

老农夫很关心地走过来：“噢，我很抱歉，哈利先生，我说过它是个混球。最好还是让我……”

我举起一只手：“不，史先生，我已经套上绳子了，刚刚只是没有绑紧。”我跳到牛尾，把活结解开重新又绑了一次，这一回，我用力得眼睛都涨了起来。现在它的小腹缩得就像维多利亚时代扎了束腹的淑女。

“看你怎么动！”我咕哝地又回到工作岗位。现在从奶孔已经可以看到那个粉红的硬块，只要再用一点力气，我就可以把它挤出来了。我吸了一口气，又开始捏挤。

后蹄又弹起来了，这次踢中我的手肘，它腿抬得并不高，不过痛苦的程度可不亚于前一次。我卷起袖子，手肘上红了一大块，就好像刚盖了一个章。

“小伙子，我来吧，你够受了。”史先生解开绳子说，“一般的方法对它都不管用的，我每天挤两次奶，对它的脾气清楚极了。”

他取了一根很显然服务了多年的犁绳，绑住后腿的关节，另一端则挂在墙头的钩子上。这么一来母牛的腿就给绳子拉得不能动弹了。

农夫点点头：“好了，再试试看。”

我抓起奶头又死命地捏。母牛好像知道它不能动了，所以连试都没有试一下。我继续施加压力，直到我的脸都红了，小痘痘才挤出来！那是一粒大奶块。这次母牛拿我一点儿办法都没有。

“谢谢你，小伙子，”农夫说，“好极了，我一直在心烦那个硬块是什么东西。”他竖了一根指头，“还有最后一件事要麻烦你，一头小母牛的胃有毛病。它在外面的屋舍里。”

我穿上外衣，和老农夫走到寒风狂吼着迎接我们的空地上。利刃般的风夹着雪花替我洗着脸，刺得我两眼泪水直流。

“母牛呢？”我喘着气问。

史先生并没有立刻回答。他正在点烟——显然他完全忘记自己正站在什么样的天气下。他拿出一个上古时代的打火机，然后用拇指比划了一下。

"就在那儿,路的那边。"

我顺着他指的方向看过去,只见到几面颓墙的后面就是一片雪白的陡坡,坡的顶点几乎和灰蒙蒙的天空连在一起。接近山顶的地方有间小小的谷仓,除此之外整个世界都是纯白的。

"对不起,"我说,"我还是没有看到。"

老农夫一副很吃惊的样子:"你看不到?这么清楚的谷仓你还是看不到。"

"谷……谷仓,"我用一根颤抖的指头指着山坡上的小点儿,"你是说山上的谷仓,小母牛该不会在那儿吧?"

"它是在那儿啊——我把许多年轻的动物都养在那里。"

"可是……可是……"我几乎说不出话来,"我们永远也上不去!那儿的雪至少有三英尺深!"

他愉快地吐出烟雾:"我们可以上去的,不要担心,等我一下。"

他消失在马厩里,过了一会儿,他牵了一匹又矮又胖的小马走出来。

他边套马鞍边轻松地说:"咱们要出发了,你该带的东西都准备好了吗?"说完,他踩着一个木箱跨上马背。

我很疑惑地摸摸口袋,不过心里却在担心我该怎么上去。

通往山坡的小路已经先被挖出了一小段,史先生骑着小马走在前面,我则跟着他的轨迹前进。到了没有路可走的地方时,我绝望地抬头看着陡坡上软绵绵而无际的白雪。

史先生在马鞍上回过头来:"抓着尾巴。"他说。

"对不起,你说什么?"

"抓着它的尾巴。"我像梦游一样地伸出手。

"不,两只手。"农夫很有耐心地说。

"像这样？"

"好极了，小伙子。现在正式出发了！"

他踢了一下小马，立刻毅然决然地奔向前程，所以我也只好跟着跑。

这个方法倒真不错！整个世界都在向后退。我回头看见谷地间的农舍已经成了脚底下的积木。我向后仰着，一点也不觉得劳累。

到了谷仓门口时，农夫回头问我："小伙子，你还好吧？"

"还好，史先生。"我走进谷仓时，不禁对自己笑了一下。老农夫曾经对我说他12岁以后就没有念过书，而我在24岁以前几乎成天泡在书里。可是回想起过去的这一个小时，我只有一个结论：

我念的书比他多，可是他懂的比我多得多。

圣诞节礼物

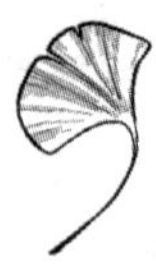

那一年圣诞节，我身边有数不尽的伙伴。我们驻扎在戈兰帝饭店，那是雄峙于史卡保罗海岸的一幢维多利亚式建筑。豪华宽广的餐厅里挤满了几百名欢叫的空军大兵，铁一般的纪律也随着圣诞快乐的呼声而插翅暂时飞出了窗外。

由于这次的圣诞是我所度过最特殊的，所以我相信这一天将会深植在我记忆中。不过我印象最深刻的圣诞节还是在德禄镇度过的。那是和一只猫有关……

我头一次看见它是在秋天。那天我到安太太家去看一只狗，走进客厅的时候我发现炉火旁边坐了一只猫。

“我不知道你还养猫。”我说。

女主人笑了笑：“我们并没有养……它叫戴比。”

“戴比？”

“嗯。至少我们这么叫它。它是野猫，每个礼拜都要来两三次。它来的时候，我们就喂它吃东西。不过我不晓得其他时间它都在哪里。我想它一定把时间都浪费在四处游荡上面。”

“你想它会想和你们住在一块儿吗？”

“才不呢，”安太太摇着头说，“它是个胆小的家伙，每次都是偷偷摸摸爬进来，吃饱了又溜走。它看起来的确很令人同情，不过它又似乎不愿别人干扰它的生活。”

我又看了看那只小猫：“可是今天它不只是在这儿吃饭。”

“有时候，它吃饱了并不立刻就走，它会偷偷溜进客厅，在炉火旁边烤几分钟火。它好像还蛮懂得享受的。”

“嗯……我也看得出来。”这只猫的姿态表情与一般小动物都有点不一样。它很安详地坐在炉火前的厚地毯上。它没有蜷起身子，也没有不停地洗脸，只是很平稳地看着前面。我可以从它的眼神看出它有一种野性的高傲感，而现在它正在享受生命中最安逸平静的片段。

最后，它在我的注视之下，很从容地站起来走出去。

“戴比就是这样，”安太太笑笑说，“每次待不上十分钟就要走。”

安太太是位肥胖可爱又善良的中年妇人，她是所有兽医都最希望面对的客户：富有、仁慈，而且是三只名贵腊肠犬的主人。只要三只小猎犬之中有任何一者稍微表现出一点点难过的样子，我就会立刻被召唤过来。今天安太太打电话向我求急诊，是因为其中一只狗连续搔了几次耳朵。

因此我来安家的机会频繁，而且大多是芝麻小事，不过这倒使我有充裕的机会去注意那只吸引我的小野猫。有一次，我偶然瞥见它正津津有味地在厨房一角舔着地上的肉汁，可是一发现我在偷看，它立刻以轻快的脚步，像浮离地面似的溜进客厅。

原先已经霸占在炉火周围的三只腊肠狗正在打盹，可是它们似乎已经习惯了戴比这只不速之客。小野猫挤进它们的地盘时，其中两只以厌恶的眼光瞄了瞄它，另一只只是睁开惺忪的睡眼弄清怎么回事，然后继续闷头大睡。

戴比以固有的姿势坐在地上，两眼看着火光，好像在沉思似的。这次，我决定和它交个朋友。我轻轻走过去，然后慢慢伸出一根手指。它把身体靠向一边，似乎不太理睬我的多情。我刚刚摸到它的时候，它很技巧地翻一个身，以高雅的步态跑出了客厅。我站起来走到窗边，却只看到一团黑影划进沾满雨露的草地里。

“真想不透它是到哪里去。”我自言自语地说。

女主人出现在我身后，“我也时常这么奇怪着。”

我想我再次听到安太太的声音差不多是三个月以后。事实上，我正在奇怪她的三只腊肠狗怎么好久没生病时，电话铃就响了。

那是圣诞节的早晨，所以安太太好像很抱歉的样子，“哈利先生，今天打扰你实在是太不好意思了，我知道你该像任何人一样待在家中过节的。”可是这些客气的话并不能隐藏住她的不安与焦虑。

“请你不要在意这些，”我说，“这回是哪一只病了？”

“不是狗。是……戴比。”

“戴比？它在你家？”

“嗯……可是它出了问题，请你赶快过来。”

车子驶过市场时，我再次想到德禄镇的圣诞节就像狄更斯又复活了一样：空荡荡的广场上铺了一尺厚的雪毯，参差不齐的屋檐边结了一条条长短不一的冰柱；商店全部关门了，可是橱窗里五彩缤纷的圣诞树灯却忙碌地闪着；每一家都烘散着温暖诱人的火光，而远处的荒野却冻得像一大块白色的冰砖。

安太太家里挂满了光彩炫目的金纸条和圣诞装饰，酒柜里昂贵的饮料全部都排列出来了，厨房里飘出阵阵洋葱和烤火鸡味。然而安太太带我走进客厅的时候,眼神却是很痛苦的样子。

戴比还是在它的老位置,只是这次情形有点不一样。它不像平常那样坐着,而是一动不动地趴在地上,更奇怪的是它旁边还躺了一只小黑猫。

我很奇怪地看看它:"这是怎么回事?"

"我也不懂,"安太太回答说,"我一连几个礼拜都没有看到它,几个小时之前,它衔了一只小猫摇摇晃晃地走进厨房。起初,我还很高兴,因为它自动走到老地方,把小猫放在地毯上。可是它静坐了一会儿就倒了下去,而且一动也不动。"

我跪在地毯上触摸戴比的脖子和胸骨,它瘦了很多,而且毛尖上都是泥块。我扳开它嘴的时候,它一点都没有抵抗。我觉得它的舌头冻得像冰块一样,呼吸也很微弱。我翻开它眼皮时,心中敲起了警钟,因为一颗像死鱼般的眼珠直瞪着前方。

我把手移至下腹,摸到叶片状的硬瘤。于是我开始感到绝望了,毫无疑问它得的是淋巴肉瘤。我用听诊器确定了一下微弱而急促的心跳,然后站起来坐在炉火旁边。温暖的火光烤得我脸颊热烘烘的。

安太太的说话声好像来自非常遥远的地方。"它生病了吗,哈利先生?"

我迟疑了一下:"嗯……恐怕是的。恶性肿瘤。"我站起来,"很抱歉,我无法救它。"

"噢!"她的手立刻捂着嘴,两眼瞪得好大。她再开口的时候,声音是颤抖的,"那……那你是不是立刻让它安眠,我们不能让它痛苦,是吗?"

"安太太,"我说,"我们连针都不需要打了。它已经昏迷,而且马上就要死了——我想它现在已经没有知觉了。"

她很快地转开身子，静静地站了好一会儿。我知道她在压制自己的情绪。最后，她走过来跪在戴比旁边。

“噢，可怜的小家伙！”她边抚摸小野猫，泪水边滚落到地毯上，“我一直就觉得我该为它做点什么的。”

我静静地站在旁边，也为这只野猫的命运感到难过。这屋里五颜六色的装饰和气氛是绝对不相称的。

我轻声地说：“没有人能够做得比你还多，也没有人比你更仁慈。”

“可是我该收养它的。这么冷的天它在外面生病时一定很痛苦——我简直不敢想象。更何况它还生小猫。我……我不晓得它到底生了几只。”

我耸了一下肩：“没有人会晓得。也许只生了这一只，这种情形也是常有的。说不定戴比把小猫衔过来就是要交给你。”

“是啊……它一定是这么想的……一定是的。”安太太把旁边的小猫抱进怀里，轻轻用指头抠掉毛上的泥巴。小猫张开嘴咪咪叫了两声。这不是很奇怪吗，它知道自己要死了所以才把小猫带过来，而今天刚好又是圣诞节。

我又弯下去摸摸戴比的心脏，发现它已不再跳动了。

我抬起头说：“我想它已经死了。”我把只有几两重的戴比抱起来，用布裹着送到车子里去。

我回来的时候，安太太还在摸小猫。她的眼泪已经干了，而且脸上还放出光芒。

“我从来没有养过猫。”她说。

我笑了一下：“现在你有一只可以养了。”

安太太当然收养它了。小猫很快就长大成为顽皮的捣蛋鬼，它的个性处处都与它那胆小畏缩的母亲相反。它不再像母亲那样向往户外生活；相反的，它成天像个国王似的在安家巡视。安太太为它做了一个装饰的套头，这一点使得它觉得自己更威武。

我每次去安家都发现戴比二世比上次又长大了一点。我印象最深刻的一次是下一个的圣诞节——也就是它来到安家一年的纪念日。

这一天，我仍旧像往常一样地出诊。我不晓得我是从什么时候开始，连圣诞节都要工作，总之动物并不因为这一天是假日而不生病就是了。多少年下来，我对这一天出诊已经不再抱怨，因为在冰天雪地里忙了一阵以后，我有更大的胃口去享受火鸡大餐。更何况所有的农夫都会热情地款待我。

我驾车回家的时候，两颊泛着玫瑰红，因为我刚喝了几杯威士忌。外行的约克郡农夫把他们珍藏的酒像汽水一样地倒进我杯里——此外，我还喝了一杯翁老头的私酒，他的酒刚一下肚我就觉得一股热气直冲到脚趾尖。路过安家门口时，我听见有人在叫我。

“圣诞快乐，哈利先生！”她站在门口，乐得直向我招手，“进来喝一杯暖暖身子吧！”

我并不需要再暖身了，不过我还是毫不犹豫地把车停在她家门口。屋里面还是挂满了跟去年一样的金纸条和各种炫目的装饰物，厨房里也飘出了相同的烤火鸡和洋葱的香味。我发现我口腔里不停涌出丰沛的分泌液。惟一和去年不同的是屋里没有那种哀伤的气氛，而且戴比换成了戴比二世。

我走进客厅，看见那只凶恶的小猫正在轮番戏弄三只腊肠犬。它眼露凶光，用利爪扫过腊肠犬的脖子，然后掉头就跑。

安太太笑着说：“你知道，它是它们的克星，它使得家里永远不得安宁。”

她说得没错，那只小猫是三只腊肠犬最痛恨的入侵者。我相信它们的感觉就像是其乐融融的酒吧里突然闯进一个到处挑衅的恶棍一样。过去几年来,它们的生活一直是高雅而舒适的:很冷静地随着女主人出去散个步,享受餐盘中丰盛的食物,或聚在炉火边互相用鼻尖磨搓一番。它们的日子一天天平安地度过,直到戴比二世来了以后,一切都改变了。

它跳跃着闪到一只最年轻的腊肠犬身边,然后突然地从侧面挥爪攻击它的脖子。虽然对方是一只比它大好几倍的狗,但是这种侮辱实在太过分了。于是腊肠狗也顾不得尊严,和戴比二世在地板上厮斗起来。

"我要给你看一样东西。"安太太从酒柜里拿出了一个橡皮球走到花园里。戴比二世看见了,赶紧快步跟出来。安太太把球扔进院子外面的草堆里,小猫立刻像闪电般地射出去。几秒钟后,它得意地衔着球走回来,把它放在主人脚边,然后盼望地等待着。安太太又扔了一次,结果它又把球衔回来。

我大吃了一惊。一只会取回东西的猫!

腊肠犬们更痛恨它了,这原本该是狗类的专利,而今却被一只猫儿盗去。不但如此,它还一再表演而不嫌疲倦。

安太太转过来对我说:"你见过这种事吗?"

"没有,"我回答,"从来没有。它是头一个例子。"

她弯下腰,把小猫抱回屋里,并和它脸贴着脸互相逗笑。小猫很懂得把握机会,立刻用下颚在女主人的脸上轻搓。

看着这只健康顽皮的小猫,我不禁想起它的母亲。在那个寒冷的圣诞节,它那垂死的母亲把它叼进安家是何用意?它知道这温暖的天堂是世上惟一可能收留它孩子的地方,所以才这么做的吗?如果它是这么期望的话,那它应该可以安心了。

安太太笑着问我："你在想什么吗，哈利先生？"

"我在想它的母亲……它带小猫来这儿整整一年了。如果它能看到这幕景象的话，它一定会很高兴的。"

"是啊，"安太太又把脸凑近小猫，"这是我收过最好的圣诞礼物。"

开小差

我不可思议地看着磅秤上的指针。133磅！自从加入皇家空军以来，我已经减轻了28磅。我正窝在史卡保罗一家仪器公司的角落里。我已经养成习惯每个礼拜都要来证实一下我减肥的成果。当然这并不只是严格的体能训练的功劳。

来史卡保罗的第一天，飞行指挥官巴尼斯就曾用深思的眼光扫着我们说："离开这儿的时候，你们会不认识自己了。"我想很多人到现在才懂那句话的意思。

我们几乎一刻都没有休息过。每天的课程都是体能训练和出操：在海边的寒风下穿着汗衫和短裤做体操，或是在班长的吼叫声中踏步行进和慢跑。

此外，我们定期行军到堡山上做射击训练。他们让我们试尽了全世界的各种武器：12发装的自动步枪、0.22英寸口径步枪、左轮、白朗宁重机枪；另外我们甚至还上刺刀刺稻草人。除了上课之外，他们还安排我们游泳、踢足球或在海滩上做长达几里的慢跑。

起初，我一直忙得没有工夫注意自己是不是改变了，可是长跑几个礼拜以后的一个早晨，班长在海边集合队伍说："绕过那堆岩石再回来，看看谁能得第一！"

我们都以百米冲刺的速度飞奔出去，结果我很诧异地发现我竟是头一个跑回终点的。巴尼斯说得没错，我已经不认识自己了。

离开海伦的时候，我是个被宠坏了的丈夫。当时我有一点点的双下巴和正在酝酿成形的凸肚皮，可是现在我已经结实得像只灵缇犬。瘦一点固然很好，然而我又发现我实在不该这么瘦的。

在约克郡若是一个太太怀孕的男人突然瘦下来，人们会在背后笑他也跟太太一样怀孕了。我一向就把这种事当做笑话。

可是当我开始有了"怀孕"的症状时，我大吃了一惊，起初我只是有点晨间病，接着我感到作呕，甚至感觉焦躁不安。我想我的症状是随着海伦产期的接近而更明显。有一天晚上我的下腹开始阵痛时，我知道我必须回去看海伦了。我确信这就是所谓的心灵感应。

幸好海伦就在戈兰帝饭店的窗子看出去那座山的后面。也许我判断的方位并不很正确，不过至少我还在约克郡，只要搭上公车，三个小时后我就可以到家。可是令人发慌的是训练中心不准假。他们说中心的规则十分严厉，没有非常的情形是绝不准假的。孩子出世的时候他们会放我假，但是我却等不了那么久。我知道不请假外出就视同逃兵，这种罪名我实在担当不起。

这就像一位伙伴曾说过的："有个小子想溜回家，结果进了监狱。太划不来了，是不是？"

这句话并不能吓阻我回家的念头。我是个守法的好国民，可是我非见海伦不可，否则我会痛苦不堪。我偷看过时刻表：2点有班车，5点可以到德禄；6点有班从德禄开回来，9点就可以回来。总共六个小时车程，而在家只待上一个小时——即使是这样也值得。

我一直想不出有任何方法可以让我在下午2点溜到车站，因为下午从来没有清闲过。可是机会来的时候往往是意想不到的。一个礼拜五的午餐时间，我们获知下午不上课，但是所有的人都必须待在饭店内直到晚饭后才可以出去。大多数的伙伴都感恩地倒在床上，而我却悄悄溜下漫长的石阶，选择了一个隐匿的位置向大门打量。

大门进口处有个办公室，门口坐着一位海岸巡逻队的士兵。我等了很久，趁他回到办公室的一瞬间，快步溜了出去。

第一关通过得太容易了，可是穿过饭店前的广场时，我觉得我实在很暴露而醒目。我不敢回头，也不敢左顾右盼，只是尽量加快脚步。一旦出了广场绕到街角后，心情就轻松多了。我继续朝西走，只要运气再来一次，我就可以顺利溜上公车。我气喘得很急，喉咙也很干，不过看来我的第二关又将很顺利了。

当街角突然转出两个魁梧的巡逻队员时，我惊愕得好像被击中了一拳。可是我立刻就强迫自己冷静下来。

他们会向我要假条，如果我拿不出来，他们就会问我出来干什么。骗他们说我只是想出来透透气对我自己绝没好处——这条街直通火车站和公车站，一个白痴也猜得出我的意图。此外，这条街完全没有掩护的地方，更没有岔路可逃……我开始怀疑有史以来有没有兽医坐过牢！很可能我将是头一个。

这时候，我听到后面传来很有节奏的步伐声和尖锐的“左右，左右”的口令声。我回头看见一位士官带着一列蓝制服的士兵从后面走过来。队伍从我旁边通过时，我又看了前面两位巡逻队员一眼。我愣了一下，因为他们正在谈笑，显然他们还没有看到我。于是我不假思索就加入队尾，几秒钟后，我安全通过两位巡逻队员。

我的脑子死命地计划下一步逃生的方法。我可以继续跟着队伍走，到了离车站最近的时候再溜出去。正在沾沾自喜的时候，那位带队的下士回头瞥了一眼。他好像并没有发现什么，可是一秒钟后，他又回头，这次他的眼睛变得又圆又大。接着，他缩短步距，直到落到排尾与我并肩而行。

他边走边打量我，而我也用眼角的余光打量他。他的个子不大，不过肌肉很结实。我们一直并肩走了好一段路，他才开口。

“你是谁？”他悄悄地问我。不过我猜得出下一句他可能就是用吼叫了。

这是世界上最蠢的问题，我实在不晓得该如何回答。我听出他的口音是我家乡的腔调，于是我又抱着一丝希望。

“哈利，长官。”我故意用格拉斯哥的乡音回答。

“谁管你姓什么，我是问你是哪个单位的？”

“二支队，第四班，长官。”

“二支！去你的，这是一支队。你在这儿搞什么鬼?！”

我两眼平视前方，手臂摆动45度。事情终于揭穿了……于是我深吸了一口气。

“想回家看老婆，长官，她快生产了。”

我偷瞥了他一眼。这位士官不是轻易表现出吃惊的人，不过他的眼光闪了一下：“回去看老婆，你——你是不是神志不太正常？”

“长官，她就在德禄，很近的，三小时就可以到。我今晚就回来。”

“今晚回来！你该去检查一下脑袋吧？”

“长官，我一定要回去！”

“眼睛看前面！谁叫你们回头的！”他对前面大叫，“一二、一二。”然后，他又撇过头很好奇地打量我。显然他对我很有兴趣——我们同是战争压迫下离乡背井的格拉斯哥佬，而且同样是发育不全，营养不良。

“你知不知道你老婆生产的时候，你可以准假回家？”他终于开口问。

“知道，可是我等不及。长官，放我一马！”我知道格拉斯哥人喜欢坦率勇敢的人。

“放你一马！你要我被枪毙是吗？”

“不，长官，不会的。我上了车就没人知道。”

“老天！这不是……”他突然停下来，并且更好奇地打量我，“你是格拉斯哥哪一区的人？”

“史戈西尔区，”我回答，“你呢？”

“高文区。”

我稍微把头撇过去：“巡逻兵队的球迷？”

他的表情没有变，可是一道眉抬高了一下。我知道我已经掌握他了。

“了不起！”我用很崇敬的口吻说，“我每次都到伊柏拉球场看你们的球队比赛。”

他没有吭声，所以我一一背诵出巡逻兵队的球员名字：“守门唐森，前锋葛雷、麦当乐、辛普森，中锋布朗……”他的眼睛看着远方，好像陶醉在梦境中的回忆里一样。当我说出后卫的“马顿、何其堡和马歇尔”时，他的嘴角几乎挂起了笑意。

接着，他晃晃脑袋，又恢复正常的表情。

“一、二，一、二！”他向队伍吼道，“跑步——走！”然后，他用嘴角跟我说，“车站到了，队伍跑过去比较不容易被人看出来。”

说完，他跑到队伍前面，带队跑过车站的旁边。候车室就在我左手边不到两公尺的地方，于是我三两步就冲了进去。我摘下帽子，挤在一群老农妇中间。我可以透过候车室的窗子看见队伍一直跑到街的另一端。

队伍消逝在街头之前,我都还听得到那位士官尖锐的口令声。他的肩很窄,腿也很弯,我直盯着他的背影,看着他愈变愈小,可是他却一直没有回头。从那天起,我再也没有看到过他。可是一直到今天我都希望能请他去看场球并喝个两杯。如果他是西尔队的球迷我也不在乎,因为在那决定性的一瞬间我也准备好了西尔队的全体队员名字。我对足球的常识救了我一命。

我坐在公车上看着窗外的景致,我还把帽子放在膝盖上,为的是怕引起注意。我对战争改变环境的速度感到大吃一惊。出了城一两里之内所见全是行进的部队和战车,路边的老农和小孩脸上都是惊恐不安的神色。

不过一进入乡下,我又见到了昔日的景观。远处是蓝蓝的海,近处则是平静的田畴。新翻的湿土在2月的阳光下闪烁着,一群群的羊儿散乱在羊圈之间的草地上吃草。今天没有风,农舍里的炊烟笔直通上天,路旁几株光秃的树一动也不动地伸入净空中。

窗外有一些景象特别吸引了我的注意。一个穿着半短裤,并缠了绑腿的农夫挑了一篓干草给牛群吃;一群农夫在田里烧干柴,清香的木柴味钻进了车里。几个小时以后,我所熟悉的乡村景致开始陆续出现在窗外。海伦家离公车经过的路线很近,所以我在镇郊就先下了车。

她一个人在家里,我走进厨房时,她回过头来。顿时,她的脸上出现惊奇而欢喜的表情。事实上,我也很吃惊。她吃惊是因为我变瘦了,我则是因为她变胖了。还有两个礼拜就生产的海伦看起来真的像是个大胖子——不过还不至于胖到我无法围抱的地步。我们在厨房中央紧抱着,好久好久都没有说话。

我们松开之后，她瞪着大眼看我："你走进来的时候，我几乎认不出是你了。"

"我也是。"

"我并不惊讶，" 她笑着摸摸自己的肚子，"他像疯子一样地乱踢，我想一定是个男的。"她伸出手摸摸我凹陷的脸颊，"他们一定没有好好喂你。"

"伙食倒很好，"我回答，"只可惜他们又让我们把吃下去的都'跑'掉了。"

"没关系，我来好好喂你一顿。"她若有所思地看着我，"可惜配给的肉都吃光了，来点儿煎蛋和炸薯片好不好？"

"好极了。"

她为我煎蛋和炸马铃薯，然后坐在旁边看着我吃。我们聊天的话题都很没有重心。我很诧异才离开她几个月，两个人思想的轨迹会差这么多。在这几个月之中，我的脑子受到军中生活的浸润，所以说出来的话都是空军术语。过去在诊所的卧室里，我们都聊些出诊时所发生的趣事，可是现在我难道要跟她说菲利浦打靶又吃面包，或老唐终于发现辛兹士官长的皮靴为什么总是发亮了。

可是当我看着她眼睛时，我的烦恼都融解了。我一直在担心她是否无恙，而她闪亮的眼光和红润的脸颊就是最肯定的答案。她跟以前一样漂亮动人——只除了一点，那就是她一身奇怪的装扮。海伦穿了一件蓝色的孕妇装，把她衬托得就像个大水桶，此外我最痛恨的就是它的颜色。我觉得这是最廉价而丑陋的衣服。我知道全国都在提倡简朴，可是我还是免不了死命地希望我太太能穿好看一点的衣服。我这一生很少有那么急切地想要钱的时候，因为凭我一天三先令的收入哪有能力使她换上好看的衣服。

一小时很快就过去了，我被迫又回到黑暗的路边，等开往史卡保罗的公车。回去的旅程比较痛苦一点，因为车窗外全是一片漆黑，实在没什么好欣赏的。还有，车里很冷，不过我一直借着想海伦使自己温暖。

这一天实在是胜利成功的一天。我幸运地溜出来，而回去也不会成问题，因为8点到10点刚好是我的一位好朋友守大门。我想通融进门的面子他不会不卖。车子颠得很厉害，光线也很暗，我闭上眼睛，仿佛感觉海伦就靠在我怀里。想到她依旧像过去那么健康，我不禁对自己笑了一下。能看到她实在是最令我高兴的事。虽然煎蛋和炸薯片算不上是一顿大餐，可是我的眼睛能看到海伦才是最大的滋养。

她的孕妇装还在使我感到不安，可是和她相聚的那种神奇感觉已经使得一切的不悦都不重要了。

小小的奇迹

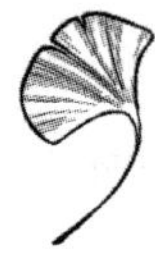

“喂,小子!你想上哪儿去?”

这是皇家空军宪兵最典型的语态,所以我并不很惊讶,不过这位老兄的表情比别人都要凶恶一点儿。

“我有外出证。”我回答。

“拿过来我看看。”

他把外出证从我手里抢过去,看完了连头也不抬一下就塞还给我。我走出大门时觉得自己像是个刚获假释的囚犯。

并不是所有的宪兵都像他那么恶行恶状,不过他们普遍缺乏魅力却是不争的事实。自从入伍以后,我才慢慢发现过去我实在是给宠坏了。我所说的宠坏是指过去在乡下因为身为兽医而受到农夫们的尊重。那时候,我一直以为这是天经地义的事。

而现在我是二等兵,那一句“喂,小子”只是反映了我的身份。约克郡的农夫并不会冲上来拥抱你或吻你,可是他们的尊敬与礼貌一直使我到现在都难忘怀。

当然，我要提醒各位，任何一种行业都可能面对他人的无礼，兽医自然也不例外。我记得那天当我走出车子的时候，驯马师罗夫脸红脖子粗地向我走过来。

“法先生呢？”他咕哝着说。

我的脚趾蜷了起来。罗夫的恶名在德禄是人尽皆知，关于他的事我早就听说了。

“抱歉，罗夫先生，他今天没空，我想我替他来总比拖到明天好。”

他一点也不晓得要掩饰自己的丑相。他吹了一口气，又伸手在屁股的后口袋里抠了抠。

“好吧，进来吧！”他转身，拖着那双又短又肥的腿走向赛马场边缘的一排马厩。我叹了口气跟着他走。身为一个对马儿并不太了解的兽医，在约克郡是经常要受罪的，尤其是当你走进赛马场里像神殿般的马厩时。西格除了直觉医术高明之外，还能够和马儿聊天。他可以毫不费力地和他的病人长篇大谈保健之道。所以马儿对他一向是服服帖帖的。

当然，驯马师们都很喜欢他。可是当他不能亲自来看护这些名贵的宠物时，他们就会以为这是致命的侮辱。

罗夫指着一间马厩说：“它在里面，今早遛完回来腿就跛了。”

马童牵了一匹红棕色的公马走出来。我不必让它试跑就看出它是哪一只腿跛了。

“我想它是肩受伤了。”罗夫说。

我绕到另一边扳起它受伤的前蹄，然后用蹄刀撬起上面的软甲。蹄子里没有淤伤，我用刀柄敲打蹄面，也没有发现会引起敏感的部位。

我顺着蹄子往上摸到蹄冠，而在掌骨的末梢找到了一块挤压时马儿会抽痛的部位。

我蹲着抬起头说：“我找到毛病的根源了，我想可能是快跑时被后蹄踢到的。”

“哪里？”驯马师也蹲下来，死命地在蹄冠附近寻找，“我什么都没有看到。”

“皮并没有破，所以你看不出来，不过你用手指挤压的话，它就会抽痛。”

罗夫先生用他粗短的食指试了一下。

“嗯，不错。”他咕哝说，“可是像你这样压，无论试哪里它都会痛。”

我颈后的汗毛随着他的话而竖立起来，不过我还是保持着风度说：“我想错不了。我为它敷一块热的消肿膏，以后每天早晚你再用热毛巾敷一次。”

“不，不，你一定错了。我相信它受伤的部位没有那么低。它走路的样子像是伤在肩部。”他指指马童说，“亨利还发现它的肩膀发烫。”

如果他是想羞辱我的话，那他做得成功极了，因为我正要开口争辩时，他竟然站起来走掉了。

“还有匹马我要你看看。”说着，他领头走进邻近的马厩，并指指一匹前肢贴了膏药的褐色公马。

“六个月以前，它得了筋腱炎，法先生为它贴了膏药。从那个时候到现在，它都在休息。我要你看看它可不可以出来了。”

我蹲下去摸了一下。前蹄的筋还有一点肿，于是我站起来说：“它还会感到一丝酸痛，我想再休息一段时间比较安全。”

“我不同意你的看法。”他转过去对马童说，“亨利，把它牵出去遛遛！”

我狠狠地瞪着他。这家伙是不是在向我表示他根本没把我放在眼里？他正在激怒我，但愿我还能继续保持住风度。

“还有一匹，”他说，“它一直在咳嗽。你最好看完这一匹再走。”

我们穿过很窄的通道，走进一块空地。亨利从马厩里牵出一匹马，走到我面前。我拿出温度计绕到马的后侧时，它嘶叫起来，而且不安地踱步子。我犹豫了一下，向马童点点头。

“我量温度的时候，请你帮我抱住它的前脚，好吗？”我说。

马童蹲下去抓住马的前脚，可是罗夫打岔说：“亨利，不必了。这样做根本是多余的，它驯良得像头羊。”

我迟疑了一下。我觉得我是对的，可是对马儿也许他懂得比我多，于是我耸耸肩拉起马尾巴，把温度计塞进肛门里。

我想它的两个后蹄几乎是在我刚把温度计塞进去的那一刻就飞出来的。我本能地向后退了一步，只觉得一只蹄子轻微接触我的胸口。我正在庆幸时，另一只却很扎实地落在我的胃部。

我僵直地倒在水泥地上。头几秒钟内我想我是死定了，因为我无法呼吸。最后，一声惨叫助我打破难关。我喘着气爬起来坐在地上。马童还牵着马鼻子，眼神很惊恐的样子。而罗夫先生却对我一点兴趣都没有。他很急切地蹲下去检查马蹄，好像很担心蹄子被我坚硬的肋骨损坏似的。

我继续沉重地喘气，虽然我在发抖，但是我想我并没有受伤。我低头才发现温度计还在我手上。

我爬起来瞪了罗夫一眼。

“蹲下去抱住那双该死的前腿！”我对不幸的马童吼道。

“是的，先生！抱歉，先生！”他赶紧照着我的话做了。

我回头看了罗夫一眼，想看看他是否还有意见，不过他没有吭声，只是面无表情地看着他的马。

这次量得很顺利，体温是38.3度，还算正常。我走到前面扳开它的嘴，喉咙没有发炎，扁桃腺也没有肿。

"可能是受凉了,"我说,"我打一针,再开一些磺胺剂——法先生都是用这种药。"如果说我附加的那句话能使他心安的话,他可也并没有怎么表示。他只是瞪着一对死鱼眼看我把10毫升的药剂打进去。

走之前,我从车里拿了半磅的磺胺剂给他:"头一次是三盎司药剂调和一品脱水,以后每天早、晚各调一盎司半。两天之后还没好,就打电话给我。"

罗夫先生一点笑容都没有地接过药包。我打开车门钻进去的时候,舒了口气,这一趟不愉快的拜访总算结束了。这次出诊是那么漫长,而且我也受尽了羞辱。我刚刚发动引擎,就看到一位小学徒气喘吁吁地跑过来。

"先生,阿美给呛住了!"

"呛住了!"罗夫瞪了学徒一眼,然后转过来对我说,"阿美是最好的母马,你快来看看!"

这么说,这次拜访还没有结束!我跟着他们跑到马厩间的空地,看到另一位马童站在一匹美丽的母马旁边。我看到母马时,心里不禁凉了一阵。刚才我对付的都是小毛病,可是这次可不同了。

它像木头般地站着,眼球胀得好大,肋骨张收得很厉害。我从没有见过一匹马像它这样呼吸的。还有,更令我困惑的是它的嘴角挂了一丝唾液,而且每隔几秒就会干呕一次。

我问学徒:"什么时候开始的?"

"不久。我一直在旁边看着它,它都好好的。"

"你肯定吗?"

"肯定。我去拿干草喂它,回来时它就变成这样。"

"它到底是怎么回事?"罗夫吼道。

问得很好,我可是一点线索都没有。我围着马儿走了一圈,摸摸它颤抖的四肢,又看看那双惊恐的眼睛,脑海里的思绪变得更纷乱。我见过马儿被呛的样子,可是不是像这样。我沿着食道摸了一下,并没有发现异物。看它的情况应该是气管里有异物……不过这也只是可能,因为气管阻塞的症状也不是这样。

“去你的,我在问你话!什么毛病?你这个做兽医的该怎么说啊?!”罗夫变得很不耐烦,不过我没有时间理他。

我只是觉得我自己都快窒息了。“等一等,我听听它的肺。”

“等一等!”驯马师吼道,“老天,我们有多久可以等?!它就要死了,你看不出来吗?”

这一点不必他来告诉我,我已经看出它全身都在发抖了——这是猝死前的征兆。

我戴上听诊器时,觉得喉咙很干。我知道它的肺应该没有毛病——问题似乎出自喉咙,可是这样的话,我需要更多的时间冷静思考一下。即使是戴了听诊器,我还是听得到罗夫的吼声。

“为什么要发生在它身上,艾瑞克爵士花了5000镑把它买来。它是全赛场最名贵的马,现在却发生这种事!”

我沿着肋骨听下去,只有肚皮收张的声音。我很同意罗夫的说法——为什么该我走进这场噩梦?而偏偏我又面对着罗夫这种不信任人的家伙。

他上前一步抓住我的手臂:“你确信法先生不在家?”

“抱歉,”我嘎声说,“他在三十里之外。”

驯马师好像打了个哆嗦,“那我们完了?它死定了!”

我又同意他一次。母马开始摇晃,而且呼吸声愈来愈大了。它的肚皮收张得很厉害,使我连听诊筒都无法固定。我将一只手搭在它侧腹好稳定姿势时,无意间看到表皮下有一个鼓出的小东西。那玩意儿呈圆形，乍看之下很像随着肌肉移动的铜板。我茅塞顿开——没错，背上也有一个……那儿也有……我的心脏加速跳了一阵。

“你要我怎么告诉艾瑞克爵士？”驯马师又在吼了，“他的宝贝马就要死了，可是兽医却还不知道是怎么回事。”他拼命四处张望，好像希望西格能像神仙般出现。

我向车子走过去的时候，回头对罗夫说：“谁说我不知道了，告诉你，它得的是荨麻疹。”

他三两步追过来：“荨麻……这是什么鬼病？”

“就是风疹块。”我打开医药箱，在里面翻着我的肾上腺素的瓶子。

“风疹？！”他的眼睛瞪得很大，“风疹绝不可能变成这样。”

我用针筒抽了5毫升的肾上腺素，然后快步走回去：“它和荨麻无关，通常无害，但极少的情况下会引起喉咙水肿。——这就是个例子。”

母马挣扎得很厉害，所以我很难找到它的静脉。我趁着它休息几秒钟的时候把拇指戳进颈部的肌肉里。一条又粗又大的静脉立刻胀起来。我把针头扎进去，很顺利地把药剂打完。我走回驯马师身边，两人默然相视。

马儿挣扎受苦的表情和悲惨的呼吸声完全吸引了在场的每一个人。

它已经在死亡边缘徘徊，这一幕震撼着我的心。当它摇摆得快要倒下去的时候，我插在口袋里的手紧抓着手术刀——那是刚才拿肾上腺素时一起拿出来的。我知道这是该为它施行气管造口术的时候了，可是我手边没有管子。如果它倒下去的话，我就得立刻在咽喉下面开一个洞。不过目前我把这些念头先抛到一边，在它倒下去之前，我的希望完全放在刚才那一针上面。

罗夫伸出无助的双手：“它没希望了，是不是？”他轻轻问我。

我耸耸肩说:“机会很小。如果那一针能及时使喉咙的水肿消一点的话……我们等着看吧。”

他点点头。我可以看出他脸上同时出现好几种表情。他不仅是怕无法向爵士交代,也是为目睹自己心爱的动物即将死去而感到悲恸。

起初,我以为母马的挣扎缓和下来只是自己的幻觉,可是后来我亲眼看见它把口水吸回去时,才确信肾上腺素已经奏效了。

从那一刻开始,奇迹降临在这片小小的空地上。敏感性的疾病发得很快,可是感谢上苍的是它消逝得更快。15分钟后,母马已经跟原先一样正常了。它的呼吸还是有一点喘,不过它的眼睛闪着自由解脱的光芒。

罗夫一直像个傻瓜似的站在旁边,最后,他慢慢走过去,拿了一把干草喂它。母马急切地把干草从他手中卷进舌根,然后津津有味地吃起来。

“我简直不敢相信。”罗夫几乎是在自言自语,“我从没有见过一针打下去那么快就见效的。”

此刻我觉得自己像仙女般神秘, 要是我突然乘着一片云飘走,他们大概也认为是理所当然的。感谢上帝让兽医生活中点缀着这种胜利的时刻,使我由羞辱走向荣耀。

我走回车子的时候几乎飘了起来。罗夫把脸凑在车窗外看了我好久才开口。

“哈利先生……”他是个不轻易说出亲切话的人,我看见那张刻满岁月之痕的脸颊扭曲着, 好像想说出自己不太习惯的字句。“哈利先生,我一直在想……你的医术还不错,是不是?”

我们的眼光对峙了一阵,我看得出他好像在期待什么。我突然笑了起来,他才松了一口气。我为自己能在最后一刻拾回尊严感到满意。

“很高兴听到你终于说出这样的话。”说完,我发动引擎。

有幽默感的狗

我正在戈兰帝饭店的大门口站岗。现在是午夜刚过一点点，呼呼的冷风扫过空荡的广场，直扑进我的怀抱。除了冷之外，我还觉得无聊。这种时候即使拍一下枪托向路过的军官行个礼都觉得很有趣。

我边踱边纳闷：我一直幻想着当一个飞行员，而今却怎会在史卡保罗的戈兰帝饭店门口站岗呢？我在广场上踩着僵硬的步子，循着刻板的巡逻路线慢慢走。我不断告诉自己，保持对所有事情的幽默感，不要为一些不悦的处境感到悲哀。我的右边有一道跟我差不多高的墙，我集中思绪试着想出这一道墙能否勾起我一些有趣的往事。有了，拜尔先生的狗西普——它就是个懂得幽默的家伙。我想这件事又可以打发站一班岗的寂寞了。

拜尔先生家位于通往高烧村的半途中。要进入他的农舍之前，你必须先穿过两堵五英尺高的墙中间狭长的走道。左手边是隔壁人家的农舍，右手边是农庄前的花园。而西普就是成天隐伏在这座花园里。

它是只块头很大的狗，一般的牧羊犬见到它恐怕都会感到自卑。

事实上，我深信它一定有德国狼犬的血统，因为虽然它有一身黑白相杂的外衣，可是它的脚爪、鼻头和直立的耳朵都有狼犬的那股帅劲。当然，它的个性也和我们日常所见的小猫小狗完全不同。

走在狭长的通道上时，我的心已在尽头的牛舍里了。因为拜尔先生有一头名叫玫瑰的母牛得了消化系统方面的慢性病，而这类病症是极难诊断出来的。这头母牛两天前就开始呻吟了，昨天我来看过它一次，并没有查出所以然来。可能是吃了电线，可是第四胃蠕动得很好，而且还不时传出反刍的声音。更何况它还会心不在焉地吃些干草。

会不会是肠梗阻？或是绞肠？毫无疑问，它的下腹会疼痛，还有那令人心烦的体温——39.1度……不是电线还会是什么？当然我可以打开它的肚子，所有的疑惑都会揭晓，但是拜尔先生是很守旧的人，除非我确定他的母牛得的是什么病，否则他不会让我开膛破肚的。

不过我已经为它做了初步处理并灌过了泻药。“弄清它的肠子，然后等待上帝的答案。”——这是一位老兽医曾经告诉我对付不知名消化性病症的方法。我想这句话不是没有道理。

我走到长巷的一半，心里正在期望我的病人情况可能有所改善时，一阵令人震撼的声音爆炸般钻入我的右耳。我知道那又是西普。

墙的高度正好适合像它这种大狗跳起来对准行人的耳朵大叫。这是西普最热爱的活动，过去我也常被它整，只是从来没有一次像这次那么成功。我的心思根本不在它身上，而西普算得又那么精确，刚好出现在我的耳朵旁边，而且选择最高点的时候狂吠一声。事实上，它的利齿距我的耳朵只有几英寸。我相信它很懂得发声的要诀，因为它的吠声短促洪亮，让人一听就知道是发自丹田。狗的音量和体型成正比，西普一点都没有辜负它的优点。

总之，我给震得腾空了几英寸，当我落地以后，脑袋里全是动人的歌声和心跳声。我隔着墙张望了一下,可是所见的还是那幅老画面:一个大毛球闪电般溜到农舍的转角后。

这件事一直困惑着我:它为什么要这么做?是它本性就这么邪恶,还是纯粹是个玩笑?我想我永远也无法知道。

我惊魂未定,却又面对着牛舍里的坏消息。我只要看农夫的脸色就知道母牛的情况更糟了。

“我想它是肠子塞住了。”拜尔先生哀伤地说。

我磨了磨牙齿。老一辈的农夫对于腹腔方面的病症只晓得“肠梗阻”。“泻药没有发生作用吗?”

“没有。它一点也没有好过些。告诉你,我想一定是塞住了。”

“也许吧,拜尔先生,”我扭曲着笑容说,“我们再试试更强的药物。”我从车里带来了一套洗胃的装备,一根长长的胃管、一副木制的撑口器和一条扣住牛角的皮带。我把掺福尔马林及氯化物的两加仑热水打进胃管里的时候,颇有拿破仑率领军队在滑铁卢展开阵势之感。如果这次再不行,我也没有其他的法子了。

第二天早晨,我开车经过村子里惟一的道路时,拜尔太太刚好从小店里走出来。我靠边停车,并伸出脑袋。

“今早玫瑰怎样了?”我问她。

她把篮子放在地上,愁容满面地看着我说:“唉,糟透了。哈利先生,我先生相信它活不了多久了。如果你想找他的话,只要走到那块空地——他正在修小谷仓的门。”

我把车转往小谷仓前的空地。拜尔太太的话像一盆冷水浇在我身上。

“该死!该死!该死!”我关上车门,走向旷野的时候,心里一直在咒骂。如果这头牛死了的话,对于一个只有十头牛的小农户实在是莫大的打击。我实在是不应该这么无能为力的，可是事实证明我连一点进展都没有。

幸好，旷野里的美景使我心情稍微舒畅了一点。谷仓在遥远的另一端，我走过及膝的草丛时才蓦地想起现在正是炎夏。我践踏的每一步都激起了苜蓿的清香。附近的一小片扁豆田里开满了花，当那奇异的香味飘过我鼻子时，我发现我的眼睛几乎是闭起来的。

同样令我陶醉的就是这儿的寂静。放眼望去只见绵延数里的绿草在炎阳下昏睡而没有任何事情可以打扰它们。除了我沙沙的脚步声之外，这里没有一点杂音。

然而，在毫无警觉的情况下，我脚边的草丛里突然蹦出了一个可怕的影子。顷刻间蓝色的晴空被一个巨大的毛球遮盖住，然后一张血红的大口送出“汪”的一声大叫。我尖叫着退了两步。当我站稳看清究竟的时候，西普已经迅速消失在大门的后面。它一定是在深草里等了很久，直到能够看清我的眼后，才发动突袭。

我永远也不知道是碰巧遇上它，还是它早就看到我开车过来而选定好地方埋伏的。不过以它的立场来说，这无疑是最圆满的突击，因为我从没有被吓得这么惨过。我的生活原本就是充满着惊恐与灾难的，可是我死也不会想到在这一望无际的旷野里，还会冒出一个吓人精来。我听说过突来的惊恐会造成肠穿孔，如果说待会儿我腹痛如绞的话，我一点也不会惊奇。

走到谷仓的时候，我还在发抖，而且说不出话来。拜尔先生带我走另一条小路回到他的农庄。

一看到我的病人，我又陷入另一种震撼中。它身上的肉都像融化掉一样地消失了，只留下一副骨架和两只无神的大眼睛，而且腹腔里的咕噜声也比以前更大了。

“它一定吃了电线！”我喃喃地说，“把它松开一下好吗？”

拜尔先生解开绳子，让母牛自由地在牛舍里逛圈子。它走得很轻松自然，甚至于还想蹦蹦跳跳的样子。我的圣经便是尤道先生著的《兽药大全》。根据他的说法，如果一只动物能轻松地走动的话，它的胃里就不会有异物。我压压它两肩骨的中央，它也没有抱怨。一定是别的原因。“这是我见过最严重的阻塞，”拜尔先生说，“今早我给它吃了一帖特效药，可是还是不见效。”

我抹去额头的汗珠：“什么药，拜尔先生？”当一位客户开始自寻偏方的时候就表示情况已经很糟糕了。

农夫从倾斜的窗架上拿了一个药瓶：“贺尼博士神药！专治牛类各种疾病。”这位博士穿了一件燕尾服，头上戴着高帽子，两眼很有信心地从标签上看着我。我拧开盖子闻了一下，却立刻泪汪汪地退了一步。那味道像是纯氨。不过我的药也并不比他高明，所以我不便表示什么。

“你听那该死的咕噜声！”农夫驼着背，“到底是什么原因引起的？”

我决定再用洗胃法试验最后一次，因为那仍旧是我最有力的武器。这回我在混合剂中又加了两磅的黑糖蜜。那个时代，几乎所有农庄的牛舍里都存放了一桶糖蜜，所以我只消走到角落打开桶盖就成了。

糖蜜对牛儿是很有效的胃肠药，可是我并没有存什么希望。我职业的本能告诉自己，这头母牛得的绝不是普通常见的病症。

第二天下午，我又开车到高烧村去，我在路边下车，正准备走进两面墙中间的长巷时，突然又停了下来，因为一头母牛正站在公路对面的田里——它就是玫瑰！我绝不会弄错，我记得很清楚，它的斑纹像足球一样。

我愣了好久，才走过去。它已经奇迹般恢复了正常，我上前拍拍它屁股，可是它并没有理我，只是继续低头吃它的草。才一天多，它已经变胖了，而且眼睛也不再凹陷。

它似乎对前面一块嫩草地更向往，于是便大摇大摆地走过去。我跟在后面静静观察它的情况。咕噜声没有了，胃口开了，乳房也充满了奶水。真是不可思议！前后才一天的工夫。

我正感到宽慰的时候，拜尔先生从墙上翻过来，显然他还在后面的空地修谷仓的门。

我觉得光荣又骄傲，我的最后一步棋居然成功了。我想拜尔先生应该会为不信任我的医术而另觅偏方感到惭愧才对。不过我不能责怪他——靠这种方法来显摆自己的荣耀是不恰当的。

“你好，拜尔先生，”我很夸张地说，“玫瑰今天好多了，不是吗？”

农夫摘下帽子，擦擦脑门上的汗：“是啊，完全变了。”

“我想它不再需要任何医药了，”我说，“我昨天做的洗胃术实在很成功。”我说这话的时候是很谨慎的，不过我相信稍微一点的骄傲还不至于伤到他。

“你是说给牛儿灌水的那档子事？”拜尔先生的眉头扬得老高，“哦，那与它复原无关。”

“什么，无……无关？当然是洗胃术把它治好的。”

“不，不，小伙子，才不呢！是金姆治好的。”

“金……什么？”

“金姆·奥克利——他昨晚来了。他常来我家，昨天他只看了一眼就知道该怎么做。我告诉你，什么洗胃术一点用都没有。他牵着母牛在田里猛跑几圈就好了。”

“什么?!”

“今早我又照着他的话做了一遍，它马上就胖了好几磅。”

我想我的表情一定是不可思议到了极点：“金姆·奥克利到底是什

么人？”

“邮差啊。”

“邮……”

“可是几年前，他也养过一群野兽。金姆是个聪明的人。”

“我相信，不过拜尔先生，我敢向你保证……”

农夫举起一只手说：“不用说了，小伙子。金姆把它治好了是不可否认的事实。我真希望你能见见他。他和我差不多大，可是老天，他还真能跑呢！他真行。”他陶醉地眯起眼睛。

我实在受够了。在牛儿最痛苦的时候，是我陪它渡过难关的，我曾不辞劳苦地设法救它。我拾起最后一点点尊严，向拜尔先生点个头。

“我该走了，你不介意我到你家去洗个手吧？”

“去吧。”他回答，“我的女人会给你弄热水的。”

走向他家的时候，我一直为残酷的事实感到愤愤不平。我神游般走过旷野，横过马路，可是要走进长巷之前，我还是警觉地向右边的围墙里张望了一下——花园里是空的。于是，我的心思又回到原先那件事情上面。世上最令人悲愤的就是让别人抢去你的果实，毫无疑问，今后拜尔先生是不会再相信我的医术了。

走过这条漫长的巷子似乎要花好几个世纪的时间。我走到尽头，正想朝右转向厨房的时候，只听到左边传来铁链的嘎嘎声，紧接着，一团毛球弹到我耳边猛吠了一声，然后就溜了。

我想这次我的心脏真的停了好一阵子。可恶的西普，又选择我抵抗力最薄弱的时候下手。我必须承认，每次我被突袭都是处在完全没有准备的情况下。我根本忘了拜尔先生时常把西普拴在长巷尽头的狗屋里，以便逐退不速之客。我瘫痪在墙边，两耳嗡嗡直响。然后，我看见地上的铁链。

我一向痛恨对动物发脾气的人，可是当时我实在没有别的选择。谁叫它要选择我情绪最不好的时候戏弄我。我拾起铁链拼命地向自己拉过来，那只折磨得我快发疯的狗每次都逃之夭夭，而这次却就在铁链尽头的狗屋里。这是我头一回享受到瓮中捉鳖的快感，我一定要跟它做个总了断。狗屋就在十英尺之外，起初，我什么也没看到，只是觉得铁链的另一端重得像一座山。慢慢地，门口出现了一个鼻头，接着，整个脑袋，甚至整个身子都出来了。我继续用力拉，而它一点也没有想站起来的意思。那光景就好像我在拖一堆重达150磅的肉。我发誓决不原谅它，于是，一英寸一英寸地我终于把它拖到脚边。

我蹲下去握紧拳头，对着它鼻头发出怒吼。

"畜生！听着，如果你再做一次，当心我扭断你的脑袋！听清楚了吧？我会扭断你的脑袋！"

它的眼珠恐惧地转动着，尾巴也抱歉地甩了几下。当我继续对它吼叫时，它伸出下排牙齿，展露出谄媚的笑容。最后，它索性低着头舔我的鞋子。

现在我知道了，它也是善良的家伙，过去那些攻击完全是玩笑。我渐渐冷静下来，不过我还是要表明我的立场。

"好了，小子，"我用威胁的耳语说，"记得我说的了吧？"我松开铁链，"现在给我回到窝里！"

西普夹着尾巴，几乎是爬着回到狗屋里。我也转身走到厨房去洗手。

我的挫败感一直蕴藏在心里好几个月。如今我经验更丰富，智慧也更高了，现在回想起来，当时实在是我错了。

拜尔先生的母牛得的是最典型的皱胃变位（亦即第四胃由右边滑到左边），而那个时代兽医界还没有听说过这个名词。

现在我们都以手术来解决——把转位的器官推回去，再用线缝死。有的时候推挤肚皮也可以使它归位,所以牵着牛跑……我承认现在遇到转位情况不严重时,我也会偶尔抄袭金姆的方法“牵着它猛跑几圈”。我时常从农夫那里学到一些东西,可是只有那一次是从邮差那儿学的。

一个月以后，我又接到拜尔的电话要我去看他的另一头母牛时，我实在有点惊讶。我以为经历了玫瑰事件之后,他再有麻烦应该会找那位邮差才对。可是我错了,他在电话里的声音还是跟过去一样和善有礼,一点也不像对我没有信心的样子。所以我感到有点奇怪……

我把车停妥在路边。走进那条危险的长巷时,我担忧地盼顾一下。旧创告诉我,西普可能又埋伏在巷尾的狗屋里,于是我放慢脚步——这次无论它从哪里冒出来,我都不会再上当。可是走到巷尾我愣住了,我所看到的只是狗屋里伸出来的黑鼻头。莫非是上回我发的脾气生效了,这只大狗一定以为我是个开不起玩笑的人。

开车离去的时候,我觉得有点不自在。对动物的胜利并不光荣,而我竟以一时之怒剥夺了一只狗的乐趣。毕竟每一只动物都有它娱乐的方式,虽然西普的玩笑也许会造成肠穿孔或心脏麻痹,可是那确曾是它生活中不可或缺的调剂。我为它失去生命的乐趣而感到不安,我想我赢得很可耻。

所以那年夏末我又开车经过高烧村的时候，满怀期望地把车停在拜尔先生家的巷口。洁白但铺满尘土的房舍和村道都在午后的烈日下昏睡。四下没有一点声响和动静——除了一个小矮子慢慢走进长巷。他又胖又黑,手上拎满了各种铁锅铁盆。我猜想他可能是修补铁容器的人。

从我有利的位置,可以隔着栅栏看见西普潜行至石墙边。那人的步态蹒跚,或许他正在想着什么事。西普凭着它精确的判断力,隔着石墙跟踪目标。

跟我所期望的一样,那人还没走到一半事情就发生了:完美无瑕的起跳,最高点短暂的爆破声,然后一团毛球消失在屋角。

它所制造的效果再度是惊人的。我只看见满天飞舞着锅盆,然后是零零落落的金属撞击声。那位小矮个摇晃了几下,转过身以发射弹丸的速度冲出巷子。以他的体型来讲,这种速度实在是很惊人的。我看见他以不可思议的倾斜度急向右转,两条小短腿像引擎的活塞杆一样地运转。他顺着公路狂奔下去,直到消失在尽头。

我不晓得他打算跑到哪里,不过如果他再跑个几里的话,路边有家酒吧,或许他可以在那儿喝两杯压压惊。

至于西普,它当然是满意极了。它蹦跳着在花园的草坪上绕圈子,我几乎可以听见它口里哼着歌儿,最后,它选中了一棵果树的阴影作为埋伏的基地,继续等待下一位受害者。

我发动车子的时候,发现自己在笑,我要开车去追那个小矮个——如果我还能追得到的话——请他喝杯压惊酒,并且告诉他可以放心地回去捡他的锅子,因为那只狗并不会吃掉他。当然,我最高兴的还是我并没有把一只狗心中幽默的火花踩熄。

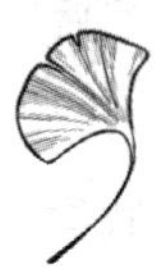

我想只要你犯过一次罪，下次再犯就不难。任何事都只怕有个开始。

总之，我又坐在公车上了。我发现要溜出戈兰帝饭店实在是天下最容易的事。今天街上没有半个巡逻队员，我大大方方走进公车站的时候，也没有任何人看我第二眼。

今天是2月13号礼拜六——海伦的预产期。面对这样的日子，我怎么可能就坐在几里之外而不管她?!今天和明天都没有课，所以我误不了什么事，而别人也不会想念我。我不断告诉自己这只是技术犯规，并不是了不得的大罪。再说，我实在没有选择的余地，跟头一次一样，我非见到海伦不可。

我走进她家大门的时候，心跳得很厉害。因为从昨晚开始，她任何一刻都可能生产。我走进屋里，很失望地看着空荡的厨房——我抱着一线奢望，她或许会站在那儿展开双臂迎接我。我喊叫她的名字，但屋里没有回声。过了一会儿，海伦的父亲从卧室里走出来。

“你有儿子了。”他说。

我把手搁在椅背上,“什么?”

“你有儿子了。”他很冷静地说。

“什么时候?”

“几分钟以前。布朗刚刚才打电话来,我一挂电话,你就走进来了。”

我坐下来的时候,他仔细端详了我一下:“你要不要喝一杯威士忌?”

“威士忌?不要……为什么?”

“你的脸色有点白,小伙子。你最好吃点东西。”

“不,不,不。谢谢了,我得赶过去。”

他笑了:“小伙子,不用急,他们也不希望家人过去得太早。吃点东西再走吧。”

“抱歉,我实在吃不下。你的车借我一下好吗?”

我把车开走的时候,我发现自己还在发抖。海伦的爸爸并不是用渐进的方法,比方说“我有个好消息要告诉你”,而是直接震撼我。所以我把车停在布朗护士家门口的时候,还不相信我已经做爸爸了。“绿筑护理之家”这个名字听起来挺有气派的,其实它只不过是布朗护士自己的家罢了。布朗护士是考试合格的,她的护理之家里通常只有两三个妇女生产。

她一打开门就摊开双手说:“哈利先生,好久不见!什么风把你吹来的?”她好像一点都不认为我是来看我太太的。

我傻愣愣地笑一笑:“我刚回安德森先生家,是他告诉我的。”

“你该给我们一点时间洗洗婴儿的。”她说,“不过也没关系啦,上来看你的宝宝吧!是个男的,九磅重。”

我像梦游一样地跟着她上楼。海伦躺在一间卧室的床上，脸色很白。

“哈啰。”她说。我走过去吻她。

“什么样子？”我很紧张地问。

“好可怕。”海伦并不热心地回答。她朝一个婴儿床点点头。

接着，我第一次看到我的儿子。小吉米的脸红得跟砖头一样，整个脑袋皱皱扁扁的。我趴下去打量他的时候，他抓紧拳头，好像在挣扎奋斗的样子。他的脸型不对称，身上的肌肉也像扭曲过的。

“老天！”我惊叫。

护士很吃惊地看看我：“怎么回事？”

“他是不是有毛病？”

“什么！”她很凶恶地瞪着我，“哈利先生，你怎么可以说这种话，他漂亮极了！”

我又向婴儿床里瞥了一眼。小吉米从紫黑色的嘴唇里吐出几个泡泡。

“你确信他很正常？”我说。

布朗护士没有吭声，只是狠狠地瞪我。

“好吧！你到底什么意思？”她把胸挺起来。

我搓搓脚：“唔——我在想，他是不是畸形或什么的？”

我以为她要打我。“畸形……你怎么敢说出这种话！你知道你在胡说些什么吗？我从没见过一个刚做爸爸的说这种荒唐的话！”她转过去逗床上的小娃娃，可是我看见海伦也忧愁地笑一下，然后闭上眼睛。

我鼓足勇气把护士拉到一边：“护士小姐，这儿有没有别的初生婴儿？”

“别的什么？”她冷冷地问。

“婴儿——刚出生的。我想把我的孩子和别人的比较一下。”

她的眼睛胀大了一倍:“比较一下！哈利先生,我不打算听你胡言胡语——我对你已经失去耐心了。”

“我在问你，护士小姐，”我又重复了一遍,“这里有没有别的婴儿？”

她愣了很久,好像发觉我真的无药可救了:“隔壁的杜太太。小山迪也是几分钟前出生的。”

“我可不可以去看看他？”我恳求地看着她。

她犹豫了很久,然后同情地笑一笑:“唉,你……你……等一等,我去问问。”

她走到隔壁,我听到嗡嗡的谈话声。过了一会儿,她打开门,向我使了个手势。

杜太太是镇上屠夫的妻子,我跟她很熟。枕头上的那张脸跟海伦一样苍白。

“哈利先生,真没想到你会回来。你不是当兵去了吗？”

“是啊,皇家空军。我……我请了假回来的。”

我看着婴儿床里的娃娃。山迪也是又丑又皱,嘴唇黑得比小吉米还厉害。他也握着拳头,像是痉挛的样子。

我抬起头说了一句违心之言:“好漂亮喔！”

“可不是吗？”孩子的母亲骄傲地说。

“他简直可爱极了。”我又不可思议地看了看娃娃一眼,“谢谢你让我看你的孩子,杜太太。”

“不客气,哈利先生。谢谢你关心我的孩子。”

一走出门我就深吸了一口气并擦擦额头。这次我真的放心了,山迪比小吉米丑得多,而他的母亲都没有担心。

回到海伦卧室的时候，布朗护士格格地嘲笑我。我并不怪她，因为我的想法的确太可笑了。山迪和我的儿子现在都是高大英俊的成年人，可见当初我的顾虑是多余的。

布朗护士想要骂我，但最后还是原谅我了。

“你以为所有的孩子生下来就是他们后来的样子吗？”

“我不晓得，”我笑笑说，“至少动物是如此。”

我以前说过，我是个从来不会为未来打算的人。可是在回营的公车上，我开始计划一件事。

我可以名正言顺地请个假，可是我并不打算立刻就请。海伦要在护理之家待上两个礼拜，如果我现在回去的话也只是一个人在家。这并没有什么意义。我要在两个礼拜以后拍给自己一封电报说太太生产了，然后我就可以和海伦共度几天的假。

我告诉自己，这样做并不算犯了什么大错，我也许欺骗了上级，可是这并不是出于恶意。我只不过是把时间延后了两个礼拜，再说我的决定还不至于影响到皇家空军或整个战局。车子驶进史卡保罗的时候，我已经想好明天就写封信给德禄的一位朋友，安排电报的事。

可是我毕竟不是个麻木不仁的罪犯，日子一天天地过去，我也愈发感到不安。训练基地的规矩很严，如果上面查出来的话，我就会有很大的麻烦。可是一想到可以和海伦共度假日，我一切的担忧又给抛到脑后了。

关键性的一刻来到时，我们正好吃完午饭在卧室摊被子准备午睡，寝室的走廊迸出了喊叫声：“二等兵吉米·哈利快到大队长处报到！”

我的胃抽了一下。我没想到大队长会要见我。原先我以为这种事了不起只是班长或士官长处理，可是现在我得去见大队长！

大队长是个不苟言笑的人。他是典型做长官的人，就凭那6英尺2的身高和将近200磅的体重，谁看到他都会肃然起敬。通常我们犯了过错都由军士处理，大队长插手还是史无前例的。

我又听到那吼叫声了——那是班长的声音，每天早晨扰人清梦的就是他。

“二等兵吉米·哈利快找大队长报到！”

我来不及想太多，只好加快脚步走向他的办公室。我低着头赶路，差点在上了亮光蜡的穿堂里撞上一位大块头。

“报告，大队长！”我抬起头时吓了一跳。

“你就是哈利？”

“是的，大队长。”

他从口袋里拿出那封电报，并且又看了一遍。这期间，我的脉搏一直在加快。

“小伙子，恭喜你，你太太平安地生了个男孩。”他把电报凑到眼前，“上面说‘男，母子均安。布朗护士。’来，我是第一个恭喜你的。”说完，他伸出手。

“你急着想回去看他们？”

我迟钝地点点头。他一定以为我是个没有感情的人。

他把手搭在我肩上，推开穿堂旁边的一扇门。

“来，上工啦！”他对里面的几位士官吼道，“有重要事情。这位士兵新当爸爸，给他开张假条，外加两张火车票。快点！”

“是的，大队长。”打字机那儿已经传出嗒嗒声了。

大块头队长走到墙上的火车时刻表前面：“还好你住的不远。我看看——德禄镇，德禄镇……嗯，3点半有班车。”他看看手表，“一定赶得及。”我突然觉得好羞愧。

“快回寝室准备行李,我们替你准备好证件。”

我换上了新的蓝色军常服,在小行李箱里塞了些衣服,就跑到传令室。

大队长已经在那儿等着我了。他交给我一个信封:“所有的证件都在里面了。孩子,不急,你的时间很多。”他上下打量我一下,又围着我绕了一圈:“嗯,挺帅的。你一定要以最光彩的仪表回去见你儿子。”他再笑的时候,我发觉他竟然还挺有魅力的。

他陪我走到大厅:“这是头一个孩子吧?”

“是的,队长。”

他点点头说:“这是你的大日子。我已经有三个了,不过他们都很大了。我很想见见他们——都是这场该死的战争!孩子,我真羡慕你。好好把握头一次见你儿子的那一刻。”

我以罪恶的心情走到台阶边上。我那习惯性张望的眼神又在背叛我了。不过队长根本没有在看我。

“你知道,孩子,”他的眼光越过我头顶,凝视着某一点,“这是你一生中最精华的时刻。”

我顺着台阶走到广场时,他还大叫着加了一句:“替我问候他们两个。”

我和海伦度过了一段愉快的假期。我们一起闲逛了好几里的路,并发掘出推摇篮的乐趣。一切都比我照规矩放假要值得的多,毫无疑问,我的计划完全成功了。

不过我并不敢感到沾沾自喜,一直到今天我都不太愿意想到这件事。毕竟这次的计划并不光荣。

现在回想起来,我知道那是我一生中最快乐的插曲,同时我相信让大队长的好意蒙上一点点的阴影是很明智的。

『猎狐酒吧』的温情

“你一定有点神经病才会选上乡间兽医这个行业。”我的伙伴正在笑我，可是我觉得他的话也有几分道理。我们在聊入伍前自己的行业，当我提到我的工作情况时，他露出不可置信的表情。

想到有一次的经历，我禁不住要完全同意他的看法。那是个又冷又湿的夜晚，已经9点多了，而我却还在工作。我握紧方向盘，换了个坐姿——即使我没有咒骂，我的筋骨肌肉也要开始抱怨了。

我为什么要走入这一行？我可以做一些更简单的工作，像采矿或伐木。我从三小时之前开车出来接生小牛的时候，就开始为自己感到抱歉了。市场前的商店全部关门了，即使时间没到，那一阵阵凄风苦雨也会使他们想到床、炉火、小说或香烟。这些东西我不是没有——事实上，我还比他们多了一个海伦——只是我没有时间享受。

当我看到小酒吧门口有一辆挤了三男三女的大轿车正要发动时，我羡慕到了极点。他们穿得漂漂亮亮，有说有笑，显然是正要去参加舞会。每个人都有寻求舒适享受的权利——除了倒霉的吉米·哈利，他正在前往湿冷的深山途中。

我所面对的病例也是属于索然无味型的。一头瘦小的母牛趴在快要倒塌的牛舍里。地上堆满了砖块、空铁罐和其他各种垃圾。我很难看出自己脚下踩的是什么东西，因为惟一的光源便是一盏闪烁不定的油灯。

我在那座废墟里窝了两个小时，一英寸一英寸地把小牛拖出来。它并不是难产，只是小牛太大了。整整两个小时，我都蹲在罐头堆中间和母牛一起挣扎，还要对抗从顶棚漏进来的冰凉的雨水。

而现在我坐在车里奔向回家的途中，只感到脸颊、手脚都冻得好像冰棒；浑身上下的肌肉也酸痛得好像被一群很热心的人踢打了一整个晚上一样。车子驶过戈顿村的时候，我开始自我怜悯起来了。

这儿夏天非常富于田园风味：惟一的街道，简陋的几间村舍，翠绿的草坡和坡顶浓密的树林。

可是今晚这儿却像座坟墓。斜斜的雨划过车头灯前，打在门窗紧闭的小木屋上。放眼望去，除了猎狐酒吧门口有一盏小灯之外，其他全是一片漆黑。我把车停在路边，推开酒吧的门走进去。或许一两杯啤酒可以使我觉得舒畅一点儿。

一进门，我就感到令人惊喜的温暖。这儿没有吧台，只有几张橡木桌椅。洁白的墙映着熊熊炉火，壁上的老钟在呻吟着。这不是什么了不起的地方，但是它让你觉得和平而温暖。

“哈利先生，又在工作啦？”我坐下去时邻桌的人问我。

“可不是吗。泰德，你怎么知道？”

他看看我的脏夹克，又看看那双雨鞋说：“你这一身打扮不像是休假的样子。还有，你的鼻尖上有血，耳朵上有牛屎。”泰德是个魁梧的农夫，他笑的时候很容易就把那口洁白的牙齿露出来。

我笑着拿出手帕:"难怪你一天到晚搔鼻弄耳的。"

屋里大约有半打客人,他们有些在打牌,有些坐着发呆,但每个人手上都是一杯啤酒。这些都是农夫或长工——也就是那些在凌晨把我从床上叫起来的人。他们很多都已经弯腰驼背了,穿的则是不成形的旧大衣。在野外的时候,他们会让寒风雨水打在脸上,默默接受生存的事实。我常常也会想到,这种情形只是偶尔发生在我身上,可是他们却天天要面对这些。

而他们的代价却是每周30先令。坐在这儿看他们只使我羞愧。

店主华特先生拿了一个酒壶走过来,为我加满酒。

"这杯只收半价——六便士,哈利先生。"

这店里的每一滴啤酒都来自后面的木桶里。猎狐酒吧很少客满过,光靠这一晚上几杯酒钱是很难维生的。因此华特先生永远也不可能发财。不过他另外还养了4头牛、50只老母鸡和两头颇能生产的母猪。

"谢谢你,华特先生。"我在满满的杯子上吸了一口。我来过这儿几次,也很熟悉顾客的脸孔,其中有一位叫艾柏的老牧羊人每天晚上都坐在同一张椅子上。

他总是靠在炉火旁边,把下巴搁在牧羊用的手杖上面,两眼一片茫然。趴在他桌下的是一只叫米吉的老狗,它似乎跟它的老主人一样空虚。

泰德用手肘碰碰我说:"我猜米吉一定还喜欢追羊。"

我点点头。那只狗一定时常回想过去光荣的往事——在一望无际的草原上统领五六十头的绵羊。而艾柏那对空洞的眼睛之后又是些什么呢?我可以想象当他年轻的时候,他会躺在微风呼呼的高原上展望几十里的山峰和谷地。世界上再也没有比约克郡的牧羊人更餐风宿露的了，他们真正是全天候的。草原上飘起雨雪的时候，他们只不过用麻布袋遮遮头罢了。

我看见艾柏刚刚喝完杯子里的酒，于是我走过去。

“晚安，艾柏。”我说。

他用手挡着耳背，两眼向我眨了几下，“啥？”

我提高嗓门叫道：“你好，艾柏。”

“没什么好抱怨的就是了，小伙子，”他喃喃地说，“没什么好抱怨的。”

“要不要再来一杯？”

“谢谢你，”他用颤抖的手指指自己的杯子，“倒一点就行了，小伙子。”

我知道“倒一点儿”其实就是指一品脱。向店主使了个手势，把他的酒杯加满。老牧羊人举起酒杯看着我。

“祝你健康。”他说。

“祝你一切如意。”我说完，正要回自己的位子时，桌子下面的老狗坐了起来。我的喊叫声一定把它从梦中吵醒了，因为它伸了伸懒腰，还摇晃着脑袋看看四周。它抬起头看我的时候，我吓了一大跳。

它的眼睛好可怕。事实上，我几乎看不见它的眼球，因为网膜上铺满了一层厚厚的分泌液。

我伸出手摸它，它立刻把眼睛闭上，好像很愉快的样子。

“艾柏，它像这样有多久了？”

“啥？”

我又增大音量：“米吉的眼睛好像很糟！”

“哦，是啊，”老牧羊人恍然大悟地点点头，“它从小就这样——很容易感冒。”

“不是感冒，你看它的眼皮。”

“啥？”

我深吸一口气，以最大的音量叫道：“它的眼皮有毛病，我想很严重。”

老人点点头：“是啊，天气一冷就这样。”

“不，艾柏！”我吼叫着，“和感冒无关！它的眼睛得了睑内翻，必须立刻动手术！”

“可不是吗，小伙子，”他吸了一口啤酒，“一冷就会这样，它从小就容易……”

我忧心忡忡地回到自己的位子。泰德很奇怪地看看我。

“怎么回事？”

“糟透了，泰德。睑内翻是眼皮向里翻，眼睫毛和眼球摩擦所产生的疾病，严重的会导致失明。”

“是的，是的，”泰德若有所思地说，“难怪我早就发现米吉的眼圈总是有一层眼垢。”

“那也是症状之一。我想米吉过去一直有这种现象，只是最近突然变得严重起来。”我又回头看看那只老狗。它还是闭着眼睛。

“它会痛苦吗？”

我耸了一下肩：“你应该晓得眼睛里有沙子的那种感觉，更何况它是一整串睫毛。我想绝不会好受吧？”

“可怜的老家伙。”他抽了一支香烟出来，“手术可以解决吗？”

“可以。那是最有效的方法，而且可以一劳永逸。”

“很贵吧？”

我歪着嘴笑了一下：“那要看你从什么角度来看。手术很花时间，通常我都收一镑。”也许一位眼科医生会嘲笑这种价钱，可是对艾柏来说,这已是超乎他能力的。

有好一阵子,我们俩都没有讲话,只是看着老牧羊人那件破烂的大衣和开了口的雨鞋。一镑相当于他两个礼拜的救济金,不能不算是一笔可观的费用。

泰德突然站起来:“总有人该告诉他这件事吧,我这就过去!”

他走过去:“艾柏,要不要再来一杯?”

老牧羊人心不在焉地看看他,然后指指桌上的杯子说:“你可以倒几滴,泰德。”

泰德向华特招了招手,然后伏下身子说:“你知道刚才哈利先生在跟你说些什么吗?”他是喊着说。

“知道……知道,米吉在流鼻水。”

“不,不是!跟流鼻水没有关系!你听错了。”

“它总是感冒。”艾柏喃喃地说。

泰德不耐烦地大叫:“老聋子!听我说清楚,你一定要给它动手术,否则……”

可是老牧羊人还是一点都没有进入情况,“是啊,从小它就这样,很容易……”

一连几天我都忘不了那对眼睛,我急切地想解救米吉的痛苦。我知道只要花一个小时,它就会发现这个世界跟以前的截然不同。有好几次我都冲动得想开车赶到戈顿村,一把抱起米吉,将它带回诊所。我并不是担心钱,而是我抽不出时间这么做。

我经常在街上看到跛腿的狗,皮包骨的野猫。我知道我无法解救它们全部,因此只好试着忘记它们,可是我发觉我做不到。

倒是泰德替我解除了烦恼。有天晚上,他到镇上来看他姐姐。我打开门,看见他扶着脚踏车站在外面。

他一来就开门见山地说:“你愿不愿意为米吉动手术?”

“当然愿意。只是……”

“那个问题你不用担心。猎狐里的几位老客都知道这件事了,他们愿意动用会员基金。”

“会员基金?”

“我们每次喝酒都捐一点钱做基金。本来这些钱是打算给大伙出去度假用的。”

“泰德,你们真热心,不过……他们真愿意吗?”

泰德笑笑:“放心,他们一点都不会介意的!”他停了一会儿又说,“你知道,大伙儿每天看着米吉的眼睛,心里也难过得很,只是你是第一个提出来的人。”

“那好极了。”我说,“你怎么把它弄过来?”

“我老板愿意把他的货车借给我。星期三晚上好不好?”

“好啊。”我目送他骑远了,才回头走进屋里。现在的人看一镑也许就跟一杯水那么不值钱,可是三十几年前我一个礼拜的收入才四镑。

礼拜三晚上就像是有什么特殊的节庆活动似的。小卡车挤满了猎狐酒吧的会员,挤不下的就在后面骑脚踏车追赶。

老狗很害羞地穿过走道进入手术室,跟在它后面的则是大批的农夫,他们的雨鞋在诊所的地板上踩出很壮观的声音。

屈生把米吉麻醉以后,把它抱上手术桌。我抬头看了一圈,只见四周全是脑袋,每个人的眼光都是充满期望的。通常我不喜欢做手术时有人在旁边看,可是这些都是出钱的人,他们有权在场知道整个过程。

我扭开手术灯,头一次仔细检查米吉的眼睛。它很帅,毛色也很好,只可惜那对眼睛相当怕人。我拉开眼皮,只见里面全是缠结的睫毛和分泌物,结膜有点发炎,不过幸好角膜还没有溃烂。

“里面一团糟,”我说,“不过并不会造成永久的伤害。”

围观的农夫们虽然没有欢笑,但他们个个都挺愉快的。当他们渐渐开始谈笑的时候,屋里嘉年华的气氛也越来越高昂。我愕然发现我从没有在这么嘈杂的环境下动过手术。

切下第一刀时,我甚至觉得有些兴奋,因为我期待这一刻已经很久了。我把睫毛上面将近半英寸宽的眼皮整个割掉,然后再把裂口缝合。手术的过程中,农夫们比先前安静了许多。事实上,我只听到一位6英尺4的马贩说了一句:“老天,这儿真热!”

我抬头看看他就知道他没有骗人,因为他的额头上全是汗。

当时,我只是专心地缝合裂口,没有注意到他不仅在冒汗,脸色也苍白得很可怕。我正拉线的时候,突然听见屈生的喊叫声。

“快扶住他!”

大块头马贩四周的人立刻撑住他,让他慢慢地滑到地板上去。接着,他很安详地躺在地上,一点动静也没有。我缝完最后一针,和屈生收拾好工具时,他才苏醒过来。

手术一结束,庆祝会又恢复了生机。屈生看看方才昏倒的马贩说:“我想喝杯威士忌会对你有点好处。”说完,他回到屋里拿了一瓶酒出来——当然,以他好客的习性,在场的人统统有份了。于是诊所里的试杯、烧杯甚至小花瓶全都派上了用场。顷刻之间,歌声、笑声、交谈声、劝酒声又交织在诊所里。

当小卡车终于开走的时候,我还听到有几个人的歌声一直缭绕在街头。

十天后,同一批人又带米吉回来拆线。眼皮是向外翻了,只是角膜上还有很多分泌物。又过了一个月,我的手术还没有见效。

有天晚上,我出夜诊回家,路过戈顿村的猎狐酒吧时,突然想起了那次几乎被我遗忘的眼皮手术。于是我决定进去看个究竟。我叫了一品脱啤酒，坐在那些熟悉的脸孔之间。

一切都跟过去一样，艾柏坐在炉火边，米吉趴在他的桌子底下。我从自己的座位上站起来走过去，就像有磁铁在吸我似的。

“米吉，”我说，“快起来让我看看！”

它慢慢爬起来伸了个懒腰。当它把头抬起来面对我时，我屏住了呼吸。接着，它的眼珠完全吸引了我的注意——晶莹、明亮，清楚得就像是只刚出生的小狗。

它咧着嘴吐出舌头，尾巴轻轻摇了几下。一股暖流冲过我的心房。那对眼睛里的睫毛和分泌物已经全部消失了，困扰着它多少年的烦恼也随之而去。我为它又重新看清楚这个新世界感到兴奋。当我站起来的时候，隔了几张桌子的泰德也在频频点头和微笑。

“艾柏，”我大叫，“要不要再来一杯？”

“你可以倒几滴在我的杯子里，小伙子。”

“米吉的眼睛好多了。”

老牧羊人举起杯子：“祝你健康。它只是受了点凉。”

“可是，艾柏……”

“唉，它总是流鼻水。这个老家伙，从小就这样，动不动就受凉……”

不解之谜

无论何时，每当我想起德禄镇的日子时，我都会感到自己正陶醉在淡淡的清香之中。可是，偶尔我也会想到一些不愉快的事情。

那个人正气喘如牛地站在诊所门口的台阶上。

“不好了，我没办法把它弄进来，它硬得像块木板！”

我的胃抽了一下，又是一只。“你是说杰士？”

“它在我车里的后座，就在那儿！”巴陀先生说。

我跑到马路对面，打开车门。跟我所担心的相同：一只漂亮的达尔马提亚犬正在抽筋。它的背拱得很厉害，头死命地向后仰，四肢蹬得跟棍子似的。我知道这是可怕的破伤风性痉挛。

我一句话也没多说，只是冲回屋里拿针筒。

我钻进车里，在狗的下巴下塞了一叠报纸，然后打了一瓶阿朴吗啡。

那人很惊惶地看看我：“怎么回事？”

“番木鳖碱中毒。我刚打的针是要它呕吐。”话刚说完，那只狗吐了一摊东西到报纸上。

“这样就会好吗？”

“那要看毒性已经被吸收了多少。”我不想告诉他这种痉挛几乎都难逃一死。事实上，上礼拜我碰到了六个相同的病例，结果六只狗都死了。

“我们等着看吧。”

我又用针管吸满巴比妥酸盐的时候，他一直盯着我看：“现在你在干什么？”

“麻醉它。”我把针头插进静脉，过了一会儿，它的肌肉松弛并渐渐昏睡过去。

“它看起来好多了。”巴陀先生说。

“是的，不过问题是药力失效以后，它又会开始痉挛。还是我说过的那句话，关键在于吸收的毒性有多少。尽量让它躺在安静的地方。任何声响都可能造成它再度痉挛。再发的话赶紧打电话给我。”

我回到诊所里。一个礼拜之内七次，实在令人不可思议……可是现在回想起来我并不惊讶。真是罪无可赦——某一个心态不正常的人正在镇上处心积虑地想毒死每一只狗。番木鳖碱是烈性的毒药，一般宠物店的人都用它来打虫，偶尔也会有动物误食的例子，可是这次的七只狗都绝不是意外。

我必须警告所有养狗的人，于是我拿起电话拨给《德禄时报》的一位记者。他答应第二天就刊载一篇专文，要人们看好自己的宠物。

接着，我又打给警察局。警官听了我的话以后说：“是的，哈利先生，我也相信一定是有人在毒狗。我们会积极调查这件事。你可不可以把受害者的姓名告诉我……谢谢……谢谢。我们要查访他们并且问问镇上的化学药品店，看最近有什么人买过这种药。当然，我们会主动注意街头的可疑分子。”

挂上电话的时候，我为自己努力设法阻止悲剧继续发生感到一丝安慰，可是另一方面，我又不能不担心镇上的某处可能有个丧心病狂的家伙正在残害动物。强尼出现在候诊室时，我的情绪才稍微开朗了一点儿。

强尼总是会使人们的心情轻松愉快一点儿，因为他是个永远都那么乐观的人。虽然他是个盲人，可是他脸上经常挂着迷人的笑容。他年纪与我相仿，我看到他的时候，他正坐在椅子上，一手扶着他的导盲犬福佳。

“又到了该检查的时候了，强尼？”我说。

“是啊，哈利先生，又到了。六个月过得真快。”说完，他拿出病历卡。

我蹲下去摸摸他的阿沙丁狗：“怎样，福佳近来还好吧？”

“好极了，吃得多，睡得足。”他的手在狗背上来回抚摸。

我看着这位年轻人，他的脸上充满了温情和荣耀。我知道这只狗对他的意义。几年前，当他的视力日渐减弱到完全失明时，他完全陷于绝望之中，可是自从他接受盲人训练并认识这只导盲犬后，他完全改观了。福佳不仅仅是替他带路，它还是他最忠实的伴侣。

“咱们开始吧，”我说，“来，老小子，让我先替你量温度。”

它的体温正常，所以我继续听心跳、触摸腹部，检查毛皮。

最后，我笑着说：“强尼，你简直在浪费我的时间，它的健康情况好极了。”

我相信每个人看到强尼都会说：“哦，强尼，你的狗漂亮极了。”虽然他并不能亲眼看到自己的狗的长相，可是他照样能分享这份荣耀。

我又扳开它的下巴检查牙齿。这种动作是相当危险的，可是面对福佳，你大可以把整个脑袋都伸进去而不必担心什么。它充其量只会舔舔你的耳朵——事实上，它正在这么做。我的脸颊在它舌头的射程之内，所以它正津津有味地替我洗脸。

“嘿嘿，你干吗？”我拿出手帕，“我今早洗得够干净了。要舔嘛，也得保守一点，别那么大手笔！”

强尼听了呵呵一笑：“你体会到它的热情了吧。”

我又继续检查耳朵和脚爪——我从没见过脚这么大的狗，那一根根的趾头就跟人类的差不多。我想这么巨大的狗一定得要有粗大的爪子才撑得住它的重量。

“都很好，只是有根趾甲卷进去了。”

“是不是要修一修，我觉得它的趾甲长得好快。”

“要把卷进肉垫下的部分剪掉，否则走起路来会痛。你常散步吧，福佳？”

大狗一听到它的名字就舔起我的耳朵。我边为它剪趾甲边闪躲。要剪断这么粗硬的趾甲必须花很大的力气，我用力压钳柄，直到两眼都胀得快掉出来了才成功。

我在病历卡上写了它的健康情况，并记下日期。“都好了，强尼，它很正常。”

“谢谢你，哈利先生。六个月以后再见。”说完，大狗拖着主人走出小诊所。我看见福佳在路边等一辆汽车驶过以后，才敢过马路。

中午吃饭之前，巴陀先生打电话来说杰士又发病了。我匆忙赶到他家，又为杰士打了一针。巴陀先生开了一家饲料厂，专门供应本区的牛饲料。他也是个相当乐观的人。

“哈利先生，”他说，“请不要误解我的意思，我对你很有信心。可是，你难道没有别的方法吗？我实在很疼这只狗。”

我无助地耸耸肩："很抱歉，我也无能为力。"

"没有解药吗？"

"没有。"

"那……"他担忧地低头看了看，"这样下去会怎样？我是个门外汉，可是我很想了解这种病症。"

"道理很简单，"我说，"番木鳖碱的毒性被神经系统吸收，造成脊椎的传导力增强。"

"这又代表了什么？"

"也就是说神经系统对外界的刺激变得非常敏感，一点点的声响或触摸都会造成肌肉剧烈的收缩。"

他点点头："我懂，可是……我知道它活不久了……是什么因素使它致命？"

"窒息——呼吸神经麻痹或横膈膜剧烈收缩都会导致窒息。"

也许他还想再问什么，可是他并没有开口。

"不过有一点你应该知道，巴陀先生，"我说，"它并不痛苦。"

"谢谢你，"他摸摸沉睡的狗，"我们没有别的法子了？"

我摇摇头："只希望它吸收的毒不多。如果再发病的话请电话通知我，我几分钟内就可以赶到。"

开车回去的时候，我觉得相当嘲讽，这么一个动物天堂的小镇上有爱狗的人却也有杀狗的人。德禄镇到处都是草地，狗儿活动的地方也遍布各处。我常觉得这儿的狗主人们都很幸运，因为他们不必担心没有地方遛狗——可是下毒的人也有成百上千的地方可以放饵。

我出完下午的诊刚回到诊所就接到巴陀先生打来的电话。

"又开始抽筋了？"我问。

对方停顿了很久才说："不是，它已经死了。它一直没有醒过来。"

“噢……我为你感到难过。”我觉得很绝望。这是第七名被害者。

“哈利先生，谢谢你的治疗，我相信任何人都救不了它。”

我担忧地挂回听筒。他说得对，任何人都无法挽救这一切。可是这一点并不能安慰我，生命的结束总是会带给我挫败感。

第二天我到一处农庄，农夫的太太叫住我：“诊所要你打电话回去。”

接电话的是海伦。“宾汉刚带他的狗来！我想又是同样的例子。”

我飞快赶回德禄。宾汉是个建筑工，他什么都能做——补屋顶、修烟囱、盖围墙。无论上哪儿，他都带着那只白色的小猎犬。

我和宾汉很熟，因为我们时常在酒吧见面。我冲进诊所，看见他伏在桌上，而他的小猎犬正以我最害怕见到的姿态平躺在主人旁边。

“它已经死了，吉米。”宾汉抬起头边擦眼泪边说。我摸摸它的心脏，静悄悄的。

“我很难过，宾汉。”我说。

他并没有立刻回答我。“我看到报上的新闻了，吉米，可是我万万没想到这种事会发生在我身上。那个人真该死，是不是？”我点点头，不晓得该说些什么。

“是谁？”他几乎是在问他自己。

“我不知道——没有人知道。”

“我只需要面对他五分钟就好了。”说完，他抱着小猎犬走了。

我那天的麻烦还没有结束。晚上11点我刚进被窝，海伦就用手肘碰碰我。

“我想楼下有人在敲门，吉米。”她说。

我拉开窗子看到参加过一次大战的跛脚老兵包老头站在门外。

“哈利先生，”他仰着头叫我，“很抱歉这么晚了还打扰你，可是补丁病得很厉害。”

我探出脑袋:“什么病?”

“它变得很硬——有点儿像木板。”

我连衣服都来不及穿,只是抓了睡袍就一步两阶地冲到楼下。门一打开,包老头就抓住我的肩膀。

“快,哈利先生!”他走在前面,领着我去他家。他就住在20米之外的巷口。

补丁的情况跟其他的被害者相同,惟一令我略感惊喜的是它不断地呕吐。我赶紧把针头插进静脉,可是还没拔出来,补丁已经停止呼吸了。

包太太砰然跪在地上,伸出颤抖的手放在一动也不动的毛团团上。

“补丁……”她转过来瞪大了眼睛看着我,“它死了。”

我把手放在包太太肩上,照例说了些安慰的话。我离去的时候,他们夫妇俩还跪在地上,甚至我关了门都还听到:“补丁……补丁!”

我没有立刻回家。我需要一些新鲜的空气稳定自己的情绪。补丁都碰上了,证明悲剧已经蔓延到我家附近,而它要到何时才能了呢?

一连几天我都不敢放我自己的狗山姆出门。即使到远地出诊,我也是亲自带着它,不让它接近任何生人。三天之内,我都没有再接到紧急求诊的电话。到了第四天,我稍微松懈了一点。我想,或许噩梦已经过去了。

第四天下午我出诊回家,经过霍顿路的时候,一个女人跑到马路中央向我挥手。

“哈利先生,”她喊叫道,“我正在找电话亭打电话给你。”

我把车靠边停下:“有什么事吗?你是强尼的母亲吧?”

“是的。福佳瘫痪在地上不能动了。”

“噢，不！”我像被利刃刺中一样。我傻愣愣地瞪着她，不知所措。过了好久我才打开车门，载着强尼的母亲飞奔到他家。

福佳倒在地上挣扎的样子比其他的受害者都要令我心悸。因为它是那么一只高贵漂亮又通灵性的狗。

“噢，上帝！”我喘着气问，“强尼，它有没有呕吐？”

“有。我妈进门的时候，看见它躺在花园的地上。”这位乐观的青年在这种节骨眼都还挂着微笑。

我死命地把药水打进去——这种动作我已经做过好几次了，可是每一只都已不在这个世界上。福佳先是喘气，接着四条强有力的腿用力蹬直，脊背也拱了起来。

我知道这是临死前的反应。针筒推完了，福佳并没有缓和下来。或许以它的体型来讲，一瓶药剂太少了一点。于是我又打下第二瓶。这种药剂使用的比例是每5磅体重对1毫升。过多的剂量会致命。超过安全用量的标准时，我并没有停下来。我必须下这个赌注，因为它的横膈膜已经在压缩肺部，任何一刻它都可能窒息。

我想我几乎打了50毫升，福佳的肌肉才慢慢松弛下来！这种剂量已足以使它休克甚至毙命。我坐在椅子上，看着它肺部微弱地收缩着。如果它死了，我不晓得是该怪毒药还是怪我的药剂。

我一直坐到深夜才回家，福佳安静地躺着，始终保持微弱的呼吸。它会这样昏睡而死去，还是会醒过来继续痉挛直到窒息，两者我都不敢想象。我受够了这一切，如果我不是兽医的话，这些事根本与我无关。

第二天一大早，还没吃饭我就赶到强尼家。我必须弄清情况才能开始一天的工作，否则我简直无法度过这天。

强尼的母亲打开门的刹那，我的心几乎跳出了胸口，因为任何一种结果我都无法接受。我正要开口问她的时候,答案已经出现在眼前了——福佳从屋子里慢慢走过来向我摇尾巴。谢谢上苍,我实在没想到会有第三种答案。

强尼正在吃早点。他坐得很直,精神也跟平常一样好。

“喝杯咖啡吧,哈利先生!”他母亲说。

“好的,谢谢你。”

这是我所喝过最香的饮料。我边喝边看着福佳。很显然,它的噩梦已经过去了。

“昨夜我陪了它一夜。我只听到它呼吸的声音和时钟的滴答声。4点整的时候,我知道我们战胜了,因为我听到它爬起来在屋里走动。哈利先生,你不晓得那脚步声有多可爱!”

他转向我,眼皮稍微掀了一下,好像期望能看到我似的。

“没有福佳的话我一定会迷路、会摔倒。”他笑着说,“我不知道该如何感谢你,哈利先生。”

可是当他伸出手扶着那只他引以为荣的大狗时,我觉得他的姿势才是我所需要的感谢。

这就是德禄毒狗案的终曲。老一辈的人一直到今天还在谈论这件事。至于凶手是谁,没有任何人发现丝毫的线索。

或许是报纸和警局把那个人吓跑了,也或许是他玩腻了,总之这件事就这样结束而留下一个永远解不开的谜。

而对我来说,这是我一生中最感挫败的插曲。十只狗里面,只有福佳幸免。我的失败率达到了九成。是福佳并没有吸收太多的毒,或是我孤注一掷的方法救了它?我想我永远也不会知道。

那些年里,每当我看到福佳带着它的主人出游时,我都有相同的想法,那就是:如果上帝只允许一只狗得救的话,那也该是它。

吝啬的有钱人

当老太太把一杯茶递给我的时候,我觉得全身神经都轻微抽了一下。她长得跟贝太太一模一样。

本地的一个教会正在招待我们这些寂寞的空军大兵。我接过茶杯坐下来以后,眼光就无法再离开那位老太太。

贝太太！我仿佛看到她站在诊所的窗边。

“呜呜,我真没想到你是这么没良心的人,哈利先生。”她抬起头责怪地看着我时,下巴还在微微颤抖。

“可是贝太太,”我说,“我绝不是没有良心的人,只是我不能为了十先令就替你的猫动那么大的手术。”

“我还以为你会同情我这个可怜的穷寡妇呢。”

我沉思地看看她。她是个结构紧密的老女人,一头灰白的头发像头盔似的卡在头顶上。她真的是穷寡妇吗?我的怀疑并不是无中生有。她在雷顿村的一位邻居是怀疑论的忠实信奉者。

“这全是故事,哈利先生,”他曾说过,“她对每个人都这么说,可是我告诉你,她多的是股票;还有,她到处都有地。”

我深吸了一口气:“贝太太,遇上真正穷困的客人我们会主动打折降价,可是你所要求的手术太奢侈了。”

“奢侈?!”老太太吃惊得喘了口气,“我一再告诉你娇娇总是爱生小猫,可是你一直不肯动手术。像它这样一直生下去我可受不了。为了怕它怀孕我每天守着它不敢睡觉。”说完,她揉揉眼睛。

“我知道,也很抱歉。可是我要说的还是那句话,要免掉这些麻烦只要花一镑就好了。”

“不,才不呢。我付不起这么多!”

我摊开手:“可是你出的价才够一半呀。这真是太荒唐了,我的手术包括全身麻醉、切除子宫和卵巢……我相信任何兽医都不可能为十先令就做这种手术的。”

“噢,你是个残忍的人!”她转身看着窗外,难过得连肩膀都在发抖,“你难道不肯同情一个穷寡妇?”

她已经和我折腾十分钟了,我很少像现在这么有决心过,可是贝老太太更是个百折不挠的勇士。我低头看看表——我已经该上路出诊了,而且目前的情况是很明显地我已经占了下风。

我叹了一口气。也许她真是位穷寡妇。“好吧,贝太太,十先令就十先令。只此一次,下不为例!礼拜二下午好不好?”

她从窗户边上晃着走过来,脸上已经换上了早已准备好的笑容。“这才说得过去!你真是个好人。”她从我身边擦过,走向甬道,我跟在后面送她。

“还有一件事,”我为她推开前门的时候说,“从礼拜一中午起就不要给娇娇吃任何东西。你带它来的时候它的胃必须空着。”

“我带它来?”她满脸疑惑,“可是我没有车子,我以为你要去我家接它的呢。”

“接它！可是雷顿村离这儿五里路啊！”

“是啊。你不但要接它，还要把它送回去。我没有交通工具。”

“接来……动手术……再送回去！就为了十先令？”

她的眼睛射出肯定的光芒。

“好了，就这么说定了，一共十先令！”

“可是……可是……”

“怎么又反悔了？”她歪着头责备我，“别忘了，我是个可怜的穷……”

“好吧，好吧，”我赶紧说，“礼拜二我去接它。”

礼拜二下午来到时，我责怪自己当时为什么那么软弱。如果是她把猫送过来的话，我2点就可以动手术，2点半就可以上路出诊了。动一次廉价手术我还不在乎，可是这一来一去不知要耽误我多少时间。

临出门前，我往敞开门的客厅里瞥了一眼。屈生该在看书的，可是我却看见他正躺在最喜爱的摇椅里呼呼大睡。我走过去欣赏他的睡相——多安详无邪的脸孔，这种表情只有在熟睡的人脸上才看得到。他脸上的皮肤像婴儿一样柔滑没有杂质。一本杂志滑落到他的胸口，一支烧完的香烟还夹在他吊在一边的手上。

我轻轻摇摇他：“嘿，屈生，要不要跟我一起去？我要去接一只猫。”

他慢慢醒过来伸了伸懒腰，又打了打哈欠。也许他的神志还没有完全清醒，可是他可爱善良的个性马上就恢复了。

“当然，吉米，”说完，他还打了最后一个哈欠，“这是我的荣幸。”

我想全世界大概只有屈生能在睡梦中被人叫醒而仍保持这么好的风度。

贝太太住在雷顿村靠山边的地方。我看见一座大门的旁边挂了一块牌子，上面写着“爵士小屋”。于是我推开花园的矮门走进去。刚走了几步，屋里就冲出一位老太太跟我热情地挥手。

“午安，两位绅士。真高兴看到你们。”贝太太领我们走进摆满了上好家具的客厅。我一点也看不出她会是穷人。我偷瞥了酒柜一眼，里面陈列了苏格兰威士忌和樱桃白兰地。我还想再多看清楚一点时，她却先把酒柜的门拉上了。

我指着一个绑了细绳的纸箱说：“好极了，你已经先把它放进纸箱了？”

“才没有呢，它在花园里。它每天下午都要出去玩一阵子。”

“在花园？”我有点紧张了，“那快点把它叫回来，我们时间不多。”

我们穿过厨房，从后门走进花园。很多这一类的雅筑都有一片很大的后院，贝太太家自然也不例外。我看见一朵朵彩色缤纷的花在阳光下摇曳，花园中间是绿油油的草坪，草坪上则点缀了几株苹果树和梨树。

“娇娇——”贝太太高声喊叫，“你在哪儿，我的宝贝你在哪儿？”

院子里毫无动静，于是她转过来向我淘气地笑一笑，“我想它在和我们玩捉迷藏，它时常这样的。”

“哦，真的，”我一点也不热心，毕竟这不是玩游戏的时候，“我只希望它快点出现，我们没有多少……”

这时，一只肥胖的花猫突然从菊花圃里冲出来，滑过草坪，消失在另一丛石楠花里。屈生离那儿最近，所以他立刻冲了过去。他才跑了几步，花猫又以高速射出花丛，在草坪中央略事休息，然后爬上一棵树顶。

屈生眼中露出了喜悦的光芒。他拾起地上几个被风吹落的苹果：“吉米，别急，让我把那个无耻的禽兽轰下来。”说完，他做出瞄准的姿势。

我叫住他:“看在老天的分上,别搅局好不好,快把苹果放下。”

“哦……好吧,”他扔下苹果,向那棵树走去,“没关系,反正我会替你抓住它的。”

“等等,”我走过去,“让我来。你在下面守着,如果它跳下来就抓它。”

屈生有点失望,可是我警告地瞪他一眼。猫的效率实在使我震惊,它只需要屈生千分之一的精力就可以飞蹿到邻居家去。我开始慢慢地爬树。

我喜欢猫,而且一直就喜欢猫。我觉得猫很通人性,所以即使再难对付的猫我都敢去慢慢接近它们。如果说我是治猫专家并不过分。所以我对眼前的娇娇也信心十足。

我轻轻喘着气,爬上了最顶端的树枝,然后慢慢把手伸向蹲在枝头上的娇娇。

“扑哧——扑哧——”我用猫儿一向无法抗拒的音调轻轻叫着。

娇娇冷冷地瞪着我。它除了拱起背脊之外,没有任何反应。

我沿着枝干又靠近了几英寸,“扑哧——扑哧——”我知道我的声音甜美得跟蜂蜜一样。我把手指头凑到它的脸颊旁边。待会儿我就要轻轻抚摸它的脸颊,然后它就是我的了。这种方法从没有失败过。

“呜——呜——”娇娇向我发出攻击前的警告。可是我并不理它这一套骗人的玩意儿,我还是把手指头伸过去摸它的下巴。

“呜——呜——”娇娇退了一步,然后以一记闪电左勾拳扫过我的手背,留下了四条血红的轨迹。

我咒骂了一声,立刻把手抽回来检查伤势。下面的贝太太发出银铃般的笑声。

“哦,它不是聪明极了吗！它就爱玩这种游戏。”

我嗤了一下鼻子,调整了一下姿势,准备重新部署。我冷酷地告诉自己,这回我要使点诈——先抚摸它,然后猛然抓住它的脖子。面对这么凶悍的敌人,我必须出此下策。

可是它好像一眼就看出我不怀好意。它缩了一下身子,很轻松地向下飞去。

然而屈生也并不是傻子,他以闪电之势扑出去,一把握住娇娇的后肢。娇娇从容回过头,毫不犹豫地将它的利齿插入屈生拇指的肉球中。此刻,屈生发挥了人类最大的毅力。他只简短地抱怨了一声,立刻用另一只手卡住猫儿的脖子。

几秒钟后,屈生以英雄猎虎的姿态,倒提着一只挣扎的花猫,站在草地上。

“好了,吉米,”他高兴地说,“我抓到它了。”

“好极了!”我以最快的速度从树上溜下来。事实上,我溜得太快了一点,以至于我的夹克发出不祥的撕裂声。我知道那是手肘下一大块三角形的区域脱离主体所制造出来的音响效果。

可是现在不是在乎这种琐碎细事的时候。我连跑带跳地把屈生推回屋里,然后立刻打开纸箱。那个年代还没有精密的小动物容器,所以要想把娇娇关进纸箱里,还得动一番脑筋。

我花了气喘如牛的十分钟,才把它关进去。盖子封上以后,它不断以哀号声抱怨。虽然我又用了几码的绳子把箱子扎起来,可是提着它走出门外的时候,我还是为自己的安全问题担心不已。

我们发动车子后,贝太太竖起一根手指。我仔细检查我印了血纹的手背,屈生痛苦地吸吮他的拇指……我们都在等她开口,可是她过了好久才说:“哈利先生,希望你们对它温柔一点儿。”她焦急地说,“你知道，它很害羞。像你们刚刚那样粗野可能已经吓着它了。”

我们才走了不到半里路，后面就传来争吵的声音。

“回去！回到箱子里去！回去！你这个老不知羞耻的东西！”

我向后瞥了一眼。屈生遇上麻烦了。很显然娇娇不喜欢车子的震动，而将利爪伸出纸箱的裂缝；有一度，它那愤怒的脑袋也挣脱出来。屈生以最大的毅力将所有突出的东西都推回去，可是从他那愈来愈凄惨的喊叫声，我知道他正在打败仗。

最后，我终于听到了不可避免的结果。

“它出来了，吉米！它出来了！”

这下可好，车里有一只得了歇斯底里症而四处乱窜的猫！开过这种车的人就能体会出我现在的处境。我把头缩低，紧抱着方向盘，尽量不使自己受到猫儿穿梭的影响。我看见灵巧的娇娇一会儿跳上仪表板，一会儿跳到车窗旁边，一会儿又倒立在车顶了。恪尽职守的屈生追捕了半天仍属枉然。

可是残酷的命运并没有就此罢休。后座的喘气声、咒骂声和动荡声突然停了下来。在短暂的宁静之后，我听到空前无比凄厉的尖叫。

“吉米！它在小便！它在到处小便！”

很显然这是它计划中的武器之一。其实不必屈生告诉我，我的嗅觉比他灵敏。我疯狂地摇下窗子，又疯狂地把它摇回去——因为我突然想到娇娇可能会冲到窗外，消失在荒野之中。

我甚至不愿意去想到剩下的旅程将会是什么局面。我试着锁上鼻腔，用嘴巴呼吸；而屈生则点燃香烟不断吐出浓云密雾，可是那股难闻的气味依旧荡漾在车厢里，久久不肯散去。车子驶入德禄郊区时，我停下车，和屈生发挥了团结互助的突袭。当然我们也付出了很高的代价——我的双手又多了十几条血迹，屈生的鼻头也被抓了一道。不过我们终究再次把它塞回纸箱里。

上了手术桌的娇娇还是一样的狡诈顽强。我们为它罩上乙醚麻醉面罩后，它很老练地憋住呼吸，等我们以为它昏迷并拿下面罩时，它又猛烈抵抗。最后，它总算昏睡过去了，不过我和屈生也已全身湿透。

我早就可以想见这项手术将是艰难无比的。在20世纪30年代的乡间，子宫、卵巢切除术算是惊天动地的大工程，更何况我们很少经历过这种手术。

我个人对动物的选择也有喜恶。比方说瘦猫就比胖猫容易做得多。娇娇正是一头痴肥无比的大猫。

我一划开它的下腹，一片油海立刻呈现在我面前，掩盖了所有的内脏。我翻了半天，只捞到肠子和膈膜，于是我又把它塞回去。最后，我的钳子终于夹到了输卵管。只要找到目标，剩下的都好办了。缝完最后一针时，我已经筋疲力尽了。

我把沉睡中的猫放回纸箱，并向屈生使了个手势："走吧，在它醒过来之前，我们要赶紧把它送回去。"说完，我开始向甬道走去，可是屈生一把拉住我。

"吉米，"他很严肃地说，"你知道我是你的朋友。"

"是的，屈生，你当然是的。"

"吉米，我愿意为你做任何事情。"

"我也这么深信。"

他做了一个深呼吸："除了一件事——我不愿意再回到那辆该死的车子里。"

我迟钝地点点头。这一点我真的不能怪他。

"那没关系，"我说，"我自己去好了。"

我在车里喷了很多松脂香味的消毒水，可是并没有什么用处。其实我也不敢要求太多，我最大的希望就是娇娇不要在抵达贝太太家之前醒来。可是我的梦想还没出德禄就破碎了。当后座的纸箱传出不祥的嗡嗡声时，我颈背的汗毛很整齐一致地竖了起来。那声音听起来有点像是一大群蜜蜂，不过我知道它确实的意义——麻醉药失效了。

一旦出了镇区，我立刻把油门踩到底。我很少这么做过，因为只要超过40里，我车子的引擎就会发出悲壮的抗议之声，而且车身所有接合的地方都好像就要分裂似的。可是现在我已经不在乎这些了。我咬紧牙齿，直瞪前方，而我的心思却在后面嗡嗡声愈来愈大的纸箱上。

渐渐地，我听到嗡嗡声音已经发展成为利爪撕纸的声音。于是我开始发抖。车子呼啸着冲进雷顿村时，我抽空回头看了一眼——娇娇又将复出了。幸好同时车子也停在贝太太家门口。我一手拉起手刹车，另一只手赶紧伸到后面抓住它的脖子。

我把娇娇抓过来放在膝盖上，然后靠在椅背里喘气。当我看到贝太太匆匆由花园走出来，我赶紧在僵硬的表情上加上一点笑容。

她欢叫着把娇娇抱过去，随即又发出一声惨叫，因为她发现娇娇下腹的毛给剃掉了，其中还留了一道刀痕。

“呜~我的宝贝，那些臭男人对你做了些什么?!”她把猫抱紧，然后狠狠地瞪着我。

“贝太太，它很好，你放心。”我说，“今晚你可以喂它喝些牛奶，明天就可以进食了。真的没什么好担心的。”

她撅着嘴说：“哼！现在……”她很实在地看我一眼，“我想你是在等着拿钱啰？”

“唔……”

“在这儿等着吧，我进去拿。”说完，她转身走回去。

我靠在还在发动的车子上。我手背上的爪痕还未消，夹克手肘下的裂缝还没有补上，现在又是满车厢的尿骚味……为了娇娇，我已经受尽了精神和肉体的折磨。

贝老太太拿了个皮包慢慢走出来。

“十先令，是不是？”

“是的。”

她在皮包里翻了一阵，拿出一张十先令的票子。

“噢，娇娇，你真是只昂贵的猫咪。”她很惋惜地说。

我感激地伸出手，可是她突地又把钱收回去：“等等，我差点忘了。它还要拆线是不是？”

“对，再过十天。”

她把嘴唇缩得紧紧的：“那我干吗急着给——你还要再来，不是吗？”

“再来？你总不至于……”

“我深信在工作还没有完成之前就先付钱是会导致不幸的。”她说，“这样对娇娇不利。”

“可是……可是……”

“不用说了，我已经决定了。”说完她以干净利落的手法把钱塞回皮包，然后毅然转身朝屋里走去。走了一半，她又回头嫣然一笑。

“我想这的确是最好的方法，等你过来拆了线就可以拿到钱。”

害羞的农夫

“这是全世界共同的现象，穷小子受苦，富人享乐……”

我们正在上“最艰苦的课程”——扎营住在什罗蒲郡的荒山里，而现在是极少数全体集合的时刻。大帐幕里共挤了几百名晒得黝黑的伙伴，等待一位来访的将军演说。

牛津大学的航空队也跟我们一起接受某些训练。他们都是优秀的知识分子，我有幸与他们共同削了三天的马铃薯，才得以认识他们。削马铃薯并不该是认识新朋友的场合，可是一小时一小时地过去，我们削好的马铃薯很平稳地堆在无数的木桶里，而三天以后大家相互之间已经没有什么秘密了。

我周围的伙伴们都很粗鲁，若是在德禄镇，情况就大不相同了。刚进皇家空军时，每天接触的都是咒骂和粗话，这才使我相信我所离开的乡下是多么淳朴。我时常想，人类历史上最保守的社会大概就是20世纪30年代约克郡乡下的农村社区了。任何与性或自然功能有关的事在农夫面前都是绝不可提及的。

这一点使得我在工作上时常碰到困难。因为如果动物得的病和性扯上一点关系，它们的主人就会拒绝对异性做进一步的病况说明。比方说，当海伦或秘书小姐哈伯图接到电话时，他们所能说的只是："我想请兽医来看看我的母牛。"

今天的例子就是最典型的，因此我略带愤怒地看着贺先生。

"你为什么不说你的母牛不会发情？我有一种新的注射剂，可是没有带来。你知道，我不可能随身带着每一样东西。"

农夫害臊地低下头看着自己的脚："嗯……因为接电话的是个女的，我不好意思说。"他很温顺地看看我，"那你能不能想想别的办法？"

我叹了口气："或许可以。去提一桶热水拿一块肥皂来。"

我在手臂上抹肥皂时，觉得有些失望。我想试试那些新药，而且这种机会不多。不过把话说回来，用手做直肠检查也是蛮有趣的。

"拉住它的尾巴。"我说着把手臂伸进肛环里。

母牛的不孕症并不是什么不可解的谜，我时常为动物做这一类的检查，而大部分都可以找出原因。

有一天早上，西格就曾说过一句他的至理名言。

"吉米，"他说，"一个牛屁股里的学问比百科全书还要多啊。"

现在慢慢把手伸进母牛肚子里的当儿，我才真正体会出他的意思。我隔着直肠壁摸到了子宫颈，然后又摸到了右角的输卵管，都很正常，于是我继续向卵巢推进。当我握住那颗肿得像胡桃一样的卵巢时，我向自己笑了笑。它之所以会肿胀，是因为里面充满了"黄体"①，而这些积存在里面的东西阻碍了正常发情期的开始。

我捏了捏卵巢的底部，感觉到里面的液体冲了出来。这可正是我所期望的，于是高兴地看着农夫。

---

① 注：卵巢排卵后形成的分泌物。

“贺先生,我想我把问题解决了,再过一两天它就可以进入发情期了。你可以快为它准备。”

我抽回手臂。污物沾满了整条手臂,一直延伸到了肩膀,于是我把手伸进热水桶里。这该是那些曾立誓做兽医的青年瞪大眼睛的时刻。或许这一幕已迫使他们决定当律师甚或护士了。有很多年轻人到我的诊所来,要求见习出诊,而我总是希望能立刻让他们目睹真实的兽医生活,因为这样会对他们的决定有帮助。至少,一个早上的怀孕检查可以使他们分辨出公羊和母羊。

离开农庄时,我觉得很满足。我真的完成了一项工作,而且贺先生的害羞并没有害我白跑一趟。

贺先生摔在他牛舍的地板上痛苦地呻吟时,我的头一个念头是这种事发生在他身上未免太不公平了。

他这一生都绝对实践了两项美德,那就是含蓄和缄默。尽管已经五十多岁了,贺先生的脸蛋还是又红又嫩,就像初生的婴儿。我想他的害羞也许和他那单薄的体型有关:他全身只有几根又细又小的骨头,皮肤下层没有一点脂肪,两眼的光芒谦恭又纯洁。从来没有人听贺先生说过咒骂的话或做出不雅的表情。事实上,他是我所见过的农夫中惟一把牛尿称做牛肥的。

除此之外,身为卫理公会教徒的他从不喝酒或享受世人所享乐的。当然,他也从不说谎。总之,他可以说是我这一生所碰到的惟一的圣人。他是个善良的人,我可以将生命作赌注来信任他。

所以我看到他躺在牛舍的地板上时,心里才会那么悲痛。一切都发生得太突然了——我们刚走进牛舍,而那头安格斯母牛就已站在门后面。

“就是它。我想大概是感冒了吧。”他知道我要量温度,所以一来就先抓起牛尾巴。接着,他想跨过一条排水沟,挤在母牛和它的邻居之间,好让我站过来。可是,他拉牛尾拉得太早了,就在他迈开步子要跨水沟时——我想这是被牛攻击最糟的姿势——事情发生了。

其实,我并不惊奇,因为还没进门的时候我就发现母牛的尾巴很浮躁地甩来甩去。我一向恐惧黑牛,因为它们总是比较凶恶一点。总之,这头黑色的母牛大概是不喜欢有人扯它的尾巴,选择了它主人的两腿张得最开的时候,飞出它坚硬的后蹄,正中胯下的中心点。贺先生只穿着家常的薄衣裤,所以其保护作用几乎是零。

那只后蹄归位后,我只看见贺先生直直倒在地板上,一动也不动。他的双手紧捂着鼠蹊沟,过了几秒钟后,我听到轻柔的呻吟声。

我赶过去扶他的时候才想到,目击他高贵的仪表崩溃实在是很不道德的。我深信这位矮个农夫宁愿死,也不肯以这么不雅的姿势躺在地上,用双手捂着那不能启齿的部位。我跪在地上拍拍他的肩膀,希望帮助他消除内心的不安。

几分钟以后,他勉强坐起来。我伸出手搂着他,让他靠在我身上喘气。他的脸色变成醒目的青绿,过了好久,脸颊上又泛出惭愧的微红。虽然他已经把手挪开了,可是很显然他还是为自己刚才的行为感到羞耻。

我觉得比他还尴尬,因为这位矮个农夫不能像常人那样咒骂两句来减轻自己的困窘;而我也不能用一两句世俗的轻松话来帮着他一笑了之。通常碰到这种情形,我也许会笑着对被害人说性器官受重击对未来的性生活有很大的影响。总之,任何与这次意外有关的话都对解除困窘的局面有所帮助。

可是在贺先生的牛舍里只有令人不安的沉默。小矮个等血色渐渐恢复后,在我的搀扶下勉强站起来深吸了几口气。他看起来除了有一点点不高兴以外，一切都还好。显然，他觉得他该为刚才的失礼解释一下或者道个歉。

时间一分分地过去，牛舍里的气氛越来越紧张。我静静地等待他的安排，可是贺先生也沉默地和我面对面站着。有一度，我发现他的嘴唇轻微动了一下，好像想要说话，不过我知道他是找不到适当的词句。最后，他似乎下定决心要突破难关。他清了清喉咙，眼光四下小心地扫了一圈，然后把嘴唇凑到我耳边。他对整个情况的说明只用了四个字——说这四个字的时候，他仓促不已，喉咙也沙哑无比。

“踢到私处，哈利先生。”

我的脑海中常常浮出过去的画面。那都是很早很早以前的画面。在我当兵之前,在我认识海伦之前……那是我刚到德禄不久的事。

西格和我正在吃早餐,突然他把眼光从一封正在阅读的信中移到我身上。

"吉米,你还记得布迪威吧?"

我笑了一下:"怎么不记得,巴邮赛马那天实在令人难忘。"我必须很生动地记得西格的每一位同行老友。

"嗯……嗯,很好。"西格简略地点点头,"我收到他的信。他已经有六个孩子了,虽然他没有抱怨,但我相信他的生活绝不会像野餐那样快乐。更何况他全家都靠他的诊所维持。"他若有所思地拉拉耳垂,"你知道,吉米,如果他能休息几天该多好。你愿不愿意过去帮他干几个礼拜,好让他和他的家人可以去度个假?"

"当然,我乐意极了。不过这儿全靠你一个人也许会忙不过来吧?"

西格挥了挥手:"这样对我也有好处。再说这一阵子是淡季,没什么好忙的。我今天就写回信。”

布迪威先生当然很兴奋地抓住了这个机会。过了几天，我已经上路前往汉什菲尔了。约克郡是英格兰最大的郡县，所以郡内人文环境的差距一定也很悬殊。出了德禄两小时车程以内所看到的都是翠绿的草原和清晰透明的空气。可是接近汉什菲尔时，出现在远方的却是树林般的烟囱从灰褐色的云幕中伸出来。

这是一座典型的工业带中的城市。我的车驶过无数的工厂和工人宿舍。这里一切都是黑色的：厂房、围墙、住宅、树木，甚至远处的山峰……全被烟囱里黑油油的废气熏成黑色。

布先生的诊所正坐落于这座工业城的心脏位置。那是一栋灰暗的大楼，门前的平台上沾满了煤层。我按了铃并看到旁边有一块木牌，上面写着：“布迪威兽医，皇家学院毕业，犬类权威。”我正在怀疑他的母校不知会对最后四个字作何感想时，门开了，布先生站在我面前。

他把整个入口塞得满满的。如果说他跟过去不同了，那一定是他的脂肪层又增厚了数英寸。他的长相完全没变——脸又宽又大，头发油得发亮，目光善良仁慈。

他跨出来一步，一把握住我的手，把我拖进门内。

“吉米！好久不见！”说着，他用象鼻般的胳膊搂着我走过通道，“我对你的帮忙非常感激。我全家人都快疯狂了，他们全部上街去买度假所需的东西了。我们在黑湖订到了一间别墅。”

他带我走进靠后面的一个房间。我看见黑色的油毛毡上放了一张快要散架的桌子，角落有个洗手台，旁边有一个放了药瓶的白木架。这间屋里有股很强烈的气味，我闻了好久才发现那是石炭酸与猫屎综合的味道。

“这就是我为动物看病的地方。”迪威很满意地说。接着，他看看表说:“5点20至5点30有客户要来看病,我还有十分钟可以带你参观。”

参观他的诊所并不需要十分钟。我知道汉什菲尔另外有一家现代化的家畜医院,因此布迪威的客户多半都是穷人。他所有的行头都只有一套——一根直的缝合针,一根弯的;一把剪刀,一支注射筒。他的配药架上药的种类很少,而且容器的形状都是我从未见过的。

布迪威仿佛看出了我的疑惑,“别奇怪,诊所里的东西不够,而我家又常有多余的家用品,所以就变成这样。”

屋子的尾端有一道帘子隔开,我的伙伴走过去把它拉开。

“你可以把这儿称做候诊室。”我看着那几张破木头椅子,不禁大吃一惊。布迪威笑着说,“很简陋,我知道。不过这里从没有人排队过。”

候诊室里已经有四位客人了。两个小女孩牵了一只大黑狗,一个老人抱了一只小猎犬;一位少年提了一个篮子,里面趴着一只兔子。

“我们该上班了,” 他穿上一件白袍, 拉开帘子叫道,“第一位请进。”

两个小女孩把大黑狗放在桌子上。那是只地道的杂种狗,它一看到医生那权威的白袍子就开始发抖。

“别怕,小子,”迪威喃喃地说,“我不会害你。”他拍拍黑狗的脑袋,然后问两位小女孩,“怎样,什么毛病?”

“它的腿跛了。”其中一个女孩说。

那只黑狗好像为了要证实女孩所说的,立刻面带痛苦地把一只前脚抬起来。布迪威用他巨大的手掌包着狗爪,然后轻柔地边抚摸边检查。我为一位虎背熊腰的大男人会做出这么温柔的动作而感到惊讶。

“脚没有外伤,”他说,“可能是肩骨扯了。让它多休息两天,有空尽量替它按摩。”

他从一个大瓶子倒了一些白色的乳液到一个奇形怪状的小瓶子

里。一个小女孩拿了一先令给他，同时把小瓶子接过去："谢谢。"

布迪威一点儿也不惊讶地说："再见。"

他又看了几个病人，当他再走过去拉窗帘的时候，屋子另一端的门口出现了两个又矮又脏的人。他们提了一个帆布袋，里面全是各式各样的玻璃器皿。

布迪威弯下腰，从袋子里挑出了酱油瓶、胡椒罐、番茄酱容器，然后以名鉴赏家的仪态仔细检查它们。最后，他显然做了决定。

"三便士。"他说。

"六便士。"两个脏鬼异口同声地说。

"四便士。"布迪威说。

"六便士。"脏鬼还是那么一致。

"五便士。"我的伙伴也很固执。

"六便士！"这一次他们俩有点欣喜若狂。

布迪威叹了口气："好，成交！"他把钱付了，然后把瓶罐放在水槽里。

"我只要把纸标撕下来，再用开水煮一遍就成了。"

"原来如此。"

"这样很省钱。"

"是的，当然。"原来药架上那些奇形怪状的瓶子都是这么来的。

最后一位客人走进帘子时，已经6点半了。我一直站在旁边看他替每一只小动物看病。他很有耐心也有爱心，而且又能善用他仅有的药。他的收费顶多不过两先令，所以他为什么那么珍惜废瓶罐的原因也不难想见了。

此外，我还注意到了一点：似乎所有的客人都真诚地喜欢他。我想那是由于他没有架子，为人和蔼、诚恳。我觉得我在这儿已经上了一课。

最后进来的是一位健壮的女士。她有演说家的气魄，而且一看就知道她是个一丝不苟的人。

“我的狗上礼拜被咬伤了，”她说，“恐怕伤口已经有点发炎了。”

“嗯，是的，”迪威严肃地点点头。他用香蕉般粗大的手指在伤口上翻了翻，“情况有点糟，里面已经化脓了。”

他花了很久的时间把毛剃光，再用双氧水清洗伤口。最后他洒了些消炎粉，用棉花和绷带包扎好。他为小狗打了一针，临走前，还拿一个盛了吖啶酸溶液的酱油瓶给那位女士。

“照标签上的指示使用，”他说完，后退了一步，等着女士打开皮包。

我看见他脸上的肌肉在抽动，眼光也在闪烁，好像很不安的样子。最后他挺了挺胸，毅然决然地说，“药的分量比较多……所以，我恐怕要三先令六便士。”

以迪威的收费标准来说，这确实蛮贵的；可是我相信在任何一家兽医诊所里，这都是最便宜的。我实在想不透这么一点点利润如何够他维持生活。

女士出去以后，屋里突然爆发出了骚乱声。迪威向我展露天使般的笑容。

“是麦姬和孩子们。来，跟我见见他们。”

我们走进嘈杂的大厅中。我听到小孩的尖叫和笑闹声，也听到锅铲相摩擦的声音。一个大皮球在两面墙中间飞来飞去，每次一落地，就会有一个小孩发出无情的惨叫。

迪威带我走进人群中，找到一个矮小的妇人。

“这位，”他略带得意地向我介绍，“就是内人。”他看着她，就像小学生仰慕电影明星似的。

“你好。”我说。

布太太握住我的手笑了一下。她的魅力大概只存在于她丈夫的眼中。她又圆又胖的脸颊上全是岁月的刻纹。我可以想象出她这一生的职责:六个孩子的母亲、家庭主妇、厨子、秘书、诊所杂工和动物护士。

“哦,哈利先生,我们都很感激你和法先生的帮忙。我们多么希望能有个假期啊。”她笑起来的时候,眼睛特别仁慈。

我耸耸肩:“这是我的荣幸,布太太。我想我在这儿会很愉快的,同时我也祝你们玩得高兴。”

接着,我又被带去介绍给孩子认识。说实话,除了一个始终提高嗓门尖叫的娃娃之外,我根本分不出谁是谁。我猜想其他五个孩子里面有三个男孩、两个女孩,可是我不敢确定,因为他们不停地在四周跑来跑去。

他们惟一暂时安静的时刻是布太太喂他们吃晚餐的时候。她从一个巨大的铁锅里捞出一汤匙一汤匙的食物轮流塞进他们的嘴里。锅里装的是汤,上面漂浮着羊肉、马铃薯和胡萝卜。

可是一吃完饭,喧哗声又开始了。我发觉孩子们最热爱的游戏就是扔皮球。当我们坐在餐桌上吃饭的时候,那个彩色的大皮球就在饭桌上空飞来飞去。对于这一点,孩子的父母都没有表示什么,好像他们对这件事从来就没有在意过。

只有一回,皮球从我的鼻尖擦过,差一点打翻一盘汤,布先生才稍微表示一点点的不悦。

“你们看!你们看!”他心不在焉地抱怨。于是皮球穿越的轨道才修正到饭桌的正中央。

第二天一早,我送这一家人出门。布先生换了一辆外表全是铁锈的福特大轿车。布迪威坐在驾驶座上，从没有玻璃的车门里伸手向我道别；麦姬坐在他旁边，脸上挤出疲乏的微笑；而后座的窗户里则全贴满了各式各样的人脸和狗脸。车子开动的时候，我看见车顶上的几只破皮箱跟着摇晃起来，接着是小孩的欢呼声、狗叫声、娃娃的尖叫声……这一家总算走了。

我一回到屋里，就感到令人不安的寂静降临在四周。我得替他看两星期的门，想到诊所里匮乏的医药和器材，我不禁感到惶恐。事实上这儿连很多最基本的工具都没有。

不过要使自己心安也不难。据我判断，来这儿求诊的病患都不会有太大的毛病。布先生也说过，他的收入来源主要是靠阉割雄猫，所以我想未来两周的工作只不过是替小猫小狗打打针或挖挖耳朵而已。

早上的几个病例就立刻印证了我的想法。几位谦逊的客户分别带来了几只病况轻微的小动物。我愉快地把“保卫尔”牛肉精罐子里的药开给他们，并立即受到连声的道谢。

我只遭到一项困扰，就是那张桌子不止一次地垮下去。我不晓得这种桌子是谁发明的，设计它的人为了某种原因将桌脚做成可以向内折叠的，而一当桌面受到重压时，下面的活节就会灵巧地转动，使得整张桌子都垮下去。我一连上了好几次当，最后只好在活节里塞上小木片才阻止灾难继续发生。

10点半的时候，我拉开帘子，候诊室里空荡荡的，只有刺鼻的猫狗味陪伴着我。我把门锁上，心里盘算着下午开门之前该做些什么好。要是在德禄，现在正是我活跃于农庄间的时刻，可是在这里除了客人找上门之外，几乎完全无事可干。

我正在想中午是不是该出去逛逛的时候，门铃响了。我还没来得及走过去，门板上又传来重重的敲门声。我扭开门把，看到一对年轻的男女站在门口，男的手里抱着一只中型的金色猎犬，他们身后的路边停了一辆大轿车。

“你是兽医吧。”女孩喘着气说。她看起来二十多岁，留着一头赤褐色的短发，她长得非常迷人，只是眼光像受了惊吓似的。我点点头：“是啊。什么事？”

“我们的狗，”那个男的声音很沙哑，脸色白得像死人，“给车撞了！”

我低头看了看他手上一动也不动的金毛：“伤得很重吗？”

他们俩沉默了一会儿，女孩才开口说：“你看看它的后脚。”

我往前靠了一步，当我视线的焦点落在那只狗后腿上的关节时，我几乎又退了一步。早上灿烂的阳光照在关节雪白的骨头上，反射出晶莹的光芒——它的大小腿之间只剩一块皮连着。

我仿佛过了好久才清醒过来，当我开口说话时，我真不相信那是我自己的声音。

“请把它抱进来。”我拉开帘子领他们走进诊断室。候诊室还是空的，只是我以为这儿不会发生大不了的事实在是错的。

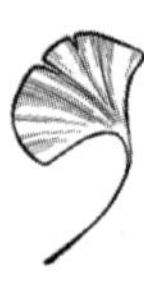

那个男孩把手上的狗放在桌子上。

现在我才清楚地看到整个情形。这是典型的路边意外:它金黄色的毛上全是泥土，全身上上下下都是擦伤。可是那只后腿并不典型——我从没见过一只腿像这样折断的。

我把眼光转回那个女孩身上:“怎么发生的？”

“都在一瞬间发生的。”她的眼眶里滚着泪水,“我们开车出来旅行,不过我们并不想在汉什菲尔停留。”——这一点我了解。“我们停车下来买报纸的时候,国王从车里跳出来,事情就发生了。——国王是它的名字。”

“可怜的国王。”我摸摸它的鼻子,没想到它竟然张开眼睛看了我一下,尾巴还草草地摇了摇。

“你们从哪来的？”我问。

“瑟瑞。”男的回答。这个地名使我联想到他可能是个证券商的小开。

我搓搓下巴:“我想……”我似乎在山洞里发现了逃生的路径,“如果我为它做完紧急处理,或许你们可以把它送回去给你们自己的兽医治疗。”

他看看女孩,又看看我:“那边的兽医又能怎样,把腿切除?”

我答不出话来。如果一只像这样的动物送到南方大规模的兽医院,他们可能还是会这么做。因为这是惟一可行的办法。

女孩突然打断我的思绪。“如果我们要挽救这条腿的话,必须现在就做,对不对?”她恳求地看着我。

“是的,”我粗声说,“一点都不错。”于是我开始检查它的伤势。表面的伤都不严重,从它粉红的黏膜看来,也并没有内出血的迹象。大致说来,它没有受到重大伤害——只是除了那条腿。

我仔细看着后腿的关节,不禁再度被完全裸露在外的胫骨与跗骨吓了一跳。一只活生生的动物挂着一条古怪的腿实在很令人心悸。关节面断裂的地方就像有人用刀切开似的。

我开始急切地拉开诊所里的每一个抽屉和打开每一个纸盒,可是我的发现非常有限:一小盒猫肠线、一小卷纱布、一瓶碘酒和最珍贵的麻醉药。

我最需要的是抗生素,不过我根本不用去找它,因为那时候世界上还没听说过这个名词;其次,我需要对胺基苯磺酰胺,可是布先生好像对这些药物并没有兴趣。

我把麻醉药经由针筒打进主血管里。国王眨了眨眼,又打了个哈欠,就慢慢昏睡过去了。我立刻把仅有的器材排列好,然后将它翻了个姿势。可是就在我抱住它的时候,那张令人痛恨的桌子又塌下去了。

“快帮我抱住它!”在我疯狂的喊叫声中,那位男孩赶紧托住国王的下半身。我把桌子重新架起来,再把脱落的木片塞回活节里面。

“把你的腿顶在桌子下撑着。”我喘着气说，然后转过去看看女孩，“也请你照着他这样做。等会儿我正式开始的时候，桌子就绝对不可以再塌了。”

他们默默地服从了。当他们每人各用一条腿顶在桌面下的时候，我真是羞耻极了。他们会把这儿想成什么样的地方?!

可是一开始工作，我就立刻忘了所有的羞辱。我先把关节接回去——过去在实验室上解剖学的时候，我时常做相反的动作。我突然对它的复元又抱了一些希望，因为我发现有几条筋带没有断，主要的血管也还连着，所以下半肢可能还没有坏死。

接着我用碘酒消毒整个裂口，然后开始慢慢地缝合断裂的筋带和肌肉。那天的天气很热，阳光穿过窗子照在我额头上。当我开始缝合表皮的时候，汗水已经聚成了小河，从我的脸颊流经脖子，再注入衣服里。下一步便是敷碘酒、上石膏和上纱布。

我伸直腰看看这一对年轻人。打从手术开始他们就一直撑着一条腿而没有改变过姿势。在这段期间，我几乎忘了他们的存在。

我深吸一口气，并擦擦额头的汗：“都好了。一个礼拜以后再拆开，无论你们在哪里，都要找兽医来做这件事。”

他们沉默了片刻，然后女孩开口了：“我想……我们还是来找你看好了。”男的也跟着点点头。

“真的？”我实在有点儿吃惊。我还以为他们永远不愿再见到我和这张随时都会崩溃的桌子。

“我们会再来找你的，”男的说，“为了它，害你累成这个样子……不管它能不能复元，我们都很感激你，布先生。”

“哦，我不是布先生。他度假去了，我是他的临时代理人。我叫哈利。”

他伸出手："谢谢你，哈利先生。我叫季彼得，这位是我太太嘉莉。"

握过了手，我送他们走到门口。

一连几天，我都无法忘掉国王的腿。有时候我觉得当时我一定是疯了，才会妄想一条只剩一层皮连着的腿还能恢复功能。过去在西格的诊所里我从没有闲暇回想已经做过的手术。

可是在布先生这儿，我大部分的时间都闲着没事干。我发现清晨没有那些扰人清梦的求诊电话反而令我感到不习惯。

布先生走前，把我和这栋空屋子留给一位老寡妇照顾。她姓何，两颊成天抹着鲜红的胭脂。她每隔几小时就会穿着那件大花的罩衫，叼着一根烟灰集结得很长的香烟，到诊所里来晃两圈。她是个嗜爱早起的人。很快的，我也被她训练得早睡早起，因为一连几个早上我都赶不上她为我准备的早点。

不过除了早餐之外，她对我的照顾还是相当周到的。她是位大手笔的厨子，每次吃饭的时候，她都会把一大块肉推到我面前："吃吧，小伙子！"然后她会静坐着观赏我把肉吃完。在吃的方面惟一令我困扰的是她在做饭的时候，香烟上的那一大截烟灰总是悬在食物上面。当然，我相信那玩意儿一定时常坠落在我的盘子里。

何太太在我忙的时候也时常帮我接电话。这儿出诊的机会很少，不过其中有两次至今仍深留在我的记忆里。

头一次是我在何太太留的纸条上看见"到皮姆罗夫村先生家去看牛犬"的字样。

"皮姆罗夫村先生，"我问何太太，"他是俄国人吧？"

"不晓得，小伙子。我没问他。"

"你听他的口音呢，该是外国人吧。我是说，他的英语发音如何？"

"我听起来像是标准的约克郡英语。"

“哦，这也不重要啦。他的地址呢？”

她很惊奇地看我一眼：“我怎么会知道，他也没告诉我。”

“可是……可是，何太太，我不晓得他住哪里该如何去为他的牛犬看病。”

“咦，我倒没有想到这一点。”

“他应该会告诉你的。”

“小伙子，他只告诉我说他姓什么皮姆罗夫村。他说你知道他的地址。”她伸伸下巴，嘴上的香烟也跟着震动一下。也许她把我想成是布先生了，不过这一趟诊注定是泡汤了。

这一整天我都尽量不去想这件事，可是一闲下来我就感到不安。汉什菲尔的某处有一只生病的牛犬正在等着我的救援——但愿它不是得了急病。

晚上7点的时候，一阵电话铃驱走了我的不安。

“是兽医吗？”对方的声音很粗嘎。

“是的，请问……”

“喂，我等你等了一整天，你什么时候才打算来啊？”

我愣了一下。他的口音……绝不是来自克里姆林宫的……他该是地道的约克郡人。

“实在很对不起。”我咽了一下口水，“我是布先生的代理人，不晓得你住哪里。希望你的狗病得不严重。”

“它只是咳嗽，不过我还是希望你过来一趟。我不是告诉了接电话的女人我的地址吗？”

“是的，是的，我这就过去，皮……先生。”

“皮姆，那是我的名字，我住在罗夫村。就在邮局附近。”

“罗夫村？”

"是啊。在镇郊两里的地方。"

我松了一口气:"好,皮姆,我这就过去!"

"谢谢。"他又郑重地说一遍,"别忘了,皮姆,罗夫村。"

"皮姆,罗夫村。"……而何太太却把皮姆罗夫村当成他的姓。

何太太经常把对方的话传错,我想她大概是年岁大了,耳朵不好。不过大部分的错误我都可以自己发现。然而那个周末我又看到一张令人百思莫得其解的字条:"强生,后巷12号,笑哈瑞梅毒。"

我努力了很久,始终想不透到底是怎么回事。最后,我决定去问何太太。

我走进厨房时,她正在切菜。

"何太太,"我紧张地搓搓手,"我看到你留的字条了,留话的是位叫强生的先生吧?"

"是啊,小伙子。"

"唔……可是字条的后半段我看不懂。你写的……笑哈瑞梅毒?"

她回过头瞄了我一眼:"怎么样,难道我把梅毒这个字拼错了?少唬我!我刚刚查过医学大字典,我是一个字母不漏地照抄上去的。"

"是的,是的,你拼得对极了。只是什么叫笑……哈瑞……"

她的眼光很险恶地在我身上扫过一遍,似乎在暗示我她手上拿的是刀。"打电话的人这么说的。他还重复了三次,我绝不会听错的!"

"是的,是的。他没有提到什么动物吗?"

"没有。"她香烟上的烟灰终于掉进肉汁中,而且立刻很均匀地溶解在里面。"告诉你,小伙子,我已经尽力了。"

"当然,我知道,何太太。"我赶紧说,"我现在就去后巷。"

我一到强生那儿,答案就立刻揭晓了。

"是我的母猪病了,皮肤上起了红斑,我想可能是猪丹毒。"强生说。

这位老兄的发音非常不清楚，再加上何太太耳朵不灵光，错误自然发生了。[①]

这一类的小笑话使我度过了愉快的头一个礼拜。可是，第二个礼拜我开始忐忑不安地等待国王回来拆线了。第七天早上，那位季先生并没有来，中午我紧张得吃不下饭。到了下午快要关门的时候，我稍微松了一口气，我想那对年轻的夫妇一定在南方的大城市里找到了更好的兽医。可是5点半左右，他们还是来了。

我还没有拉开帘子，就晓得他们已经来了。因为候诊室里的臭味中突然又增加了一种腐败的味道。

坏疽——一个礼拜以来，我一直在担心的事终于发生了。

候诊室里大约有半打人，我揭开帘子的时候，发现他们都避开那一对年轻夫妇和他们的狗。国王一看到我，就挣扎着想站起来，可是我的眼光只集中在那只被石膏封死的后腿上。

季先生是最后进来的客人，所以必须最后才轮到他们。我边为其他的小动物检查、开药，心里边想着外面的国王。我原先的做法实在太疯狂了。现在即使锯掉那条坏疽的腿也难以保住它的性命。以这间简陋的诊所想治好一只得了败血症的动物，实在是太困难了。

季先生夫妇俩带着国王穿过帘子走进来。我再度发现它是只非常迷人的狗。我蹲下去抚摸它金黄的脑袋时，它抬起头很友善地看我，尾巴也很轻快地摇了起来。

“来，”我抱起它的前肢说，“到桌子上来，我好为你检查一下。”

我才刚把狗放上桌子，桌面下的支架就发出准备收合的声音。不

---

① 译者注：英文“猪”(swine)与“笑”(smiling)发音类似；而“丹毒症”(Erysipelas)被何太太误为“哈瑞”和“梅毒”(Harry Syphilis)二字。

过这一次季先生和季太太立刻很熟练地把腿撑在下面。他们的动作整齐划一,好像经过严格训练似的。

我剪开纱布,将石膏轻轻敲下来。我还以为我看到的将是只冰凉发绿的死腿,可是虽然伤口的四周全积满了脓,我惊异地发现下半肢还是温热的,它并没有得坏疽。

我松了一口气,软弱地撑在桌子上说:“会有这种臭味是因为伤口发脓,而且一个礼拜都没有透过气。不过情况比我原先想的要好得多。”

“你想……你想它能保全这条腿吗?”季太太有点儿颤抖地问。

“我不知道,我真的不知道。可能发生的情况还很多,不过我可以说,到目前为止一切都还好。”

我用消毒水把伤口清洗了一遍,然后换上新的碘酒和消炎粉,并重新上石膏、裹纱布。

“现在你会觉得舒服些了,国王。”我说。国王一听到它的名字,尾巴立刻在桌面上拍了几下。

我转过去对它的主人说:“再敷一个礼拜,也许情况会更好一点。你们决定怎样?”

“那我们就留在汉什菲尔好了,”季先生回答说,“我们找到了一块露营地,就在河边,风景还不赖呢。”

“好,那就麻烦你们下礼拜六再来一趟。”我笑着送他们出去。

我虽然松了一口气,可是我的职业警觉不断提醒自己,这段路还很漫长呢。

第二个礼拜也没有什么精彩的故事发生。我收到一张布迪威寄来的风景明信片。那一阵子天气炎热得很,而布先生一家大小正在黑湖畔过着生平最愉快的假日。我试着想象他们快乐的表情,不过我还要等几个礼拜才能看到证据,因为他们请了海边一位照相师照了一张全家福。他们一家都站在及膝的湖水中,面对着镜头微笑。孩子们拿了铲子和水桶在挥舞,抱在母亲怀里的婴儿在踢腿。迪威的法兰绒长裤卷到大腿,脸上的笑容最动人。他是位典型的英国"假日的好父亲"。

我在汉什菲尔最后一个插曲是到当地的赛狗场去给狗检查身体。迪威跟狗场约好每隔一个礼拜五都要去为他们检查赛犬。

汉什菲尔运动场从外面看来并不醒目,因为它是依地势建在一处天然的山洼里。运动场的四周围满了快要倒塌的篱笆。

那天晚上我开车过去的时候,运动场的扩音器正传出歌声。那是乔治·方比的《当我正在洗窗子的时候》和他最闻名的四弦琴伴奏。

虽然对于赛狗我还是门外汉——我只陪国家赛犬协会的专任兽

医看过一两次真正的比赛——可是我还是能一眼就看出这儿的跑道是不合格的低级路面。我想，或许迪威所检查的狗也只能配用这种场地。

我先到经理的办公室去通报一声。库克先生穿了一件闪闪发光的条纹衬衫,他绕着我打量了一圈,才点点头。

“你来这儿检查只是个形式,”他说着,在脸上扭出一团笑意,“做起来都很简单的。”

我想他是在评估我。因为他看看我的夹克,又低头看看我的雨鞋。虽然我看起来也许显得年轻而没有经验,不过最后他显然对我还很满意。他点点头说:“祝你今晚过得愉快。”

“谢谢。”说完,我转身走出去。

我见过了裁判、计时员和一些其他的官员,然后走进一间四面都是玻璃的观测台。突然，我觉得自己真的进入了异域。场子里很快就挤满了观众,而且四周的每一张脸都和我在德禄所惯见的脸孔大不相同。观众中大胖子的比例超过半数。他们一会儿低头看看手上的赛卡，一会儿又抬头看着赌注公告牌上闪闪发亮的号码。

我看看手表——该检查第一场的赛犬了。我走到围场边,扩音器里的歌声还在继续播放。围场的四周是铁丝网,里面有五只狗。我打开矮门走进去,逐一检查它们的眼睛、嘴巴和腹部。

它们都很正常,只是除了四号的肚子有点胀。一只灰梗犬只能在每天早上吃一点肉,然后一整天内它都不该再吃任何东西。于是我转过去面对牵着四号犬的人。

“这只狗是不是在两三个小时内才吃过东西？”我问。

“没有,”他回答,“从早餐到现在什么也没吃。”

我蹲下去仔细摸它腹部的时候,看台上许多观众都不安地往这儿看。于是我只好把它的肿胀当做错觉，而继续检查下一只。

四号是最被看好的，可是一离开栅栏后，它就节节落后。跑道靠终点的一端传出了震天的嘘声，我听到观众中有人咒骂：“兽医！眼睛看亮一点！”回到观测台以后，我看见许多人用手肘碰碰邻座的伙伴，然后两人一起回过头看我。

我觉得有些恼怒。观众中某些穿着整齐的绅士一定是想趁迪威去度假而大捞一笔。刚才实在对他们太软弱了。

第二场赛前检查时，我又发现五号的胃部很胀，这次绝不是错觉，因为我用手指捏它的时候，它不安地蠕动了一下，同时还打了一声嗝。我听到观众中有人在欢呼叫好。

“这只狗必须退出！”我对裁判说，“它的胃里塞满了东西。”

它的主人就站在旁边。

“没有！”他大叫着，“它没有！”

我挺直了腰站着看他，可是他设法把眼光回避开，我很清楚他们的诡计：赛前给狗塞几块面包，然后灌两品脱的牛奶——几分钟后，面包马上很完美地膨胀起来。

“要不要我让它吐出来给大家看，”我说着走开，“我车里有苏打水，咱们立刻可以揭晓。”

那人伸起一只手：“算了，算了，我才不要你胡整我的狗。”他凶恶地瞟我一眼，然后悻悻离去。

我才刚回到观测台就听到扩音器的广播：“兽医请到经理室来。”

库克先生撑着桌子狠狠地瞄我：“你判一只狗出场？”

“是的，我很抱歉。因为它的胃是满的。”

“去你的！”他竖起一根指头，正准备破口大骂，旋又勉强挤出一丝笑容，“哈利先生，咱们做事一定要合理。不错，你有权判它出场，可是难道你不会判错吗?”他拔出嘴里的香烟,夸张地挥挥手,“毕竟谁都会犯错,所以等会儿请你谨慎一点。”他嘴角的微笑又扩大了一点。

“我很抱歉,库克先生。该怎么判我自会决定的。”

他沉默了很久才说:“这就是你要说的?”

“不错。”

微笑很快就消失了,他威胁地打量我。

“告诉你,小伙子,”他说,“你搞乱了比赛,这是很严重的事。我不希望你再犯,明白吗?”他用力把香烟在烟缸里捺熄,然后伸出下巴说,“希望你不要再碰到类似的麻烦。”

“我也这么希望,库克先生。”说完我走出去。

走进场子的时候,观众席中有人嘘,也有人鼓掌叫好。扩音器里还在播乔治·方比的歌。“哦,好冷的风……”他大声唱。

这一回是二号犬。我蹲下去触摸的时候,全场笼罩着紧张的气氛。

“出场!”我说。除了旁边几个人白我一眼之外,这次并没有人和我争论。

人们常说坏事传得比什么都快——还没走出围场,乔治的歌就给关掉了,代之而起的又是要我向经理室报告的广播。

这次库克先生不再坐在办公桌后面了。我推开门时,他正在屋内踱步子。他看到我还继续踱了一圈才停下来。他的表情很恶毒,看来他深信必须采用强硬手段才能阻止我了。

“你以为你算什么?”他吼叫道,“你想搞砸这次的比赛吗?”

“不想,”我回答,“我只是判另一只胃被塞满的狗离场。这是我的工作,否则我根本不用来!”

他的脸涨得通红:“你根本不晓得自己在干些什么。布先生去度假,却找你这么个不懂事的小子来代班,让你破坏观众的兴致。等着瞧！”

“我相信布先生也会像我这么做的——任何一位兽医都会！”

“少跟我说这一套，小子，你还嫩得很呢！”他向我逼近，“告诉你，我受够了，这是最后一次！”

再走向围场的时候，我的心跳很快。五只赛狗的主人和狗童都用憎恶的眼光瞪我。这回我没有发现可疑的情况，于是心跳也慢慢减缓下来。我正要走开的时候，突然发现一号犬的眼神有异. 我蹲下去触摸它的下腹——它的胃是空的，只是眼神很虚弱，脑袋也有气无力地垂挂着。

我托起它的下巴，仔细观察它的眼睛。我发现它的瞳孔有点扩大，眼球也会不时地震颤。现在我确定了：有人给它吃了镇静剂。

我站起来的时候，观众席里非常安静，跑道被灯光照得通明。扩音机里还是乔治颤抖的歌声。

“哦，吴先生，我该怎么办？”他唱着。

不过，我倒知道我该怎么办。我拍拍一号狗的背。

“这只退出场！”我说。

我不等扩音器报告，就先走向经理办公室。

打开门的一刹那，我还以为他会冲出来给我一拳，可是我却惊异地发现他捂着脸坐在办公桌后面。我在门口站了好久，他才抬起头以一张面色惨白的脸面对我。

“是真的吗？”他绝望地说，“你又？”我点点头：“是的。”他的嘴唇在发抖，可是他并没有吭声。他用不可思议的眼光上下扫了我好几遍，然后又把脸埋在手掌里。

我等了好几分钟，他都毫无动静，我怕观众等不及了，所以自动回到场子里。

下一场比赛所有的狗都很正常，所以我在令人不习惯的和平气氛中走出围场。这次我觉得很轻松愉快。可是才走了几步，扩音器又响了："兽医请赶快到……"我正感到大惑不解时，才听清楚他们是要我到跑道边的看台去。我想一定是有狗受伤了。管它呢，只要不是去经理办公室就好。

我到了看台边并没有看到任何动物，只见到两个人架着一个大胖子慢慢走过来。

"怎么回事？"我问其中一个人。

"这位老兄从楼梯上跌下来，把膝盖跌坏了。"

我瞪着他："可是我是兽医，不是医生啊。"

"这儿找不到医生，"那人说，"我想兽医也差不多啦。"

这一晚的妙事可真不少。"把他放在长板凳上。"

我卷起胖子的裤管，裸露出脂肪卷成漩涡状的膝盖。我轻轻碰到他关节上一小块擦破的皮时，那位胖先生立刻高声哀号起来。

"没什么嘛，"我说，"只是擦了一块皮而已。"

大胖子惊恐地看看我："可是一点点小伤不管它的话，有时也能致命。我可不想感染什么菌的。"

"好吧，我给你敷一些药。"我打开迪威空虚的医药包，找了一瓶碘酒和一块棉花。我蘸了一些碘酒在棉花上，然后轻轻盖住伤口。

顷刻间，胖子发出凄厉的惨叫。"啊——痛死啦！你在搞什么鬼？"他的腿抽起来，刚好撞到我的下巴。

我安慰他说："不要怕，马上就好了。我这就替你扎纱布。"

我把膝盖包起来，放下裤管，然后拍拍他肩膀："好啦，完全好了——就跟新的一样。"

他从板凳上爬下来，频频点头，准备离去。他正转身又想起了什么，接着，他掏出了一大把铜板，用食指选了半天，才夹了一枚塞在我手里。

"拿去！"他说。

我看看铜板——六便士，还不够我平常给小猫小狗敷药所得的一半。我呆了很久，当我决定把铜板扔回去给他的时候，他已经消失在人群中了。

我回到观测台，心不在焉地看着跑道上奔跑的赛犬。突然我觉得有人在拉我的手臂。我回过头，才发现一个早先我见过的男人站在我旁边。他原先是和两个男人及三个女人在一起。他们的穿着都很讲究，只是脸上仍脱不了低俗、粗恶的气质。若是他们穿得再随便一点，我相信任何人都会以为他们是一群流氓。

他把头靠得很近，所以我只看到半张黑色的脸和一张笑得很恐怖的嘴。

"三号可以吗？"他用气声问。

我不懂他的意思。不过如果他知道我是兽医的话，他应该是问我刚才检查三号的时候有没有让它通过。

"可以，"我点点头，"三号可以。"

那人猛烈地点点头并向我使了个认可的眼神。他回到他的朋友旁边讨论了一会儿，然后，那一群人全部回头赞同地看看我。

我更疑惑了。可是当我想通的时候，我大吃了一惊。他们一定以为我在向他们透露秘密。起初我对这种想法也并不肯定，可是当三号犬在比赛中什么也没得到之后，他们的表情立刻变得凶狠起来。他们不住地瞪我，而且向我比划拳头。这时我才真的确信他们是流氓。

那一晚剩下的几场我都没有什么困扰。比赛的梗犬没有一只被我判出场的。不过我在这一个晚上所树立的敌人也实在够多了。

比赛全部结束以后，我挤进酒吧。几乎所有的位子都给占满了，而且每个人面前都摆了一杯饮料，我发现角落那张桌子还有一个空位，因此便坐了下去。迪威交代我要等比赛结束并确信每一只狗都平安地离去才能回家。我当时一心想到的只是赶快离开这个鬼地方，而且永远不再回来。

扩音器播放的还是乔治的歌。“我总是在9点半上床。”他唱着。这一点我非常羡慕他。

酒吧长长的柜台上坐满了今晚和我发生过冲突的人：库克先生，那群流氓和几只被判出场的狗主人。我看见他们不时以手肘相触或交头接耳。我想我可以猜得出他们谈话的主题。有时候，我真怕他们越谈越投机，最后索性一起上来揍我一顿。

我悲哀的想法立刻就被一位职业赌徒和他的跟班打断了。赌徒拣了我对面那张椅子坐下来，然后把一满皮袋里的钱全部倒在桌上清点。我这一生还没见过这么多钱。我偷瞥了一眼堆得像山一样的五镑券、一镑券和像溪流一般滚流出来的铜板。

我像梦游一样地看着他们清点战利品。他们的钱山被吃了一半时，那位赌徒才偶然抬头看见我。也许他以为我是觊觎他的钱或者我看起来根本就像是个乞丐，总之，他抓了一个半克朗①铜币很准确地将它滑到我面前。

“买杯酒喝吧，儿子。”他说。

这是今天我第二度遭到钱的侮辱，我本想像头一次那样扔回去的，可是他突然咧出丑得可爱的微笑。霎时之间，我觉得我蛮喜欢他的——不是为了那个铜板，而是为了那张友善的脸。那是我整个晚上所见过最动人的脸。

---

① 注：一克朗等于5先令。

我也向他笑笑:“谢谢。”说着,我拿起那半克朗铜币走向柜台。

第二天早上醒来,我才想起这是我在汉什菲尔的最后一天。迪威说在午餐时间回来。

我拉开熟悉的帘子叫诊时,心里还为昨晚在赛狗场的遭遇感到闷闷不乐。

可是一看到候诊室里的情形,我的心情立刻开朗起来。杂乱的座位间,只有一只小动物,那就是国王。它正乖巧地坐在两位主人之间,它看到我来了,赶紧咧嘴笑着迎接我。

它身上已经不再有那股恐怖的恶臭味,相反,我闻到了甜甜的成功气息,因为国王已经能用四条腿站直了。虽然它并没有把力量放上去,可是那条腿也能发挥点缀的功效。

我立刻又回到了我真正的世界,而把库克先生和赛狗场的事忘得一干二净。

我简直迫不及待地想看看国王的腿。

“快把它抱上桌子。”我喊叫道。接着,我立刻笑了出来,因为他们夫妇俩自动把腿撑在桌面下。这已经成了他们的本能反应了。

石膏拆下来以后,我禁不住想欢呼几声。下半肢的肉色已恢复成桃红,伤口的结合处也不再化脓,原先碎裂的骨头已经被新长成的肌肉包合在一起。

“它的腿不会再废掉了吧?”季太太轻轻地问。

我笑着看看她:“我想不会了。也许将来它的关节会有点僵硬,不过我想这也无所谓了,是不是?”

我又为它上了一块石膏,然后才把它抱起来放在地上。

“好了,”我说,“过两个礼拜再去找你们那儿的兽医拆石膏。我想下次就可以不用再裹了。”

他们夫妇俩带着国王踏上旅途不久，迪威和他那一大家子人也回来了。孩子们都晒得很黑，就连那位一直尖叫的娃娃也不例外。麦姬的鼻头脱了一块皮，不过这并不影响她的魅力。迪威的脸就像蒸熟的龙虾，而且体重也显然增加了很多。

“这次的假期救了我们，吉米。”他说，“真是太感谢你了，请你代向西格致谢。”他很满意地看着他那一大窝孩子欢呼着冲进屋里。接着他又转过来看看我。

“诊所里一切还好吧？”

“是的，还好。当然，难免有些事不太称心。”

他笑着说：“我们不都是一样吗？”

“是啊。可是现在一切都很好了。”

我驾着车驶出汉什菲尔的时候，心想，一切真的都很好了。黑色的工厂渐渐向后逝去，代之而来的是自由清新的空气和那久别的绿野。我又看见天边属于德禄的山峰。

我想人们总是会刻意去记住一段时光中最美好的片段。那年圣诞节，我收到季先生和季太太寄来的包裹，里面是十几张照片。照片中的主角全是国王：它能够跳过矮门，顶皮球和游泳。谁也看不出它的关节有僵硬的迹象。他们说，它就像一只完全健康的狗。

所以即使现在想起汉什菲尔，我记得最清楚的就是国王。

好事不出门，坏事传千里

在军队中最常听到的可能就是吼叫声了。我常奇怪为什么干班长的人嗓门都那么好，他们的声音不但嘹亮，而且让人过耳不忘。不过若纯以音量来讲的话，我相信全世界没有人能比得过阿南了。

我正在通往阿南家的路上。一股冲动使我把车停在路边，拉起手刹，趴在方向盘上享受这宁静的美景。这是个夏末的午后，而这儿又是德禄最低洼的谷地。微微的凉风从山顶的草原上刮过，而山谷里面只能听到淡淡的呼声。

谷地里布满了绿叶片片的大树——像榆树、橡树和黑桑树之类。它们的枝叶都很稳重地静立着，完全不受到山顶和风的影响。

这四周绵延数里的草原上完全没有动静，除了偶尔几声的蜜蜂振翅或极远的农庄传来微小的羊叫声之外，我完全听不到任何声响。

夏日的清香从敞开的车窗飘进来：温热的草，甜甜的花……可是飘进车里以后它们必须和弥漫的母牛味争斗一番。我刚替50头母牛打完针，不仅衬衫湿透了，浑身还沾满了牛味。我趴在方向盘上，几乎被这寂静的景致沉醉得进入梦乡。

我打开车门,和山姆一起步入林中。它领着我在松林里找到一块阴影。地上布满了松针和隐秘的松香味。我听到树梢上的某处传来野鸽咕咕的叫声。

接着,两里外的农庄上传来阿南的声音。他并不是在叫牛回家,而是在和他的家人聊天。

我把车开进他的农庄,他刚从屋里走出来。

“午安,阿南。”我说。

“哈,今天天气好极了,哈利先生。”他大声叫道。

我被震退了两步,而他的三个孩子却很满意地笑着。他们毫无疑问已经习惯了。

我退守到安全的距离:“你要我来看你的猪?”

“是啊,一头最适合做腌肉的猪。它整整两天没吃东西了。”

我们走进猪圈里。要找到我的病人并不难,因为大部分的猪一看到生人走近就一哄而散,而只有一头白色的大家伙低着头站在角落里。

通常即使是一头病猪也不会毫无抵抗地忍受你去摸它,可是我把温度计塞进它肛门的时候,它连头都不回一下。它的体温只是稍稍偏高了一点,但它看来却像一副快要翘掉的样子。它弓着背,一步也不肯移动,眼光焦虑不安。

我回头看看脸色红润的阿南。

“它是突然这样的吗?”我问。

“十分突然!”在空间有限的猪圈里,这种吼叫声足以让人耳聋,“礼拜一晚上它还好好的,可是礼拜二一大早它就变成这样。”

我沿着它的下腹摸了一下。它的腹肌收得很紧,摸起来就像木板一样，很难知道里面有些什么东西。

“我以前见过这种情形，”我说，“它的肠子可能穿孔了。通常都是吃饱了以后打斗所造成的。”

“如果肠破了会怎样，”

“食物漏进腹腔会引起腹膜炎。如果是这样的话，活命的机会就很小了。”

他摘下帽子，擦去秃脑袋上的汗，然后又把帽子放回去。“那真糟！它是最优秀的猪。它还有希望吗？”哪怕是在失望的时候，他的音量还是不会减小。

“我恐怕没有什么希望了。如果这样下去，它只会越来越瘦。我看不如早一点杀了损失还小一些。”

“不，不，我不喜欢这么做！我总希望碰碰运气。我们难道不能试试什么方法吗？你也知道，有生命就有希望。”

我笑了笑：“希望总是留给那些不肯死心的人，阿南。”

“好，那咱们就试试看！”

“也好。”我耸耸肩，“现在它还不痛苦，甚至有点舒服！所以我相信任何治疗对它都没有害处。我开些药给你。”

走出猪圈时，我不禁注意到其他的猪都又肥又大，表皮也光润无比。

“老天，”我说，“我从没有见过这么漂亮的猪，你一定喂得很好。”

“是啊！”他大声喊道，“你一定要喂牲口吃好东西，它们才长得快。”

走到车里拿药的时候，我的耳朵还在嗡嗡作响。我交了一包索佛拿麦药粉给他。过去这种药常解决最困扰的病症，可是这一次我并不抱什么希望。

世界上的事就这么怪，我刚离开嗓门最大的人，一到下一站就面对了说话声最小的人。温先生与人交谈一向是用气音耳语。

温先生正靠在他的牛栏上，看到我来了，他赶紧挂起一副素有的严肃表情。他是个瘦高的人，说话口音非常清晰，看起来绝不像是在田里干粗活的人。事实上他的衣服比坐办公室的人还要合身。

他向我走过来之前，还先戴上一顶崭新的绅士软呢帽。我很清楚他帽子的质料，因为他跟我鼻尖贴鼻尖站着。

他很快地向四周扫了一眼。“哈利先生，”他用气声悄悄地说，“我这儿有个很糟的病例。”他说话一向就像在谈论什么国家机密似的。

“哦，真的，什么病？”

“一头上好的阉牛，哈利先生，就这么倒下去了。”他又把脸凑近一点，现在他的嘴唇已经贴着我的耳朵了，“我想可能是结核病。”说完，他低下头退开了。

“真有那么糟吗？”我说，“它在哪儿？”

农夫向我勾勾手指，于是我跟他走进一间较大的牛舍。那是一头赫里福种的大阉牛，一般来说，它的体重应该在一千磅上下。可是这头牛瘦得只见一条条的肋骨。我可以体会出温先生的恐慌，不过我的直觉告诉我，这并不是结核病。

“它有没有咳嗽？”我问。

“没有，从来不咳。”

我仔细检查了一遍这头大公牛，发现了下面几种病况：一、下颚浮肿，二、下腹鼓出，三、黏膜发白。我想这三点已经足够使情况明朗了。

“我想它的肝里有虫，温先生。我得取一些它的粪便回去化验。”

“肝里有虫，从哪里来的？”

“通常是从潮湿的草原上。最近它都上哪儿吃草？”

他指着一扇门:“在那边,我带你去。”

我们走了几百码,来到一片低洼的草地上。我鞋底咯吱咯吱的稀泥声告诉了我事情的真相。

“这就是肝蛭虫最适于生长的地方了。”我说,“你知道,这种寄生虫的寄主是蜗牛,而蜗牛又喜欢潮湿的地方。”

他悲哀地频频点头,然后开始向四周张望了一圈。我知道他又有什么话要说了。他把头凑过来以后,又向地平线张望了一下。尽管四面都是数里的旷野,他还是怕有人会偷听。

当他用最微弱的呼吸把话送出来的时候,我们几乎是脸贴着脸。“我知道这件事该怪谁了。”

“真的,是谁?”

他又迅速地在草原上扫瞄了一圈,好确定没有人爬过来偷听。接着,我又感觉到他鼻孔的热气,“我的房东。”

“怎么说呢?”

“他什么也不肯做。”他的脸转开了一会儿,然后又回到老位置,“他让这块地方湿了好几年都不管。”

我退了一步:“我想这一点也很难办。不过我倒可以提供你一个法子。你不妨用硫酸铜杀死那些蜗牛!待会我再告诉你怎么做。现在我要先给你的牛开些药。”

我把药剂调和清水灌进公牛嘴里的时候,它并没有抵抗。

“它好像很弱。”我说。

农夫很焦急地看看我:“是啊,我想它也许快死了。”

“哦,不要放弃希望,温先生。如果真是肝蛭虫的话,医药倒可以解决。随时打电话告诉我它的情况。”

一个月以后市集的那天,我经过“农夫的胳膊”酒吧,看见门口挤满了牲口贩子、闲聊的农夫和摆摊子叫卖的商人。

最引我注目的是一位糖果贩。他伸手从一口麻袋里捞出各式各样的甜点,然后以洪亮的声音不停地喊叫。

“可爱的薄荷糖!可口的甘草!还有各种糖果!来一包巧克力如何,对了,还有奶油糖果……”接着,他得意地拎起麻袋,“总共才六便士,要的人快来!”

不可思议!于是我挤进人潮里。我刚挤了两步,就给一种熟悉的声音吓得停住了脚步。

“嘿!哈利先生!”没错,准是阿南。他挤到我后面,我发现他满心喜悦的样子,“还记得那头猪吗?”很显然他刚喝了几杯啤酒,所以音量比平常又大了许多。

我看见四周的农夫都塞住耳朵。别人牲口生病的事对他们并没有什么吸引力。

“是的,当然记得,阿南。”我回答。

“它一直都没好!”阿南大声喊道。

他的脸上充满了光芒,好像家有喜事似的。

“真的,我真替你难过。”

“它没好——我从没有看过一头猪病倒得像它这么快!”

“哦,是吗?”

“它一身的好肉就像融化一样消失了。”

“噢,多令人惋惜!不过你应该记得,我曾经说过……”

“后来它只剩一层皮了!”整个市场都回荡着他的声音,路上的行人都偏过头来看,甚至连那位叫卖的糖果贩也停下来听他讲话。

我不安地看看四周:“阿南,当时我不就警告过你?”

“它就像副骷髅架,我从没见过这种怪物!”

我发现他并不是在抱怨，而只是在告诉我一件事情。不过我真诚地希望他能停止，否则别人以为我们在吵架。

“谢谢你告诉我这些。”我说，“我还有事……”

“我不晓得上次你开给我的是些什么药！”

我清清喉咙：“事实上，我开的是……”

“那些药对它没有一点狗屎用！”我听见酒吧的窗子被震得咔咔作响。

“是的。我刚刚说，我还有事……”

“结果上礼拜我叫莫劳克把它拖走了！”

“噢，真糟……”

“可怜的家伙，竟然成了猪罐头！”

“是的……是的……”

“好啦，再见了，哈利先生。”他说完转身就走了。他走了以后我才发现市场寂静得可怕。

我感到非常不安，因为市场所有的人都站着不动，眼光也全部集中在我身上。呼呼的风吹过，电线上的麻雀吱吱叫着，但没有一个人发出一丝声响。整个市场静得像是一幅照片。我红着脸退出人群的时候，感觉身后有人轻轻地拉拉我的手肘，那是耳语大王——温先生。

“哈利先生，”他悄悄地说，“我想谈谈那头阉牛的事。”

我直直地瞪着他——世界上的事永远这么巧。四周的农夫也在瞪他，不过他们的眼光是期望的。他们不晓得还有什么好戏要发生。

“是的，温先生。”

“我告诉你，”他几乎把嘴巴塞进我耳朵里，“像奇迹一样，自从你给它吃了药以后，它就胖起来了。”

我退了一步说：“好极了！可是能不能麻烦你说大声一点，我听不见。”我期望地向四周看看。

他又把嘴巴贴着我耳孔:“我不晓得你开了什么药给它,总之它奇迹般好了。我每天看它一次,发现它一天比一天胖。”我看见有几个人把手圈起来挡在耳背后面,身子也以不可思议的角度倾向这里。

“那很好啊!不过请你讲大声一点儿。”我很急切地说。

“它现在又跟以前一样胖了。”他的热气碰到我的脸颊,使我发痒,“下次拍卖的时候,它一定可以卖到好价钱。”

我又退了一步:“是的……你刚刚说什么?”

“起初我以为它死定了,哈利先生。可是你凭着高超的医术救了它。”——这句话他真该说大声一点儿的。

农夫们全神贯注地听了好一会儿,显然没有什么收获,因此他们的兴趣自然也消失了。他们又开始忙着自己的事,糖果贩也恢复工作大声叫卖。就在最嘈杂的当儿,温先生又悄悄地凑过来了。

“你是我所见过的最了不起的兽医。”

贪吃的葛福

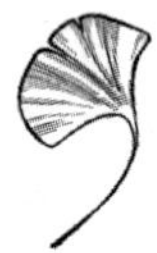

一个二十多岁的年轻人就觉得自己已经变老了,一定是很不平常的事。可是我就是这样。我在军中的伙伴很少有年纪像我一样大的,他们大部分都只有十八九岁。

甄选委员会一定觉得这种年纪的小伙子最适合接受飞行员、领航员或机枪手的训练。因此,我也时常奇怪像我这种老青年是如何被选中的。

军中的小伙子也常拿我开玩笑,因为我不仅结了婚,还当了爸爸。他们把我列入"老朽群",使我觉得自己好像真的很老了。有时候,我实在很羡慕他们的生活:上街逗女孩子、喝酒、跳舞。若是在几年以前,我也会毫不顾虑地加入他们的阵容。

我时常独自待在营区里回想过去在德禄镇的日子。过去白天我都很忙,只有晚上可以和海伦享受清闲的居家生活。我们在卧房的炉火边打过纸牌,也向墙上的挂钩扔过圈圈。总之所有属于孩子们的游戏我们都玩过。

有天晚上，我们钻进被窝以后，海伦提到了同行的白葛福先生。

“吉米，”她说，“今天白先生又打电话来了，上礼拜他太太也打过。他们一再邀请我们和他们一起吃顿饭。”

“嗯……嗯……”这种时刻我什么都不想谈。现在是睡觉的好时候，快要熄灭的炉火在天花板上投出闪烁的影子。床头的收音机正播出柔和的抒情歌，而我又刚赢了一盘纸牌，所以我觉得极安详舒畅。

海伦用膝盖碰碰我：“吉米，我真不懂，你和白先生很少打交道，可是你却说你喜欢他。”

“嗯，我是喜欢他。他是个好家伙。”何止是我，每个人都喜欢白葛福，不过也有很多人看到他就钻进巷子里。我并不想告诉海伦每次到他家，都把我搞得狼狈而归。我知道他是出于好意。他是个极端好客而大方的人，可是最后受难的都是他的客人。

“你还说他太太也很好？”

“苏，嗯，她很可爱。”她的确是的。可是由于她那巨无霸的丈夫，每次她看到我都是烂醉如泥。我的脚趾不禁在被窝里缩了起来。苏不但漂亮、仁慈，而且还很聪明——反正她就是那种让你看了说话都会结巴的女人。即使在黑暗中我都觉得现在我的脸颊在发红。

“好，那么……”海伦接着说，“我们为什么不接受他们的邀请？我也很想见见他们——而且让人家一直打电话来也怪不好意思的。”

我翻了个身：“好啊，过几天我们就去。”

可是要不是山姆的嘴唇长了刺瘤，我想我永远也不会去他那儿。我是在喂它吃巧克力饼干的时候发现嘴角那颗小痘痘的，那是典型的良性肿瘤。我想假使它是别人的狗，我就会立刻打一针麻药，将小瘤切除，可是它是山姆，所以我脸色大变，赶紧打电话给白葛福。

我碰到自己的宠物生病了，就会变得像老太婆一样紧张兮兮，而面对客户的动物，我却能处之泰然。电话铃响了很久，才被他那洪亮的声音所取代。

“我是白葛福。”

“你好，葛福，我是……”

“吉米！”他的声音像中了头奖似的，“好小子，这一阵子你都躲到哪儿去啦？”

他不晓得我真的是在躲他。我告诉他山姆的事。

“没什么大毛病啦，小伙子，我很乐意替它看一看。你知道吗，我们一直想约你们来这里吃饭！为什么不干脆把小狗一块儿带来算了？”

“唔……”整个晚上都掌握在白葛福的手里——这确是令人惶恐的事情。

“别犹豫了，吉米。你知道纽加塞耳有一家印度馆，苏和我很愿意请你们到那里去尝尝印度菜。你总该让我见见你太太了吧，是不是？”

“是的，是的，当然……你说印度饭馆？”

“是啊。一流的咖喱——淡的，中等的，或辣得可以炸掉你脑袋的，任君选择。还有烤乳羊，烘印度面包。”

我的脑筋忙得很，“听起来挺动人的，葛福。”我在想，这还不能保证我的安全。他在自己的领土内危害性最大。从他家到纽加塞耳要45分钟的车程，在餐馆里也许待上一个半钟头——这样算起来大半个晚上我都可以平安。惟一令我担忧的是出发前难免会在他家坐一坐，那真的是投身虎穴。

最怪诞的是他好像猜得出我的心思。

“吉米，出发之前，我们要在我的花园里先小聚一番。”

“你的花园？”在11月里，这种提议似乎很奇怪。

“是啊，小伙子。”

好吧，也许他为花园里新种的菊花感到骄傲。毕竟在有花有草的地方我想不出我会受到什么伤害。“好吧，葛福，礼拜三晚上怎么样？”

“好极了，好极了，好极了！我真等不及要见海伦。”

礼拜三那天是秋末最典型起雾的日子。整个下午山谷间都披上了白色的地毯，到了晚上6点，雾已经浓到令人恐惧的地步。我这一生从没有见过这么大的雾。

我紧握着方向盘，鼻尖几乎贴着挡风玻璃，海伦在一旁不断替我用干布擦玻璃。

“海伦，上帝保佑，这样下去今晚我们根本到不了纽加塞耳。我知道葛福是赛车好手，可是你连十米外都看不见。”

我们以牛行的速度走完了20里的路程。看到白家大门口通明的门灯时，我才松了一口气。

跟过去一样巨大的白葛福站在门廊内伸展着双臂等待我们。他永远不会为害羞而烦恼，所以他像狗熊猎食似的把海伦拥进怀里。

“哦，海伦，我的宠物！”他爱不释手地亲吻她，徘徊不去地拥抱她。最后，他退了一步，喘了一口气，又接二连三地亲她。

我很端庄地和苏握握手，然后将海伦介绍给她认识。她们站在一起的景象实在很动人。如果说一个迷人的女人是天赐的宠物，那么两个迷人的女人站在一起该是稀世的画面了。海伦比苏黑一点儿，眼睛也比较蓝一些，但她们两个的笑容都同样可爱。

过去几次在苏的面前我都狼狈不堪，因此今天我特地表现出我最高贵的仪态。事实上，今天我的样子比最好看的时候还要好看一点。我偷偷向穿堂里的落地镜瞄了一眼——我的西装毫无瑕疵，衬衫干净得发亮，脸上剃得光洁无比，头发一丝不苟。我深信今天她终会相信我是位高雅有礼的青年，也是位成功的兽医。

我暗自感谢上帝终于给我洗雪前耻的机会。今晚，我要让她扫除过去对我不正确的观念。

“苏，我亲爱的太太，”葛福说，“你带海伦到花园里逛逛，我先看看吉米的狗。”

我吃惊地眨了一下眼。花园里逛逛——在这么大雾的天气里，可是我并没有心思想那么多，因为到底是山姆的病要紧。

葛福看到山姆，立刻亲切地向它打了个招呼：“请进，我的宝贝。”接着，他提高了音调喊道，“费比！维多利亚！唷！哦——快来见山姆表弟！”

一只肥胖的牛犬懒洋洋地从屋里走出来。跟在它后面的是只约克夏牧羊犬，它的脸上挂着一副奉承的微笑。

在狗儿们都见过面并互相表示友好之后，葛福把山姆抱起来。

“你担心的就是这玩意儿，吉米，你在电话里说的就是指这个？”我不好意思地点点头。

“天老爷！我可以吸一口气就把这玩意儿吹掉！”他不可置信地看看我，然后笑着说，“吉米老弟，你为什么对自己的狗这么敏感？”

“唔……我也不知道。”

“你先抱一下，我这就去准备工具。”

说完他就失踪了。过了一会儿，他拿了一根针管和一把剪刀走出来。大约1毫升的麻醉药就足够麻痹它的嘴唇了。接着，他把小瘤剪掉，并敷了一些止血剂。整个手术不到一分钟就结束了。不过在这么一个小小的手术中，他还是表现出超人一等的医术。

“只收你十个金币就好了，哈利先生。”说完，他疯狂地大笑起来，“走吧，咱们到花园去，山姆和我的狗在一起会很快乐的。”

他打开后门，带我走进伸手不见五指的花园。我跌跌撞撞地在浓雾中摸索,我想我可能已经踩进了他的花圃。我正在纳闷世界上怎么会有人在这种天气下带客人参观花园的时候,突然摸到了一扇门,葛福用力撞开门,带我走进一间光芒闪烁的石屋,我觉得这儿有点类似阿拉丁的宝库。

这座石屋实际就是设备齐全的小酒吧。一列光洁的吧台,几箩筐的啤酒,和满满一酒架的名牌酒。屋角的炉火里正燃着熊熊烈火,四壁贴满了可爱的卡通人物画和海报。

葛福看我一脸惊奇,便笑着说:"怎么样,吉米?在自己的花园里盖一座小酒吧不是挺惬意的吗?"

"是的……真的,迷人极了。"

"好,好,"我的伙伴突然溜到吧台后面,"你想喝点什么?"

我看见海伦和苏正在喝水果酒,于是我很快地决定喝些无害的饮料。

"琴酒加汽水好了。"

两位女人的杯子都是一般的容器,可是当这位大块头老兄为我斟酒时,特地从墙上取下一口大得吓死人的杯子。我看见他拿那口杯子的时候,手都在发抖,其重量自然可以想见。

他毫不心疼地把酒倒进去,然后又为我加了一些汽水和冰块。很显然这里面的液体若以一般的杯子来计量的话,足足有六杯之多。

他又用同样的容器为自己也倒了一杯。

我惊恐地看看眼前储量比一个茶壶还多的大杯子:"是不是太多了一点儿?"

"才不呢,小伙子,几乎全是汽水。来,干杯!很荣幸见到二位。"

我说过,他是大方又热情的主人,因此我怀着感激的心情慢慢把这一大缸液体送进喉管里。我在想,能有位这么好客的朋友实在是我的福分。

葛福伸出一只手:“再来一杯,小伙子。”

“唔……我们不是该上路了吗,今晚雾很大——事实上,我怀疑我们能不能到得了纽加塞耳。”

“别说笑话了,小伙子,”他把我的杯子抢去,又斟了一满杯,“别担心,吉米。只要朝北直奔,大概半个小时就到了。我对这条路熟悉得就像我家后院一样。”

就这样,我们四个人围聚在炉火边聊天。女人们永远有她们聊不完的话题,而我和葛福除了对饮就是聊动物。能在这么温暖的房间里和同行欢聚实在是很快乐的事——只是除了我胃里的酒精太多了一点。

“来,再喝一杯好上路,吉米。”我的伙伴说。

“不,说真的,葛福,我不行,”我很坚定地说,“我们上路吧。”

“噢,吉米,吉米,”那熟悉的受创的神情又出现在他脸上,“不急嘛。我们再喝一杯,我好先向你介绍那家餐馆。”

我的立场稍一软弱,他立刻就夺去那口大杯子。几秒钟以后杯子的水位又恢复到原来的高度。

他高兴地说:“那里不止是咖喱,所有能吃的东西都是那么高贵。”他把手指贴着嘴唇,向空中吹了一个可敬的飞吻,“你绝不会相信那股香味。吉米,我保证你所吃到的都是真正的东方口味。”

他继续不停地介绍,我很希望他能付诸行动——赶紧上路。我忙了一整天都没有吃什么东西,因为我早就在为这一顿晚宴打算了。葛福光说还嫌不过瘾,接着他又用手比划印度人如何把海鲜和稀有的中药炖在一起,如何把米饭染成橘红色。我的口水像江水一样地涌出来。

终于喝完第三杯的时候,我总算松了一口气。葛福走到吧台前面,好像准备要走了。我很兴奋地站起来,朝门口走出去。可是另一个巨大的身影出现在门口。

“雷蒙!”葛福高兴得大呼,“快进来,我一直想介绍你认识吉米·哈利先生。吉米,这位是我的邻居。”

那人以“呵呵”的笑声回应他。葛福一定认识很多体型和心肠都与他类似的人。

我的伙伴又挤回吧台后面:“吉米,我们再陪雷蒙喝一杯。”

我再度跌入陷阱里。杯子去了又回来,水位也又满了一次。我发觉两位女人好像一点也不在乎我的处境。她们仍然沉醉在密谈之中,完全不觉得时间溜过了多少,或感觉到一丝饥饿。

雷蒙正要走,托比又来了。他也是位古道热肠的胖子。当我看到他和葛福一模一样的身材和通红的脸蛋时,我一点也不感到惊讶。

当然,我们必须再陪托比喝一杯。我看到他又新开了一瓶酒将我的空杯子补满。如果头一瓶是满着的话,那我已经喝了一整瓶了。

我实在不敢相信自己的酒量。最后,我们终于回到穿堂穿外套时,葛福很满意地哼着歌儿。

“待会儿你们一定会很喜欢那家餐馆的,我要你们好好看看丰富的菜单。”

外面的雾比先前更浓了。我的伙伴把他那辆特大的轿车从车房里倒出来,然后欢欣鼓舞地挥挥手,要我们进去。他把苏和海伦安置在后面并咯咯地笑了几声。接着,他扶我坐进前座,帮我关门,把我的座位调整成最舒服的角度,教我如何使用点烟器,还问我喜欢听什么音乐……总之,他对我的照顾无微不至,好像我是个瘫痪的老人似的。

最后,他冷静地坐回自己的座位上,挡风玻璃之外的雾像一张奶油色的窗帘，把视线封得死死的。有一度，雾幕裂开一道缝，我瞥见对面就是一道几近垂直的草坡。

“葛福，”我说，“我们永远到不了纽加塞耳，那儿足足有30英里远。”

他把头转过来，向我仁慈地笑一笑：“小伙子，绝对没有问题的。我们半个小时以后就可以到那儿享受可口的印度菜。你什么也不用担心，这段路我熟透了。”

他发动引擎，满怀信心地将车子驶进白幕中。可是一出门，他并没有顺着路向左转，反而将车头直直朝那片长满草的山坡冲去。车头越扬越高，可是这位老兄好像一点都没有察觉到。当车头已经扬到45度时，后座的苏终于很有礼貌地表达了她的意见。

“葛福，亲爱的，你好像把车开上山坡了。”

我的同伴很吃惊地向四周看了看：“才不呢，亲爱的。难道你忘了这儿的路本来就有坡度？”他的脚还是紧踩着油门。

我一句话也没有说，只是我觉得脚渐渐仰起，身体则向后倾。最后，车子几乎竖直起来。当车子很显然在向后滑时，苏又开口了。

“葛福，亲爱的，”这次她的口气稍微有点儿急了，“你把车子开上坡了。”

这回她的丈夫总算承认这件事实。

“嗯……嗯，我知道。”他喃喃地说。我们四个人挂在那儿，脸朝着云雾翻腾的天空，“刚刚我大概忘了转弯。”

他把脚从刹车踏板上移开，车子立刻以高速向后滑回去。最后，后面的保险杠传出刺耳的压挤声。

苏又说了：“亲爱的，你撞上了汤先生的墙。”

“是吗，甜心？等一等，我们马上就可以上路了。”

他的沉着一点也没有受到影响。他松开离合器，猛踩油门，车子便像野牛一样冲出草地。可是两秒钟以后,前面朦胧的车头又发出撞击声和金属与玻璃落地的清脆的声响。

“亲爱的,”说话的仍旧是苏,“那是限速30英里的标示牌。”

“真的,我的天使。”葛福用手在窗子上擦了一下,“你知道,吉米,今天的能见度不是很好。”他停了一会儿,“或许把这次的晚宴延到以后也不失是个好主意。”

他慢慢地把车开回车房。我估计我们一共走了通往纽加塞耳30英里路的九千六百分之一——也就是5米。

我们又回到花园里的酒吧中。这回我豁出去了,既然这一顿美食泡汤了,我也不打算再留什么胃口。我和葛福尽情地对饮,当他不断地为我斟酒时,我也不再拒绝。

突然,他伸起一只手说:“我想大家都饿了,我们弄点热狗吃怎么样?”

“热狗?”我大叫,“好主意!”这固然比不上动人的东方菜,不过我现在是看到什么都想吃了。

“苏,亲爱的,”他说,“如果你去把大条的干腊肠弄热,我们就可以弄些热狗了。”

他太太到厨房去以后,海伦用手肘碰碰我。

“吉米,”她说,“干腊肠?”

我懂她的意思。我的消化很强,可是有些东西我是不能吃的。一小片干腊肠就足以使我的消化系统完全停顿。然而现在这些顾虑似乎都微不足道了。

“不用为我担心,海伦,”我搂着她轻轻地说,“几片腊肠伤不到我的。”

苏捧着食物回来时,葛福已经准备好工具了。他把烟熏的腊肠切成细长条，在上面撒了些芥末粉，然后塞进面包里面。

咬下第一口的时候，我相信这是我平生所吃过最可口的东西。我一边高兴地嚼，一边为我刚才对腊肠可笑的成见感到抱歉。

“再来一个吧，小伙子？”葛福拿起一个夹好的面包。

“当然！好吃极了。这是我所吃过最好吃的热狗！”我很快就把第二个吞咽了，接着我又伸手拿第三个。

我想大概是在我吃完第五个的时候，我的伙伴戳戳我的肋骨。

“吉米小伙子，”他边嚼边说，“我们该喝一点啤酒冲冲喉咙，你不反对吧？”

我大幅度挥挥手臂：“当然！那些狗屎琴酒根本不管用！”

葛福替我倒了两品脱啤酒。我仿佛觉得这才是我渴望了终生的饮料。那股冰凉的液体冲进食道，滚进胃里，在我的口腔中激起了香醇的燕麦味。我从没有这么快乐过。于是我又喝了三品脱外加吃了两个热狗。

我实在幸福安逸极了，虽然海伦会不时地瞪我一两眼，不过我一点都不在乎。她在暗示我该回家了。可是我根本不打算想到回家这回事。我要享受这难得的时刻。这间小酒吧是世界最完美的角落。

葛福放下一个吃了一半的热狗：“苏，我的稀世之宝。如果现在有些零食甜甜嘴不是很好吗，为什么不去拿一些昨天你做的那种黏黏甜甜的小玩意儿来给吉米尝尝？”

她捧了一盘颜色很丰富的黏糕走过来。我的牙齿不适合甜食，可是这么漂亮的小点心实在不容我放过。我抓了一个扔进嘴里，黏糕里的巧克力、杏仁、焦糖和牛奶立刻和唾液融为一体。

当我吃到第三个时，情况开始恶化了。我发现我像傻子一样看着葛福讲话，有一度他的脸变成两张，然后又重叠起来。起初我对这种景

象感到很惊讶，可是稍后我发觉屋里所有的东西都有两个影子，也就一点都不奇怪了。

此外，我的健康状况也不如先前那样。我不再觉得精力旺盛，相反的，我的血管在发热，胃部在反呕。同时，我觉得莫名地担忧。

我完全不知道几点钟了。毫无疑问，屋里共有四个人在讲话，只是我不记得自己或他们说了些什么。我所记得最后一幅画面是葛福扶我走回客厅，并帮海伦穿上外套。我想我们大概是要回家了。不过我觉得好惋惜。

“你能走吗，吉米？”我的伙伴轻松地问。

我点点头，慢慢地走出去。外面的雾已经散了，空中挂满了星星。一阵冷风吹来，我不禁打了几个哆嗦。我觉得自己走路的样子很像在梦游。打开车门的时候，我抽搐了一下，然后把满胃的腊肠和琴酒全部吐了出来。我呻吟了一声，趴在车顶上休息。

“我看你来开车好了，海伦？”我听到我的伙伴说。我正想钻进车里时，两腿突然一阵软，于是我贴着车厢外缘趴倒在地上。

葛福揪着我的衣服把我提起来。“让他躺后座好了。”说着，他把我扔进车厢，“苏，甜心，海伦，亲爱的，一人帮我抓一双脚把他翻过来。我到另一边去扳他的头。”

他绕到另一边，打开车门。

“海伦，亲爱的，你再往里推一推；苏，我的宠物，你再搬过去一点，对，对，好极了。关门的时候当心他的脚。”

他好像对自己的工作感到很满意。他的口气就像职业的搬家工人。

他们终于把门关上了。我的脑袋靠在车窗上。我相信从外面看来，这幅景象一定滑稽极了——我的鼻子给玻璃挤到一边，两眼死鱼一样瞪着黑夜。

我试着想集中视觉的焦点，却看到两个苏低着头，很焦虑地注视我。车子发动时，她向我挥挥手，我不能动弹，只好抽抽脸颊的肌肉回应她。

葛福热烈地吻过了海伦，又绕后面来向我道别。

“吉米，有空再来，今晚真是愉快极了。”他的那张巨大的脸上露出快乐的微笑。车子开了，我最后的印象是葛福兄对这次聚会满意极了。

搞笑的西格

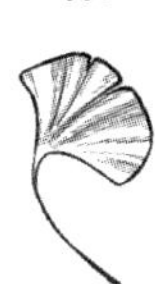

离开德禄过着不同方式的生活时，我才能很客观地评估过去的一些事情。我常自问很多问题,比方说,为什么我和西格能合作得这么成功?

即使在35年后的今天,西格仍旧是我的合伙人。每当我和他一起慢跑的时候,我还是禁不住要问这个问题。我知道当我初到西格诊所头一眼看见他时,我已经喜欢他了,可是除此之外一定还有什么别的原因使我们在一起。

也许是因为我们的个性完全相反。西格是精力无穷的人,因此他也经常求变化;而我却是个痛恨改变的人。镇上很多人都称赞他聪明,可是即使是我最好的朋友也从不曾用这么动人的字眼形容过我。他常能毫不费力地就想出很好的主意——当然，其中也不乏一些古怪的——而我永远是个接受别人构想的人。他喜欢打猎、射击和钓鱼;我却喜欢足球、板球和网球。我们可以永远走各人的路——甚至我们的体型上的差异也是相当惊人的——可是我们的路线却永远是相邻而平行的。

当然，这并不代表我们在意见上从没有分歧过。在过去那些日子中，我们还是为了某些事争执过。

其中一次就是为了塑胶制的钙溶液注射器的事。西格很喜欢新问世的产品，而我却对这种东西抱着很大的成见。

我的成见由于使用时屡遭困难而滋长。当然，那些早期的毛病现在已被改良了，可是在刚问世的时候，我觉得塑胶注射器的脾气很古怪而拒绝使用它们。

有一天我正在清洗注射器里的活塞，西格看到了赶紧逮住机会奚落了我一顿。

“看在上帝的分上，吉米，你该不会还在用这种老掉牙的东西吧？”

“我恐怕要如此。”

“难道你没试过新的塑胶制品？”

“我试过了。”

“怎样？”

“用不习惯，西格。”

“用不……这鬼话是什么意思？”

我把针筒里的水甩干净，再将它压缩起来收回盒子里。“上次我用那玩意儿注射过一次，结果喷得到处都是湿湿黏黏的钙溶液。我的外套上到现在都还有白色的污痕。”

“可是吉米，”他不可置信地大笑，“这是不可能的！我相信连小孩都会用。我使用起来就没有碰过一点麻烦。”

“我相信。”我说，“可是你了解我，我没有一点机械头脑。”

“老天，你根本不需要什么机械头脑。他们设计的时候一定顾虑到连笨人都可以使用才行。”

"可是对我不管用,我受够了那玩意儿。"

我的合伙人把手放在我肩上,他的脸上泛起了耐心与爱心。"吉米啊,吉米,你一定要有毅力,"他伸起一只手,"多用几次就会了。还有一点很值得我们重视。"

"什么?"

"无菌效果。你怎么知道这样冲洗能把活塞上的病菌冲掉?"

"我每次用过都洗,而且还把针头拿下来煮。"

"可是你难道不知道,像这样忙了半天所达到的效果却是塑胶制品本来就具有的——每一个针头都经过消毒密封包装。"

"这些我都知道,只是如果我根本无法把药剂注入牛体内,这些好处又有什么用?"

"噢……吉米!"西格换上了极度悲哀的表情,"你只要多学学就会了。为什么我就做得这么好?我要提醒一点,你太固执了。吉米,人总要随着时代进步。每当你使用那些上古时代的注射器时,你就是在开倒车!"

我们大眼瞪小眼地站着,显然无法妥协的样子。最后,他突然笑着说:"你马上要出去,是不是?去看提家的母牛?我知道它还没好,我才去过。"

"是的。"

"这样好吗?就算你帮我一次忙,带一个塑胶注射器去试试看?"

我考虑了一下:"好吧,西格,我再试一次。"

到了农庄以后,我看见那头母牛安详地隐匿在一片金凤花海之中。

"它试了几次想站起来,"农夫说,"可是都没有成功。"

"可能再打一针就好了。"我回到门口,把车开进都是坑洼的旷野中，然后从医药箱里拿出那支新的注射器。

提先生看见我走过去的时候，眉毛扬得高高的："这是新玩意儿？"

"是啊，提先生。才发明的！完全消毒过。"

"我才不在乎什么消不消毒，我不喜欢这东西！"

"你不喜欢？"

"是，一点也不喜欢！"

"为什么？"

"我告诉你，今早法先生也用这玩意儿给我的母牛注射。结果一部分药剂喷到我眼睛里，一部分喷到他的耳朵里，剩下的全部流到他裤子上了。我想他一滴也没有打进去。"

另外还有一件事，西格不得不找我麻烦。一位靠救济金过活的老头牵了一只杂种狗到诊所里来。我拍拍手术桌。

"请你把它抱上来，好吗？"我说。

老头吃力地弯下腰，嘴里不停地喘气。

"等一等，"我拍拍他的肩膀，"让我来。"说完，我把小狗抱上桌。

"谢谢你，先生。"老头伸直了腰搓搓背，"我有关节炎，弯不下去。我姓贝利，住在政府的宿舍里。"

"贝利先生，它是什么毛病？"

"咳嗽。它经常咳，有时候会呕吐。"

"是的。它几岁了？"

"上个月刚满十岁。"

"嗯……"我量了一下温度，又检查它的胸部。我刚把听诊器移到腹部时，西格走进来在杂物柜里头翻东西。

"是慢性支气管炎，贝利先生。"我说，"老狗跟老人一样，都会得衰老症的。"

他笑了一下:“是啊,我自己也时常喘气。”

“你的气喘并不严重吧？”

“还好,还好。”

“你的狗也不严重。我给它打一针再开一点药,很快就会好的。不过气喘很难根治,发病的话再带它来。”

他很诚恳地点点头:“谢谢你,先生。你真好。”

西格还在一旁翻箱倒柜。我给小狗打了一针,又数了20颗MB693的特效药。

老人很感兴趣地看看药,才把它放进口袋里:“先生,我该给你多少？”

我看看他夹克手肘下的补丁和抽了线的衬衫领——这些都可以当古物保存了。他的裤腿膝盖部位磨穿了，我可以透过线纹看见他的肉。

“不用了,贝利先生。把药拿回去看看有没有效。”

“什么？”

“你不必付钱了。”

“可是……”

“没关系,真的。记得要按时喂它吃药。”

“我会的,先生。你真仁慈,我没想到……”

“好了,贝利先生,不用在意了。如果它没好的话再来找我。”

老人离去的脚步声还没有消失,西格就从手术桌后面冒出来:“老天,我侦查了几世纪,今天当场给我逮着了。”

我笑了笑,没有吭声。我把针筒放回抽屉里的时候,我的合伙人又开口了。

“吉米，不是我说你啊，你实在太冲动了——无缘无故替人白看病。”

我很吃惊地看他一眼:“他是个领救济金的老头,我相信他的日子一定很艰苦。”

“也许是的。可是咱们不能白干啊,至少要拿个本吧,”

“西格,这只是偶尔一次而已。”

“不,吉米,不是偶尔的问题,而是原则问题。咱们是开诊所,目的在赚钱。”

“可是我也看你这么做过,而且不止一次!”

“我?”他的眼珠胀得圆圆的,“我才不会呢!我比你清楚现实生活的问题。你知道物价涨得多快吗?像你刚刚送出去的MB693,你知道一粒多少钱吗?告诉你,三便士!你根本没有现实的头脑,所以今后最好少做这种大方事!”

“可是你自己也经常这么做!”我大声吼道,“上礼拜你还……”

西格举起一只手镇压住我:“冷静点,吉米,你在幻想。”

我一定是用了平生最凶狠的眼光瞪他一眼,因为他走上前拍拍我肩膀。

“相信我,孩子,我了解你的心情。我知道你是出于善意,我也有过这种冲动,可是你就没有我坚强。最近不景气,日子很难过,所以记住——不可以再做罗宾汉了,我们实在做不起。”

我点点头就呆愣愣地离开了。我很快就忘记了这件事,而一个礼拜以后贝利先生又来的时候,我也没有再去想它。

这次是西格替他的狗看病。我不想打扰他们,所以就顺着甬道走到靠门口的小房间里写诊所的日志。我坐在一扇窗子前面。那是个夏天的下午,我把窗户开着,并把窗帘拉开一丝缝,一来是为了凉快,二来是如果有人上门我可以看得到。

我正写到一半的时候，听到西格和那位老头穿过甬道走到门口。要下台阶时，老人停下脚步。

“贝利先生，”我的伙伴说，“我诊断的结果和哈利先生相同。它的咳嗽可能很难好。你必须不断喂它吃药，恶化时再来找我们。”

“好的，先生，”老人把手伸进口袋，“请问一共多少钱？”

“钱，哦，是的……是的……”西格连清了几次喉咙，可是好像一直说不出话来。他看看杂种狗，又看看老人的破夹克，最后，他偷偷向屋里瞄了一眼，然后小声地说，“不用了，贝利先生。”

“可是法先生，我不能老让你们……”

“嘘！嘘！”西格用手盖住老人的嘴。“不要再说了，我不想听到与这件事有关的话。”接着，他拿了一大包药。

“这儿是100粒药。”他边说，还边担心地向屋子里猛看，“它很需要这种特效药，所以我开了100粒。”

我相信我的伙伴一定不经意看到了老人的膝盖，因为他突然低下头看了好久，然后把手伸到外套的口袋里。

“等一会儿，”他从口袋里捞出一大把东西。我看见他手上有剪刀、温度计、鞋带、开瓶器和好几枚铜板。当他在找寻的时候，好几枚铜板都掉到台阶上，最后，他从口袋里找出一张钞票。

“这儿是一镑。”他很小声地说，并回头张望了一下。

贝利先生想开口，又给西格压制下去，因此他只好默默地把钱放进口袋。

“好了，你慢慢走啊。”西格轻声地说。

老人戴上帽子，很痛苦地鞠了个躬：“谢谢你，先生。”他说完，慢慢走向街上。

“嘿，等一等，”西格叫住他，“你怎么了，行动不方便吗？”

“是啊，还不是关节炎嘛。刚刚过来就走了好久。”

“你还要走回宿舍，”西格不安地搓搓下巴，“这段路不近呢。”他向屋里偷瞄了最后一眼，接着，他对老头使了个手势。

“我的车就停在这儿，”他悄悄地说，“干脆我送你回去好了。”

有时候我们的争执短而激烈。我在餐桌上不停地揉手肘。西格正在很热心地切他盘子里的羊排。突然他抬起头看我。

“怎么啦，吉米，得了风湿？”

“不是。今早被牛角顶了一下。正中关节！”

“噢，多不幸啊！当时你是想抓它鼻环吗？”

“不是。我只不过替它打针。”

我的伙伴正把一块切好的羊肉拿给我，却在半空中停了下来。“打针，在那上面打针？”

“是啊，在脖子上。”

“你给牛打针都打脖子？”

“是啊。怎么样？”

“脖子是个傻地方，我都打屁股——这是普通常识。”

“哦，是吗？”我夹了一些洋芋块，“脖子哪一点不对了？”

“你自己就是最好的证明，是不是？脖子离角近，危险性太高。”

“那屁股离后腿也不远啊。”

“算了吧，吉米，你也知道牛儿很少乱踢的。”

“也许是的，不过踢一次就够了。”

“给牛角拱一次也够瞧了，是不是？”

我没吭声，我觉得好好吃一顿饭还是比较重要。可是西格还没咽下一口食物又开始攻击我了。

“还有一点，屁股比较方便，你可以不必挤到前面去。”

“方便又怎样？”

“不怎样，只是可以免得你的肋骨给牛群挤断。”

“好吧，”我舀了一匙青豆，“照你的方法，你可能给喷得一脸小便。”

“噢，狗屎。吉米，你太夸张了！”他用刀子在羊排上砍了一下。

“你才夸张呢！”我说，“何况就打针本身来说，你并没有说出打脖子有什么不好。”

“我只是还没开始说呢！我随便举个例子就可以驳倒你。比方说……打脖子比较痛。”

“打屁股比较容易感染病菌。”我立刻反击。

“脖子肉少，不好下针。”西格也不甘示弱，“事实上你根本不可能找到可以下针的地方。”

“可是脖子没有尾巴。”我吼道。

“尾巴，你在鬼扯些什么？”

“我在谈尾巴！如果有人替你拉着它还好办，可是没有人的时候你就看着它甩好了。”

西格很快地嚼几口，然后赶紧咽下去：“甩尾巴？这和打针又扯得上哪一门的关系？！”

“嘿，多着呢！”我说，“我可不喜欢一根沾了屎的尾巴在眼前晃来晃去的——或许你喜欢。”

我听到西格沉重地喘了几口气，接着，他以不祥的语调说：“还有吗？”

“有。一些母牛会把你的针筒卷走扔到外面去。那天我就被卷走一支，结果弄得满地都是碎玻璃。”

西格的脸泛起了微红，他把刀叉放下来：“吉米，我实在不想说，不过我必须告诉你,你是个一流的浑球,你只会胡说八道。”

我狠狠地瞪他一眼:“你真的这么认为吗?”

“真的,吉米。”

“好。”

“很好。”

“好。”

“好极了。”我们默然地继续吃午餐。可是一连几天,我都在回想那天的事。西格是个相当具有说服力的人,我在想,他说的也有几分道理。

一个礼拜以后,我拿着针筒走进牛舍时,不禁停顿下来。如果我要打脖子的话,我必须从两头大母牛中间挤过去。牛儿知道我不怀好意,所以故意用庞大的身躯封住我的路。老天,西格说得对,如果我硬挤过去的话,肋骨非断不可。我为什么舍弃等待在眼前的大屁股,而冒着生命危险去接近脖子呢?

我决定了。“请你帮我拉着它的尾巴。”我对农夫说。然后,我在屁股上选了一点把针扎进去。

我在推针筒的时候,牛儿仿佛根本不知道。我以羞愧的心情把针头拔出来。肥厚厚的肉垫,易于接近,又没有反抗。我的伙伴说得对极了,我一直是一个舍近求远的傻子。我知道以后该怎么做了。

农夫陪我从阴暗的牛舍走出来的时候不禁笑了起来。“说来也真有趣,你们这些兽医各有各的方式。”

“我不懂你的意思。”

“昨天法先生也来过了。他替我的另一头牛打了一针。”

“哦,是吗?”我突然想到该不会是西格也向农夫说他那番大道理吧?“结果怎样?”

“他的作业方式和你完全不同。他把从屁股下针的方式骂得一文不值。他都是从脖子上下针的。”

我的表情一定使他看出了什么,所以他才说:“不过你也不要太难过了,哈利先生,”他很同情地摸着我的手臂,“到底你还年轻嘛。人家法先生究竟比你多几年的经验。以后你多学学他的方式也许对自己很有帮助。”

飞行员下乡

我撑靠着锄头柄，擦去几乎流进眼睛里的汗水。四周的野地散乱着好几百人，他们都正在工作。

我们还在接受体能训练——这是他们定的名称。其实我倒怀疑他们是不知道该让我们这些受训的飞行员做些什么事，才想出了这个法子。

我们正在罗浦郡的一个小镇附近挖贮水池，工地的四周搭满了供住宿的帐篷。其实没有人知道贮水池到底该是什么样子，反正大家只是假想自己正在参与一项工程就是了。他们发给我们一些粗布衣裤和锄头之类的工具，于是我们就一小时接着一小时，不停地在一座岩石聚成的小山边挖了起来。

虽然我已是臭汗淋漓，我还是不得不感念自己的庆幸。能在这么好的天气下接近大自然，欣赏动人的乡间景色，不能说不是一种福分。这儿的景致和约克郡差不多，只是这里没有房舍和牲口，看起来或许更柔和一点。

中午的烈日与生锈的巨岩辉映着，使我们的嘴唇很快就干裂了。

一到每天晚上可以离营的时候，我们都会到镇上的酒馆里滋补一番。

当时在南英格兰很流行喝苹果汁，我们每天在酒馆里没事就是拼命喝这玩意儿，我想今天你再到那个小镇恐怕已经看不到苹果了，因为镇上的苹果已经给我们榨得精光。

睡帐篷对我来说总是有些困扰。每天早晨太阳照在帐壁上的时候，我就觉得自己又回到了大战前的史莱蒂河门的小山上。发热的帆布、地铺的橡胶味、使人发痒的小草尖和盘踞在营柱四周成群结队的苍蝇，都会使我想起往事。每次睁开眼睛的时候，我都期望着能看到儿时的好友艾迪和泰勒也躺在旁边的睡袋里。

我们三个人几乎每个周末都结伴到山上露营，每次在山上看着格拉斯哥的尘嚣，我都会感叹大自然的神妙和伟大。现在，在罗浦郡每当我躺在营帐里，看着帐外斑驳的松影随风摇晃时，儿时的种种就重现眼前。

艾迪现在在缅甸，泰勒在中东，而我却和一群年轻人睡在营帐里。我总觉得从小时候登山露营到现在这段时光——包括我和海伦在德禄镇为兽医事业奋斗的种种——好像都被涂抹去了一样。然而德禄的那几年却是我生命中最重要的一段日子。我时常奇怪军旅生活为什么那么容易混淆人的记忆。

不过坦白说，我还蛮喜欢罗浦郡的。当然那个贮水池或那项迫使我们在泥巴地上下锄头的鬼工程的确有点令人讨厌。我永远不会热衷于这种挖坑的工作，所以那天飞行班长宣布事情的当儿，我的耳朵竖得直直的。

“附近的农家要收割，”他在早上集合的时候说，“有没有哪位弟兄自愿帮忙的？”

我的手第一个举起来，过了一会儿几个犹豫不决的家伙也纷纷跟上。工作分配好以后，我发觉自己和几个其他单位的飞行员分在一组。

我们的工作地点是在一位叫爱德华的农夫家。

第二天一大早爱德华先生就来了，他把我们四个人统统赶上一辆中世纪的小卡车。我和他坐在前座，其他三位同伴则被塞在后厢里。爱德华先生大约二十五岁，他只问了我们的名字就不再开口，好像我们过去是干什么的对他一点都不重要似的。他的头发乌黑，脸色深褐，可是一口白牙和一对水蓝的眼睛却闪亮得让人觉得炫目。

走进农庄时，他很幽默地打量我们。

“到了，小伙子们，”他说，“这儿就是你们干活的地方！”

可是我几乎没有听见他说的话，因为我正出神地看着眼前的景色。几个月以前，这些都是我生命的一部分：石头堆砌的矮墙，一列列的牛栏、谷仓，一个正在翻草饲料的老农。草饲料中随风飘出一股牛骚味，我的一位同伴立刻用手捂住鼻子。可是对我来说，这就是香水。

农夫领我们走进田里。一部收割扎秆机正在工作，后面排了一列去了谷的麦秆。

“你们有没有堆过麦秆？”他问。

四个人同时笨拙地摇摇头。

“没关系，很快就学会了。来，吉米，你跟我来！”

我们一同走进田里。我的每一位同伴都有一位老农教他们，而我则由爱德华先生亲自教授。

他拾起两捆麦秆夹在腋下走了几步，将两捆麦秆依靠着竖立在地上。我照着他的方法将八捆聚成一堆，然后他又教我如何将麦秆的末端埋进土里，使秆堆不致弱不禁风。

我尽力地使麦秆站得挺直，可是常常一回头秆堆就塌了。我发现爱德华先生工作的速度几乎是三位老农的两倍，因为我们排完了一长列的时候，其他三组的进度才是我们的一半。虽然我的双臂和背都弯得直不起来,但成就感使我一点也不觉得劳累。

我们一直不停地工作了两小时。刚到乡下行医的时候,我最强烈的印象就是务农是最艰辛的谋生之道了,现在我更深深体会到这种感触。就在我快要不顾一切倒在刚剪成短须的田地里时,爱德华太太带着儿子女儿提了一篮点心走过来。这是上午10点的点心,内容有苹果糕和一大缸的苹果汁。

那农夫瞪大了眼睛,看我像沙漠里烤焦了的商旅一样将苹果汁往肚子里灌。这一缸是真正的纯汁,我从没有喝过这么醇美的。我喝饱后懒洋洋地眯起眼。我觉得目前该做的最正确的事就是躺在阳光下睡它一整天,口渴了就伸手捞一杯果汁喝。然而爱德华先生的想法跟我似乎有点差距,我还在嚼苹果糕的时候,他已经在弯腰拾麦秆了。

“伙计们,该上工啦!”他大叫道。于是,我又回到噩梦般的现实。

除了中午吃了一顿乳酪面包和喝了一大缸苹果汁以外,这一天我们都没有停过干活。我非常感激皇家空军那么重视我们体能上的福祉。过去在海伦慈善的主政下,我似乎太软弱了一些。美食佳肴和摇椅的魅力使我日渐发福,可是皇家空军又还给我男儿本来该有的身段。

在史卡保罗度过了六个月,我确信自己一磅也没有增加。行进,跑步,体能训练!我可以沿着海边跑五英里路而轻松愉快。所以到罗浦郡的时候,我的体能已达巅峰状态。然而比起爱德华先生,我还差了一大截。

他本身即是一团极高的能量。他的个子不大,可是那股耐力在约克郡的农夫身上也是不常见到的。他那粗壮的胳膊从褪色的衬衫袖中伸出来,略微弯曲的小腿强而有力地屹立于田野上。

其实我早该告诉他我无法像他那样一直做下去的,可是荣誉感迫使我向他看齐。我知道他并非有意表现或卖弄,因为所有的农夫在干起活来的时候都是一样急切。中午休息的时候,他看我汗流浃背,胸骨一张一缩的，终于起了恻隐之心。

“你做得很好，吉米。”他说，“我知道你们城市来的人不习惯这种工作……其实，这不是体力问题，只要熟了，谁都能做得很好。”

回营区的时候，我听到其他三位伙伴都躺在后厢里呻吟，不过我相信他们累得不会有我惨。

几天以后，我已经摸着堆麦秆的诀窍了，我相信这样的工作再也累不倒我。

爱德华先生看我技术改进了不少，很兴奋地拍拍我肩膀说：“我不是跟你说过吗？只要熟了，谁都能做得很好。”

助民收割最大的补偿就是能够和农民们在一起。爱德华太太向我们四位困惑的城市青年表示好客的方法，便是每晚都准备一大桌的菜。她跟她先生一样黑，两颗大眼珠随时都准备以笑意迎接人。她永远也没有发胖的机会，因为她总是不停地工作，只要不和男人们一起堆谷时，就在厨房煮饭或烤蛋糕。

那几顿晚餐是值得盼望或回味的：烤兔肉、刚出土的青豆和马铃薯、草莓派、苹果面包，和一大桶爱喝多少就喝多少的浓乳浆。

据说皇家空军的伙食是全国所有军种中最好的。这一点我相信。可是吃过爱德华太太的晚餐后，我对营区里的大锅饭一点胃口也没有了。

坐在长餐桌的末端，看着爱德华太太服侍我们，看着爱德华先生迟钝地咀嚼他的晚餐；又看着那像妈妈一样迷人的女儿及像爸爸一样结实的儿子，我深深觉得这是血统最高贵的一家人。

那些鼓吹“英国不再需要农地”及“所有农地都该改建成公园”的经济学家们似乎疏忽了一项隐忧，那就是敌人可以封锁我们一周就饿死全英国的人。而对我来说，最大的损失是全英国都将找不到像爱德华一家这样的人了。

一天下午我正在和爱德华先生堆谷子的时候，一位长工跑来说母牛要生产了。爱德华先生放下工具，轻快地从谷堆中跳出来拍拍我的肩膀。

“没关系，吉米。”他笑着说。

一个小时之后，我上厨房吃晚饭时，爱德华太太对我说：“我先生还在牛栏里，他大概遇上麻烦了。”

我在厨房门口迟疑了一会儿：“你不会介意我也过去看看吧？”

她笑着说：“好呀，你去啊。我先把你的菜温起来。”

我穿过空地来到牛栏里。一位老长工边握着一头红角牛的尾巴边冷静地吸着他的烟斗。爱德华先生则脱光了上身，将他的整个手臂都伸在母牛的阴道里。我眼前的爱德华先生跟平日的他完全不一样：他的背和胸口都闪映着水光，晶莹的汗珠以很稳定的间隔从鼻尖上滴下来。他的嘴张得好大，气也喘得好厉害。看那光景他真是碰到了难题。

他把呆滞的眼光朝我这儿转过来。起初，他并没有看出是我，过了好半晌他才恍然大悟地说：“哈啰，吉米，”他的声音有气无力的，“我给困住了。”

“怎么回事？”

他正要回答时，又皱起脸。“哎唷……这个老浑球！它又在挤了，再这样下去我的骨头非裂不可。”接着，他垂着头，等待神志恢复了一些才接着说，“小牛的位置不对，吉米。我只摸得着尾巴，连后腿都不知道跑到哪儿去了。”

难产！这是我最擅长的。我知道这是农夫们最痛恨的病症，因为他们费尽了力也无法将一头屁股朝外的小牛拉出来。教科书上写得很清楚：对付胎位不正要借助反作用力，亦即同时推与拉；仅凭一只手拉扯是绝对无法成功的。

爱德华先生的话突然应验了我的想法。“该死，又丢了。每次一抓到小家伙的脚就滑掉了。它已经折腾了我一个钟头，再这样下去我只好放弃了。”

我从没想到一个这么坚强的农夫会说出这种话。毫无疑问他已经气馁了。这头母牛的背大得像张餐桌，凭它子宫收缩的力量，它可以毫不费力地将农夫的手夹扁。在约克郡我们很少看到红角牛，不过我见过的几头都大得跟象一样。这种牛很有主见，跟它对抗一个多小时的确已到极限。

爱德华先生把手伸出来，垂头丧气地靠在毛茸茸的牛背上。

“老天，”他呻吟着说，“我的手已经完全没有知觉了。”

不必他说，我很清楚这种滋味。接生这种屁股向外的小牛即使方法正确也得吃不少苦头。

爱德华先生休息了好一阵子，才走到热水桶边将手洗净。他回过头来看了母牛一眼，脸上露出恐惧的表情。

“等等，”我说，“为什么不让我帮你？”

他无奈地笑笑：“谢谢你，吉米。你也帮不上忙。”

“我可以把小牛的腿拉出来！”

“什么?！”

“你只要帮我一点小忙就可以。你家里有没有细绳子？”

“有好几米。不过，小伙子，这种事需要经验。你对这些根本是一窍不通……”

他停下来了，因为我已经在脱上衣了。我知道他已无力和我争辩。

我把上衣挂在木栏上，然后弯腰将手臂浸泡在热水桶里。当我的手沾满肥皂的时候，往日那种熟稔的感觉又涌上我心头。我把另一只手伸出来，爱德华先生一言不发地将细绳子递给我。

我把绳子浸在水里，接着迅速打了一个活套环，将绳子连同手臂一起伸进母牛的子宫里。哈，不错，小牛的尾巴正垂挂在母牛的耻骨之间——这种产式我见多了，做这种接生术也如家常便饭。我以愉快的心情顺着毛茸茸的牛尾一直摸到后腿的关节，再将套环套在关节上，让绳子绕经蹄的两趾间。

“握紧绳子。”我对农夫说，“等我下口令再向外拉。”

我找到小牛的屁股，将它用力向里推。

“好，拉！”我叫道，“小心点，不要用力用得太急了。”

他像梦游的人一样傻愣愣地照我的话做，几秒钟后，一只脚从阴道口迸出来。

我又用同样的方法将另一条后腿也拉了出来。爱德华先生的眼珠子瞪得圆圆的，好像大梦初醒似的。

“这是怎么回事儿？”爱德华先生伸着脑袋说。

“先别问，”我说，“帮我拖另一条腿，再过几秒钟小牛就可以诞生了。”

我们一人抓住一条腿向后拖，可是真正卖力的倒是母牛。它把腹部紧缩，将小牛用力挤了出来。我抱着湿漉漉的小牛向后踉跄退了好几步。

“好一头小公牛。”我说，“最好赶紧将它擦干！”

农夫用不相信的眼光看了我一眼，才迟钝地将小牛放在地上用干草包起来擦拭。

“下次再碰到这种屁股朝外的产式，”我说，“我教你怎么做：你要同时推与拉——细绳的功用就在此。你向里推小牛的屁股，然后叫另一个人向外拉绳子。绳结要绑在后腿关节上，但是要注意绳子一定得绕经牛蹄的两趾间，这样一来可以迫使小牛把后腿抬高，二来可以避免绳子拉动的时候磨伤子宫壁。”

他钝钝地点点头，继续擦拭小牛。过了一会儿，他又抬头用不解的眼光看着我。他的嘴唇动了好久才发出声音来。

“你怎么……怎么会懂得那么多？”于是我告诉了他。他愣了好久才爆发。

“你这个小浑球！你一直瞒着我，对不对？”

“是……是你自己从来就没有问过我啊。”

他搔搔脑袋：“我不喜欢向你们这些来帮忙的小家伙打听任何事。你知道，很多人不喜欢……”他的声音愈来愈小。

我们洗净手臂，默默地穿上衣服。离开牛栏时，我们回头看了一眼。小牛已经在母亲的舔拭下挣扎着站起来了。

“看它壮得那样子，”他说，“我们差点就失去了它。我真该感谢你，吉米。”他搂住我肩膀，“来，兽医大夫，咱们一块儿吃晚餐去！”

走了一半的时候，他突然停下来端详着我：“你知道吗？刚才我一定显得很笨拙。我折腾了一个小时都拖不出来，可是你不到几分钟就把问题解决了。我觉得我像女孩子一样脆弱。”

“不，一点也不，爱德华先生。”我回答，“应该说是……”我想了一会儿，“应该说，这不是体力问题，只要熟了，谁都能做得好。”

他点点头，然后木然地站着。他的眼光凝视着我，突然，他洁白的牙齿展现在我眼前，那张深褐色的脸庞上咧出了宽广的笑容。当然，随之而来的是震耳欲聋的大笑声。

我们走到厨房打开门的当儿，他还在疯狂地笑着。最后他靠在墙上擦眼泪。

“你这个小浑球，”他边笑边说，“我早就怀疑你们这些人都是在装傻，没想到你还懂得那么多！”

屋漏偏逢连阴雨

我们终于启程前往飞行学校了。从地图上看来,温莎并没有多远,可是在战争的时候部队难免会停停躲躲的。那一整夜我们几乎都没有睡过,因此黎明前我偷用了一个小时在一个小车站候车室的长板凳上打了个盹。尽管背包硬得跟石头一样,我还是很快就沉入了置身德禄镇的梦乡。

我正在通往李家农庄的石头路上。我的车轴发出凄惨的折裂声。山脚下散乱着红瓦的农舍,农舍之间则是平畴绿野。

山坡上布满了花草,阳光越过远处的悬崖洒在这片轻柔而密不透风的花草上。

草原上的某处矗立着半面颓墙。这曾是一百多年以前一位农夫用石头堆砌的,现在石面上已是斑驳的岁月之痕。当我离去,甚至被遗忘以后,这些遗迹仍旧屹立在那儿。

海伦和我一块坐在车里。我很高兴她能陪我出诊。拜访过了农户以后,我们开车爬上山顶。约克郡山风迎面吹来,我牵着海伦温暖的小手在石南花簇中散步……

有人在轻轻地摇我，接着，我听到蒸气的嘶声和皮靴走动的声音。背下的板凳使我肌肉酸疼，背包使我的脖子僵硬。

“火车进站了，吉米，”一位飞行员向下看着我，“我真舍不得叫醒你——你笑得正甜呢。”

两个小时以后，我们扛着大背包，睡眼蒙眬地晃进温莎空军基地的大门。我们坐在一间木制的大礼堂内迷迷糊糊地听着班长的演说。突然，他的某一句话让我们全体都惊醒过来。

“还有一点，”他说，“记得一定要挂识别身份的铁牌。上礼拜摔了两架飞机，有几个家伙被烧得面目全非，可是他们没有一个人挂识别牌，我们无法分出谁是谁。”他摊开双手呼吁，“这种事常会浪费我们很多时间，所以别忘了今天我说的。”

顷刻间，我发现每个人的眼睛都睁得大大的。我想每个人想到的都和我差不多——到目前为止我们都还像在扮家家酒一样。

我隔着窗子看出去，绿油油的停机坪上放了几架飞机，飞机后面则是低矮的木制营房。家家酒结束了，现在才是真正的当兵。

这真是奇特的制服。那些穿雨鞋和粗布裤的时代好像已经远离我而去了。我爬进袋状的飞行装，套上羊皮的飞行靴，戴上皮手套——这些都是全新的装备。

接着，我戴上皮帽和风镜，再背上降落伞，并将背带绕过胯下扣在胸前。我检查了一遍装备才跑向阳光照耀的草地。

飞行教官伍德翰已经在那儿等着我了。他是我的飞行教练，不过当他看到我跑过来的时候，眼光上下打量我，好像对我们未来的关系并未感到兴奋的样子。在我看来，他跟电影《不列颠之役》里任何一位空战英雄都长得完全一样。其实,他和基地里所有的飞行教练都是历史上真真实实的英雄。他们在前线激战一阵后,遇上轮休时便来这儿任教。可是据他们自己表示,与纳粹空军作战和来这儿比起来反倒像野餐一样轻松,因为我们的驾驶技术常让他们心寒胆战。

我跑向草地的时候,我的一位同伴刚好驾着教练机降落。我只看到一架小型双翼机疯狂地在低空摇摆,然后以高出半英寸的距离从一丛树顶掠过。在距离地面还有50英尺高的时候,机身突然像石头一样地落下来,在地上弹了两次,才歪歪扭扭地冲到跑道外的草地上。飞机停稳后,驾驶舱后座戴着皮帽的脑袋一直很激烈地点着——谁都看得出来它是在臭骂前面的那个脑袋。飞行官伍德翰先生的表情也变得很难看。我知道他在想些什么:下一个就该他了。

机坪上停着一架虎蛾战斗机,我爬进驾驶舱时,教练也跟着爬进去坐在我后面。他念出一段飞行口诀要我像背诗一样地背起来。接着,一位技师将螺旋桨拨了几次后,引擎爆出怒吼声,桨叶立刻像电风扇似的转了起来。技师将轮架移开,飞机就在草地上缓缓地跳动起来。几秒钟后,机身在跑道上越冲越快,然后猛然而神奇地腾空而起,冲上夏日的晴空中。顿时,柔软的乡野变成了深浅不一的补丁,南英格兰的土地像张花地毯在我脚下卷开来。

这一刹那间,我觉得意气昂扬,因为这是我期待已久的时刻。过去几个月的踏步、行进和训练都是为了能够起飞、升空,而现在就是那伟大的时刻。

飞行教官伍德翰的声音从耳机中传来:“现在它已经交给你了,握紧操纵杆,让它平稳地飞。看好水平仪,不要飞歪了都不知道。前面有片云,看到了吧,就把机鼻对准那儿飞!”

我用戴着厚手套的手握住操纵杆。飞行真是有趣又容易。他们说飞行是天下最容易的事，这话一点也不假。我觉得这就像扮家家酒一样。我看到前面不远处就是亚斯特赛马场。

我正要开心地笑起来的时候，耳机里突然冲出了刺耳的声音："老天！放轻松点，你到底在搞什么？"

我不晓得他在说什么。我觉得我的心情轻松无比，而且我做得很好……可是从后视镜中我发现教官的眼睛瞪得又圆又大。

"不，不，不！不好！快放松，你听不到我吗？快放轻松！"

"是的，长官！"我实在想不透到底什么事困扰着他。我盯着水平仪，又看看机鼻和正前方的云。耳机里的噪音愈来愈疯狂，我开始怀疑他是不是心脏病突发了。

我一点也看不出哪里出了毛病，然而我所能听到的只是咒骂和吼叫声。有一阵子，我甚至听到尖叫声："求求你，快把那该死的指头松开，好吗？"

我开始不再觉得开心了。我害怕悲剧会发生——每到这种时刻我就会想到海伦和当兵前那段快乐的日子。虎蛾教练机没有挡风罩，所以强风毫不留情地灌入我的耳朵……我的脑海中浮出了清晰的景象。

卧室窗外的风也是强劲地刮在玻璃上。现在才11月初，可是一股寒潮在几天之内就把金黄色的秋景变成了北极般的天寒地冻。连续两个礼拜以来冰冻的雨滴扫过局促于约克郡谷地中的村落，将大地蒙上一层灰色。乡间的洼地成了浅水湖，村庄间的道路全是灰黄的稀泥。

几乎所有的人都感冒了。有人说那是流行性感冒，管它是什么，反正全德禄的人有一半都倒在床上，另一半则又擦眼泪又擤鼻子。

我自己也是在感冒的边缘。我缩在炉火边吸着液状的感冒药。我觉得喉头生涩，鼻膜中有种不祥的发痒感觉。雨像轮鼓般一阵阵打在玻璃上，我打了个寒战，将衣服拉得更紧一点。诊所里只有我一个人——西格有事得出去好几天——所以我绝不能病倒。

一切全看今晚了,如果我能一直待在屋内并睡一夜好觉,我就可以摆脱蠢蠢欲动的病魔。我撇头看了床头的电话一眼,它正像只盘踞的野兽,随时都准备发出怒吼。

海伦坐在炉火的另一边织毛衣。她没有感冒——事实上她从来不感冒。尽管她是我太太,我还是觉得这件事有点不公平。35年后的今天,事情一点也没变——她还是没有感过一次冒。我边抽鼻涕边为她的拒绝与我一同受难感到不悦。

我把椅子拉近火堆。我的诊所里总有忙不完的事,可是难得今晚却落了个清闲。现在是8点,命运之神似乎知道我的身体不好,特准我有一个晚上的休闲。

海伦把她织着一半的毛衣亮给我看。

“好不好看,吉米?”她问。

我笑了。她的动作与姿态中总是带着些许乐观。我正打算开口赞美的时候,电话铃声突然怒吼起来。霎时之间,我吓得差点咬到自己的舌头。

我以颤抖的手拿起听筒,脑海中浮出了母牛生产的恐怖的景象!在这种天气下脱去衬衫一小时……毫无疑问明天我也会加入抱病在榻的行列。

“这里是长原的索顿家。”粗嘎的声音从听筒里挤出来。

“索顿先生?”我紧紧地抓住听筒。我的命运马上就要揭晓了。

“我这儿有头小牛病了,它一直缩着肚子。你能来一趟吗?”

我知道我的幸福到此为止了。那头小牛很可能是胃有毛病,也可能是其他更糟的病。

“好吧,我20分钟以后赶到。”我说。

我转过身面对这舒适温暖的小屋,生命的不公又再度打击着我。

“我得出去一趟,海伦。”

“噢,多糟啊!”

“可不是吗,我还正在感冒的边缘呢!”我用气声说,“你听听外面的雨声。”

“你得多穿点衣服。”

我不悦地看她一眼:“长原农庄在十里之外,那地方又脏又臭,绝对找不到这么好的炉火。”我指指隐隐发痛的喉咙,“这趟旅行来得恰是时候。你知道吗,我已经开始发烧了?”我不知道是不是天底下的兽医在不愿出诊的时候接到电话都会责怪他们的老婆,不过老天原谅我,我每次都是拿海伦来出气。

海伦并没有踢我一脚,相反的,她笑着说:“噢,吉米,我真抱歉。或许你去一下就可以回来了。我熬一碗热汤等你,好不好?”

我勉强点点头。一碗热汤,这倒是值得期待的。海伦白天已经炖了一锅肉汁醇厚的浓汤,里面挤满了芹菜、青豆和胡萝卜。我相信那股香味足以让死人复活。我走过去吻了她一下,然后拖着脚步走进黑夜里。

长原农场在荒山里。我去过那儿几次。通往农场的小路在山里回绕着,路旁全是碧波荡漾的草地和荒瘠的山岩。在夏日的夜晚,这一路的确是风景壮丽。

可是今晚除了挡风玻璃前面一片漆黑和水花之外,这儿毫无景致可言。我可以想见巨岩的顶端消失在滂沱大雨中,寒风夹着骤雨将遍野的青草和石南花刮得东歪西倒。

看到索顿先生以后,我觉得我的情况比他好多了。很显然他已经病了好一阵子,可是像大多数的农夫一样,他还是得不停地工作。他用水汪汪的眼睛看看我,同时猛烈地咳了几声,那强力的震动几乎撕裂了他的喉咙。索顿先生举了油灯领着我走进谷仓。我可以在微弱的光影下瞥见成堆的洋芋。在靠角落临时搭成的牛栏里，我看到了我的病人。”

那是一头半岁的小牛，不过长得却并不怎么大，我看得出它并不是很愉快的样子。

“我这头牛也怪可怜的，”索顿先生利用咳嗽的间隙说，“它从来不长肉。今天下午雨停了一阵，我放它出去呼吸点新鲜空气，现在就变成这样子。”

我钻进牛栏，把温度计塞进它肛门里，然后打量着这小家伙。我把它推到一边的时候，它一点也没有反抗。它低着头，两眼直瞪着前方。更可怜的是它每隔几秒就发出一次呻吟。

“我想，它的胃有问题，”我说，“下午你把它放到哪儿去了？”

“只不过是让它绕果园绕了两个小时罢了。”

“嗯……”我看看温度计——低于常温很多，“我想地上一定掉了很多水果吧？”

索顿先生给一连几声剧咳震得退靠在栏杆上，“对。有苹果和梨。今年收成过多。”

我把听诊器放在牛肚子上。正常的胃应该会发出蠕动和气泡的声音，可是我听到的是一片死寂。我摸摸它的侧腹，发现里面涨满了东西。

“索顿先生，我想它的胃里全是水果。塞得太多会使消化完全停顿。它的情况很糟。”

农夫耸耸肩，“那就给它灌些亚麻子油，让它吐出来嘛。”

“不像你想的那么容易，”我说，“这种病况很严重。”

“那我们该怎么办？”他愁眉苦脸地看着我。

我迟疑了片刻。这间破谷仓完全御不住寒冷,我已经开始发抖,喉咙也开始疼痛了。想到海伦和那温暖的卧室,我当然恨不得赶快回家去。可是我也碰过肠胃阻塞的病例,灌泻药是一点用也没有的。这头小牛的体温已经低到垂死的地步了,再加上它的眼睛凹陷,我相信再不急救的话,它根本活不到明天早上。

"只有一个方法可以救它,"我说,"开胃。"

"什么?"

"动手术把它里头一个胃打开,将里面的东西拿出来。"

"你确定吗?难道灌一品脱油不会更省事一点吗?"

的确。海伦的热汤和熊熊的炉火正在呼唤我。我看看小牛,它也漠不关心地站着。天下最简单的事就是让它站在那儿呻吟,直到明天早上。

"我很确定,索顿先生。它很弱,所以我想局部麻醉就可以了。我们或许还需要帮手。"

农夫迟缓地点点头:"好吧,我到隔壁村去找乔治帮忙,"他又痛苦地咳了几声,"要不是我生病的话,咱们根本可以不必找帮手的。"

他病得比我厉害,所以我该同情他的,可是我立刻又打消了这个念头,因为他毫不留情地就把油灯提走了,留下我独处于黑暗中。

世界上有各式各样的谷仓,有些舒适的小谷仓里还缭绕着干草的清香味。可是这个谷仓不同,即使你在一个阳光普照的下午站在这里,四面的墙还是湿的,屋里也还是漆黑的;头顶的歪梁上缠满了蜘蛛网,地上是湿黏黏的,墙角铺上了青苔,不时还蒸散着一股霉味。我时常觉得那些对农务抱有不切实际观念的人都该到这儿来参观一下,让他们多了解一些农民生活的疾苦。

我站在那儿听着狂风把谷仓的门吹得劈啪作响。一滴滴冰凉的雨水很规律地从屋顶的瓦缝中滴进我的脖子里。我试着换到别处去躲雨,可是这间谷仓漏雨漏得极均匀。

时间一分一秒地过去。约克郡的农夫没有一个是急性子,所以我压根儿也没有期望索顿先生会马上回来。可是在伸手不见五指的漆黑中让雨滴了15分钟以后,我真的开始惶恐了。那家伙到底上哪去了?他会不会和乔治烧了一壶茶边喝边聊起来了;要不然,他们也许打一局骨牌再过来。当索顿先生提着油灯将他的邻居引进谷仓时,我的双腿已经抖了好一阵子。

"晚安,乔治,"我说,"你还好吧?"

"还可以,哈利先生。"他的邻居也在抽鼻子,"这种鬼天气……啊啾……"他掏出手帕擤了擤鼻子。

我环顾了一下:"咱们赶紧开始吧,我们需要一张手术桌。或许两位可以帮忙用干草包铺成一张手术桌吧!"

两人拖着脚步走出去了,过了一会儿,每人都扛了好几个干草包。我发现他们长得几乎一个模样。

"嗯……我们还需要一大张木板。"我搓着手说,"各位有什么法子吗?"

索顿先生揉揉下巴:"有,我去弄扇门来。"

我看着他拎了油灯走出去,几秒钟后又顶了扇木板钉成的门走回来。乔治赶忙走过去帮他一把。这时候我不禁想到兽医手术并没有想象中那么难,倒是手术前的工作会要人命。

两人摇晃着走进来,合力将门板搁在稻草包上。现在一切就绪了。

"咱们把牛弄上去。"我说。

我们把毫无抵抗能力的小牛抬起来,再将它的右侧搁在门板上。接着,索顿先生握住小牛的角,乔治则拉直它的尾巴。

我很快就摆好工具，并脱下外套卷起衬衫的袖子了。“该死！我们还没有准备热水。索顿先生，是不是麻烦你去提一桶来？”

索顿先生离去以后由我来接掌牛头。我想象得出他这一趟会去很久。这回我只穿了件衬衫，冷空气很慷慨地扑进我的胸怀，我几乎看见他拖着步子走向遥远的厨房，慢慢地将沉重的大铁锅中的热水倒进木桶里，然后提着桶徐缓地走回来。

索顿先生终于回来了。我在热水里加了些清洁剂，将手臂彻底洗干净。接着，我剃掉小牛左腹的毛并将针筒注满局部麻醉剂。可是当我要下针的时候，我发觉希望还是很渺茫。

“我什么也看不见。”我绝望地抬头看看挂在梁上的油灯，“灯的位置不对。”

索顿先生一言不发地离开他的岗位。他找了条绳子，将它扔过屋梁，然后在适当的位置打个结，将油灯挂上去。这回光线改善了许多，可是一切就绪的时候，我已经不抱奢望想逃离病魔了。我全身上下都冻得像冰砖一样。我很快就会加入这两位帮手的阵容，因为流行性感冒已经传布德禄的每一个角落。

不过至少现在我可以开始手术了。我以破纪录的速度划开表皮，切开肌肉和胃壁。我把整只手臂伸进胃里。由于里面的食物都发酵了，一股扑鼻的酸味立刻弥漫在四周。我沿着胃壁摸了一圈立刻就真相大白：那些苹果与梨子几乎全是完好的。牛类进食时多是大口吞咽，等到得空的时候再吐出来重嚼。可是没有一头牛能把这么满满一袋的水果吐出来。

我高兴地看了一眼：“跟我想的一样，里面全是水果。”

“哦……哦呵！”索顿先生空前激动地咳了一声，将一阵水雾喷在我脸上——他的头距我只有几英寸。“哦……哦呵！”他重复着。第二阵水雾又倾巢而出。索顿先生也许不知道,或不在乎口沫会传染病菌,可是我的手在牛身体里。我可是一点防备的能力都没有。

我只好本能地将脸转向一边。

“啊啾!”乔治也不甘示弱。他不是咳嗽而是打喷嚏,不过喷出水雾的效果却是相同的。当乔治的口沫很平均地浇在我另一边脸颊上的时候,我知道我是无处可逃了。

不过我说过,我服务的热忱却很高昂。不到几分钟,地上已经全是我从小牛胃里掏出来的苹果和梨了。

“这些足够摆摊子了!”我开玩笑说。

“哦呵!”这是索顿先生的反应。

“哈啾!”乔治立即跟上。

我把最后一个梨子掏出来后,顺着胃壁搜索了一遍,才开始缝合。这是开刀过程中最无聊的工作,因为划开肌肉和发现问题症结的快感都消失了,这只是冗长的善后工作。这时候我的帮手应该陪我闲聊,或说故事来打发单调的工作时间。

不过在这昏暗的灯光下,屋外狂风肆虐着,屋顶又不时地将雨滴送进脖子里,我也没什么心情听故事了。

缝到一半的时候,我的鼻膜一阵痒。我知道我必须立刻停工站起来了。

“哈……哈……哈啾!”我用手臂搓搓鼻头。

“他也开始了。”乔治用相当满意的口气说。

“是啊,又一个。”索顿先生和颜悦色地点点头表示同意。

我并不惊奇。即使我没有遭到两面夹攻,我也注定难逃厄运。我蛮能认命的,更何况缝好最后一针的时候,我得到了一种满足感。

小牛的眼睛张开了。它打量着四方,好像刚去了一趟遥远的地方似的。它还没有变得很高兴,不过我知道痛苦就会离它而去的。

“让它躺着,”我边洗工具边对索顿先生说,“在它身上盖一些布袋,使它保持温暖。两个礼拜以后我来拆线。”

那真是最漫长的两个礼拜。跟我所深信不移的一样,我终于得了地道的流行性感冒;此外,我还兼取索顿先生与乔治的精华——又打喷嚏又咳嗽。

索顿先生并不是精力充沛的人,可是当我去拆线的时候,我以为他看起来会比上一次快乐一点,因为小牛又蹦又跳,根本不像曾经起死回生过。我必须追逐一番才能抓住它。

尽管我的胸口在燃烧,喉咙干裂,看到小牛喜悦的样子,我还是压抑不住心中该有的喜悦。

“好啦,”我说,“它完完全全复原了。将来它一定会给你生一头健壮的小公牛。”

农夫不悦地耸耸肩:“大概吧。可是你根本没有必要为它动手术,对不对?”

“没有必要?”

“对。我跟其他几位农夫谈过,他们都说开肠破肚是最糟的方法。事实上,他们也认为只要给它喝一品脱亚麻子油就没事了。”

“索顿先生,我向你保证……”

“现在好了,我得付你一笔医药费。”他把手插进又深又大的口袋里。

“请相信我,这样做是绝对值得的。”

“算了吧,”他转身走了几步才回过头来说,“我倒希望你根本没有来过呢!”

我已经绕了三圈了。现在飞行教官已经不再吭声了,很显然,他一定认为我的技术已经不错了。现在,我真正爱上了飞行,我可以陶醉一下了。

耳机里再度传来飞行教官的声音:“现在,我要让你降落。我告诉你该怎么做了吧? 好,你亲自做给我看。”

“没问题,长官。”他告诉过我不知道多少次了,我相信我会做得很好的。

我们渐渐降低高度,渐渐地,树枝和绿叶已掠过轮下。紧接着,我看到机场的草地伸展开来迎接我们。这是真理掌握一切的时候了。我小心翼翼地放松操纵杆,然后在我认为最恰当的时候用力扳回我的腹部。我想我大概早拉了一点,因为我感觉飞机剧烈地跳了一下又弹了几次才接触地面。情急之余,我忘了固定方向舵,因此飞机着陆后一直蛇行冲向跑道终点。

引擎熄火后,我深吸了一口气。这是我头一次降落,毕竟我表现得还不坏。事实上,我是个什么都一学就会的人,我深信飞行教官对我的初次表现一定满意极了。我们一同爬出驾驶舱。伍德翰教官走在我前面,他默默走了好一阵子才回过头来。

“你……叫什么名字? ”他问我。

是吧,这就是最好的证明!他知道我的表现超然,所以很想知道我的名字——这是做一名学员最感光荣的事。

“哈利……吉米·哈利,长官。”我兴奋地说。

他看了我好几秒钟才开始说:“嗯……吉米·哈利先生……” 他喃喃地说,“我这一辈子还没有坐过这么可怕的飞机。”

说完,他转身离去了。我低头看看脚上的皮靴。不错,我的衣着是改变了,可是人并没有改变得那么快。

爱喝酒的猪

皇家空军的生活使我想起了我一向所深信的一句话：人就跟动物一样。我并不是说人“像野兽一样”，因为动物并不等于野兽，它们的行为也未必“野蛮”。我的意思是说没有两个人是完全一样的。很多人都以为我的动物病患都是一样的，可是他们不知道牛、羊、狗、猪也会有情绪的变化。它们也有爱、恨、喜悦和忧伤。

现在我要谈一头很奇特的猪，它名叫“触礁”。在谈到它之前，我得先从巴先生谈起。

人们都管药厂派到乡间兽医诊所推销的人叫“代表”，可是从来不会有人想到这个头衔竟然也适用于巴先生。事实上，他是卡吉父子化学制药公司的大代表。卡吉公司成立于1850年，看看巴先生的年龄，我相信他大概一开始就跟着这家公司了。

那是冬末多雾的一个上午，当我打开西格诊所的大门时，巴先生已经站在门外的台阶上了。他把稀疏而银灰的头发上的小礼帽拿高了数英寸，然后非常温文有礼地向我笑了一下。他一向把我当做他最喜欢的儿子一样看待，而我也乐于接受他的偏宠，因为他是个看起来极有身份的贵人。

“哈利先生，”他轻声地说完，还优雅地鞠了个躬。他穿了一身黑西装，裤子烫得笔挺，手上提了一只发亮的皮箱。

“请进，巴先生。”说着，我引他进入屋内。

他总是在中午时分来访，然后留在我这儿来一顿便饭。我的老板西格对他很客气，因为他的来访总是显得那么正式。

现代的代表都是冲进来扔下一叠新药目录表，交代一声大批购买可以打折扣，然后就匆匆离去。我对这些代表一向没什么兴趣，因为他们推销的都是那几样东西。

可是当时的巴先生可不同，他会带着一本厚厚的目录，里面对每一种药品都有最详尽的介绍。

西格拉出餐桌主位的椅子：“来，坐这儿，巴先生。”

“你真客气。”这位老绅士略微倾倾头，然后徐缓地走向他的座位。

通常在进餐的时候巴先生是绝不谈生意的。他要到喝咖啡的时候才会不经意地将目录册扔在桌上，好像在表示这并非他来访的目的。

接着，我和西格便会将册子过目一遍。

“我想我们先订几打舔剂好了，巴先生。”西格最后决定说。

“谢谢。”老绅士打开手提箱，从里面拿出一本记事本，将西格要的东西用一枝银色的笔记下来。

“还有，我们的感冒药水也快用光了吧，吉米？”西格瞥我一眼，“如果你愿意的话我们再进一箱好了。”

“那我真是太感激了。”巴先生又在笔记本上记了下来。

西格又拿起目录册翻了翻。几分钟后，他很客气地说出了他想订的药：硝石、福尔马林、阉割钳及溴化钾。——这些玩意儿在现代已不常用了。巴先生左一句“真是感激不尽”，右一句“太谢谢了”。然后，他那支高贵的银笔就会在小本子上跳动。

最后西格靠在椅子里：“好了，巴先生，我想就这么多了——除非你还有新药。”

“哈！亲爱的法先生，你说对了。”老绅士的眼睛闪烁着希望，“我愿向您推荐本公司的新产品‘苏西’——一种最高贵的镇静剂。”

顿时，我和西格都坐得直直的。每一位兽医对镇静剂都有很浓厚的兴趣。任何能使我们的病患驯服的药剂都是圣品，巴先生向我们赞颂了好药，我们自然也该打听一下它的特性。

“对于非母性的母猪呢？”我问，“你应该知道有些母猪会咬死它们的小猪，你的新药对这种症状有效吗？”

“亲爱的哈利先生，”巴先生对我惋惜地一笑——这种笑容只有大主教对犯了错的牧师才发得出来，“苏西的特性就是最适合这种症状。你只要在生产的母猪身上打一针就可以高枕无忧了。”

“那真了不起。”我说，“那……对晕车的狗呢，是不是也有效？”

高贵的老绅士面带胜利的微笑：“这是老掉牙的病症。哈利先生，发明苏西就是为了对付这种病症啊。”

“那好极了，”西格喝光他的咖啡，站起来说，“快给我们送一些过来。请你原谅，我们得出下午的诊了。巴先生，今天真谢谢你了。”

我们握过了手，巴先生戴回他的小礼帽，以高雅的步态走出大门，结束了第一次正式的访问。

一个礼拜以后，新药送来了。我打开木箱盖，很感兴趣地看着里面包装精美的小药瓶和散装的药片。看来我们的决定很对，看到新药就要当机立断。

那天下午，镇上的银行经理福特先生来诊所找我。

“哈利先生，”他说，“你也知道我在这个小镇服务了好几年了，可是最近我要调到南部的大分行去。明天我就要动身前往朴次茅斯。”他以居高临下的姿态并不很友善地看着我。

“朴次茅斯！老天，那是很远的地方啊！”

“不错。大约有三百多里。我来找你是因为我有个问题。”

“什么问题？”

“我最近买了一只六个月大的西班牙长毛狗。它是个可爱的家伙，可是一到了车里就变了样。”

“怎么变了样？”

他犹豫了片刻：“它就在外面，如果你能抽几分钟空的话，我立刻带你去看。”

“当然，”我说，“我这就跟你去。”

他的车停在外面。福特太太坐在前座——她也是一副倨傲不可侵犯的样子。她向我冷冷地点个头，倒是她膝上的小狗很热切地跳起来欢迎我。

我摸摸它耳朵上又细又滑的长毛：“它长得好可爱。”

福特先生瞥了我一眼：“嗯。它叫可可，的确是很可爱。只是车子的引擎一发动，它就变了样。”

我钻进后座。福特先生发动引擎，车子就开动了。紧接着，我已经知道福特先生所谓的“变了样”是什么意思了。那只西班牙长毛狗把头仰起，直到鼻尖朝着车顶。它把嘴圈成圆筒状，发出一连串频率极高的呜呜声。

“呜——呜——呜——”可可叫着。

这一招真把我吓着了，因为我从没听过这种声音。如果车子不停的话，难道它要这样一直哼下去？车子绕了德禄镇一周，我觉得头都要胀裂了,而可可的呜呜声却一秒钟也没停过。车子又停妥在诊所门口的时候我才松了一口气。

福特先生关上电门的同时,叫声也停止了。那只西班牙小狗若无其事地低下头舔着我的手。

“唔……对,”我说,“毫无疑问的,这……这是个很麻烦的问题。”

他紧张地拉拉领带:“而且开得愈久,它的叫声愈大。让我再带你兜得更远一点,你就可以……”

“不不,不不!”我急忙说,“我懂得你所说的情况。嗯……你说你最近才把可可买来,而它又还是只乳狗……我想过一阵子它就会习惯汽车的。”

“但愿如此。”福特先生的声音相当紧张,“可是我想的是明天——明天我就要开车到朴次茅斯去了。我给它吃过晕车药,一点用也没有。”

像刚刚那样高鸣一整天的确是不可思议。不过几乎是同时,我想到了巴先生的新药。巴先生展着翅膀飞现在我眼前,就像是位年长的天使。这真是我的幸运。

“刚巧,”我展露出使人信服的微笑,“世面上刚刚出现一种对付这种怪病的新药,而巧的是今早我才收到一箱。来,跟我一块进诊所去!”

“真是感谢老天!”福特先生低头看看地上的那箱药及药箱上的说明书,“我只要在出发之前每隔一小时喂它半片就可以了?”

“可不是嘛,”我高兴地回答,“另外再多准备一些将来用。”

“我太感激你了,你除去了我心头的大负担。”

我看着他走出诊所,发动车子。引擎发动的那一刹那,可可赶紧伸长脖子,圈起嘴巴。看来它和引擎是心连着心。

“呜——呜——呜——”可可又开始叫了。它的主人绝望地看我一眼，赶紧把车开走。

我在台阶上站了好一会儿。德禄镇上的人似乎都不太喜欢福特先生，因为他高傲守旧。不过我倒觉得他还不错，至少，我蛮同情他的。车子消失在街角，可是我一直还听得到可可的叫声。

“呜——呜——呜——”

那天晚上7点，我接到何威尔打来的电话。

“触礁生产了！”他的口气很急，“它又想咬它的小猪。”

这真是坏消息。有时候母猪会攻击刚刚出生的小猪。为了安全，你必须把母猪隔离。当然，在这种情况下吃母奶是绝不可能的事了。

这种事一向很棘手，尤其触礁又是头血统优良的种猪。何威尔先生将它买来就是要改良他农场里的猪种。

“到现在生了几头了，”我问。

“四头。它每一头都想咬。”他的声音在颤抖。

这时我又想起巴先生和他的新药“苏西”。

我对话筒笑笑：“我这儿有种新药。何先生，今天才送到的。我这就过去一趟。”

我走到配药室，从药箱里拿出了一小瓶药。附在药箱里的说明书写着：每回注射10毫升，20分钟后见效。

到何家农场是一段很漫长的路。当车灯在黑暗中划过的时候，我为命运之神对今天的安排感到兴奋。苏西早上才送到，可是这一天我就碰上了两个紧急病例。巴先生真是一位福星。

我急切地钻进猪圈，恨不得赶紧扎下这一针。触礁对我的救援似乎并不感激。当我的针头戳进它又肥又厚的大腿中时，它立刻发出了爆炸性的哀号。我一推完10毫升的药剂赶紧逃出了猪栏。

“我们只要等20分钟就行了？”何威尔靠着栏杆，急切地低头打量他的母猪。他今年五十来岁，是位肯苦干的好农夫。我知道这头母猪对他的意义有多重大。

我正要给他一个乐观的答复时，触礁又生了一头粉红色的小猪。何先生走过去将小猪轻轻捧起来，再放在母猪的胸口。可是一当小猪的鼻尖碰到母猪的乳房时，它立刻站起来露出它淡黄色的牙齿。

何先生急忙把小猪抱走，将它和其他的小猪放在一起。“你瞧见了吧，哈利先生。”

“我知道。现在一共有多少头了？”

“六头。”

我瞥瞥旁边大纸箱里的小猪——它们的身材都很标准。“嗯，都很健康。看来触礁的肚子里还有。”

农夫点点头。我们俩静静地等待。

漫长的20分钟过去了。我从纸箱里抱了几头小猪钻进猪栏里。还没有接触到母猪时，其中一头小猪尖叫了起来。触礁毫不犹豫地跳起来龇牙咧嘴向我冲过来，同时，我以令人吃惊的身手跳出猪栏。

“它并不像很想睡觉的样子。”何先生说。

“唔……对……对，它是不太想的样子。或许……我们再等等看。”

我们又给了它10分钟，可是结果依旧。我只好再注射10毫升的苏西，一个小时之后，我又注射了第三次。9点钟前后，触礁已经生了15头可爱的小猪，也把我追出了猪栏六次。我觉得它比我刚来的时候更生猛。

“看来它生完了。”何先生忧伤地说，“15头……”他低头看看纸箱子，“没有母奶，这15头都要死去……”

“才不呢！”后面传来一个声音，“你不会失去它们的。”

我回头看见何老先生撑着拐杖走过来。他走到猪栏旁边，用拐杖戳戳触礁的肋骨。

它咆哮了一声,露出不友善的牙齿,但是何老先生却笑了起来。

“让我来教训这个乞丐!”他说。

“教训它,”我不安地挪挪脚,“您是什么意思?”

“我知道它,只要让它安静下来就成了。”

我深吸了一口气:“我也知道,可是何老先生,刚才我们一直在这么做啊。”

“小伙子,你们的方法不对!”

我眯起眼睛看他。所有的兽医都会很讨厌这种在困难的节骨眼上表现自以为是的人。不过我倒蛮喜欢何老先生的,他是位老好人。威尔是他最大的儿子,这一带好几位年轻的农夫都是他的孙子。

总之,我也没有更好的方法来制伏触礁,因此我并没有资格对别人的意见感到愤怒。

“我带来的药剂也注射完了。”我喃喃地说。

他摇摇头:“它不要注射。它要啤酒。”

“什么?”

“啤酒,小伙子。上好的麦酒。”他转过去对儿子说,“威尔,有没有干净的木桶?”

“挤奶间有个新的木桶。”

“好,我到酒吧去一趟,马上就回来。”说完,何老先生拖着脚走进黑夜之中。他大约有八十岁了,可是从背后看来,他只有25岁——腰杆挺得直直的,肩头拉得开开的。

何威尔和我相顾无语。他觉得很失望,而我觉得很羞辱。何老先生提着一大桶金黄色的液体回来的时候,我才稍觉自在一点。

“老天,”他咯咯笑着说,“你们真该看到黑马老板的表情。他好像从没碰过有人一次买两加仑的。”

我张着嘴看看他:“您买了两加仑啤酒?”

“是啊,小伙子。它就需要这么多。”他又转向他的儿子,“它才不会喝个两口就算了呢,对不对,威尔?”

“我该去提点水来,它刚生完小猪。”

何老先生提起木桶:“它一定很渴了。”他靠在栏杆上将一股金色的液体像瀑布一样地倒进水槽里。

触礁爬起来,不悦地走过去用鼻子嗅了嗅。它犹豫了一会儿才将鼻子埋进啤酒里,专心地喝了起来。几秒钟后,整个屋子里都回荡着忙碌的喝水声。

“老天,它真的喜欢这玩意儿!”威尔惊呼道。

“当然。”何老先生得意地说,“这是黑马最好的啤酒。”

这头大母猪以惊人的速度将整整两加仑的啤酒吸得一滴不剩。它在水槽上上下下又舔了好几遍才依依不舍地转身离去。它并没有回到稻草堆里,反而低头沿着猪圈的边缘嗅,每当走到水槽边的时候,它都会一再检查,等确定槽里是空的才失望地走开。触礁一连绕了三圈才停下来看着栏杆上的三张脸。

我逮着机会盯着它眼睛看了好一会儿。我实在不敢相信起初那么凶恶的眼神现在却变得那么仁慈。甚至,只要再加上一点想象,我就可以看得出它正在笑。

时间一分钟一分钟地过去,触礁开始摇晃了。它跌倒了几次又爬起来。最后,它打了一个嗝,毫无抵抗力地倒了下去。

何老先生轻松地边吹着口哨边用拐杖戳了戳它的肋骨,可是大母猪惟一的反应只是颇有韵律的鼾声。

何老先生指指大纸箱:“把小家伙放进来吧。”

威尔抱了满怀的小猪钻进猪栏里。谁也不必告诉它们怎么做,这些小家伙一哄而上，各自抢到了一块地盘大大方方地吸吮起来。母猪还在快乐地打鼾，而小猪的生存问题也得到了解决。

这次我是彻底失败了，然而一位老农却用两加仑的啤酒让我开了眼界。我一点也不觉得光荣。

我垂头丧气地走向车子的时候，何威尔先生在后面叫住我。

“进来喝杯咖啡再走吧，哈利先生！”他的声音非常友善，一点也不像是我这一个晚上对他毫无帮助的样子。

我跟他一道走进厨房。我正要在餐桌前坐下来的时候，威尔用拇指戳戳我的肋骨。

“嘿，你瞧，”他把木桶提起来，里面还剩下一点啤酒，“这玩意儿比咖啡好吧，我去拿两个杯子。”

他正在碗橱里翻找的时候，何老先生走进来。他把拐杖和帽子挂在墙上的钩子上，然后搓搓手。

“威尔，再多拿一个杯子。”他说，“别忘了，酒是我倒的，所以我故意留了三杯的份。”

第二天早晨我还没吃早饭就先出了一趟诊。8点钟我开车回镇上的时候，顺道到刚开门的加油站加油。我以轻松愉快的心情看着古拍把加油枪挥进油箱里。突然，我听到一种熟悉的声音。

“呜——呜——呜——”

我心惊肉跳地向广场四周扫了一眼。我的前后左右都没有其他车辆……但是，在前方遥远的街角上，福特先生的车子正朝我这儿开过来。

我把脖子缩起来。最好我能钻到仪表板下面去。可是这些都是枉然的，因为福特先生的车子跳上人行道，然后紧急刹车停在我旁边。

“呜——呜——呜——”

我看看加油机,顺便也看了看车窗后两只突出来的大眼睛。福特先生摇下车窗才关掉引擎。可可一停止高鸣,尾巴就摇了起来。

然而它的主人并不像它这么友善。

“早安,哈利先生。”福特先生面无表情地说。

“早。”我笑得很甜,声音也很轻柔,“还有,你也早,福特太太。”

福特太太瞟了我一眼。她正想说话的时候,福特先生却抢先了一步。

“今早,我们喂它吃了一粒你开的神药。”他的下巴微微地颤抖。

“哦,是吗？”

“是的。可是没有效,因此我又喂了第二粒。”他停了一会儿,“后来,我又喂了第三粒,第四粒。”

我咽了口口水:“真的？”

“真的。”他冷冷地打量我一下,“所以我的结论是:你开的药一点用也没有。”

“唔……的确……”

他伸出一只手:“我不必听解释。我已经浪费了很多时间,现在300里路在那儿等着我。”

“我真的很抱歉……”我才说了几个字,他就摇上窗户。他发动引擎的一瞬间,可可已经高举脖子开始鸣叫了。我看着车子绕出广场,直往南奔。他们消失在视野之外以后好一会儿,我都还听得到可可的声音。

“呜——呜——呜——”

我觉得福特先生是个高贵又了不起的人。我突然变得好喜欢他。我对他除了抱歉之外,还有诚挚的同情。

巴先生平均每三个月才来访一次,所以下一回他又出现在长餐桌尽头的主位上时，已经是6月了。餐后，他用餐巾轻轻擦擦嘴，然后无心地将目录册搁在桌子上。

西格把册子拿过来，不可避免地问了相同的老话："有什么新药吗，巴先生？"

"亲爱的法先生，"这位老绅士的笑容是我见过最诚挚的，"卡吉父子公司一定是有了值得重视的新产品，才会派我登门造访。这一回，我们又有几种最有效、最神奇的药向您推荐。"

我猜想我一定是发出了某种不和谐的喉音，所以巴先生才会疑惑地看着我："哈利先生，您是不是有话要说？"

我咽了好几次口水，也张了好几次嘴。可是面对这么一位仁慈的老先生，我是完全无助的。

"不……不，巴先生，我没事。"我回答。我知道我永远也无法在他面前提起苏西的事。

倒霉的屈生

我发现进了飞行学校以后，我和我的飞行伙伴们之间的关系比过去更密切了，我们同甘共苦，而且有共同的目标。

这种关系很类似我在德禄时和西格与屈生的关系。那时，我们共同经营兽医诊所，共同在紧急求诊电话的夹缝中求生存。

屈生是全世界最能调剂生活的。有天晚上我和他在诊所里闲坐的时候，尖锐的电话铃声突然响了。

屈生从椅子里坐起来接电话。

"请……请……问，嘻嘻，你……你……找，找……找……谁？嘻嘻……"他问。

我看见他仔细听了对方一阵子后摇摇头。

"抱……抱……抱嘻嘻歉……法……法……法先生嘻嘻不……不在。好……好……好，等他回……回……回来，嘻嘻，我，嘻嘻，我……我会告……告……告诉他。再……再见！"

我坐在炉火旁边好奇地看了看他。这种傻瓜式的对白就是他的娱乐方式。他并不常这么做,只有在兴致来的时候才这么要要人家。我听过好几次农夫们对我说,“你们诊所里怎么时常会有傻子来接电话?”

屈生得意地躺回椅子里边抽他的“地锦牌”香烟,边看报纸。电话又响了,他又重施故伎。

“对……对,对。晚……晚……晚安,嘻嘻,你……你……你,嘻嘻,找……找……谁?嘻嘻。”

我听到对方传来轰隆隆的吼声。接着,屈生扔掉手中的香烟和报纸,背也伸得挺直挺直的。

“是的,孟先生。”他说,“不,孟先生……是的,孟先生。我立刻将您的话转告他。您还有什么吩咐吗?好的,谢谢您。再见,孟先生。”

他倒回椅子里吹了一口气:“是那个姓孟的!”

“我说呢!难怪你的表情转变得那么快。”

“太意外了。”他又点燃他的“地锦牌”香烟。

“他打来有什么事?”我问。

“他要我们明早去看他的驮马,好像后腿有什么毛病吧。”

我在记事本上记下来,然后对他说:“我不晓得你哪来这么多时间。不过据说你在追他女儿,对不对?”

屈生把烟从口里吐出来,沉思地看看烟头:“我只约她出来过几次,你问这个干吗?”

“没有特别的理由,我只是想提醒你,那个老头是个巨无霸。”

我还记得上次见到孟先生的样子。他比水塔高一点,两个肩膀像峭壁,头骨又硬又大,嘴巴张开可以吞掉我一个拳头。他的手掌大约是我的三倍长。

“我不晓得。”屈生说,“他人还不坏嘛。”

“我也没别的意思,孟先生是虔诚的教徒,为人坦率爽朗。我只是怕他找上诊所,问我是不是和他女儿的事也有关系。”

屈生咽咽口水,眼光不安地闪烁着:“别开玩笑了,我和蓓拉只是普通朋友,他才不会来找麻烦呢。”

“但愿如此。”我说,“听说她爸很爱护女儿,我可不希望他把那只大手放在我脖子上。”

屈生冷冷地看了我一眼:“有的时候你实在太胆小了,我也只不过是偶尔跟女孩子玩玩而已……”

“好啦,我只是开玩笑。你没啥好担心的。明天见到孟先生,我发誓绝对不提你和蓓拉的事。”我向他挤了个眼就到配药室里准备明天的行头去了。

第二天早上,我看见孟先生从屋子里走出来的时候,我就知道屈生麻烦大了。孟先生那庞大的身躯从屋内挤了出来,顿时,阳光被他遮断,地上好大一片区域都是他的投影。

“那个叫屈生的小伙子,”他完全不用任何寒暄或开场白来缓冲一下,“昨晚他在电话里像个傻子一样。他到底怎么回事,生病了吗?”

我仰头看看横挡于面前的小山。孟先生那颗大若电灯泡的眼睛直对着我。“屈生,”我略带颤抖地说,“他是个好青年,好青年。”

“嗯……”巨人继续看着我。他用香蕉般大小的手指抠抠下巴,“他常喝酒吗?”

孟先生一向以反对喝酒出名,我想,坦白告诉他屈生是酒吧的常客是很不明智的。

“唔……”我说,“他几乎不喝……只是……偶尔沾个一两滴。”这时蓓拉刚好推开门走出来。她今年大约十九岁,一头金黄的秀发披肩头,脸上时时散发着健康的光泽。她穿了一件碎花的棉布裙,从我身边走过去的时候还向我笑了一下。顿时我的心怦然跳了几下。她那洁白的牙齿和多情的眼睛会使我失去知觉好几秒钟。那个时候我还没有认识海伦,所以任何漂亮的女子都会引起我的兴趣。我发现我一直盯着她的腿,目送她离去。

过了好一会儿,我才回过神来。意识到孟先生的表情跟先前有点不同,他的眼光就像一桶从头淋到脚的冷水。蓓拉的身材不错,人也挺可爱的,可是……不,不,绝对不可以。我可没屈生那种胆量。

孟先生突然转身说:"马在马厩里。"他的声音有点不悦。

20世纪30年代的末期,牵引机已经取代了绝大部分的驮马,不过在乡间的农庄上,人们总是还保留几匹马。也许人们是想留着马儿做点别的工作,也许马儿在人们心目中仍是最美丽的动物。

我要看的马是一匹健壮的小公马,可是当它回过头来的时候,我发现它的面容是那么憔悴。

孟先生拍拍它的屁股:"鲍比是匹好马,我一直最疼它。起初,我只是闻到它的后蹄有异味,后来我把它的蹄扳起来看,发现上面长满了奇怪的东西。"

我抓住它的大脚骨,它立刻自动将后脚抬起来放在我膝盖上。我想各位都看过香蕈,鲍比的脚底就长满了类似蕈类的小东西,蹄缝间则布满了脓状的分泌物。我又扳起另一只腿,情形也是一样。

我才通过考试几个月,在兽医界只算得上是新手。我急需在农夫心目中建立起信心,所以眼前的这种病症是我所不希望看到的。

"这到底是什么病?"孟先生问我。

我站起来擦擦手:"蹄疮,很少见的一种。"我知道任何一种蹄疮发生的原因,可是医治起来却是另一回事。

"你打算怎么办?"孟先生最不好的习惯就是说话一语到核心。

"把蕈状肿瘤切除。"我突然发现我的回答是世界上最简单的。

“它自己不会好？”

“不会。如果不理它，麦角菌会继续分裂繁殖，直到整个蹄子都腐蚀光。”

农夫点点头：“到时它就不能走路，对不对？唉，那将是鲍比的末日。”

“恐怕如此。”

“好，那么，”孟先生决定性地抬起头，“你什么时候动手？”

这是个很糟的问题，因为我满脑子想的是如何动手，而不是何时动手。

“我想想看……”我的声音有点粗嘎，“如果……”

他打岔说：“这礼拜我们要晒干草，你恐怕找不到帮忙的人手。下礼拜一怎样？”

我大大地松了一口气。谢天谢地，他没说明天。至少我还有好几天可以想想该怎么做这个手术。

“很好，孟先生，这个时间我很方便。礼拜天不要喂它，因为届时它得麻醉。”

我带着一股压力离开农庄，我深恐一匹可爱的小马会毁在我手里。蹄疮一直是令人不悦的疾病，更何况驮马如今已不多见了，我相信对年轻一代的兽医来说，蹄疮已成了兽医文献上的一段历史了。

当我遇到困难时，我喜欢立刻将它解决。所以我边开车，心里边忖度着。麻醉面罩能让这么一匹巨大的动物倒下去吗？还是我得召集孟家的人用绳子将它拉倒？想把一匹马拉倒就如同想拉倒圣保罗大教堂一样。我得花多少时间才能把那些蕈状的玩意儿割完？

十分钟不到，我的手心已经开始冒汗了。我觉得我应该把这些扔给西格，可是我要在农夫心中建立信心，也要在老板心中建立信心。如果一个助手什么都不会做的话，他一定会轻视他。

我把车停在路边，打开车门顺着一条小径往荒野中走去——这是我遇到烦恼时的做法。我爬到一个小山坡上。从这儿可以看到孟家的农庄，刚才我过来的公路就蜿蜒于山脚下。我躺在草地上看着金光万道的山谷。

在世界上大多数的地方，你总会听到一些声音——不是鸟叫就是车声，可是这儿是一片绝对寂静的地方。当然，我承认风声是哪里都无法避免的。

高原绵延数里，上面散落着农家和悠然吃草的牛羊。泥土和草根的芳香被温暖的阳光蒸散出来。顷刻间，我觉得我的困难已经解决了。几十年后的今天，我仍旧庆幸我能有这么些宁静的地方提供我一颗平静的心。

走下小山坡的时候，我觉得轻松多了。我总得做这项手术的，而且我绝不会干扰到西格。

然而中午我和西格一同坐上餐桌的时候，西格心中想的却是另一件事。

“今早我去了一趟白葛福的诊所，”他帮自己盛了一盘今早刚从后院拔出来的洋芋，“我对他们的候诊室印象非常深刻。那儿有各式各样的杂志，虽然我们不必像他们那么浪费，可是我们这儿是不是也该摆上几本呢？”他把浓肉汁浇在盘子的一角上，“屈生，这件事就交给你了。有空到格拉斯哥去看看，选几本适合的杂志叫他们每星期都送来。”

“好，”他的学生弟弟回答，“下午我就去办。”

“好极了，”西格兴奋地咀嚼起来，“我们在各方面都要跟上时代。吉米，还有没有那种洋芋？味道真不错呢！”

下午，屈生立刻就采取了行动。两天后，候诊室的书架上已经摆上了《伦敦新闻杂志》、《农民周刊》、《农民、牲口和小马》。当然，一如往常的，屈生向我解说了他买这些东西的用意。

“你瞧，吉米，”一天下午他悄悄把我拉到候诊室说，“我又发现了一个无害的娱乐方式。”

“怎么说？”我不解地四处张望一下。

屈生什么也没说，只是指指书架。在一本本无辜的杂志中，我看见一本封面是一位正面裸女的杂志。在保守的30年代，这种书会让每一个人的眉毛都竖起来，而在民风淳朴的德禄镇，不用说，这会引起一场大灾难。

“老天，你上哪儿搞来这么一本书？”我大吃一惊，顺手翻了翻那本画刊——里面全是巨幅的裸体照，“你有何企图？”

屈生咯咯笑了一阵才说：“大学里的一个同学给的。我常常默不做声地走进候诊室，发现一些德高望重的人以为四周没人，便眉飞色舞地瞟上几眼。截至目前为止，跌入我这个陷阱的人有镇上的议员、大法官和一位牧师。”

我摇摇头：“我想你在自寻死路。如果西格看见了怎么办？”

“这一点我不用担心，”他说，“西格很少到候诊室来，即使过来也是匆匆走过。他一辈子不会发现。”

我耸耸肩。屈生是个有天使保护的家伙，他的聪明、他的机运都让人嫉恨。再说，我才没有心情去担心他的诡计，我满脑子都是动手术的问题。

那一阵子，我日日夜夜都在想手术的过程，我估计我已经为它切除一千多次了。白天边开车的时候，我会边想该如何切除，晚上睡一觉下来，我会做十几场不同的“手术梦”。有时候，我发现割错了，于是那场梦又会从头来过。最后，我的精神已经到了恍惚不定的地步，因此我决定把自己的面子撕下来。

“西格，”一天下午，诊所生意很清淡的时候，我对我的老板说，“我有匹马很棘手。”

老板的眼光闪了一下，嘴角露出了笑容。我知道他是对“马”这个字感兴趣。

“真的，快告诉我，吉米。”

我把一切都告诉他了。

“嗯……嗯……”他若有所思地说，“也许咱们一块去看看会好一点。”

我们到达孟家的时候，那儿一个人影都没有。庄里的每一个人都下田整理干草去了。

“马在哪？”西格问我。

“在马厩里。来，跟我来。”

老板扳起鲍比的后腿时，不禁吹了声口哨。他足足看了一分多钟，才抬起头，面无表情地看着我。

他又隔了好几秒钟才开口说：“你是想礼拜一过来，将这家伙拖到草地上就动手术？”

“是的，”我回答，“我希望能这么做。”

老板的脸上浮出了奇怪的笑容。那是同情、好笑和钦佩的组合。最后，他笑着摇摇头。

“你太天真了。”他喃喃地说。

“我不懂……”毕竟我比西格小了六岁。

他走过来拍拍我肩膀：“吉米，我并不是在嘲笑你。这是我所见过最严重的蹄疮。”

"你是说我们无法动一次手术就成功?"

"嗯。吉米,我们需工作六个礼拜……"

"六个礼拜?"

"不错。而且至少需要三个人。我们得将这匹马弄回诊所去,另外还要铁匠的帮忙。手术后,它的蹄子要每天敷药。"

"要那么麻烦?"

"嗯。"西格说,"我们要用最强的腐蚀剂硝酸,然后再在蹄外套上金属套,使药物受压而深入蹄缝里。"他停了一会儿,因为我露出疑惑和惊讶的表情。接着,他用较和蔼的语调说,"相信我,吉米,这些都是必须的,否则你只得用枪来结束它。因为像这样下去,它是活不了多久的。"

我看看鲍比。想到一颗子弹穿进它那张高贵的脸中,我不禁颤抖起来。

"好吧,我相信你的方法是不会错的,西格。"我喃喃地说。这时,孟先生那巨大的身躯使得马厩门口的光线突然暗了下来。

"午安,孟先生。"我的老板说,"今天的收成不错吧?"

"还好。谢谢你,法先生。这一阵子天气很好,所以一切都很顺利。"大块头奇怪地看看我,又看看西格,所以西格赶紧向他解释。

"哈利先生要我来看看你的马。他考虑了很久,终于决定要让你的马住院。我很同意他的看法,因为不这么做的话,它很难复原。"

谢谢你,伟大的西格,我想。我时常庆幸自己有这么一位处处顾虑属下面子的老板。

孟先生摘下帽子,用手肘抹去额头上的汗:"既然这是你——你们两位——的看法,我也只好同意了。我要你们善待鲍比。它是我最疼爱的动物。"

“你放心好了，它是一匹了不起的好马。”西格围着鲍比绕了一圈，然后和蔼地摸摸它的脖子。走回车子的时候，西格毫不费劲地就能和孟先生聊得很愉快。我一向以为孟先生是个极难取悦的人，可是和西格在一起时，他却显得喋喋不休。事实上，有一两次他还几乎笑了出来。

第二天，鲍比住进了西格诊所后院的马厩里。看了搬运它那困难的样子，我才真正觉得原先以为自己一个人就可以做好这件事实在是个妄想。

铁匠派特带了他的全套工具，夹在我和西格之间辛勤地工作。我和西格切除所有腐烂的组织，让健康的角质露在外面。之后，西格把硝酸倒在毛巾里，将毛巾裹在蹄子外面，然后再由铁匠装上定做好的铁套。我相信这么周全的方法一定会使药力保持最高的效力。

一个礼拜以后，换药的工作可以全由我一个人来主持了，无论鲍比是处于何种姿势，我都可以驾轻就熟地完成工作。

有时候，派特也会过来检查他做的铁鞋。那天他和我正在后院工作之际，我听到我那辆奥斯汀发动的声音。接着我看到我的车子慢慢地由前院转过来。派特也看到了这一幕，于是他的眼睛立刻像气球一样地胀起来。

“我的妈啊！”他惊叫着，这也不能怪他，因为车里并没有人在驾驶——至少，从外面看不出车里有人。

派特的嘴张得好大，头发都快竖了起来。我正要向他解释的时候，屈生从车里发出了一声妖怪般的尖叫。

“咦——嘻嘻嘻……”

派特扔掉手里的铁锤，向后退了几步：“天老爷，救命啊！”我听得出他都快断气了。

我对这一幕完全无动于衷,因为这是屈生的老把戏。每次我在后院工作的时候,屈生都会开着我的车从前面冲过来吓我。最近,他愈玩愈大胆,脑子也愈来愈聪明,所以想出了这个一反传统的幽灵车的把戏。

他苦练了一阵子,试着蹲在仪表板下面,用一只脚踩着油门踏板,再用一只手拉着方向盘。他头一次用这一招吓我的时候,我的头发也像派特一样地竖起来过,可是现在已是司空见惯了。

过了几天,屈生又开了另一种玩笑。我从配药室里转出来,看见他在向候诊室的门缝里窥视。

"我想我逮到了一个倒霉鬼," 他用气声对我说,"咱们来看看好戏。"他轻轻推开门,蹑手蹑脚地走进去。

我从半开着的门向里张望。这回屈生真的捕获了一头好猎物。一个农夫背对屈生站着,正在专心一致地偷瞄那本裸体杂志。他一页页慢慢地翻,像是很陶醉的样子。有时候大概是杂志会反光,他还不辞劳苦地调整最适当的视角。他像天使一样地倾着头,口里不时发出唏嘘之声。看那光景,他一定希望和这本杂志共度愉快而充实的一天。可是当屈生从他背后发出适时而柔雅的轻咳声时,他以闪电般的速度把杂志扔回架子上,好像它会烫伤他的手似的。一瞬间,他的手上已经换成《农民周刊》了。那个农夫迟疑了一下才转过身来。

我想,这正是屈生的胜利完全崩溃的时刻,因为那个农夫是孟先生。

那大块头上下打量了他好几秒钟,接着一阵轰隆隆的低吼声从他的利齿间滚了出来。

"是你吗?"他很快地看看屈生又回头看看那本令人发窘的杂志,两只比灯泡大的眼睛立刻很危险地眯成一条细缝。

“是……是……是的……孟先生。”屈生结结巴巴地回答，“您好吗，孟先生？”

“还可以。”

“那……那很好……不，我是说……好，好极了。”屈生后退了几步，“哦，蓓拉还好吧？”

填塞在两人之间的是令人不安的寂静。我为我的伙伴感到不知所措。

最后，屈生挤出了一丝微笑：“唔……是的。……孟先生来这儿有何贵干吗？”

“我来看我的马。”

“是啊，当然，当然。我想哈利先生就在外边。”

我领着巨无霸穿过后院来到马厩里。他和屈生这次不愉快的聚会显然不能改进他对这位青年的看法。我打开马厩的门时，他还蹙着眉头。

可是一看到鲍比在那儿满意地吃草，他的表情立刻就改变了。他走过去拍拍它弯曲的脖子：“它还好吧？”

“好极了。”我扳起一只蹄子，让他看看铁匠定做的铁鞋，“如果你想看看的话，我可以把鞋子拿下来。”

“不，不，我不愿干扰你们的工作。只要它好就行了，我来就是为了这句话。”

医治鲍比的工作继续进行了好几个礼拜。最后，西格确定坏死的组织已经完全清除了，才打电话要孟先生来接马。

这总是我们最得意的时刻。西格把完美的蹄子展示给孟先生看的时候，我也觉得光荣无比。新的角质层长出来了，过去像植物般的蕈状瘤和脓液已不复见。

孟先生天生就不是个容易喜悦的人，可是这回他像是真的感动了。他频频点头说:“好极了。你们是一流兽医,我很感激。”

西格很优雅地伸直了背向他微笑。顿时,我感到院中充满了和谐的气氛。这是孟先生头一次这么友善地面对我们。可是,这时我又听到我的奥斯汀发动的声音。

我的脊椎抽动了一下。不,屈生,不,求你,这次不要……你不知道……我的脚趾蜷缩起来,我祈祷这一切不要发生,可是当我的车从前院驶过来的时候,我知道一切都完了。车里当然没有人驾驶。

大灾难就要降临了。那辆车在西格面前几英尺的地方停了下来，孟先生的眼睛瞪得好吓人,他一定觉得万分不可思议。

几秒钟之内,什么事也没发生。然后,屈生像弹簧一样从挡风玻璃后冒出脑袋来。

“咦——哇——”他尖叫一声。可是当他发现站在眼前的是他老哥和孟先生的时候,他那愉快的笑容凝结住了。西格生气的表情我已经很熟悉了,可是孟先生的怒容对我来说却是一幅奇景。那张石板脸里的眼睛眯成威胁的一丝细缝,血盆大口微微震动着,强劲的粗眉上下抖着。若不是我和西格在场的话,他可能已经把屈生吃了。

毫无疑问,他对屈生的印象已经确定了。

我知道那天真把屈生吓坏了,因为从那天起他一直乖巧得像只小猫。尔后的一两个礼拜里,我也不敢再提起这个话题,为的是怕他又想起那一幕而受到伤害。后来我和他悠闲地坐在诊所里的时候,他才不经意地提起说他再也不约蓓拉出来了。

“她老头禁止她跟我出来。”他说。

我除了同情地耸耸肩,什么也没说。毕竟,他的罗曼史一开始就挑错了对象。

动物间的友情

我们正在进行“起降训练”。一个小时之内，我们不断起飞，绕机场一圈，然后降落。训练结束以后，我松了口气爬出机舱。

指导教官伍德翰跟着我爬出来。他走了几步，一位他的伙伴走到他旁边说：“老伍，和这小子飞行有什么感想没有？”他问完，还得意地笑笑。

伍教官没有停下来，也没有回过头来看我。“天呐！”他几乎是用呻吟说出这两个字。

我并不是有意要偷听长官的谈话，实在是他们讲得太大声了。我觉得很泄气，可是一回寝室里，伙伴们的问好声又使我的精神为之一振。

“喂，吉米。”“飞得怎样，吉米？”“把那姓伍的整惨了吧？”

我环顾了一周。他们有的趴在床上打哈哈，有的躺着抽烟、看报纸。我需要这些人，因为他们都是我的朋友。

动物也是一样，它们需要朋友。你看过两只动物共处吗？也许它们是两种不同类的动物——比方说一匹小马和一头绵羊——可是,它们会依偎在一起。动物之间的友情常使我惊讶。说到这里,我不禁又想起桑杰克先生的两只狗——它们是真正忠心奉献的一对。

它们其中之一叫叮当。我把麻醉剂注入它体内的时候,它只象征性地挣扎了一下。这只强而有力的牛犬是被铁丝网刮伤的。叮当很能认命,所以我为它缝合时,它也没表示什么,只是愣愣地看着前方。

这时,它那形影不离的伙伴"跳跃者"在它后面低吼着。两只狗同时趴在一张桌上似乎有点奇怪,可是我知道它们之间的关系,所以当它们的主人把它们一同抱上桌的时候,我也没好表示什么。

我缝合了一半以后,叮当才明显地松了口气,因为它发现一点都不痛。

"也许叫你尝尝苦头,下次你才不敢往铁丝网上冲。"我对叮当说。

桑杰克笑笑说:"哈利先生,我怀疑这些话对它不管用,今早我带它出去的时候,它看到铁丝网的那边有只狗。我相信它也看到铁丝网了,可是它还是像子弹一样冲出去。幸好那是只灰犬,叮当追不上它。"

"你是个好勇斗狠的家伙。"我拍拍叮当说。叮当的嘴咧得开开的,尾巴也摇摆起来。

"是啊,"它的主人说,"它就爱打架,可是任何人都可以随便整它,而它却不会生气。它是全世界对人类最友善的狗。"

我把缝完的针线收进医药箱的盒子里:"别忘了牛犬是英国最原始的斗犬。我想这是它的祖先遗传给它的。"

"可不是么,每次带它出去我都要检查地平线,看看是不是有别的狗出现。世界上没有一只狗能安全离开它。"

"除了这一只。"我笑着指指正在咀嚼它耳朵的跳跃者。

"是啊,我想跳跃者可以咬下叮当的耳朵而不遭到任何报复。"

这真的是很奇怪的事。跳跃者已经11岁了，它的动作已渐趋硬化，视力也渐衰退，然而叮当才3岁，正值体力最充沛的年龄。叮当圆筒状的胸口鼓出一道道的肌肉，它具有不可侵犯的英姿。可是当它的耳朵被嚼得实在疼痛时，它只是张开大口，把跳跃者的脑袋含在嘴里，象征性地抗议一番。我相信它只要一合上嘴巴就可以了结对方的性命，然而我看得出它压根儿就没有这个念头。

十天后，桑先生又带着两只狗来诊所拆线。他忧心忡忡地把狗抱上手术桌。

“叮当很不快乐，哈利先生，”他说，“它一连几天都不吃不喝。如果伤口发炎的话，它是不是会生病？”

“当然，伤口发炎会引起食欲不振。”我焦急地检视伤口，“可是这儿一点发炎的迹象也没有，不红肿，也不疼痛。它可以说完全好了。”

然而叮当一点也不高兴的样子。它低头夹尾，眼光一副对什么都不感兴趣的样子。即使它的伙伴在一旁玩弄它的尾巴，也无法提高它的兴致。

跳跃者很显然是为了自己遭到冷落而发慌。它赶忙绕到前面咬住叮当的耳朵。叮当越无反应，它就拖得越紧，到最后，它把叮当的头都扯歪了，叮当却依然无动于衷。

“嘿，别太过分了，跳跃者。”我说，“今天叮当没心情陪你玩。”我把它抱起来放在地上，它愤怒地围着桌子绕。

我彻底地检查了叮当，惟一有意义的发现是它在发烧。

“40.56度！杰克，它病得很厉害。”

“可是是什么病呢？”

“发烧到这么高的温度一定是受了某种感染。目前，我还很难说出确切的原因。”我边抚摸它那巨大的脑袋，心里边忖度。

突然它的尾巴扭曲了一下,那双友善的大眼睛看看我,又转过去看看它的主人。它眼珠的转动吸引了我的注意。我赶紧翻起它的上眼皮,它的眼白是正常的桃红色,可是虹膜上泛着一点点的黄色。

“是黄疸病。”我说,“它的尿有没有异常之处?”

桑杰克点点头:“有,我想起来了。今早我看到它在花园里小便,尿水的颜色好像有点深。”

“那是胆汁里的色素。”我轻轻在它的下腹捏了捏,叮当稍微抖了一下,“没错,它的下腹很软。”

“黄疸,”它的主人不相信地隔着桌子看看我,“它怎么会得这种病?”

我搓搓下巴:“我想……只有两种可能:一是红磷中毒,二是螺旋体病。依照发高烧的情况来看,我想是螺旋体病。”

“是别的狗传染给它的吗?”

“可能。不过最可能是被老鼠传染的。最近它有没有和老鼠接触过?”

“有。我们巷底的鸡窝里有很多老鼠出入,叮当常跑去玩。”

“那就对了。”我耸耸肩,“我想,我们不必再费神去做别的猜测了。”

他缓缓点点头:“你可以很快医好它吗?”

我静静地看了他好一会儿。事情并不那么简单。我不想让他难过,可是任何一位像他一样四十多岁的中年人都有判断他人表情的能力。更何况他还是位老师。我觉得我必须告诉他实情。

“杰克,”我说,“这是很难缠的病。坦白说,我最不愿看到的就是这种病。”

“它很严重?”

“恐怕是的。事实上，黄疸病的死亡率相当高。”

我知道我的话像针一样扎进他的心窝。不过及早的警告总比稍后震惊要好，因为我相信叮当没有几天好活了。即使30年后的今天，我都很怕见到眼白发黄的狗。盘尼西林和其他抗生素可以缓和这种病恶化的速度，可是其致命率还是很高。

“我知道……我知道……”他在思索着，“至少，你可以想想办法吧？”

“当然，”我爽朗地说，“我要给它打一针抗螺旋体菌的药剂，另外再开些药。它并不是完全没有希望。”

我为它注射的时候，心里明白这种时候打任何针都已经没什么效了。同时，我也为跳跃者打了一针，为的是怕它也被感染到。

“还有一件事，杰克，”我补充说明，“这种病也会传染给人类，所以务必请你注意卫生。”

他点着头把牛犬从桌上抱起来。大多数像叮当这样的大狗在离开诊所的时候，都是大步地离去，因为诊所是个令它们不悦的地方。叮当大摇大摆地走到门口时，它的主人突然回过头急切地看着我。

“你看！它看起来根本不像生病的样子。”

我什么也没说，我只诚心地希望他说的是对的。

第二天一大早——跟我所预想的一样——我就和杰克在电话里见面了。

“叮当还是很糟。”他说。

“噢！”我的情绪再度跌落下来！这对一位兽医来说是很熟悉的感觉，“它在干什么？”

“什么也没有……它不吃不喝，只是趴着发呆……偶尔会吐一吐。”

跟我想的差不多。不过,我总得过去看一看,“好吧,我马上过去。”

这一回叮当不再摇尾欢迎我了。它趴在炉火边,像死鱼一样地瞪着炭火。它的眼白已经转为新鲜的柳橙色,体温也在直线上升。我又打了一针,可是它甚至好像连知都不知道。离去之前,我又摸了摸它那柔滑的皮毛。它的老友跳跃者如昔地趴在它旁边,只是叮当今后已不会再有兴趣陪它玩乐了。

我继续每天去看它,到了第四天,它已经完全瘫痪在地上了。它的口鼻干燥得像裂开的巧克力,眼珠已呈现一片黄褐色。

“它很痛苦吗?”桑杰克问。

我迟疑了一下:“我希望它不会痛苦。”

“我不愿意放弃希望,”他说,“即使你认为它已绝望,我还是不会放弃。你根本对它不抱希望了,对不对?”

我并没有理他。我正在看跳跃者。它在老友的四周好奇地嗅来嗅去,最后,它还是忍不住轻咬了一下它的耳朵。

我的确是认为它已经无望了,我甚至相信这将是我最后一次见叮当。

即使我这么想,但第二天早晨杰克打来的电话还是让我震惊和难过了一整天。

“叮当昨晚死了,哈利先生。我打给你是怕你今早又跑过来。”他的口气装得理所当然。

“我很抱歉,杰克。”我说,“我以为……”

“我知道。谢谢你这一阵子对它所做的努力。”

在这种时候,人们对你太好,反会使你不知如何启口。桑先生和桑太太都没有孩子,所以夫妇俩都把动物当成自己的孩子看待。我很了解他现在的感受。

“不过,杰克,还有一个跳跃者可以宽慰你。”这句话说得并不完美,不过剩一只狗多少总比失去惟一的一只爱犬要好一点——即使跳跃者已经相当老了。

“是啊,”他回答,“谢天谢地,我们还有跳跃者。”

叮当的死并没有妨碍我的工作。干我们这一行的遇上病患死了也许过个几天就忘记这回事了。更何况,我早就料知叮当的死是无法避免的。

然而这件事并没有了。不到一个礼拜之后,桑杰克又打电话来了。

“这次是跳跃者,”他说,“它好像也重蹈叮当的覆辙。”

一只冰凉的手一把抓住我的胃并将它扭曲起来。

“可是……可是……这不可能啊,我给它打过预防针了。”

“我也不知道。它跟叮当一样不吃不喝,而且心情不好,情绪低落。”

我冲出去跳进车里。快开到镇郊的桑家时,我的心怦怦跳着。螺旋体菌的抗剂固然不能医治黄疸病,可是说到预防之效,我确实十分有把握。我为它打过了预防针,要是它再得病死去的话,这就是我的责任了。

看到我走进屋的时候,跳跃者夹着尾巴不悦地走到角落去。我迅速地抱住它,将它放在厨房的桌子上。我急忙掀开它的眼皮,可是眼白毫无发黄的迹象。我又量了体温——我发誓这一生从没见过这么标准的温度。于是我暂时松了一口气。

“至少,到目前为止它还没有被感染到。”我说。

桑先生拍了一下手:“哦,谢天谢地。我以为它也没救了呢。因为它看起来跟叮当病危的时候一模一样。”

我仔细地检查了跳跃者一遍。最后,我把听诊器放回口袋里:“我找不出任何毛病，或许它的心脏有点衰弱。毕竟它已是只老狗了啊。”

“你想它是不是为失去了叮当而沮丧？”桑杰克问我。

“我想很可能。它们是这么好的朋友，它一定难过极了。”

“可是它会渐渐恢复过来的，是吗？”

“当然。我留一点温和的镇静剂下来，我想过一阵子它就会好的。”几天后，我在市场碰到杰克。

“跳跃者怎样了？”我问。

他舒了一口气：“还是一样。或许还更糟一点。最大的问题是它什么都不吃——它越来越瘦了。”

我实在想不出我该怎么办。第二天驾车路过桑家的时候，我顺便过去看了看。

跳跃者的样子使我大吃了一惊。它虽然年纪大了，可是过去它跟叮当在一起的时候，它也会蹦蹦跳跳的。然而现在它却瘦得像泄了气的气球。它看到我来时，挣扎着爬回篮子里，好像这个世界已不再属于它了。

我又检查了一次。除了心脏依旧有点衰弱之外，我并没有新的发现。

“我又开始怀疑它并不是为叮当之死难过而变成这样的，”我说，“也许它真的是老了。到春天它就满12岁了吧？”

桑先生点点头：“不错。那么……你是不是认为……它的寿命已经差不多了？”

“很可能。”我知道他在想些什么。两个礼拜以前，两只健康可爱的狗还在这儿追咬，可是马上就要什么都没有了。

“可是，难道你别无他法吗？”

“我可以打针加强它心脏的功能。或许，你可以送些尿来我这儿化验,我想知道它的肾功能如何。”

我验过尿了,它的肾并没有糟到那种地步。于是,我试着给它吃维他命和打补针。然而它的健康还是一直走下坡。叮当死了一个月之后。桑家又打电话来叫我去。

这回,它已经躺在篮子里不能动了。我喊它名字的时候,它无力地抬起头来。它的脸上一点肉都没有,那对眯成一条缝的眼睛根本认不出我是谁。

“来,过来,”我鼓励地说,“爬出来给我看看。”

桑杰克摇摇头:“没有用,哈利先生,它已经爬不动了。”

这句话象征着它的丧钟,因此我再开口的时候,是很谨慎地选择每一个字的。

“很抱歉,杰克,从各种迹象显示,这只狗已经走到了它的尽头。我不以为叮当的死会让它难过到这种地步。”

他隔了好久都没说话。他看看桑太太,又看看残弱的老狗,“当然,这些我们都知道,只是我们希望它能吃点东西。你……你有什么方法吗?”

我禁不住要说出悲观的话:“我们不能让它继续受苦。看它瘦得只剩把老骨头,我一点也不认为这样的生命会带给它多大的乐趣。”

“我懂你的意思,”他说,“而且我也同意你的看法。它成天趴在这儿,这种生命的确没什么意义,”他停下来看看他太太,“哈利先生,我们考虑考虑,明天再告诉你答案。你真的认为它没有希望了吗?”

“嗯。杰克,狗老了就是像它这样。我恐怕跳跃者已经走到它一生的尽头了。”

他深吸了一口气:“好吧,假如明早8点以前我还没打电话给你的话,就请你带安乐针过来吧。”

我抱着一线希望或许桑先生会打电话来，可是他没有。第二天早上我出门之前，海伦问我："今早吃饭的时候，你一句话也没说，吉米，是不是有什么事？"

"没什么，只是工作的一部分。"我说。可是看着她那持续盯着我的眼光，我终于禁不住把桑家的事告诉了她。

她挽着我的手说："吉米，这是很令人惋惜的事，可是你不能因为这样就闷闷不乐，否则这只是徒增自己的痛苦。"

"我知道。可是我心太软了。这是我的弱点。有时候，我发觉我根本不适合干兽医这一行。"

"你错了，"她说，"太不果决的人任何一行都不适合。你要做你该做的事，而且你得立刻去做。"说完，她吻了我一下。

车停妥在桑家门口的时候已是上午10点了。我把一支大针筒和一瓶足以让跳跃者安眠的麻醉剂从医药箱里拿出来。

一走进桑家，首先映入我眼帘的是一只走起路来摇摇晃晃的小胖狗。

我不解地看着小狗："这是……"

桑太太向我笑笑："昨天我和杰克谈了一晚上。我们不能忍受完全没有狗的日子，所以今早我们到波米太太的宠物店买了这只小狗。我们决定还是叫它叮当。"

"这倒是个好主意！"我把小狗捧起来，小家伙一边摇尾巴，一边舔我鼻子。我想，这样会使我待会儿办起事情来更心安一点。"你们这么做是非常明智的。"

我把麻醉剂从口袋里拿出来，然后走到跳跃者的窝旁边。它还趴在篮子里，一动也不动。

我把针头穿进药瓶里，正当我要抽针筒的时候，跳跃者抬起头来了。它把下巴放在篮子边上，好像正在注视着新来的小狗。小家伙蹦蹦跳跳地晃到牛奶盆子前面喝牛奶的时候，我发现跳跃者的脸上露出了很久没有过的表情。

我站着静静地观看它的反应。它试着想趴成可以站立的姿势，最后，它终于摇摇晃晃地站起来。它的四肢不停地颤抖，身子也在摇摆，可是它毕竟走到小狗身边了。接着，我觉得自己一定是在做梦，因为它轻轻地咬住小狗的耳朵。

小乳狗并没有多大的修养，所以叮当二世立刻回头反咬跳跃者。然而跳跃者还是坚决咬着小狗的耳朵不肯放。

我把针和药瓶放回口袋里。“快拿些吃的来！”我轻声说。

桑太太冲到碗柜前，抓了几片肉过来。跳跃者又嚼了小狗的耳朵好一阵子，才嗅嗅它的屁股，又嗅嗅旁边的肉。它几乎没有力量吃东西，不过，至少它挑了一块最小的肉慢慢地咀嚼起来。

“谢天谢地！”桑杰克禁不住大叫道，“这是几天以来，它吃的头一样东西。”

桑太太抓着我的手说：“哈利先生，到底怎么回事？我们只不过是因为怕寂寞而另买了一只小狗。”

“我想……你们又重新拥有两只狗了。”我走到门口，又回头看了一眼。他们夫妇俩笑得正开心，因为跳跃者咽下了头一块肉之后，又开始吃第二块了。

大约八个月之后，桑杰克又到诊所里来。他把叮当二世放在桌上。叮当二世也是只牛犬，现在它已经具有英武的雄姿了。它的胸部又宽又厚，四只脚显得粗短而强劲。看着它那友善的脸孔和不时摇摆的小尾巴，我不禁又想起了叮当。

这时，我已经没有工夫再检查我的病人了，因为跳跃者一上来就咬住小狗的耳朵，和它纠缠在一起。我看得出它虽然比从前老迈了，但对这套老把戏的兴致却丝毫未减。

“你瞧！”我喃喃地说，“它好像又把时钟拨回去似的。”

桑杰克笑了：“可不是吗，它们成了朋友——就跟从前相识一样。”

“来，跳跃者！”我把它抱起来打量了一番。放回桌上的时候，它又摇着尾巴找它的伙伴去了。“你知道吗，我真的认为它还有好几年可活呢。”

“真的？”桑杰克的眼睛充满了希望的光芒，“可是我记得不久以前，你曾说过它已经走到一生的尽头了。”

我举起一只手说：“我知道，我知道。可是有时候错比对还要可爱，是不是？”

桑先生和我都笑了，我几乎看出来那只老狗也在笑。

可爱的流浪狗

很少有比在街头行乞的狗还要令我心软的事了。我在温莎的一家面包店门口看到这只狗。它的眼睛死盯着店门,一副很希望店主收留它的样子。

那天下午飞行训练暂停,所有的学员都到镇上逛街。我看到那只狗的当儿,在飞行训练中所受到的压力全都消失了。我觉得我又回到了德禄。

那天我和西格到市场买东西时,也在路上碰到了一只这样的狗。

诊所生意清淡的时候,我常会和西格沿着石板路逛到市场。这一路上我们会碰到群聚在酒吧门口聊天的农夫,也会偶尔收回一些意想不到的账,有时候一趟路走下来,下个礼拜要出的诊也订满了。就算什么事也没发生,至少我们还可以呼吸到一点新鲜空气。

我之所以会注意到这只狗,是因为它直直地坐在一家饼干店的门口行乞。

"你瞧那只狗,"西格说,"不晓得从哪来的。"

我看见店主扔了一块饼干给它，那只狗立刻就把它吞了。可是当店主走过来伸出手，想和它表示友好时，它却大摇大摆头也不回地走了。

它停在另一家更丰盛的店门口。这家卖的有蛋、乳酪、牛油、蛋糕和冰淇淋。它从容不迫地占就行乞位置，尾巴很有节奏地摇摆起来。

我用手肘碰碰西格："它又换了一家。"

我的伙伴点点头："可不是吗，这小子是职业乞丐。你想，它是什么种？"

"我看是杂牌的。毛色有点像牧羊犬，可是身段又很复杂……大抵来说，小猎犬的比例最大。"

我们借着它专心嚼一块面包的时候，慢慢走过去。我在距离一米的地方蹲下来，很温柔地说："来，小家伙，让我看看你。"

它转过来看了我一眼，尾巴很含蓄地摇了几下。我伸手过去摸它的时候，它不慌不忙地转开身子，以稳定的步子走进人潮汹涌的市场里。我并不想让这次的遭遇产生有意义的结果，因为我看得出西格对小动物的态度。他是个只对大型牲口有兴趣的人。

事实上，他极端反对养狗——他说那是蠢人干的事——然而，他的车里每天都有五只什锦狗跟着他到处跑。35年后的今天，他还在叫嚣着说养狗是蠢事，可是他的车窗里还是终年露出个狗头。所以，我很难捉摸西格对小动物的反应。我相信最好的方法还是让那只狗跑了，不要去追它。

小狗跑掉没有多久，一位年轻的警察走过来。

"我一整个早上都在注意那只乞丐狗，"他说，"可是我也像你一样无法接近它。"

"是啊，我觉得很奇怪。它很友善，却又不愿意接近人。不晓得它的主人是谁。”

“我想它是走失了，哈利先生。我个人也对狗很有兴趣。我相信我认得全镇上每一只狗，可是这只却是陌生客。”

我点点头：“我想你说的没错。这么说来，它很容易发生意外喽，比方说，遭人虐待，或被车子撞伤什么的。”

“嗯。”他回答，“我试了几次想抓它，但是根本抓不到。”

那天整个晚上我都无法消除对那只小黄狗的记忆。想到它在街头乞食、流浪，我就感到不安。

那时候我还是光棍。那个星期五的晚上，我和西格穿了晚礼服要到十里之外的东赫利市去参加舞会。

那个时代穿礼服是很折磨人的事，因为衬衫是浆过的，上面一大堆装饰的扣子，领子则硬得跟纸板一样。所以，西格换衣服时，我听到他的房间里不时爆出变化多端的咒骂之词。

我的情况更糟，因为我长胖了很多，衬衫领口一扣上的时候，我的脖子就青筋毕露了。此外，那件肩膀小得要人命的晚礼服几乎把我架着不能动。好容易打点好，正打算喘口气的时候，电话铃响了。

对方就是我在街头碰到的那位年轻警察。

“我们又找到那只狗了，哈利先生。就是上回在市场里失踪的那只。”

“哦？那太好了。有没有想到要怎么抓它啊？”

他停了一会儿：“事情是这样的，有人在镇郊一里的路边发现它并把它送来……它受伤了。”

我告诉西格。他看看手表：“事情总是这样，对不对，每次我们要出去就有事情发生。我们现在都该上路了。”

车子开往警察局的途中，我一直在祈祷希望事情不要太麻烦。这次的舞会对我的老板很重要。尽管他并不会跳舞，可是经常出席这种正式的社交场合对生意是很有帮助的。

狗屋在警察局后院里。那位警员带我过去打开狗屋的门。小黄狗躺在稻草堆上，头顶还挂了个小灯泡。它一看到我就摇尾巴。

“至少，它还能摇尾巴。”我说。

警员点点头：“可见它的本性还蛮善良的。”

我试着不碰到它而替它检查伤势，原因是没有人知道它伤得多厉害或伤在哪里。可以很明显看出的伤有：全身表皮多处划伤，一只后腿断裂和唇部滴血。

我轻轻用手指托起它的头，发现它的牙齿在流血。原先它右侧的脸是贴在稻草堆上的，现在我看到另半边脸的情况，心脏不禁悸动了几下。

它的右眼脱离了眼眶，眼白翻到虹膜之后，脸颊上则是鲜血淋漓。

我蹲在那儿好久，两眼直瞪着那张脸。它也向我回瞪着，只不过它是用一只信任的眼睛。

警员的声音打断了我的思潮：“很糟，对不对？”

“嗯……一定是给车撞的，也许还在地上拖了很久。”

“你觉得怎样，哈利先生？”

我懂他的意思。像这样受伤的弃犬最合理的处理方式就是让它早点死去。它伤得很重，而且又不属于任何人……只要打上满满一针的麻醉剂，它的问题就全部解决，我也可以安心上路。

可是那位警员并没有说出来。也许他也看到了那只信任的眼睛的深处。

我赶紧站起来：“能不能借用你们的电话？”

电话线另一端西格的声音显得非常不耐烦。“吉米，现在已经9点半了！如果你还想去的话，我们早该上路了。一只迷途的小狗，伤又那么重……咱们大可不必操心的。”

“我知道，西格。我很抱歉耽误时间，我只想请你过来看一眼，决定它是否还有救。”

电话那头沉寂了好一段时间，接着，我听到一声长叹：“好吧，吉米，咱们五分钟后见。”

西格走进警局的时候引起了一些骚动。即使他穿着是一身平时的工作装，西格看起来还是气派非凡的贵人。而像现在这样刚刚刮洗过，又换上一身高贵的晚礼服，他简直就是个耀眼的公爵。

他的眼光很有礼貌地扫过局里的每一位警察，然后那位年轻的警员立刻受宠若惊地走上前去。

“往这儿走，先生。”说完，我们一起走向后院。

西格蹲在狗屋前面的时候一声都没吭。他像我先前一样只用眼睛大概看了看。可是当他用手指轻轻托起小狗的下巴时，他的眼神变了。

“我的天！”他轻声说。同时，那条微弱的尾巴摇摆了两下。

连续好几秒钟，他都静静地看着那张破碎的脸。四下只有狗尾巴在稻草上摇动所发出的沙沙声。

最后他站起来说：“咱们把它弄回去吧！”

回到诊所后，我们立刻麻醉小狗，以便能彻底地检查它。西格用听诊器听了几分钟，将双手撑在桌子上。

“眼球脱槽，大腿骨断裂，多处划伤，下颚折裂。吉米，这些足够我们忙到午夜了。”我没有吭声。我的老板打开领带结，脱掉外套和硬领。

“感谢上帝，这样才舒服多了。”他边说边准备缝合的工具。

我隔着桌子问他：“我们的舞会怎么办？”

“去他的舞会！”西格说，“快开始忙吧！”

我们先从眼睛开始，我知道西格的想法跟我一样——我们要先解除这种恐怖的景象。

我在眼球四周涂上润滑霜，再轻轻将眼皮拉开。西格非常谨慎地把眼球推回去，直到不该露出的球体都嵌回眼槽内为止。

西格满意地笑了一声：“这才像只眼睛，是不是？”他用检眼镜仔细观察小狗的瞳孔。

“并没有重大的损害——也许根本没有伤到。不过我们先把眼皮缝起来保护几天再说。”

小狗的后腿脱臼很严重，我和西格费了好大的劲才把腿骨推回接槽，敷上了石膏之后，我们开始漫长的缝伤工作。

有好长的一段时间里，手术室里只有剪刀的声音。西格和我都明白这项工作是没有报酬的，可是最使我俩烦恼的还是这一切的努力也许都将是白费。依照法令，如果十天内没有人到警局领的话，它就得当做野狗处死。我不晓得它的主人为什么还不和警方联络。

我们收工清洗工具的时候，已经过了午夜了。西格边擦手边看着沉睡的小狗。

“我想它快苏醒过来了，”他说，“咱们把它抱到炉火边，我们边喝酒边等它。”

我们把小狗放在客厅靠近火堆的地毯上。老板走到酒柜后面，倒了两杯威士忌。一杯在手，衬衫的硬领子也除去了，我和西格躺在舒适的摇椅里，看着熊熊火光。要不是还穿着黑礼裤，我差点忘记今晚原本是要去参加舞会的。

将近凌晨1点的时候，小黄狗动了动脑袋。

西格靠过去摸摸它的耳朵，那根小尾巴立刻挥舞起来，桃红的小舌头也在西格的手指头上来回舔着。

“它大概没事了。”西格说。他的声音好像很遥远。我知道他也在担心。

过了两天,我为小狗拆开缝合眼皮的线。我们很高兴它的眼球完整无损。

那位年轻的警员也和我一样高兴。“你看!”他很诧异地说,“它的眼睛跟正常的狗一模一样。”

“是啊,这次的手术很成功。”我迟疑了一下,“有没有人接洽要来将它领走?”

他摇摇头:“还没有。可是它还有八天的机会,我们可以好好照顾它。”

我去了警察局好几趟。小狗的恐惧已经全消,每次一看我,它就把前爪搭在我膝盖上,尾巴剧烈地摇摆着。

时间一天天地过去,我的担忧也随之增加。到了第十天,我怀着紧张的心情走进警察局。结果事情还是没有任何进展。看来,我必须给它打安乐针结束它的生命了。处死一只老弱的动物,对我来说是出于仁慈,可是面对一只活泼健康的小狗,我觉得罪无可赦。我痛恨这种事。可是这是一个兽医在法令下所必须做的事。年轻的警员在警局门口等着我。

“还没有消息吗?”我问。

他摇摇头。

我走到后院。小黄狗从狗屋里冲出来咧着嘴像是在对我笑。它的眼睛充满了生命的光芒。

我赶紧转身离去。我必须立刻做这件事,否则我永远也下不了手。

“哈利先生,”那位警员拍拍我肩膀,“我想,我愿意要这只狗。”

“你？”我直瞪着他。

“对。我们无法为它找到一个主人，对不对？”

“我知道……不过，你并没有义务……”

他点点头：“你放心。它来得恰是时候。我有两个小孩，她们一直都想要一只狗。我想她们一定会喜欢它的。”

一股暖流冲进我心房。同时，我也松了一口气：“这真是再好也没有了。它是只好狗，我打赌它一定爱死孩子们了。”

“好，那我也决定了。起先，我只是想问问你的意见。”他高兴地笑了。

我以从未见过他的眼光看着他：“请问你尊姓大名？”

“皮尔斯，”他说，“他们都叫我老皮。”

他是个长得挺帅的小伙子，两只眼睛炯炯有神。我差点忍不住想冲上去抱住他，拍打他的肩膀。

“那真是好极了！”我弯下腰拍拍小狗的头，“十天后，别忘了带它到诊所来拆线。一个月之后我们还要把石膏除去。”

拆线的那天我不在，因此我过了四个礼拜才又看到小黄狗。

皮尔斯和他的两个女儿——一个四岁，一个六岁——带着小狗到诊所来。

“你说它该来拆石膏了。”他说。我点点头。

他看看孩子：“来，你们两个，把它抱上桌子。”

两个小女孩争着捧起小黄狗。我看见它的舌头高兴地甩来甩去，尾巴也像从前那样来回摆动。

“看来它的健康状况不错。”我说。

他笑了：“那该是这两个小鬼的功劳。她们每天和它玩在一块儿。它已经变成了我们家的一分子。”

我拿出小锯子，将石膏块锯开。

“就双方来说，你们得到了快乐，小狗也找到了归宿。”

“可不是吗？”他摸摸小狗，笑着说，“你每天在市场跑来跑去就是等的这一天，对不对？”

飞行的窘事

飞行学校的伙食很吸引人，所以连那些家就住在当天可以往返距离内的伙伴们都不愿回家去，因为他们深恐漏掉了一顿好菜。也许这很难令人置信，不过我相信在战时的英国，很少有人能享受到位于温莎的飞行学校那样的伙食。

我们并没有著名的法国厨师掌厨。事实上，我们的幸福全靠两位头发斑白的老头——他们成天叼着烟斗，戴着白帽，不笑也不说话。

有人说他们是一次大战时的退役军厨。不过不管他们过去是干什么的，他们现在确是艺术家。在他们手里，最简单的烘饼都成了最有意义的食物。他们的马铃薯吃了会叫你发狂。

所以，当坐在我左手边的年轻小伙子把汤匙用力往桌上一摔并推开盘子发牢骚的时候，我感到诧异不已。我们的桌子是长条形的，吃饭时，两排人面对面坐着。我对那位小伙子的态度感到很不满。

“怎么了？”我问他，“苹果饼不是挺好吃的吗？”

“我不是为这回事，”他把脸埋在手掌里几秒钟，然后用受尽折磨的眼光看看我，“一早上我都在做起降训练，卢里吉把我骂得神志都快不清了。”

突然我也觉得毫无胃口了。我知道他在说些什么。有时候伍德翰也差点把我逼疯。

他又绝望地瞥了我一眼，才木讷地看着前方。

“吉米，我发现一件事，那就是我永远也无法成为一个飞行员。”

他的话像一盆冷水，因为很久以来我自己也常在想同样的一句话。在飞行方面，我像是一个永远也无法进步的人——无论什么事我都是一错再错。每次和伍德翰教官走下飞机以后，他的腿都在发抖，脸色也褪成淡淡的青绿。我知道我永远也不可能独自驾驶。

下午2点我就有一堂飞行训练的课。

见面的时候，伍德翰教官还跟平时一样的有男性的魅力而沉默寡言，直到上了飞机，他的修养就崩溃了。

“放松，看在老天分上请你放松！注意你的高度……你以为你是在开汽车吗？……我是不是叫你把操纵杆打到中间，我说过总有一百多次了，莫非你根本是个聋子？”

最后，飞机终于冲到跑道的边缘停稳下来。“这是我见过最疯狂的降落方式。起飞，再来一遍！”

第二次他变得出奇地沉默。起初，我想这一回一定是无懈可击了，可是渐渐地这种从未有的寂静又开始叫我不安。会不会是他完全对我放弃希望了？降落以后，他叫我熄掉引擎就爬出机舱了。我正想解开安全带的时候，他比了比手势，要我留在机舱里。

“不要出来，”他说，“你自己试一次！”

我的眼球鼓得都快碰到风镜了：“什么？”

“我说，你自己来一次！”

“我……我一个人？”

“是的。降落后到停机坪找我！”说完，他转身就走了。我期望着他改变主意，可是他狠心得连头都不回一下。

我坐在驾驶舱里颤抖了几分钟后，一位机械员走到机翼下用憎恶的眼光瞄了我一下。

“老兄，”他说，“这是架很优秀的飞机，你别把它糟蹋了！”

我点点头。

“你是叫我不要把它撞毁了？”

“否则我会很心疼。”

他又瞪了我一眼才走到螺旋桨前面。

我边发抖边开始背诵飞行口诀。我从没想到有一天真会用上这些鬼辞句。我试了试尾舵、起降舵及风门，又低头看看那些复杂的油表。

我拉开油门，关上风门，再打开电门。

“好了！”我叫了一声。

机械师拉动螺旋桨，引擎立刻发出怒吼声。我松开空气节流阀，这架虎蛾式教练机就开始在草地上蹦跳起来。等速度够快了，我把操纵杆推到底，再猛然拉回来。突然，飞机停止跳动而平稳地升入空中。这时，我看见跑道终点的警示标志从脚底下掠过。

我感到胜利和骄傲，因为不可能的事竟然发生了。我终于独自飞上了天。我大概是给兴奋冲昏了头，所以才对自己频频傻笑。

过了好久我才回到现实中来。我愉快地向下张望，冷冰冰的事实立刻将我的游兴扼杀殆尽。我的脚下是一张什么也辨认不出来的花地毯。我舔舔干涩的嘴唇。仪表的高度是两千英尺。

这时我才发现伍德翰教官的叫嚣并不是没有意义的。我没有照着他说的要对准一块云，也没有盯着水平仪，更没有注意高度表。坦白说，我是迷失方向了。

在浩瀚的苍穹中迷途是极恐怖的。我拼命眺望，想在棋盘格子的地面上找出有意义的识别物。我该怎么办，一直飞向南英格兰，直到地面上出现一大片可以降落的平地，然后降下去走回温莎。那是超级傻瓜干的事！我不能把这架优秀的虎蛾扔在荒野中！

我的飞行伙伴们在头一次独自飞行的时候，很多人都发生了丢人的事。有人吓得在机舱里呕吐起来。也有人为了证实自己的勇气和技术，在机场上空一连起降了七次，结果把教练吓得昏倒在草坪上，飞机也送去大修了一个月。可是没有一个人像我这样迷失在另一个世界里，更没有人潇洒地飞出去，结果过了几天以后垂头丧气地走回来。

我的心跳越来越激动，汗水也越来越汹涌。在最绝望的当头，我看见了熟悉的赛马场。于是我立刻把机头转过去。几分钟后，我绕过赛马场的旗杆，像过去做飞行训练时一样往回家的路飞去。这时我高兴得几乎掉下泪来。

现在，我开始照着伍德翰教官平日指示的去做了。如果我再粗心一次的话，上帝是绝不会再帮助我的了。

在大地遥远的尽头出现了一大片绿油油的草地，草地的尽头是一列列平时下降时作为依据的树林。那就是基地，我可以像过去一样越过树林，冲上跑道。可是我现在的高度太高了，所以我必须掉过头来，重新再来一次。

不过这算是相当羞耻的事。他们会围在草地上指指点点，甚至嘲笑我。我知道那种画面——一架飞机从机场上空几百英尺的地方掠过，然后掉个头又消失在云里。这还不打紧，如果高度掌握不好的话，也许第二次还得再回头，这样那些伙伴们可真要笑得躺下去了。我想起来伍德翰教官教过我的失速下降。

他教过我一百多次了，我相信我可以使飞机像石头一样地落下去，到了快要触及树林的时候再拉起上升舵，使机身以优美的姿态滑进跑道。

于是我把引擎减至最小，并将升降舵推至最底。当绿油油的树林向我冲上来的时候，我紧盯着高度表。100英尺、80英尺、50英尺……我当机立断，猛然将升降舵操纵杆拉至腹部的位置。机腹下发出了轮胎着地的摩擦声——我以极平稳的姿势急降成功了。我把紧尾舵，使机身笔直沿着跑道滑下去。最后，我把飞机转向停机坪，爬出机舱。

伍德翰教官坐在机棚里的一张桌子后面，手上握着一个杯子。我走进去的时候，他抬头看看我。他换下了飞行衣，穿了一件绣有飞鹰的皮夹克——这是我们这些学员所梦想的装扮。

"哈利，我正在喝咖啡，你要不要也来一杯？"

"谢谢您，长官。"

我坐下来。他把一个空杯子推到我面前。

"我看到你降落了，"他说，"很不错，十分不错！"

"谢谢您，长官。"

"你的急速下降做得很不错，"他一边的嘴角向上扬起，"十分不错！"

他拿起咖啡壶，接着说，"你表现得很好，哈利。好极了。你是个优秀的飞行员，哈利，简直优秀极了。"

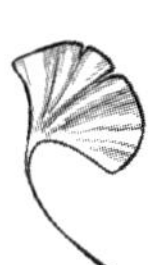

我是这一批50个学员中第三个能够独飞的人。这对我是莫大的光荣，因为大部分的伙伴都比我年轻了十岁。他们并没有恭维我，而是我自己觉得像我这样将近三十，家里又有老婆孩子的家伙不应该来做飞行员的。至少，有很多人会以为我该坐办公室的。

当然，他们这么想也并不为过，因为我家累的压力比他们都要大得多。每天早上集合的时候，班长都拿着一沓信站在前面。看信的时间对我来说是最兴奋的。我总是走到没有人的地方，偷偷地阅读海伦的来信。我急于知道小吉米长得多高多重了，他的智慧是不是也像他爸爸一样惊人。

孩子的婴儿时期没有父亲的陪伴是很遗憾的事。小吉米一生只有一次婴儿期，而且这段日子很快就会过去了。幸而海伦经常来信，使我能够随时有他们的消息。每次看信的时候，我就觉得好像亲眼见到了小吉米一天天的成长。

回想起德禄的生活实在舒服快乐得令人羡慕，不过再美好的日子也偶有例外的时候……

我想全世界最令人沮丧的事就是在严冬的清晨听到电话铃响了。其实,清晨6点眯着睡眼走进牛舍里也并不是很不幸的事,只是在黑火先生家的农场情况就不一样了。

通常我一到农庄,农夫们都会在门口等待我,他们虽不必寒暄问好,但至少会走过来急切地告诉我动物的病况。然而到了黑火先生家,我全然像个不受欢迎的陌生人。其次,别的农户都是几处木栅,外面吊着盏油灯,清静而平淡。可是黑火先生家的牛舍却是两列长长的水泥屋,牛舍里则是通明的日光灯。我看见两排无际的牛头和十几名忙着挤牛奶的工人。搅乳器转动的声音和收音机扩音器播出的音乐交响在这美丽的清晨里,使我的睡意全消。

这是一家新式的产乳农庄。在这儿你看不到把头埋在牛肚子下的农夫轻轻捏挤奶头,也听不到挤奶时温和的嗞嗞声。进了黑火农场就像进了一家工厂似的。

我站在门口看着忙碌的工人。一片片雪花在漆黑的夜里飘荡着。我离开了温暖的被窝和老婆,至少该有个人过来跟我道个早。我看见庄主提了个木桶在牛舍中穿梭,他似乎比他的工人还要忙碌。

“喂,黑火先生!”我叫道,“你打电话叫我来的。是不是有头母牛要生产?”

他停下来很疑惑地看了我半天才说:“哦,对……对……它在右边的牛舍里。”他指指一长列牛舍中的一间。我不难看出是哪一头牛要生产,因为只有一头牛是趴着的。

“它趴下来多久了?”我问。可是我回过头来,发现他已经走了。我追上去,在奶品储藏间门口拦住他,又重复了一遍我的问题。

“哦……它昨晚就该生产了,也许是晚产吧?”说完,他把牛奶倒进搅乳器里。

“你用手触摸过吗？”

“没有。我没时间，”他的眼光前前后后转了一转，“我们要在收奶工人到达之前做好，看来进度已经落后了。”

我懂他的意思。奶品公司派来收奶的工人是一群凶恶的家伙。他们看起来也是正常人，只是稍要他们等待的时候，那模样就像非得要拼死几条命不可似的。他们这么凶恶并不是没有道理，因为他们一个早上要跑很多地方。我看过他们发怒的样子，所以在这一方面我也不强求黑火先生。

“好吧，”我说，“能不能给我一桶热水和一条毛巾，我替你摸摸看。”

黑火先生用嘴指指储藏室的角落：“这里面什么都有，你自己去拿吧，我们时间不多了。”说完，他又提着奶桶轻快地走掉了。显然他怕收奶工人胜于怕我。

我装满一木桶的水，又找了一条毛巾和一块肥皂。进了牛舍以后，又使我感到失望的是黑火先生的牛都没有名字。那个时代的农夫都喜欢给母牛取些动人的名字挂在牛舍的门梁上，如马格丽特、爱丽丝、雪花或玫瑰的，可是这儿的牛只有编号。

我翻开母牛的耳朵才知道它是87号。脱下外套后，我又发现一项新的困扰。这种水泥的牛舍里找不到一根可以挂衣服的钉子，所以我只好把衣服揉成一个圆球，再回到储藏室里找了一条绳子，将衣服绑在麻袋口上。

我回到牛舍的时候，那些挤奶工人还是没人看我一眼。我把手臂涂满肥皂才伸进牛体内。由于母牛逾期未产，所以我也许会遭遇一些困难。我先触到小牛的脑袋，它的嘴卡在耻骨后面，而不是向外平伸往阴道;它的腿则蜷曲在身体下面。

此外,我还注意到一件事。我把手伸进去的时候,母牛并没有任何抵抗和不悦。我想这头87号牛也许另有毛病。

我趴在地上,沿着它的背脊检查上去。看到脖子的时候,我知道我找到答案了。它的脖子扭曲得很厉害,眼光也很呆滞。

我爬起来擦干手立刻去找黑火先生。他正在一头胖乳牛的肚子底下捏奶头。于是我拍拍他肩膀。

“它得了乳热症。”我说。

“哦。”他提起桶子,快步走出去。

我追了上去:“所以它不能张缩肌肉。同样的,它也无法蠕动子宫壁把小牛生出来。它需要一些钙,否则小牛永远出不来。”

“好,”他还是没看我一眼,“那你就给它弄些钙吧。”

“好吧。”我对那渐远的身影说。

外面的雪一直没停,我想到该穿上外套,可是待会儿又要脱下来,不如咬着牙熬过去吧。我回到车里打开医药箱,用针头将一整瓶的钙溶液慢慢吸光。美丽的雪花在我单薄的肩上堆积起来。

回到牛舍里,我张望着想找个闲人来帮忙,可是他们工作热忱的程度一点儿没减轻。我必须一个人把牛翻到侧面,然后将钙注射到它的乳腺里,不过这要看它有多温驯。

我想母牛的神志一定完全不清了,因为我推着它的肩让它侧躺的时候,它一点也没有抗议。为了保持母牛身子的平稳,我必须压在它身上才能将针头扎进它的乳房里。

这个时候,我又发现一件令我烦恼的事。我的下半身刚好侵入旁边一头较不安分的母牛的地盘。它似乎很不喜欢我这双穿着雨鞋的大脚伸入它的下腹,因此不时地用后蹄踹我的脚跟。有时候,它兴致一来还会偷偷踢一下我的屁股。不过它是头动作极灵巧的牛,每次它的越界侵犯都是在千分之一秒内完成的,所以我始终不能肯定屁股上点缀性的几脚到底是不是它干的。在这样的羞辱和威胁下,我还是不敢稍动一下,因为针管里的药剂正顺畅地流进母牛的乳房里。

针筒压完了以后,我赶紧把母牛推回趴着的姿势。很显然87号已经比刚才快乐多了。

我没有洗手,也没有先把针筒收好。因为我知道我一定要在它恢复体力之前完成我该做的事。我抹了抹肥皂,又把手伸进去。

这一针的效用回报得很快。原先松弛的子宫壁现在已经开始压缩了。它回过头来看看我,它在喘气,可是我听到的好像是:"我又开工啦!"

"好吧,老家伙,"我回答它,"我和你一起奋斗。"

在其他地方,若是我跟一头母牛讲话,别人一定以为我有病。可是在这全是机器声和收音机音乐声的世界里,我根本不必担心这种事。

我必须帮助母牛把小牛的姿势调整过来。它边挤,我边拉,两者同心协力。我有个奇怪的感觉,那就是我和母牛似乎是同病相怜。因为在眼前这个热闹的小世界里,我俩竟显得那么不重要——我们都趴在冰凉的水泥地上,从事最孤独而又最神圣的工作,然而,提着奶桶的工人从我们身上跨过去,俨然不觉得我们存在的样子。

过去许多艰辛的接生例子中,我都能得到某些报偿。我所谓的报偿是指戏剧性的感受——焦急的农夫,积极参与的长工,失去小牛或母牛的危险……在这一幕短剧中,兽医所扮演的无疑是灵魂性的角色。可是此刻的我竟显得那么微不足道。

我把小牛的下巴提高放在耻骨上,然后抓住一只前脚慢慢向外拉。我感觉得出母牛在助我一臂之力。这种事急不得,所以我只能慢慢来。

就在我奋战得最艰苦的时候,有位工人将挤乳器放置在旁边那头牛的肚子底下。我说过它是头很不安分的牛,这么一来,它为了表示抗议,理所当然地就拱起屁股撒了一大泡尿。牛小便是没有固定方向的,我只听到后面传来激荡的水声,接着,一股温热的水从我的背后流过——那种感觉有点儿像在瀑布下淋浴。

那位工人大概见多了这种场面,他很习惯地闪开片刻,等尿滴光了,又回到牛肚子底下开始挤他的奶,他把挤奶杯套在母牛的乳房上。稍后,一注鲜奶射到我的颈背。奶水是冰凉的,因此我不禁打了个哆嗦。那人一声不吭地拿了块干布在我的脖子上擦拭了一下。

“谢谢你。”我喘息着说。我真的很感激他,因为这是我整个早上头一次被人注意。

半个小时后,小牛的前蹄和潮湿的鼻子从阴道口露出来。它的蹄子很大,所以我猜想这小子可能是公的——如果是这样的话,母牛后半段的生产将更艰苦。

我改换坐的姿势,用双手分别握住小牛的两只前蹄。看着母牛努力不懈的样子,我禁不住又想跟它说话了。

“来吧,老家伙,再挤个两下就可以出来了!”

母牛像是听得懂我的话。它用力收了一下腹部,把小牛又挤出了两三英寸。现在它半个头已经出来了,我想趁势再拉一把的时候,母牛又松了下来。

“再来一次!”这回它好像决定把这件事一口气办完。我看见它用力收缩腹部,连肩膀都挤出了肌肉。我知道最大的难关就在小牛的后腿,只要我们能把握住这个关键,一个新生命就会立刻诞生。我使劲地向外拉,母牛则拼命帮我推,甚至于小牛自己也在蠕动着想促成这件事。

就在我们三者都感到筋疲力尽的时候,一个全身都是黏膜的小生命滑进了我的怀抱。

不错,它是头健康的小公牛。我挺直酸痛的腰站起来,欣慰地看着它。我用干草拭去小牛身上的黏液。它摇晃地坐起来,很感兴趣地东闻西嗅。

母牛回过头来,发出微微的低鸣声。我把小牛抱到它面前,让它看看自己的孩子。它先是趴着舔它,接着——我相信是出于一股神奇的力量——它站起来继续舔小牛身上较难接触到的部位。

我笑了。这就是生命。一头得了乳热症的母牛不但产了一头健康的小牛,还能够站起来迎接它的孩子。我相信,这么一瞬间,87号已经完全康复了。

黑火先生出现在我身旁的时候,我才发现噪音已经减弱了——挤奶的工作已经结束。

他摘下帽子,拭去额上的汗珠。"老天,今早真是忙坏了。今天人手不够,我还以为一定会误了收奶的时间呢。你知道那些收奶的混球,他们一分钟也不肯等。"他才说完,旁边鸡窝里飞出了一只老母鸡。黑火先生弯下腰,从草堆中拾起了一个鸡蛋。他看看那枚蛋,又看看我,好像联想到了什么。"你吃早饭了吗?""没有——当然没有。""那好,叫你老婆把这玩意儿放到锅里煎煎。"说着,他把蛋递给我。"谢谢你,黑火先生,我最喜欢吃煎蛋了。"

他点点头,继续站着看母牛和小牛。经营乳酪业最辛苦的时间就是在黎明前后。我知道他一定很感激我的努力,因为他突然把视线转到我身上。我看见那张历经风吹雨打的脸庞上渐渐咧出一丝难得一见的微笑。他在我胸口上友善地捶了一拳。

“吉米,你真行!”说完,他转身走了。

我穿好外套,顶着寒风走回车子里。我小心翼翼地把蛋放在仪表盘上,然后躺坐在椅子里。我的背上和内裤里大约还有一品脱的牛尿,我得赶紧去洗个澡。

天色逐渐转亮,那枚蛋在车上左右摇晃。我想到黑火先生的笑容,又想到那胸口上的一拳——事实上,我还感到隐隐的阵痛。

一切都在变,但母牛和小牛不会变,约克郡的农夫也不会变。

相依为命

我在军中的收入扣掉养家必需的花费之外，已经是所剩无几了。有时候我很想出营逛逛，却因为口袋里经常是空的而只好作罢。不过有一天晚上我终于容许自己到温莎的一家酒吧里去奢侈一番。我推开门首先就看到角落里坐着一个人，他的椅子底下趴了一只小狗。

这种画面很不费力地就勾起了我的回忆。我几乎又听到了德禄的拍卖者——威尔的声音。那是在“农夫的胳膊”酒吧里。

“这是我见过最美丽的‘酒吧小猎犬’。”他从吧台椅子上弯下腰拍拍李欧那毛茸茸的脑袋。

我觉得“酒吧小猎犬”是很贴切的形容方法。李欧身材娇小，虽然它的侧腹长了几条不雅观的黑斑，但这并不能影响它那一身可爱的白毛。总之，它是只令人无法抗拒的小动物。

约克郡人称这种长毛小狗为“酒吧小猎犬”，是因为拥有这种狗的主人经常把他们的宠物带到酒吧里让人称赞。

李欧的主人保罗从高脚凳上低头看了看。

“小乖,他对你说了些什么?”他无精打采地说。李欧一听到主人的声音立刻摇着尾巴退回自己的阵地。

李欧这一生随主人耗在酒吧里的时间相当可观。它每天不知道要在高脚凳的铁脚下趴上几个小时。我常觉得保罗这样浪费生命实在可惜。我也偶尔会带山姆到酒吧里,不过那真的只是“偶尔”,比方说一个礼拜一次或两次的。而保罗就不同了,每天晚上8点以后,你必然可以在“农夫的胳膊”找到他和他的小狗。

对一位受过相当教育而又有智慧的年轻人来说——他是位三十多岁的光棍——这种生活方式实在是浪费生命。

他在我走向吧台的时候转过来对我说:“喂，吉米，我请你喝一杯。”

“好吧,谢谢你啦,保罗。”我回答,“我喝一品脱就够了。”

“好极了。”他转回去,用极客气的口吻对秃子酒保说,“能不能再麻烦你倒一杯?”

我们边喝边聊,这回的话题是巴邮的音乐季。稍后,我们又聊到音乐,我发现他对这方面懂得不少。

“这么说……你对巴哈并不很激赏?”他懒洋洋地问我。

“不,也不能完全这么说。只是我更喜欢贝多芬或莫扎特甚至柴可夫斯基的作品。”

他耸耸肩,吐了口烟,然后吊起一道眉毛,用半含笑的眼光看着我。我时常觉得他应该戴一副单片眼镜。听起来他好像很欣赏巴哈似的,而事实上,他从来没有欣赏过任何人或事。他对这个世界像是一点兴趣都没有的样子。我继续谈到艾尔加的小提琴协奏曲时,他那道眉毛还是吊着,脸上的表情也一点没变。

保罗来自南英格兰,可是德禄的居民早已接受他了,因为他是个有趣而又喜欢请人喝啤酒的人。对我而言，他具有英国人典型的魅力——恬淡、泰然。他永远也不会兴奋，但时时刻刻都保持动人的礼仪。

“既然你来了，吉米，”他说，“不知道是不是可以麻烦你看看李欧的脚？”

“当然。”这就是一个兽医在一般社交场合里最常遇到的。在聊天聊够了之后，你就得听些症状或给些建议，“咱们把它抱起来。”

“来，上来！”保罗拍拍大腿，李欧立刻跳上去乖乖地坐着，眼光中还充满了喜悦。谁都看得出它这么做是出于诚意的。我常想，李欧应该去演电影，它的脸总是带着笑意和喜气。全世界每天都有许多人花钱到戏院去看狗明星表演。

“好吧！李欧，”我摸摸它的脑袋，“你哪儿有毛病，”

保罗用烟斗指指它的右前脚：“它这只脚好像有点跛，已经有好几天了。”

“嗯……”我把小家伙翻过来，然后笑了笑说，“哦，它的脚掌刮破了。一定是踩到尖石头之类的东西；还有，它的爪子太长了。”我把随身放在口袋里的小剪刀拿出来，不到一会儿就将它的爪子剪齐了。

“这样就好了？”保罗问。

“是呀，就这么容易。”

他低头看李欧的时候，那只眉毛又高举起来。“老笨蛋，以后走路可小心点，”他拍拍它的爪子，“好了，下去吧！”

小狗顺从地跳到地毯上，消失在椅子下的圣堂里。霎时之间，我领悟出保罗的魅力在于他对什么事都不在乎。当然，他很喜欢他的狗，以至于无论上哪儿，他都带着它。我看过他带着李欧在河边散步，也看过他在草地上训练它跑步，可是他从来没有为他的狗焦急过。我在所有的客户脸上都找到过焦虑的表情——哪怕他们的宠物只是生了最不打紧的小病。人们对于自己的动物都太在乎了——就连我也不能例外。

保罗并没有错,惟有这样,他才能寻求更平安舒适的生活。过度的开怀使人们易于受创,而保罗却是个打不倒的人。随和、平淡、有礼、镇定——这些都是使他不受制于情绪的因素。

尽管我对他的个性只有粗浅的了解，但我还是免不了要羡慕他。至少,我是个非常情绪化的人。我常希望能像保罗这样放得开。世界上所有的事似乎都能适合他。他甚至不在乎自己也许会终身打光棍。即使面对巴哈的音乐,他竟也能无动于衷。

“我想你为李欧做的值得我再请你一杯,吉米。”他笑着说,“除非你要收费。”我笑了。我永远都会喜欢他。当我拿起第二杯啤酒的时候,不禁又想到他那无拘无束的生活方式。保罗在巴邮的公家机构上班,既无家累,也无复杂的社交圈,每天晚上都坐在同一家酒吧的同一张凳子上。在这个世界上,他简直没有一丝牵挂。

有天晚上,快要打烊的时候,我又到这家酒吧。

“你想它肚子里是不是有虫?”他是在最无心的情况下提出这个问题的。

“我不知道。你为什么会这么想,保罗？”

他抽出烟斗:“哦,我只是觉得最近它好像瘦了一点。来,上来,李欧！”

小狗像过去一样服从地蹦上主人的膝盖。我伸手去摸它的当儿,它爱不释手地一直舔我。我看得出它的肋骨比从前要明显多了。

“哦……”我说,“它是轻了很多。你注意到它的大便中有虫吗？”

“没有。事实上,我从来不看那玩意儿。”

“那……它是不是偶尔会磨屁股呢？”

“我不知道，吉米，”他摇头笑着说，“我也不会注意这些事。”

“好吧，”我说，“为了安全起见，我们还是给它吃点打虫药。明晚我带些药过来。你会在吧？”

那只眉毛又扬起来：“我想……很可能吧。”

我把药送过去以后一连几个礼拜都忙得没有时间再去“农夫的胳膊”。

一个礼拜六晚上，大西洋俱乐部借用“农夫的胳膊”开舞会。小小的酒吧里挤满了跳舞的会友和玩骨牌的人。酒吧的桌椅搬开了，内部装潢也改变了，客人们的服饰都换成了晚宴服。

我在嘈杂声和音乐声中挤进酒台。今天的“农夫胳膊”完全改头换面了，可是有一个身影还是如昔地坐在最靠末端的吧台上。

我奋战了好一会儿才挤到保罗身旁。他还是穿着平日那套衣服。“怎么不跳舞，保罗？”

他眯着眼睛慢慢地摇摇头。“这不是我的事。”他喃喃地说，“跳舞跟上班是一样的。”

我低头发现他的另一半也没变——李欧从脚凳下伸出个脑袋向我吐舌头。我叫了两杯啤酒想跟保罗好好聊聊，可是我立刻发觉这种念头是很愚蠢的。我和保罗之间不时有手臂伸过来向酒保要饮料，有时候，我的左右各会冒出一个脸颊通红的脑袋相互咆哮着问好。更不用说，舞池里快速运动的脚也会常常扫到我的凳脚。我和保罗大多数的时候都是在喧哗声中默默相视。

保罗把脸凑过来，对着我耳朵说：“我给李欧吃了两颗药，不过它还是愈来愈轻。”

“真的？”我大叫着回答，“这就怪了。”

“是啊……或许，你是不是可以看看它？”

我点点头。他打了一下手指，霎时之间，小狗已经很平稳地坐在他大腿上了。我把李欧抱过来——它比上次又轻了许多。

“你说的没错。”我说，“它还在继续减轻。”

我翻开李欧的眼皮，大略看了看它的眼结膜。

我大叫着说：“它有点贫血。”我又扳开李欧的下巴，发现它的扁桃腺肿得很大。这倒是很奇怪的事。会不会是它的喉咙受了某种感染？我无助地四顾一周。但愿保罗不至于为他的狗而问东问西的。我很愿意为李欧做彻底的检查，或回答它主人一切问题，可是这绝不是在杯光舞影的酒吧里该做的事。

我托住李欧的前脚．想看得更清楚一点。触碰到它的腋窝时，我的心脏不禁剧烈地收缩了几下，因为那儿的淋巴腺也肿得好大。我迅速把手指下移到鼠蹊部，它的腹股沟腺也鼓得像枚鸡蛋。

何杰金氏病！几秒钟之内，酒吧里的欢笑与音乐似乎全部静止了。保罗冷静地衔着烟斗，我抬起头和他对看了好久。在这么一个欢乐的场合里，我该如何回答他，他如果问我什么是何杰金氏病的话，难道我该对他说“那是不治之症——恶性淋巴瘤”？

我边看着保罗边抚摸手边那毛茸茸的头。李欧的脸还是像过去一样充满了喜剧的效果。舞客不断地在我背后擦过，啤酒杯继续从我面前的吧台传出去。一位胖先生边唱歌边搂着我的脖子。我靠向保罗。“保罗。”我说。

“什么事，吉米？”

“明天……明天早上你把李欧送到我诊所来，好不好？上午10点。”

他的眉毛上扬了一会儿，然后点点头：“好啊。”

我没把酒喝完就向人潮汹涌的门口挤出去了。我回头瞥了一眼，李欧的尾巴正好消失在高脚凳下。

第二天我很早就醒了。我躺在床上瞪着天花板。8点钟的时候，我下床给海伦倒了杯热茶，然后就静静地坐着等了两个小时。

保罗和李欧出现在诊所的当儿，我的心又悸动了好几下。

我开门见山地就把实情告诉了他，因为我实在想不出任何较和缓的措辞。

保罗的表情一点也没变，不过他拔出烟斗很平稳地看看我，又看看李欧。

"哦，"他过了好久才说，"原来如此。"

我什么也没说，只是看着他轻轻抚摸小狗。

"你确定吗，吉米？"

"确定，我很难过。"

"没有方法可以救它，"

"有一些可以缓和的药物，不过结果还是一样的。"

"嗯……"他慢慢地点点头，"我看它并不很糟嘛。如果不管它会怎样？"

我停了一下："淋巴越肿越大，并发症也会出现。最常见的就是水肿病——其实它的腹部已经有些浮肿了。"

"对，对……我也注意到了。还有其他症状吗？"

"扁桃腺肥大会使它易于气喘。"

"哦……难怪最近走几步路它就开始喘气。"

"到最后，它会越来越瘦，直到……"

保罗低头看看小狗："这么说，它的余生会很痛苦。"他咽咽口水，"它还能活多久？"

"几个礼拜。不过也不一定。或许最长可以拖到三个月。"

“吉米，”他拢拢小狗的背毛，“我不愿它受苦，这是我的责任。我要你现在就让它长眠。你不反对吧？”

“保罗，我相信这是最仁慈的方法。”

“那……你是否可以立刻就做——我一走出那扇门就做？”

“我保证它什么也不会知道的。”我回答。

他很镇定地把烟斗放回嘴里，可是烟草已经熄了。他拍拍小狗的前额。李欧忙碌地摇起尾巴，然后和主人对看着。

“我走了，吉米。”说完，他转身很快地走出去。我照着他的话做了。

“听话的李欧，好好睡一觉吧。”我不停地摸它，看着它渐渐昏睡。我相信它在死前惟一知道的就是轻柔的抚摸和低语声。我要它在最祥和的气氛中离开这个世界。

我知道我是最容易感伤的人，不像保罗，他决定了该做的事就立刻去做。他不同情自己的感情，让理性指引自己一切的行为。

稍后吃午饭时，我把李欧的事告诉海伦。

我必须把这件事说出来，否则我对不起海伦烹调的技术和那一盅香味冲鼻的炖肉。因为我给上午的事搅得一点胃口都没有。

我居高临下地看着她——这回轮到我坐高脚凳了。

“海伦，我觉得我上了一课，”我说，“我是指保罗的决心。若是换了我，我一定无法像他那么放得开——我会试着把不可避免的事情继续拖延到最后一刻。”

海伦想了一下：“很多人都会像你一样的。”

“我知道，可是他不会。”我放下刀叉，盯着墙壁，“他做得那么自然。保罗是个人格健全的人。”

“好啦，吉米，快吃饭吧！这是不得已的事，你不要再自责了。保罗是保罗，你是你！”

我低头看看盘子里的肉。我无法压退自己是个软弱的人的想法。我又抬起头来的时候,海伦在向我微笑。

突然,我发觉至少海伦不会觉得我是个软弱的人。

礼拜二早上,桑先生到诊所里来拿乳牛的消肿药。

“每天早晚在乳房上抹些药膏,”我说,“过一两个礼拜,肿就会消下去了。”

“谢谢你。”他递给我半克朗。我把铜板扔进钱柜的抽屉里。

“保罗的事真叫人难过,不是吗?”

“什么意思?”

“你不知道吗?”他说,“他死了。”

“死了!”我像傻子一样地瞪着他,“怎么会……什么时候?”

“今早发现的,他自己了结了一切。”

我把双手撑在柜台上:“你是说……自杀?”

“他们都这么说。他吞了一大堆药丸。老天,全镇都晓得这件事了。”

虽然桑先生还在讲话,但我觉得他的声音愈来愈遥远。

“这真是今天最糟的事了,他是个好家伙,我相信全镇的人都会喜欢他的。”

稍后,我把车子停在保罗的住处门口。他的房东克莱顿太太正好站在门口。我打开车门走出去。

“克莱顿太太,”我说,“我还是不敢相信这件事。”

“我也是,哈利先生,太可怕了!”她的脸色惨白,眼眶又湿又红,“他在我这儿住了六年……你也知道,我把他当儿子一样。”

“可是他到底为了什么?”

“他失去了爱犬,受不了这种打击。”

顿时,我领悟到自己成了罪人。房东太太拉住我的手。

“哈利先生,这不是你的错。保罗把这件事都告诉我了。谁也救不了李欧,人得了癌症都会死,更何况是狗!”我傻傻地点点头。

“告诉你一件事或许会让你好过一点。哈利先生,保罗不像你我这样坚强。你看得出他有忧郁症吗?”

“忧郁症,保罗?”

“对。他一直在看医生,还每天吃药,可是多少年来一直无法治好他的神经衰弱。”

“神经衰弱……我做梦也不会想到……”

“没有人想得到。可是事实却如此。据我所知,他的童年过得很不愉快,所以他把精神寄托全放在小狗身上。”

“唔……唔……”

她拿出一条揉皱的手帕捏捏鼻子:“事实上他一生都那么可怜。他是个勇敢的人。”

我不晓得该再说些什么了。我把车驶向郊外。平静的草原和我的心情成了最强烈的对比。吉米·哈利对一个人的判断竟然错得这么离谱。保罗一直在打他那场最隐秘的战争,他的勇气成功地瞒过了每一个人。

保罗给我上了另一课,这是我永远不会忘记的一课:这个世界上有成千上万的人并不像他们外表上看起来那样。

重获光明

保罗的死让我震惊了好久，事实上，我从来没有脱离过这件事的阴影。即使是今天我再走进“农夫的胳膊”，尽管酒吧里景物全非，客人也换了一代，我还是会不禁想起35年前坐在吧台末端的那个身影和高脚凳底下摇晃的小尾巴。

我希望永远也不要再经历保罗这样的事件，然而命运之神的安排却是相当紧凑的。

保罗死后不到一个礼拜，安德鲁抱着他的狐狸犬到诊所里来。

我把小狗放在桌子上仔细检查它的眼睛。

“越来越糟了。”我说。

它的主人不先警告我一声就猛然把脸埋在手掌里哭泣起来。

我把手放在他肩上：“怎么了，安德鲁？到底怎么回事？”

起初，他只是埋头抽泣，不肯回答。最后，他蒙着脸说：“我受不了这种打击！若是‘矿工’瞎了，我也要自杀！”他的声音沙哑而富于勇气。

我被震慑了，看着他。这种事不能再发生了！可是眼前的情况跟保罗相似。安德鲁也是位三十多岁的光棍，而那只狐狸犬也是他惟一的伴侣。他看起来像保罗一样无忧无虑，不过却显得过于害羞和懦弱。他的身体干瘦，好像咳一声就会倒地不起似的。不用说，他的脸色自然也经常是苍白的。

他头一次提起矿工是在几个月以前。

“我叫它矿工是因为它从小就爱挖坑。”说完，他还用那对大眼睛向我笑笑。

我笑着说：“但愿你带它来不是医治爱挖坑的毛病。我从没有在书上看到过这种病例。”

“不，不，是别的病——它的眼睛。它从生出来眼睛就不好。”

“真的，快告诉我。”

“我头一次看到它的时候，它的眼睛很红。不过店主说也许只是眼睛里进了东西，过一阵子就会好的。过了几天，它的确好了一点，可是一直就没有真正好过。它的眼睛总是不太舒服的样子。”

“能不能说得具体一点？”

“它成天在地毯上磨眼睛，而且一看见强光就眨眼睛。”

“哦。”我把小狗拉起来，翻开它的眼皮。它的主人还在说个不停，不过我一句也没听进去。它的虹膜很正常，里面也没有任何脏东西，只是水晶体和虹膜不像一般的狗那样容易区分。

我从架子上取下检眼器：“它多大了？”

“差不多一岁了。”

“那么，它的眼睛不好至少有十个月了？”

“嗯，差不多。大部分的时候，它还是很正常，可是当它趴在篮子里半眯着眼睛，你就会发觉它的眼睛有毛病。不一定是大毛病，不过至少它很不舒服就是了。”

我点点头。但愿我表现得像个聪明的医生，可是他给我的资料完全提供不出任何线索。我打开检眼器的小灯，向所有器官中最奥妙、复杂的眼球里检视，可是我一点毛病也看不出来。

“它还挖坑吗？”我问。我在想它也许是扒土时，眼睛里进了沙子。

安德鲁摇摇头：“现在很少了。它眼睛不舒服的时候都不是在挖坑后。”

“哦？”我搓搓下巴。这家伙的反应比我快。我除了疑惑，还带着一丝不安。通常人们把宠物送来，我多少都会发现一点毛病。“那么，你想，它现在算不算是眼睛不舒服的时候？”

“至少今早还是。现在似乎又好了一点。你不觉得它很爱眨眼睛吗？”

“唔……也许。”矿工的眼睛的确有点怕见强光。即使窗外的光线相当柔和，它还是半眯着眼。有时候，它会不愉快地闭上眼皮，可是老天帮忙，我什么毛病也看不出来。

我并没告诉我的客户天晓得它是怎么回事，因为这样会使客人对我失去信心。相反的，我忙得像煞有其事的样子。

“我给你一些药水，”我轻快地说，“今天滴三次，随时将它的情况告诉我。我想它是受了一些感染。”

我把一瓶含2%硼酸的溶剂交给他：“希望这瓶药水能治好它的眼睛。”我拍拍矿工的脑袋。它是只迷人的好狗。我很少看过毛色这么纯亮，四肢这么修长的狐狸狗。

它从桌上跳进主人的怀里。

我笑了：“它急着想走——大多数的动物都是这样。”我弯腰拍拍狗屁股，“我看它好得很呢。”

安德鲁得意地说：“除了偶尔眼睛不好之外，它简直是只完美的狗。你该看看它在旷野的样子——它跑起来的姿势才动人呢！”

“我相信。别忘了，随时将情况告诉我。”我送安德鲁出门，完全没想到我已经遭遇了一生中最恼人的病例。

从那次会面以后，我开始注意安德鲁和他的狗。安德鲁是一家农业化学公司的代表，经常像我一样驾车穿梭在乡间田野中。不管上哪儿，他的狗都跟着他，所以把前脚搭在仪表盘上观赏风景就成了它的主要嗜好。

我发现矿工相当细心，凡是出现在挡风玻璃前的任何景物它都不肯放过。它的世界几乎和人类的世界一样丰富。

有天下午，我在一处顶风的高草坡上训练山姆的时候，又碰到了安德鲁。那是5月中旬，山顶的风很温和，一整个礼拜的晴天把大地晒得热烘烘的。干草地上散布着石南花簇。我看见矿工像只白狐狸似的纵出草丛，冲到山姆面前闻了闻，又跳回主人身边。山姆愣了一下，等弄清怎么回事后，才加速追杀过去。两只狗在安德鲁脚下打滚玩耍起来。

“这才是生活真正的乐趣。”我走过去说。

安德鲁害臊地笑笑：“是啊。今天天气好极了。”

“对了，它的眼睛怎样了？”我问。

他耸耸肩：“时好时坏。不过刚点完眼药水的时候，它好像会舒服一些。”

“可是它还是常常眯起眼睛？”

“嗯……是的。我必须这么承认。总之它并没有改进。”

我再次觉得困窘沮丧。“咱们走回车子去，”我说，“我好为它再检查一下。”

我把矿工抱起来，借着阳光检查它的瞳孔。这回我发现它角膜上有发炎的迹象。天晓得上一次我为什么没有看见。

“我得再开些更强的药水。”我在医药箱里摸索着，“这里刚好有一瓶。这次我们用硝酸银试试看。”

一个礼拜后安德鲁又到诊所来。角膜炎是好了——也许这是硝酸银的功效——不过矿工的眼疾还是没有解决。某种我无法查知的原因一直困扰着它的眼睛。

我开始查阅一些兽医史上被人遗忘的病例，可是一无所获。当时，世界上还没有抗生素——不过即使有的话，我想也没有什么用。

直到矿工的角膜上聚起了邪恶的褐斑点时，我才发现真正的噩梦开始了。异色细胞在灵魂之窗的要道上筑起了城墙——我在书上见过这种描述。你无法将这些斑点除去，而且，它们会封死瞳孔的视线。

尔后的一个月里，我不断地与那些斑点作战，我试尽了所有的药，却仍旧无法遏制它的扩张。矿工的视界越来越狭窄了，如果再不停止，它将会完全失明。安德鲁显然也注意到了这一点，所以每次一把小狗放上桌，他就开始不安地踱步子。

“哈利先生，它的视界越变越窄了。从前趴在仪表板上的时候，它会对不喜欢的东西吠个几声——比方说看到别的狗或什么的——可是现在它好像只能看到正前方的东西。我知道它迟早会瞎的。”

我真想尖叫一声，或踢桌子一脚，可是那是于事无补的，所以我也只好看着他。

“那片褐色的鬼东西会使它变瞎，对不对？”他说。

“安德鲁，这种病叫色素角膜炎，很难医，不过我会尽力的。”

可是我所能尽的力实在有限。色素层越来越深，面积也渐渐扩大。五个月以后，它已经形成一道窗帘，将矿工与外面的世界隔绝了。黑暗就要降临了。

那天，我又翻开矿工的眼睛，只见到里面全是乌蒙蒙的一团，于是我拍拍安德鲁的肩膀："来，坐下。"我为他拉了把椅子。

他瘫坐在椅子里，双手掩着脸。过了好久，他才扬起那张涕泗纵横的脸。

"我连想都不敢想，"他呜咽地说，"矿工是全世界最善良的狗，它做错了什么，要得到这种报应？"

"安德鲁，我知道这是很悲哀的事，我和你一样难过。"

他把头滚向一边："噢，上帝，这何止是悲哀。你不晓得它多喜欢这个世界。如果它失明了，生命对它将毫无意义。它死了，我也不想活了！"

"安德鲁，不可以说这种话！"我说，"你扯得太远了。"我迟疑了一会儿，"如果我冒犯你了，请原谅……我觉得你应该去看心理医生。"

"我早就在看了。"他木然地回答，"我家里全是药罐子。医生说我神经衰弱，而且，心态不正常。"

这句话像是丧钟。保罗才死不久，所以我对这类的话特别恐惧。

"你神经衰弱有多久了？"

"好几个礼拜了。最近越来越厉害。"

"从前呢？"

"从来没有过，"他扭曲着手，低头看着地板，"医生说如果我继续吃药，很快就会好。可是我已经没有信心了。"

"安德鲁，医生说的没错。吃药要有恒心，否则什么病都好不了。"

"我不信！"他喃喃地说，"我对这个世界毫无兴趣，也毫无信心。每天早晨一睁开眼我就恨自己为什么要醒过来。吉米，我真的是度日如年。"

我不晓得该如何说些鼓励的话便说："要不要我替你倒杯水？"

"不……不,谢谢。"

他把那张惨白的脸转向我,两眼茫然得可怕。"这种日子活下去会有什么乐趣? 我知道我的后半生都是索然无味的。"

我不是心理医生,不过我知道这种人需要精神支柱。我突然闪过一个念头。

"好吧,"我说,"就算你已确定这后半辈子都是索然无味的,至少你也该为你的狗想想吧?"

"我又能怎样,它已经要瞎了,我能为它做什么?"

"你错了,安德鲁,就是因为它要瞎了,你才责任重大。你应该照顾它——没有你的帮助,它根本活不下去。"

"我照顾它?"

"嗯。你带它走过各式各样的路,所以今后你还要继续带着它走,你要让它避开坑洞和沟渠,让它不再觉得恐惧。"

他扭起脸颊:"我知道这些,可是它对这一切都不会再感到兴趣。"

"它会的,"我说,"连你也会感到惊讶。"

"可是……"

"你家后面不是有块大草坪吗,你要每天为它清除障碍,带着它在上面奔跑。还有我开给你的眼药水,你不是说点了以后它会觉得舒服吗? 如果你不为它点的话,这件事将由谁来做?"

"可是哈利先生……你也见过它如何隔着挡风玻璃向外张望……"

"它还能这么做。"

"即使它看不见?"

"对。"我把手放在他手臂上,"安德鲁,当一只动物瞎了以后,它并不知道发生了什么事。我知道这是很不幸的,可是动物不会像人类一样感到心灵的痛苦。”

他站起来吸了一口气:“可是我已经感受到这份痛苦了。我一直担心这件事会发生，也一直在想这件事。我好久没有真正地睡一觉了……我只觉得这个世界太不公平,它只是只完全无害的小动物,为什么要遭受这种打击?”他又开始扭曲双手在屋里踱起步子。

“你是在折磨自己!”我开始疾言厉色了,“你在自寻烦恼。你只是借矿工的事惩罚自己。你根本不曾想过要做一件有益于它的事!”

“你要我如何做出有益于它的事?你所说的一切都不能使它像过去那么快乐。”

“我说可以!只要你去做的话,矿工根本不会感到失明的痛苦。一切都在你!”

他像梦游的人一样弯下腰抱起小狗,向大门走出去。快走出院子的时候,我冲过去叫住他。

“安德鲁,继续和你的医生保持联络,别忘了吃药,”我扬声大喊,“别忘了你对小狗的义务!”

我日夜恐惧他会步上保罗的覆辙,可是一连几天我都没听到任何悲剧发生。相反的,我还经常看到安德鲁带着矿工出现在街上。有时他会驾车带小狗出游,或找一块草原奔跑、追逐。他打开了窄门,渐渐在照我的方法去做。

有一天,我在河边的草地上碰到他,便问:“怎样,它过得愉快吧?”

他看看我,脸上没有笑容:“还好。我成天盯着它,深恐它给坑洞绊倒。”

“对,这就是你该做的。你呢,你过得怎样,”

“你真想知道?”

“是啊,我当然想知道。”

他勉强笑了一下:“我生活得很紧张。带它出来的时候,我会高兴一些,可是平时还是很沉闷和绝望。”

“很抱歉,安德鲁。”

他耸耸肩:“不要认为我是在自我怜悯。是你要追问的。不过我自己订出了一套生活方式。每天早晨起床后,我都对镜子说‘好了,安德鲁,这一天又开始了。不管生活是多枯燥,你都要尽到你对小狗的责任。你可以不快乐,但你不能使它不快乐。’”

“快了,安德鲁,你快痊愈了。再继续下去,你会获得新生。”

“心理医生也这么说,”他低下头看看小狗,“走吧,矿工!”

他转身离去,小狗跟在后面。我发现他的肩不像过去那么低垂了——这一幕使我对他的未来充满希望。

我的期望并没有白费。安德鲁和矿工都胜利了。不到几个月的工夫,他们完全改变了。我印象最深刻的一次,是两年后的一天,我又在山顶那片高草原上碰到他们,矿工像子弹般地从石南丛里蹦出来。

我想没有人会以为它是只瞎狗,因为它像是有罗盘指引似的在草原上绕了几圈,又回到主人脚边。

安德鲁看到我立刻笑了。他至少比两年前重了十五磅。“矿工学会了算步伐,我猜想天底下它最喜欢的运动就是在这儿绕圈子了。你瞧,它跑得多自然!”

我点点头:“它简直就是只正常的狗嘛。”

“是啊。坦白说,我都常常忘记它是个瞎子。”他停了一会儿,“你说的没错,还记得你在诊所里说过的吧?它根本不会觉得失明的痛苦。”

“当然记得。”我说,“你呢,快乐了一点吗?”

“我得谢谢你,哈利先生。”他的脸上掠过一抹阴影,“想起过去,我觉得我很幸运。我像是个从暗巷中一步步走出来的人。”

“我也看得出来,你又获得了新生命。”

他笑了:“过去我真的是在自寻烦恼。我喜欢把不愉快的事压在脑子里,让不悦的阴影指引我的生活方向。”

“安德鲁,这一点不用你说。我也是很想不开的人。”

“我相信很多人都会这样,只是在这一方面我是专家。我想改变自己最好的方法就是勇于面对生活。当你步入健康的路途时,你会发觉过去所在乎的事都非常可笑。”他突然抬起头,指着草地说,“你瞧!”

矿工冲到一片矮篱前面——那很可能是以前圈羊的篱笆——很优雅地跳了过去。

“妙透了!”我很兴奋地说,“谁也不会相信!”

安德鲁转过来对我说:“哈利先生,我也时常在奇怪。一只瞎了的狗能做出这种事吗?我在想……它会不会还能看到一点点?”

我想了一下:“也许较强的光线可以透过色素层,不过它所能感觉到的只是光的明暗。管它呢,反正它熟悉周围的环境就好了。这和没有失明的时候并没有太大的差别啊。”

“对……对!”他很富智慧地笑笑,“即使它一点都看不到,我们还是得活下去,不是吗,过来!矿工。”

他吹了声口哨,引导小狗追向他。我看见安德鲁的身影在灿烂的金光下越变越小,跟在他后面的小狗不是用跑的,而是迈开四肢像野兔一样跳。

一直到今天,我还是不知道矿工瞎眼的真正原因。不过我猜想惟一的可能便是由于“角膜干燥”。现代的兽医发现这种症状时,可以用人造眼泪使角膜湿润,可是一旦色素层出现后,还是凶多吉少。

回想起这一段插曲我就觉得万分庆幸。人们脱离苦恼的方式很多。大多数的人都有家庭,他们必须抚养妻儿子女或工作,使他们精神有所依赖,可是引导安德鲁的却是一只瞎狗。

我时常想起安德鲁所说过的暗巷。我深信不是他使得小狗重获光明,而是小狗使他重获光明。

怀孕妄想症

自从学会独飞后，我对飞行教官伍德翰的看法完全改变了。他无疑是个真正的好老师。

世界各处都在打仗，哪有工夫想到仁慈主义？飞行教官的责任就是在最短的时间内把年轻的嫩苗送上天空。以我的例子来说，他是彻底成功了。

我时常幻想自己是个老师，而对于那些到德禄实习的学生而言，我就算得上是位老师。我仿佛又看到自己正在对一位学生纵情大笑。

“大卫，真正下乡出诊的时候并不是这样。”我说。大卫今年才15岁，他像其他许多发誓要做个兽医的孩子一样到诊所里来要求和我一起出诊见习。不过，此刻他的脸上露出困惑之色。

这也不能怪他。因为他原期望和我下乡去见识大型牲口并度过粗犷刺激的一天，可是现在出现在诊所里的却是一位拿着娃娃的小姐和一只狮子狗。这位小姐慢慢穿过甬道，每走几步就捏一下手中的橡皮娃娃，让它发出吱吱的叫声。跟在后面的露西每听到娃娃叫一声，就很不情愿地向前走个两步。最后，它终于给骗进了诊疗室，主人把它抱上桌子后，它酸酸地看看我们。

“要不是艾玛丽，它一步都不肯走呢。”小姐说。

“艾玛丽？”

“这个娃娃。”她把橡皮娃娃拿起来，“自从露西生病以来，它就爱上了这玩意儿。”

“哦，有这种事，它是什么毛病？”

“大约有两个礼拜了，它几乎都不愿意吃东西。”

我伸手从后面的架子上取下温度计：“我这就为它检查一下。狗不肯吃东西八成就是病了。”

温度很正常，于是我将听诊器贴在小狗的胸口上。除了心脏规律的跳动声之外，我并没有听到其他不该有的声音。我把听筒移到腹部，肠胃正在谨慎地蠕动，没有异常的行为。

小姐拍拍露西的脑门，它立刻抬起头用失望的眼神看她一眼。“我真的很为它担心，它连散步都没兴趣，要不是我用艾玛丽引它的话，它根本就不愿出门。”

“唔……”

“看它走路的样子简直像只老狗，事实上，它才三岁。你不晓得过去它有多活泼。”

我点点头。我知道露西过去充满了能耐。我在河边的空地上看过它表演跳高。它就像皮球一样富有弹性。而今它一定是得了很严重的病才这么没精打采。

我真希望这位小姐不要没事就捏那个娃娃。我瞥了大卫一眼，不晓得他会作何感想。早先我曾对他说兽医是相当现代化的行业，因此他在进兽医学院之前，一定要先对物理、化学及生物都有很高的兴趣。

可是今天的场面跟我所说的完全扯不上关系。

或许我可以将话题引得更专业化一点。

“没有别的症状了吗？”我问，“干咳，便秘或下痢？”

小姐急忙摇摇头：“没有，都没有。它只是时常很遗憾地看我，除此之外就是忙着找艾玛丽。”

噢，又来了。我清了清喉咙：“它从不呕吐吗，尤其是在饭后？”

“从没有过。当它有点想吃东西的时候，它都要先找艾玛丽；饭后，它一定要把它衔进篮子里。”

“真的？我看不出娃娃和它的病有何关系。你确定它有时候不会跛？”

那位小姐大概根本没在听。“每次把艾玛丽衔进篮子里以后，它就会绕来绕去，并不停地抓地毯，好像很想替娃娃挖出床位似的。”

我磨磨牙齿。她不能换点别的说吗？突然，我的脑海中点燃了一根火柴。

“等一等，”我说，“你说它想替娃娃铺床？”

“嗯。它不停地抓了几世纪，然后把艾玛丽放上去。”

“嗯。那么……”再一个问题就可以确定了，“它上一回发情期是什么时候？”

小姐用一根指头在下巴上敲了一下：“我想想看。好像是5月中——大约是九个礼拜以前。”

整个案情豁然开朗了。

“请你把它翻过来。”我说。

露西躺在桌上，用极富感情的眼光看着天花板。我捏捏它的乳腺，发现它胀得很厉害。我又捏捏乳头，一滴奶立刻渗出来。

“它是假怀孕。”我说。

“世界上有这种事？”小姐的眼珠瞪得好大。

“对母狗来说，这是很平常的事。它们以为自己怀孕了，因此在妊娠的末期就开始忙碌，比方说为小狗铺床就是一个例子。有些母狗的肚子还真的会隆起。总之，假怀孕的狗会做尽天下的怪事。”

“多新鲜的事儿！”小姐笑着说，“露西，你这个坏东西，害我们白紧张了一场。”她朝桌子这头看了一眼，“它还要多久才恢复正常？”

我转身在洗手盆里洗手。“不会太久，我开些药给你。如果一个礼拜之内还没好再来我这儿。不过你也不必急——也许它会多过些日子才会恢复正常。”

我走到配药室里，将药锭装在小盒子里，小姐接过药盒时向我谢了一声。露西坐在地上，眼神陶醉在遥远的幻想之中。

“走吧，露西。”她说。可是那只狮子狗丝毫没有反应。“露西！你没听到吗，我们要走了！”她向甬道走出去，而小狗侧着头一动也不动，好像在倾听音乐似的。一分钟以后，女主人又走回来奚落了它一顿：“噢，你这个顽皮鬼，怎么可以这么不听话！对你实在没其他的办法！”说完，她打开皮包把橡皮娃娃拿出来。

“吱——吱——”艾玛丽叫着，小狮子狗立刻扬起眉头，用最崇拜的眼神看着它。“吱——吱——吱——吱——”娃娃的叫声回荡在甬道里，露西也无奈地一步步走出去。

我回过头对大卫抱歉地笑笑。“好了，”我说，“咱们上路吧，你不是想看看真正的农庄和牛羊吗，我保证待会儿你看到的和刚才完全不同。”

坐进车里的时候，我继续说：“还有，不要因此对兽医事业产生误解。我也不是成天与小猫小狗为伍的。事实上，我真正的生活是和粗壮的牛羊在一起。当然，不可否认的是小动物的医术也越来越重要了，因为你每天都必须面对这么多喜爱小动物的客户。哦,对了,在我们真正上路之前,我们还先得去看一只小狗狗。”

“什么?!”孩子大叫起来。

“唔……事情是这样的,一位雷先生打电话来,说他的达尔马西亚犬行为乖张。它变得很怪,以至于它的主人都不愿意带它到诊所来。”

“你想这会是什么病?”

我想了一下:“我知道听起来有点傻,不过我担心是狂犬病。这是所有犬类疾病中最恐怖的。谢天谢地,卫生当局已经确实做到让这种病绝迹好一阵子了。但愿雷先生的狗是患了其他任何疾病。你知道,面对一只疯狗,你只有一个选择,就是让它死。”

雷先生的开场白就使我情绪低落下来。

“泰沙越来越凶恶了,哈利先生,我甚至不敢保证它会不会乱咬陌生人。今天早上它就一口咬着邮差先生的脚踝不肯放,真令人尴尬。”

我的情绪又低落了几度。“我简直不敢相信,”雷先生接着说,“你不晓得过去它有多善良。”

小狗坐在长沙发的角落上,一看到我走进来,就狠狠地瞄着我。它是我的常客,所以我还是很自信地走过去。

“哈啰,泰沙。”我笑着伸出手。过去它总是摇着尾巴用笑脸迎接我,可是今天却坐着一动也不动。它把下唇藏在牙齿后面,开始发出攻击前的闷吼声,接着,它的上唇开始跳动,好像有人用丝线拉着肌肉上下抖动一样。

“怎么回事啦,大小姐?”我暂时把手收回来,因为它把上下两排利齿都呈现出来了。我看得出它的眼神中充满了由衷的恨意。泰沙真的是六亲不认了。

“哈利先生,”它的主人说,“我想你还是不要再接近的好。”

我知趣地退了一步:“我极同意你的看法。看来它是不打算合作了。这样好了,你把病况告诉我也是一样的。”

“我也没什么好说的,”雷先生耸耸肩,“反正它就变成了这副德行。”

“胃口还好吗?”

“好得很,只要出现在眼前的它都吃。”

“没有不寻常的现象?”

“除了脾气之外,没有。家里的人还可以勉强接近它,可是外人一律免谈。”

我拢拢头发:“你们的生活环境没有改变吗?比方说新生的婴儿,新养的小动物,或常有陌生人走进屋里。”

“没有,都没有。”

“我这么问是因为动物也有嫉妒心。”

雷先生又耸耸肩:“这儿一切跟过去一样。今早,我太太想到一种可能,会不会是发情期的时候,我们把它关得太久了。那段时期,我们差不多有三个礼拜没放它出去……不过那也是两个月前的事了。”

我向四周打量了一下:“两个月以前?”

“差不多。”

该不会又是那套把戏吧!我对雷先生使了个手势:“能不能请你把它扶成人立的姿势?”

“像这样?”他抓住泰沙的前肢,让它腹部朝我站着。

跟我想的一样,它的乳头胀得又圆又大。我已经可以下定论了,不过我还是走过去捏了捏乳头。顿时,一道白色的奶水喷了出来。

“它充满了奶水。”我说。

“奶水?”

“是啊，它是假怀孕。这是很平常的事，我开些药给你。过一阵子它就会变得像以前那样温驯可爱了。”

一同走回车子的时候，我知道大卫对兽医事业作何感想了。他死也不会相信干这一行还跟化学、物理乃至生物学扯上关系。

“很抱歉，大卫。”我说，“我对你描述的兽医生活是多么有趣和伟大，可是今天碰上的头两个病例都那么乏味。不过不要泄气，现在我们就要到农庄去，你将会看到兽医生活截然不同的一面。刚才碰到的假怀孕都是心理问题，说实话，那并不是兽医的领域。我们真正最常接触的是草原和壮硕的牛马。”

车子驶进农庄时，我看见农夫扛了一袋饲料。

我和大卫打开门走出车子，“听说你的猪病了，鱼先生？”

“是啊，一头大母猪，就在这儿。”他带我走进猪圈里指指一头巨无霸的白猪。

“它在地上趴了好几天了，”他说，“什么也没吃，却只是在食槽里翻来翻去的。我真担心再这样下去，它连站起来的力气都没有了。”

我在农夫的说话声中把温度计插进大白猪的肛门里，过了一会儿又把它抽出来——39.1度，正常得一塌糊涂。我疑惑地摸摸它的肚子，然后看看食槽。猪是很贪吃的动物，可是这头大白猪却对食物一点兴趣也没有。

我用手指戳戳它的大腿：“起来吧，胖小姐！”接着，我又在它屁股上打了一巴掌。若是一头正常的猪此刻一定会跳起来跑走，可是这家伙根本不理我。

我抑制住尽量不要搔脑袋。这头猪实在是太奇怪了。“它过去有没有生过病，鱼先生？”

“从来没有过。它一向健康又快乐。我实在想不出是什么原因使它这样趴着不动。”

我也想不出原因来，只好说：“我觉得它一点也不像生病的样子。它并不痛苦，也没有烦恼，好像很不关心周遭事物似的。”

“是啊，哈利先生，我觉得它还挺快乐的呢。总之，它就是不吃也不动。这件事很麻烦，对不对？”

是有点麻烦。我蹲在地上仔细打量这头大母猪。它不时用鼻子在干草堆中搓。天下没有一头病猪会这么做，因为这是幸福、安逸的反应。接着，我又发现它的喉咙里断断续续发出满意的低吟声！我很熟悉这种声音……好像母猪喂小猪吃奶的时候会发出……噢，不！该不会又来第三次吧……

猪圈里很暗，所以我看不见它的乳房。

我对农夫说：“请你把门开大一点，好吗？”

阳光冲进来以后，我只好低头认输了。剩下的工作，就是用手将奶头里的奶水挤出来喷到墙上证明给农夫看了。

我站起来正要向农夫解说的时候，大卫先替我这么说了。

“假怀孕！”他说。

我木然地点点头。

“什么叫假怀孕？”鱼先生瞪大了眼睛问。

“你的猪假想它自己怀孕了。”我说，“不仅如此，它还假想小猪仔已经出生，而且正在吸奶。你看它的姿势，不像在喂奶吗？”

农夫缓缓吹了一口气：“嗯……对，对，你说的对。它的确是在这么做……而且，它好像还很陶醉的样子。”他摘下帽子，搓搓额头，又把帽子放回去，“这真是天下最新鲜的事，对不对？”

当然，这对我和大卫一点也不新鲜。我想这次我该免了前两回那套说词。

“没什么好担心的，鱼先生，”我匆匆地说，“有空来诊所一趟，我开些药给你，过一阵子它就会好的。”

离开猪圈的时候，我还看到母猪很小心地挪了挪身体，像是生怕把小猪压扁似的。看那光景，这猪圈里就差没有一列粉红色的小猪仔在它肚子前面拱来拱去。

我打开车门正要钻进去的时候，农夫的太太匆匆走过来：“哈利先生，我刚接到你诊所里打来的电话。他们要你到东庄的罗吉家去一趟，有头母牛要生产。”

在出诊的途中接到这种电话多半是急诊，可是今天这却是好消息，因为我答应过大卫要带他看看真正的兽医生活。今天头三个病例都使我很尴尬。

“好了，大卫，”我发动车子，带着一丝笑意说，“你一定以为我的病患都有心理病。现在我要带你瞧瞧真正刺激的事。这回不是小猫小狗，而是一头大母牛，我要为它接生。这将是一场艰苦的奋战，因为这么急的电话通常都表示很严重的难产。等一会儿，你就会看到一个真正的兽医到底该做些什么事。”

东庄的地理位置似乎使得我的话更有分量。我们沿着一条绝不适合汽车行走的窄路蹦跳上山顶。车轮和突出的岩石摩擦发出令人汗毛倒立的声音时，我简直骄傲极了。

东庄局促于山顶的小平原上，后面是一片连接天际的草原。荒野中散乱着一些屋顶已经倾斜穿孔的石屋。

我指着一扇破门上模糊的数字说：“大卫，这个日子对你有什么意义吗？”

“1666年……伦敦大火！”他很肯定地回答。

“好极了。想不到吧，这间屋子是伦敦大火时盖的。”

罗吉先生提着一桶冒着蒸气的热水走出来:“它在田里，哈利先生,不过它是头文静的牛,很容易抓的。”

“好吧。”我跟着他走向旷野里。这又是一项小小的困扰——我最不喜欢农夫等我到了以后再去田里抓牛，因为这样会耽误我很多时间。可是这回例外,我觉得如果大卫真的有志从事兽医工作的话,他应该了解我们的工作经常是在旷野里进行的——即使是刮风下雨也一样。

在约克郡的山顶上,即使是7月也不会嫌太热。我脱下衬衫,感到一丝凉意。母牛站在一棵树下。强劲的海风把树和草吹得东倒西歪。大卫总算看到我正常的工作场所了。

我把手臂涂满肥皂:“来,大卫,帮我抓住尾巴。”

我把手伸进去时,希望生产的过程最好艰辛一点。如果大卫看不到我流汗,他就不会了解真正的兽医生活。

“有时候接生一头牛要好几个小时,”我说,“可是看到新生命在地上蠕动时，所有的痛苦都化解了。这就是一个令兽医最兴奋的回报。”

我继续往里伸,心里边在想这头牛会是哪一种类型的难产。屁股向外？头卡住了,四肢绞在一起？我在子宫里摸了一圈,心里暗自吃了一惊,里面什么也没有。

我抽回手臂,靠在牛屁股上休息了一下。这一天的事情就像梦一样。我抬头看看农夫。

“罗吉先生,它肚里什么也没有。”

“什么?!”

“里面是空的。它已经生过了。”

农夫上下扫描我一阵,又在草原上张望了一下:“那小牛呢？这头母牛昨晚出走，今早我在这棵树下发现它。”

他的注意力突然转向草原上遥远的喊叫声。

“嘿，威力，等等，威力！”那是隔壁的沙拉先生。他正靠在20米外的石墙上。

“什么事，鲍比？”

“我想我最好还是告诉你，今早我看到你的母牛把小牛藏起来。”

“藏起来？你在胡说些什么？”

“我没骗你，威力，它把小牛藏在水沟里，每次小牛想爬出来它就把它顶回去。”

“可是……不，不，我不相信。你听过这种事吗，哈利先生？”

我摇摇头。可是，今天所有的事不正都是这么不按牌理出牌吗？

沙拉先生走过来：“好吧，既然你不相信，我就带你去看。”

他领着我们走到田野的尽头，那儿有条划分界线的干沟。“就在这儿！”他得意地说。

他一点也没骗人。干沟的草堆里趴着一头粉红色的小牛，它正怡然自得地在那儿休息。

小牛看到母牛来了，赶紧将前肢搭在沟边上，想要爬上来，可是却被母牛用它强有力的下巴顶了回去。

沙拉先生挥挥手：“怎么样，是不是母牛把它藏起来了？”

罗吉先生什么也没说，我也只好耸耸肩。

“这真是难以置信的事，”农夫喃喃地说，“它生过了五头，每回都是一生下来就被我们抱走。会不会这回它想留住这一头？我也不知道……我也不知道……”他的声音越说越小。

下山的时候，大卫问我：“你想，那头母牛把小牛藏起来是不是真的怕别人抢走？”

我直盯着前面的挡风玻璃。“天下所有的人都会认为不可能,可是你却亲眼看见了。我的答案跟罗吉先生一样——我也不知道。”我停了一会儿,接着说,“今天至少你看见了一些从未发生过的趣事。”

大卫若有所思地点点头:“是啊,兽医生活真有趣。”

动物的小保姆

医生把我的病历资料放在桌上，然后很友善地向我笑笑。

“抱歉，吉米，你必须动手术。”

他的声音虽然仁慈，这句话却像一记正中脸颊的耳光。我们刚离开飞行学校，被派驻到曼彻斯特的西顿公园，我还听说再过两天我就要升格为正式的飞行员了。一切都这么顺利，怎么会……

“动手术……你确定？”

“确定极了。”他说。看他那样子，他永远知道自己在做什么。这位医官是中校，过去在医界颇有权威。几天前，我参加一次例行健康检查之后，他们就把我送到这儿来。

“他们在资料上提到你的旧创，”他接着说，“你在那儿已经动过手术了，是不是？”

“是。已经有好几年了。”

“我恐怕你旧病又发了，必须再动一次手术。”我实在想不出该说什么。

“什么时候？”

“几天之内。”

我瞪着他：“可是我的航空队这个礼拜之内就要派驻到海外。”

“那我只能表示遗憾了。”他摊开手，笑着说，“没有你，他们照样可以走。你必须留在医院里。”

我有种怅然的感觉，走出医官办公室好久，我都不能平息下来。我想起那50名打一开始就和我一起受训的伙伴，从伦敦到史卡保罗到温莎，我们同甘共苦，一直未曾分离过。我觉得自己已经和团体融合在一起。我实在无法接受就要和他们分手的事实。

我的室友们也像我一样难过，他们有些悲恸得如丧考妣，可是忙碌使得大伙没时间做最后的欢叙。移防前几天，整个航空队忙得上下翻腾——惟独我除外。我静坐在活动营房里的床位上，看着他们像蚂蚁搬家似的钻进钻出。

我原以为我走的时候没有人会知道，可是当我接到通知准备打包的时候，我发现缠满蜘蛛网的背包里塞了一个信封，里面全是香烟配给券。看来全队的人都伸出了援手。在当时烟券是很珍贵的，他们这么做实在很叫我感动。我独自走出营房的时候，感到鼻头酸酸的。

医院在赫旦顺附近的戈顿山上。我觉得最大的安慰就是在那儿你永远不会寂寞。病房里两列长长的病床上躺的全是与伙伴们分开的人。我深信他们都急于交友。

才住进去没两天，我就和这些人混熟了。睡在我右边的小伙子每天都要写一首诗给他的女友，而且他写完每一句都坚持要念给我听。睡在左边的是个沉默寡言的年轻人，病房里的人都叫他“阉兵”。每当别人这么喊他时，他都会咕哝几声。

第二天早上轮到我做手术了。护士为我打了针，又脱去我的睡衣和袜子，换上了洁白的手术装。当病床的轮子滑动时，我听到了疯狂的欢呼声，于是我也因袭传统，挥手道别。

从病房到手术室是一段艰辛而不愉快的旅程。手术室大门打开后，一位医师手持满载的大号麻醉针，很兴奋地走过来。一股冷汗淋遍我全身。我抬了一下头，瞥见手术台的四周站满了全副武装的手术小组——他们都蒙着面，好像阿拉伯沙漠里的强盗。

麻醉师用棉花擦拭我手腕的时候，我决定从此刻起都闭上眼睛。可是一阵惊呼又迫使我睁开来。

“吉米·哈利？”

我睁开眼看看手持大针管的人。那是泰迪——我的同班同学，打从毕业那天起，我就再也没见过他。

我的喉咙有点干，不过我总得说几句话。

“哈啰，泰迪，”我用粗哑的声音说。

他的两眼瞪得好大：“你来这儿做什么？”

“你想呢？”我有气无力地说，“他们在等着我动手术。”

“哦，我知道——我是这儿的麻醉师——可是我记得你说过你要做个兽医。”

“是啊，我是兽医啊！”

“你是吗？”他的脸上交集着吃惊与怀疑，“兽医到皇家空军算哪门子的事儿？”

问得好。“哪门子也不算，泰迪。”我回答。

他想了一下，开心地笑了起来。“吉米，没想到兽医也能开飞机，”他靠在我的床边上，身子笑得摇晃起来，“分离了这么多年，竟然在手术室相逢，实在是不幸啊！哈，哈……”他激动地笑足了一分钟，最后还擦去眼角的几滴眼泪。

我躺在轮床上，想到那一帮手术小组还在急迫地等待我，心里一点笑意也没有了。

“泰迪，你在搞什么，我们不能等一个上午！”手术台那儿终于发出抗议的呼声。

泰迪的笑声停了下来。“抱歉，吉米老友，”他说，“我忘了我们是在手术室里。”说完，他把针头扎进我手腕的静脉里。我昏睡过去之前，还看到他露出称心的微笑。

我在医院住了三周，快要痊愈的时候，院方已经准许我们到邻近的赫旦顺去溜达了。由于我们都穿着医院的制服，白衣蓝裤，街上的行人都以尊敬的眼光注视我们！对于这一点我觉得很不好意思，因为人们都以为我们是在战场受了伤。

有一天，一位一次大战的老兵走过来对我说：“小伙子，你是什么时候中的弹？”从此，我决定不和一大群人一起上街。

终于，我怀着万分感激离开了皇家空军医院——尤其是对于那些工作认真，脸上常挂欢笑的护士小姐。当然，她们也为在熄灯后聊天或躺在床上抽烟责骂过我们，可是大多数的时候，她们都是极和蔼的。

我常躺着静想，是什么原因会使一位女孩子走上当护士的路？她们对病人的关怀与爱心难道是与生俱来的？

说到关怀与爱心，我想起很多动物都具有这些特质，而最能将之发扬光大的就是艾里克的牧羊犬茱丽了。

头一次与茱丽见面的时候，我是到艾里克家去为一头阉牛治木舌症。农夫很难过地对我说他疏忽了小牛，以致它瘦得只剩下皮包骨了。

“真该死！”他咕哝说，“它每天都和其他的牛晃到草原上吃草，等我注意到的时候，它已经瘦成这个样子了。”

木舌症一定要在一开始的时候就追踪治疗，否则放线杆菌感染到了下巴就会造成口腔麻痹而无法进食。

这头瘦弱的小牛侧趴在地上,两眼呆滞得好像什么都不在乎的样子。可是像这样不吃不喝,它是必死无疑的。

"艾里克,"我说,"我想还是用静脉注射比较好,因为它不会有力量反抗。"

将碘化钠注入静脉里是治疗木舌症最快的法子,从前农夫们都把碘酒涂在牛舌头上,可是其失败率高达五成。我采用的法子是才发明的,快的话只要三两天就可见效。

我把两努拉克姆[1]的碘化钠稀释于八盎司的水中,因为这种比例会使药剂流得快些。我把针插进小牛颈部的静脉里,然后才注意到茱丽。

它一直静静地坐在旁边观看,直到我快把针筒推完了,才走过来把鼻头凑到我面前。它很小心地闻闻针筒,又检查检查我的手。我把针头拔出来以后,它还闻闻针孔,有条不紊地舔小牛的脖子。

我向后蹲了一步静静地观看。我确信它绝不只是出于好奇,因为它的眼中散发出慈祥和关爱的光芒。

"知道吗,艾里克?"我说,"刚才这小子在旁边不只是看我,它是在监视整个过程!"

农夫笑了:"你说的没错。茱丽简直就是护士,只要任何动物有不适的地方,它就会在一旁照料。"

茱丽一听到有人提到它,立刻抬起头来。它长得相当不错,毛色也很不平凡——灰褐相杂的斑纹点缀在乳白色的毛海中。我没看清楚它的胸前是不是有个V字形的斑纹,不过有没有并不重要,反正它已经够迷人的了。此外,它有双明亮的眼珠和一张隐隐欲笑的嘴。

---

① 注:药的衡量单位。

我伸出手摸摸它脑门，它立刻很激动地摇起尾巴——我说激动是因为它不只是摇尾巴，而是摇摆整个后半身。“我猜它一定很善良。”

“哦，当然！”农夫说，“事实上，它还不只是善良呢。我知道听起来也许有点可笑，不过我认为它对所有的牲口都很有责任感。”

我点点头说：“我相信。对了，咱们最好把小牛扳正。”

我们推着小牛的背脊，直到它翻正为止。我在它身上盖了一些干草，并用草砖垫在身体两侧，免得它又翻倒。

正趴的姿势也许比原先看起来要雅一点，然而那条像木板一样的舌头却因而显得更突出。我看着小牛的唾液持续不断地流到草堆上，心想下次不知还能不能再见到它。

茱丽好像并不像我这么悲观，它彻底检查了草堆和草砖，又走过去舔舔小牛的脑门。最后，它趴在它面前守着，俨然一副特约护士的样子。

“它就待在这儿。”我要关上门之前，还向牛舍里看了一眼。

“除非小牛死了或好了，否则它不会离开半步。”艾里克回答，“它这么做是心甘情愿的。”

“只要它们俩这么面对面趴着，我相信小牛对生命的兴致就会继续维持下去。精神食粮固然重要，可是你也别忘了喂它喝点牛奶或稀饭。在药力生效以前，它必须要有体力支撑着。如果它不肯吃，就用奶瓶灌——可是你得小心，否则即使是一头牛也会呛死。”

我急于想知道这种新药是否能成功地将小牛从死亡边缘拯救回来，可是我必须等五天好让药力完全发挥。

又去艾里克家时，我确信答案已经在牛舍里等着我了——小牛不是已经死了，就是正在恢复中。

我踏在石砖路上的脚步声，引起了必然的骚动——茱丽的脑袋从门缝里伸出来，耳朵竖得直直的。我已经意识到了一点点的胜利感，因为如果护士还在值班的话，表示病人还没死。接着，这只大狗冲回屋里又冲到我的脚边，两只前爪立刻搭在我膝上，好像在尽力表示欢迎我驾临似的。

在牛舍里，小牛还是趴在地上，下过它嘴里竟然含了一撮干草。最令我欣慰的是它的舌头已经可以卷回口腔里了。

“它已经进入情况了，是不是？”艾里克刚从田里赶来。

“毫无疑问。”我说，“它的舌头已经软多了，你瞧，它不是正在吃干草吗？”

“今早我喂它喝牛奶的时候，它一口气就喝了一大瓶，后来，我还看到它站起来了一会儿呢。”

我调配了一小瓶碘化钠溶剂，然后又在茱丽的监视下，为小牛做完了静脉注射。我站起来准备离去的时候，茱丽的后半身又剧烈地摇摆起来，弄得干草堆都在沙沙作响。

“看来，它好像很满意我对小牛所做的。”我说。

农夫点点头：“可不是吗？它最关心新生动物的福祉。每当我的庄上有小牛或小羊出生时，它都会舔遍它们的全身，然后日夜守着，直到它们能独立为止。”

“就像奶妈一样？”

“可以这么说，只是它不喂奶就是了。还有，它没有自己的窝，成天到牲口栏里串门子，看到有需要照料的牲口，它就会留在那儿陪它过夜。”

一个礼拜以后我又来的时候，小牛已经在旷野里驰骋了。我们花了好大的劲才把它抓了回来。我虽然不住地喘气，但我还是很高兴。我把手指戳进它嘴里，那条舌头变得又软又富弹性。

“还得打一针，艾里克。”我说，“木舌症如果不根治，很可能会再发。”我边调药剂边向四周看了一圈，“对了，茱丽怎么没来？”

“哦，我想它大概确信自己已经把小牛医好了。此外，它又找到了新的对象。你瞧，它不是在谷仓边吗？”

我向远处张望，茱丽正威风八面地站在谷仓门口。我发现它嘴里好像有一团黄黄的东西。

我向前走了几步：“它嘴里含的是什么玩意儿？”

“一只小鸡。”

“小鸡？”

“是啊。你没看到它脚边还有一大群呢！它们才一个月大，这只多事的狗不希望它们闯进牲口栏里，以免被踩死，所以它成天把守关口，遇到越界的小鸡，就把它叼回去。不过你也知道，管理小鸡是很麻烦的，因为它们都很不安分。”

我看见茱丽像守护神似的跟在鸡群后面，有时鸡群散得太开了，它就会冲过去把它们赶在一块儿。

这将是项很繁重的工作，可是我相信它不会玩忽职守的，因为它是全世界最好的护士。

惊险刺激的夜晚

在皇家空军医院的经历使我想起了许多事。身为兽医的我经常是站在手术刀的另一端，而今竟也做了一次被害者。

我依稀记得几年前的一个早上，我兴高采烈地把刀子架在一只肿胀的耳朵上面。当西格走进来的时候，屈生正在把麻醉面罩套在一只狗的鼻子上。

西格匆匆地瞥了病患一眼："吉米，这就是你说的那只狗？得了血肿或什么的，是不是？"接着，他转过头看到他弟弟，"老天……今早你美极了！昨晚你几点回来的？"

屈生的脸上没有一点血色——我看他全身的血大概都流到眼珠里去了。"我也不太清楚。我想大概很晚吧。"

"很晚吧?！我4点钟的时候接生了一窝小猪回来，你都还没回家。你到底死到哪里去了？"

"我去参加餐馆业者的舞会。他们办得棒极了。"

"可想而知！"西格抽抽鼻子说，"反正这一类的好事你一样也不会错过。什么标枪俱乐部晚餐、摇铃者的聚宴、鸽子协会的舞会，现在又是餐馆业者舞会……哪样你遗漏过？我真不晓得开餐馆的人办舞会干你屁事！”

屈生最可爱的地方就是他从来不会动怒。

“事实上，”他很冷静地说，“我有很多朋友都是开餐馆的。”

他的老哥脸变得通红，“当然，像你这样天天上馆子送钞票的傻子，谁会不把你当朋友？”

屈生没有回答，只是检查醚气瓶里的氧气是否足够。

“还有一件事，”西格接着说，“我总是看到你和一打以上的女人厮混，难道你学校里从来不考试吗？”

“你太夸张了。”屈生痛苦地看他哥哥一眼，“我承认我和一小撮女人在一起，可是那只是偶尔。你不也是这样吗？”

屈生是深信“攻击就是最好的防御”的人，这句话正中了西格的要害，因为不可否认的是诊所里经常可以见到围攻西格的女孩。

可是西格被他这一计攻得只暂时停了一下。“你别管我！”他吼叫道，“我在谈你！况且我不必考试。那天晚上你是不是和‘农夫的胳膊’里的女服务生一起在街上走？别以为闪进店里我就看不到，我只是给你面子，不好当场揭穿你罢了。”

屈生清了清喉咙：“这也没什么好丢人的嘛。我承认我和琳达很好——她是个很不错的女孩。”

“我没说她不好。我只是要你晚上多待在家里看书，少到外面去喝酒、追女人。这样说够清楚了吗？”

“够清楚了。”他优雅地低下头，调整手中的面罩。

他老哥疲倦地看了屈生半天。每次劝屈生都搞得他筋疲力尽，于是他深吸了一口气转身走了。

门一关上，屈生的面具就拉下来了。

“吉米，替我扶一下。”他沙哑地说。他走到屋角洗手盆旁边打开冷水龙头，一连喝了几口水，又洗了把脸。

“真希望他没有进来过，我一点吵架的精力都没有。”他抓了一瓶阿司匹林，猛吞了几颗。“好吧，吉米，”他咕哝着走回来，把面罩接过去，“咱们开始吧。”

我再度弯下腰面对那只名叫“害羞”的苏格兰猎犬。它的主人卫小姐两天前带它来过了一次。

卫小姐是位退休的小学老师，我常想她一定不花什么劲就可以把班上的秩序维持得很完美。那双冷峻的眼珠笔直地瞪入我的瞳孔，似乎在提醒我，她和我一样高。四方形强而有力的下巴，嵌在充满肌肉的肩膀上，使得人人看了她都不得不肃然起敬。

“哈利先生，” 她吼道，“我要你检查害羞。它的耳朵肿得很厉害……这种地方不应该得癌症的吧。”她那坚定的眼光竟也闪烁了一下。

“很少有这种机会。”我托起小猎犬的下巴。它的左耳肿得很大，好像连头都给坠得歪向一边了。

我很小心地把耳朵拉起来，用食指轻轻按了一下。害羞立刻抽动了一下。

“很痛，是不是？”我回过头，差点撞上卫小姐的脑袋，因为她正把头凑过来看。

“它得了血肿症。”我说。

“那是什么鬼病啊？”

“我想可能是皮肤和耳软骨之间的微血管破裂，使得血块阻塞于表皮之下。”

她拍拍狗：“什么原因造成血管破裂呢？”

“通常是长内疮。最近它有没有常摇头？”

“有。我想起来了，它常常甩头，好像耳朵里有什么东西似的。”

“那就是了，它一定长过内疮。”

她点点头：“原来如此。你能治好它吗？”

“我恐怕必须动手术了。”

“噢！上帝。”她很高雅地撅着嘴，“这种话我听不进去！”

“没什么好担心的，卫小姐，”我说，“我只是把脏血放出来再把表皮缝好就成了。如果现在不动手术，将来它会变成菜花耳，那样会更痛苦的。这么珍贵的小狗，要是毁于这种小病多可惜？”

我并没有唬她。苏格兰猎犬是世上最迷人的小宠物，我常感叹为什么越高贵的动物越稀少。

卫小姐犹豫了好久，才同意两天后再带它来。

当她第二次带它过来的时候，她很担忧地把小狗交给我，然后轮番打量我和屈生。

“你们会好好照顾它的，对不对？”说完，她的下巴向外伸了伸，冷冽的眼光也狠狠地瞟了我一下。顿时，我觉得我像是个犯了错的小孩正面对着严母似的。我打赌屈生受惊的程度绝不亚于我，因为卫小姐一走出去他就吹了一口气。

“老天爷，吉米，她真是条硬汉。”他喃喃地说，“我可不敢得罪她。”

我点点头：“我也不敢，所以这件事咱们绝不能出一点差错。”

西格走了以后，我把肿胀的耳朵捧起来，用手术刀在上面划了一下，紧接着，乌黑的血水汩汩流出来。我用小杯子把血接住，并挤出了几个大血块。

“难怪它会这么痛苦。”我说，“醒来以后，它就会觉得好多了。”

我在软骨和表皮层之间涂了一些对胺基苯磺酰胺，然后开始缝合。如果我不这么做的话，过一阵子耳朵还会胀起来。过去我做完耳部手术以后都是用绷带把耳朵和头绑在一起，动物的主人则会自制一顶小帽子把耳朵固定住。可是这种方法只适用于老实内向的动物，像害羞这样顽皮的小猎犬是绝不肯就范的。

为防绷带脱落，我把小狗的耳朵扎得很紧。

吃午饭前，害羞醒了过来，它虽然还是有点迟钝，可是发现自己耳朵的肿已经消了之后，它显然松了一口气。卫小姐因为有事，必须要到晚上才能来拿狗，害羞只好蜷曲在篮子里，很恬静地等待主人。

喝下午茶的时候，西格隔着桌子看了他弟弟一眼。"我要到巴郎去一趟，屈生。"他说，"我要你留在家里等卫小姐来的时候把狗交给她。"他舀了一大匙的果酱，"你可以边看顾小狗，边看看书。总之你实在该在家里蹲一次了。"

屈生点点头说："好吧，好吧。"不过我看得出他对这件事一点也不热心。

西格离去后，屈生搓着下巴，很怅然地看着落地窗外的花园："唉，真不凑巧。"

"怎么了？"

"嗯……琳达今晚休假，我答应要约她出来的。"他语重心长地舒了一口气，"唉，在事情刚有进展的时候浪费一次机会，实在太可惜了。我有种很强的预感，这个女孩对我痴迷。事实上，她已经快要可以任我摆布了。"

我很诧异地看着他："老天，我还以为今晚你打算平安地待在家里，早点上床休息呢。昨晚4点才睡，难道你不累吗？"

"哦，不，我才不会累呢。"他说，"我现在又生龙活虎了。"

他看起来的确又是满面红光，两眼散发着活力和光芒，他像刚出土的蔬菜那样新鲜。

“吉米，”他接着说，“或许……你可以留在家看这只狗？”

我耸耸肩：“抱歉，屈生，我得去看宾家的母牛。别忘了，他家在山顶上，没有两个小时我是回不来的。”

他沉默了好一段时间，然后突然竖起一根指头：“我想到解决的方法了。很简单，也很完美——我把琳达带来这里！”

“什么，带到诊所里？”

“是啊，不但带到诊所，还带进这间屋子。我可以把害羞放在炉火边的篮子里，我和琳达就可以享用这张沙发。好极了！在这么寒冷的夜晚，还有什么比这间屋子更好的地方吗？——而且这样还很省钱。”

“可是屈生，早上西格讲的那些话你都忘了？如果他提早回来逮个正着怎么办？”

屈生点燃了他的忍冬牌香烟，吐了一口逐渐扩散的青烟：“不可能的。你为什么老担心这种微不足道的事？吉米，他每次去巴村都要拖到很晚才回来。这一点完全不是问题！”

“为你自己想想你也不该这么做啊！”我说，“你不想看看细菌学吗？毕竟大考也快到了啊。”

他隔着一阵烟雾向我露出天使般纯洁的笑容：“哦，这你也不用担心，我只要扫过一遍就行了。”

这一点我无法和他争辩。我看书往往要六七遍才能记得住，可是屈生是个天才，他即使不小心看过一遍也会记得一辈子。于是我只好出我的诊，随他如何决定。

我大约8点左右就回来了。走进大门的时候，我根本没有想到屈生的事。宾家的牛对我的药毫无反应，我开始怀疑自己是否在一开始就走错了方向。我急着到客厅的书架上找些资料来查查，所以我快步走过甬道，直接推开客厅的门。

我很奇怪地呆愣了好一会儿，因为沙发被拉到炉火旁边，屋里弥漫着青烟和烟草的香味……可是我却没有看到一个人影。

更奇怪的是落地窗的窗帘下摆还在摇动，好像某一种物体刚以高速通过那儿似的。我走到窗边，向漆黑的花园里张望。我听到黑暗中的某处传来重击和拖足而行的声音，接着，又是一阵像是加上了灭音器的尖叫声。我站在窗口听了一会儿，等瞳孔适应黑暗之后，顺着小径走到围墙边查看。墙角的侧门是开着的，可是整个院子里没有一点生命的迹象。

我走回屋里，正打算关起窗子时，听到窗外传来气声很急切地问："是你吗，吉米？"

"屈生！你从哪儿冒出来的？"

他蹑脚走进屋里，紧张兮兮地向四周打量了一下，问道："是你，不是西格？"

"是啊，我刚走进来。"

他坠落在沙发里，双手捣着脸："噢，该死的！一分钟前我还搂着琳达躺在这张沙发里。世界是这么安详、美妙。可是，接着我听到大门打开的声音。"

"你应该知道是我啊。"

"我是该知道的，可是天晓得我为什么想到，'老天爷帮忙，是西格！'我觉得甬道里又重又急的脚步声准是他的。"

"然后呢？"

他把头发全拢到后面："我发慌了。当时我正在琳达的耳边说些动人的爱语，可是一秒钟后，我把她抓起来扔出落地窗外。"

"我听到重击声……"

“那是琳达从假山上滚下去的声音。”

“又听到尖叫……”

他闭上眼叹了一口气:“那是她踩进了玫瑰园里——她对我们家的地理环境不熟。可怜的孩子……”

“屈生……”我说,“我真的很抱歉。我不是故意要打扰你们的。当时我心里在想别的事。”

他很担心地站起来,把手放在我肩上:“不是你的错,吉米,这不是你的错。你事前警告过我了。”他拿了根香烟,“我真不晓得该如何面对那个女孩。我把她推出后门外,叫她以全速飞奔回家。她一定以为我发了神经病。”说完,他低哼了一声。

我想尽力使他开心一点:“下次碰面你向她说明白,我想你们俩都会哈哈一笑的。”

可是屈生并没有在听。他的眼睛瞪得好恐怖。他慢慢竖起一根指头指着炉火。他的嘴运动了好几秒钟,声音才从喉咙里滚出来。

“吉米……它不见了!”他喘着气说。

我猜想他一定给刚才的事情吓得失去了理智。“不见了?……什么不见了?”

“那只狗!我冲出去的时候,它还在这儿。”

我看看空篮子,一只冰凉的手立刻抓住我的心。“噢,不!它一定从窗子那儿溜出去了。我们麻烦大了!”

我们冲出去,在花园里瞎找了一阵子,又冲回来拿手电筒。第二次我们深入后院和后巷。我们在渐退的希望中不断呼叫小狗的名字。

十分钟后,我们回到客厅,相互呆望着。

屈生首先说出大家心里共同担忧的:“卫小姐来了该怎么说?”

我摇摇头。我不敢想象要是我告诉她说小狗不见了,后果究竟会如何。

就在这个时刻,门铃响了。那一刹那间,屈生跳得好高好高。

“噢!上帝……”他颤抖着说,“这准是她。吉米,快去开门,告诉她一切都是我的错——随你怎么说——我不敢面对她就是了。”

我挺起胸,勇敢地穿过甬道,打开门。不是卫小姐,而是一位身材完美的金发女郎。她狠狠地瞪了我一眼。

“屈生在哪儿?”她的声音泼辣得令我却步。看样子今晚我们不只有一个女硬汉要对付了。

“唔……他……”

“我知道他在里面!”她从我身旁擦过,同时我看到她脸上全是泥巴,头发乱得像拖把。我随她走进屋里。

“你看我的袜子!”她对屈生怒吼,“它全完了!”

屈生紧张地看看那双曲线恰到好处的腿:“抱歉琳达,明天再给你买一双。真的,我发誓。”

“你最好不要食言,混球!”她吼道,“我这一生从没有这么羞辱过。你以为你在玩洋娃娃?”

“这全是误会,让我解释……”屈生勉强笑着走前了一步,可是她立刻后退一步。

“站远点!”她很坚决地说,“今晚我受够了。”

她走出去的时候,屈生无奈地靠在炉架上:“完了,吉米,刚开始的爱情故事又结束了。”接着,他若有所悟地晃了一下身子,“可是咱们先得找到那只该死的狗,快来!”

我和他分头搜索。这是个没有月亮的晚上,外面黑得像泡在墨汁里一样,而我们寻找的又正是只黑狗。我和屈生都知道机会渺茫,不过我们还是得找。

像在德禄这样的小镇里，你很快就摸上了没有路灯又没有住家的乡村小路。我在崎岖不平的石子路上向两边的田野里张望，我发现这样盲目搜索实在是很愚蠢的。

我听到山野里不时回荡着屈生绝望的喊叫声："害羞……害羞……"

半小时以后，我和屈生都回到诊所里。他看着我，似乎在等待我的答案。我摇摇头，他沮丧地差点像乌龟一样把脑袋缩进去。他呼吸的时候，胸部震动得很厉害。很显然刚才他都是用跑的——这是很自然的事。固然我们俩都陷于困境之中，但最后的灾难还是将降于他一个人身上。

"我们最好再上路找找看。"他喘着气说。这时，门铃又响了。

他脸上的血色很迅速地褪下去。他抓住我的袖子："这回一定是卫小姐了。噢，全能的上帝，她就要进来了。"

甬道里传出又重又快的脚步，然后客厅的门弹开来。不是卫小姐，这回还是琳达。她走到沙发边，拎起皮包，转身就走了出去。她一个字也没说，只是足足地瞪了屈生一眼。

"今晚真够刺激！"屈生把手放在脑门上，"再这样下去我会发疯。"

之后的一个小时里，我们又出击了无数次，可是不但没有害羞的踪影，邻居也没有一个人看到它的。最后一次在屋里见面时，我看见屈生倒在摇椅里，嘴里喘着气。我确信他已经筋疲力尽了。我摇摇头，他也摇摇头。接着，电话响了。

我拿起话筒听了一阵，然后转过头对他说："屈生，我必须出去一趟。杜先生的老马又腹痛了。"

他从椅子里伸出一只手："吉米，你不能把我丢在这儿不管。"

"抱歉，我必须去一趟。杜家很近，只有一里路。"

“要是卫小姐来了怎么办？”

我耸耸肩：“你只好道歉了。或许明天早上害羞自己会冒出来。”

“听你说得倒轻松……”他把一只手伸进领子里，“还有一件事——西格怎么办？如果他回来问我狗上哪儿去了，我该怎么说？”

“这就不关我的事了。”我很轻松地回答，“你可以说你忙着和琳达在沙发上拥抱，没工夫注意其他的事。我想西格会体谅你的。”

我的笑话并没有引起共鸣。屈生沉坐在椅子里，两眼冷冰冰地瞪着我，接着他点了一根香烟：“我好像对你说过，吉米，你是个骨子里相当卑鄙又残忍的家伙。”

杜家的老马是旧病复发，我惟一的方法是给它打一针镇静剂。回家的路上，一个念头驱使我把车转向镇郊卫小姐的住处。我把车停在路上，走到十号的门前。

不错，它果然在那儿。一只黑色的小狗很得意地蜷曲在门垫上。它看到我时，显然吃了一惊，不过它的表情相当含蓄。

“小子，”我弯下腰对它说，“你比我们还聪明。刚刚我们怎么都没想到？”

我把它放在驾驶座旁，飞快地朝诊所驶去。害羞搭着仪表盘，很感兴趣地看着车灯照射的尽头迅速迅速展开来的路面。它实在是一只很稳重的小狗。

我把车停在诊所外面的路肩上，一手抱着狗走到门口。我正要旋开门把时突然停了下来。屈生在我身上成功地恶作剧过无数次——打假电话、装鬼吓我和其他种种——尽管我们是很好的朋友，他从来没有放弃过任何可以恶作剧的机会。今天要是易地而处，他绝不会像我这么仁慈，所以我没有直接推开门走进去——我把食指放在电铃钮上足足有好几秒钟。

有好一会儿，屋里一点动静也没有。我可以想象得出，他一定在屋里急得跺脚。过了好久，甬道的灯亮了。我隔着玻璃看见屈生在甬道的尽头吸足了一口气，硬挺起胸膛走过来。他的气势很雄伟，但眼神相当虚弱。正要开门的时候，他看见了我的鬼脸，于是他怒吼了一声，并扬起拳头。

我知道人在困窘的时候会攻击人，可是他一看到害羞就软了下来。他抱起小狗，不住地亲它。

“乖小狗，好小狗，”他边说边走向客厅，“你野到哪儿去了？”他把小狗放回篮子里，“你可终于回来了。”害羞摇摇尾巴就把头塞进篮子里休息去了。屈生倒进摇椅里。

“吉米，咱们终于得救了。”他用气声说，“今晚我至少跑了10里路，喉咙也喊哑了。”

我也松了一口气。十分钟后，卫小姐终于来了。虽然事情都过去了，我还是感觉到灾难逼近的那种窒息感。

“哦，亲爱的小狗，”她在害羞跃进怀里的时候说，“这一整天我都在想你，我为你担心死了。”

她仔细地看了看害羞的耳朵。“噢，是比原来好多了，你们瞧，一点儿也不肿了。哈利先生，你做得好极了，谢谢你。对了，还有你，小伙子。”

屈生站在门口微微地行了个礼，我则把卫小姐送出门外。

“六个礼拜后，带它来拆线。”我对她说。等她走远了以后，我立刻冲回屋里。

“西格刚好开车回来！你最好假装很忙的样子。”

他冲到书架前，抓了本笔记和细菌学，很端正地坐在沙发上。西格走进来的时候，他完全不知道的样子。

西格走到火边烤手时，我发现他脸色红润，心情也好像很愉快。

“我刚刚在门口碰到卫小姐，”他说，“她很开心。你俩都做得不错！”

“谢了。”我说。可是屈生忙得没时间抬头。他忙着在书上划红线，抄笔记。

西格走到他后面，朝书里瞄了一眼。

“啊哈，葛罗斯菌体！”他很放纵地狂笑了一阵，“这一章太重要了，每次考试都少不了。”他拍拍弟弟的肩膀，“我很高兴看到你这么用功。前一阵子你的功课一直在退步，今天看这么一晚上对你一定大有好处。”

“我说得对不对，吉米？”他回过头对我说，“告诉他，像今天晚上这样再多来几次他就会迎头赶上的。”

“可不是吗？”我说。

“哪怕是再一两次也好。”

“可不是吗？”

“我叫你今晚留在家里看书没错吧。”说完，西格很满意地走进他的卧室。

虚惊一场

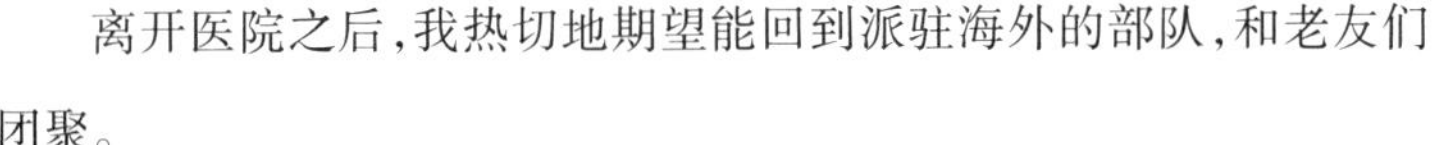

离开医院之后，我热切地期望能回到派驻海外的部队，和老友们团聚。

可是我却很惊奇地获知，他们要我先到疗养院休息两个礼拜，再听候分发。疗养院坐落于里欧明斯特附近的泥石镇，院舍四周是几英亩大的草地和花园。院长是一位老护士，我们这些幸运的飞行员成天不是和她玩槌球游戏，就是到森林里散步。在这里很容易就忘记世界上还有战争这回事。这般闲情逸致的生活将足以恢复我的元气，使我健康地回到工作岗位上。

谁知两个礼拜过后，我又回到西顿公园的皇家空军医院。这回我又住进挤满蓝色制服的病患的病房时，已经没有一个人认识我了。

当然，除了那位中校医官之外。又回到医院的头一天，他就找我去，对我开门见山地说，"哈利先生，我恐怕你不能再飞了。"

"可是……我不是动过手术了吗？我觉得我好多了。"

"我知道，可是今后你不可能百分之百地适合飞行。你要晓得，一位飞行员必须健康状况毫无瑕疵。”

“是的……当然。”

他看看手中的资料说:“你是位兽医……那么飞行与你是更无缘了。”

这是非常主观的看法,不过像他这样的人说出这种话,你是毫无反抗余地的。他把我对皇家空军生活的幻想涂抹得一干二净。

如果我不能飞行的话,那意味着我的空军生涯亦将结束。我慢慢走出医官的办公室,心里想自己到底对这场战争能做些什么。

我还没有向敌人开过一枪,却已经削了如山的马铃薯,洗了无数的盘子,铲了几十箩筐的焦煤,跑了几百里的路……最后,我终于有资格登上飞机,尝尝飞行的滋味,如今一切又成为空想。我经过餐厅的时候,扩音器正播出震耳欲聋的空军军歌。

那熟悉的旋律使我不禁想起过去的种种和已远离我的飞行伙伴。突然,我觉得好寂寞,好孤独。我很少有过这种感觉。我并不是很喜欢和人话家常的人,可是我日复一日地呆坐在修补站里,看不到一张友善的脸时,才觉悟到能有人陪着聊聊是多幸福的事。我时常反刍过去边工作边和农夫聊天的快乐情景。

当兽医最大的好处就是经常可以和农夫聊天。不过我并不鼓励年轻的兽医们在工作的时候谈天, 因为一不专心就会招来很大的不幸。那年在杜家我差点闯了大祸。杜先生是个养肉猪的农夫,他在铁道边搭了间快要塌的棚子,喂了几头母猪和小猪。

他也是个板球迷。他能够把板球的历史倒着背出来,而只要一聊到板球,三四个钟头之内,你都别打算休息。

我很愿意听到他谈板球,因为我也很喜欢这种游戏。我虽然生长在板球并不风行的苏格兰,可是搬到德禄后,对这方面的事也听得很多。当我在猪群中移动时,我的心思只有一半在这些动物身上——另一半在椭圆形的操场上,观看约克郡的板球英雄们。

“老天爷,你真该看到修顿在礼拜六那场的表现。”他很神圣地吸了一口气,“看他比赛实在是一种享受。”

“我想象得出来。”我微笑着点点头,“你说这些猪跛了,杜先生?”

“是啊,今早我发现其中几头吊着一条腿。你知道,李兰也不错的,他虽然比不上修顿,可是他也能给对方相当的威胁。”

“是啊,他跟狮子一样凶猛。”我揪住一头猪的尾巴,把温度计从肛门塞进去,“还记得去年和澳洲队比赛的时候,他和培诺的搭配吧?”

他发出梦一般的微笑:“记得,老天爷,就是再过二十年也忘不了啊。那真是了不起的一天。”

我抽出温度计:“这小子40.56度,可能得了某种集体传染病。”我沿着小猪的四肢摸下去,“怪了,关节并没有肿胀。”

“我猜今天比利一上场就可以吃死桑摩士。那座球门好像专为他盖的。”

“是啊,他是了不起的投球手。”我说,“我一向喜欢看快速投球手,我想你都看过吧?——罗伍德、佛斯、亚兰、吉欧……”

“那还用说。我可以把这些人的家世都报告出来。”

我又抓了一头跛猪:“杜先生,真是怪极了,这儿一半的猪都跛了,而我却查不出所以然来。”

“看来真如你所说的——集体感染。你何不替它们打针呢,你边打我边告诉你罗德如何在一个下午连进八球的故事。”

我把针筒吸满:“对,全部打针。你身上有没有铅笔?”

农夫点点头,顺手抱起一头小猪,那头小猪立刻发出持续的抗议呼声。“那天整个场子里没有一个能跟老罗德比的,”他在噪音中大叫道，“对方的球门从2点半开始就一直在挡球——老天爷，罗德射起门来就像下雨一样。”

我笑着拿起针筒。边听故事边工作，实在很容易打发时间。我很满意地在小猪浑圆的后腿上选好了落针的地方。当我正打算把针头扎进去的时候，一头小猪突然开始闻我的脚跟。我低下头才发现猪群围成一圈抬头看着我。它们似乎被受难的同伴惨烈的呼声——各位都该知道猪叫起来是不会停的——所吓住了。

我发现那些仰起来的猪鼻子之中，有一头的顶端长了一个白色的水泡。我的心思立刻从比赛场里回到了猪圈。其实不止一头长了水泡，这一头、那一头都……我要开始真正注意它们的时候，猪群全都跑了。我的心中立刻敲起了警钟。

我随手抓了一头跑得较慢的。那颗小小的白水泡把我脑海中的阳光、绿草、板球场驱得远远的。事实上，那不是水泡，而是一种一压就破的肿瘤。

我把小猪抱起来，翻开它的趾缝，发觉里面布满了更多的水泡。如果我的判断没错的话，这将是个可怕故事的开端。

我舔舔干涩的嘴，又抓了两头检查——它们的情况也是一样。再次面对农夫的时候，我遗憾、惋惜得直想鞠躬。他还在热烈地笑着，想继续拾回先前的话题，而我却正在准备向他宣布一个兽医所能说出最不幸的话。

“杜先生，”我说，“很抱歉，我必须打个电话给农业部。”

“农业部？为什么？”

“告诉他们我发现了疑似口蹄疫的病例。”

“口蹄疫，不可能！”

“我很抱歉，我必须这么做。”

“你真的肯定？”

“这些不是我的事，杜先生，农业部会派官员来检查。我的责任是立刻打电话通知他们。”

这绝不像是有电话的地方，不过幸好杜先生经营了一家煤炭行，所以我很快就用他店里的电话和农业部联络上了。接电话的是值班官员尼维。

他很严肃地说：“我看错不了。吉米，待在那儿别走，我马上过去。”

回到杜家厨房时，杜先生很急地问：“怎么样了？”

“你得再忍耐一会儿，”我说，“没有得到定论之前我不能走。”

他沉默了好一段时间：“如果真是你想的那种病呢？”

“恐怕你的猪都得屠杀掉。”

“每一头？”

“这是法律规定的，我很抱歉。不过政府会给你补偿的。”

他搔搔头：“它们或许会好，为什么一定要杀掉它们？”

“问得很好。”我耸耸肩，“不错，你的猪也许会复元，可是口蹄疫传染非常迅速。在你的猪医好之前，邻居、甚至邻镇的牲口都可能已经被传染了。”

“可是想想这些猪，杀了它们不可惜吗？如果任何牲口碰到这种病就杀，每年不是要糟蹋几千镑？”

“不错。可是这样传染下去，会造成牛乳、肉类的减产，整个约克郡的损失也许超过百万。幸好英国只是个岛。”

“或许你说的有理。”他伸手拿烟草，“你确定那是口蹄疫？”

“是的。”

“唉，”他喃喃说，“这些事终究发生了。”

这是约克郡谷地里最不祥的话。杜先生的猪棚即将变成一片寂静的死亡之土，他的产业就这样结束了，而他只是边嚼烟叶边说“终于发生了”。

农业部的人一检查就确定了。感染的原因可能是杜先生的饲水中有未煮熟的进口肉类。一当口蹄疫被确定后，半径15里以内的农家都要保持警戒。我在回家之前先消毒车子和全身衣物，回到家后，我把衣服脱下来用熏烟消毒，最后自己再爬进放了消毒水的浴缸里。

我躺在热腾腾的浴缸里想，要是我光聊天而没有注意到那些水泡的话，悲剧现在可能已经在蔓延了。我的针碰过那些猪！温度计更不用说；此外，我的雨鞋、外套……也都将带有病菌。然后，我会高高兴兴地走出杜家，转往贝利先生的农庄——他有两百头种牛，经常有外国客户到他那儿去买牲口……老天，我差点闯下大祸。

再谈谈杜先生那边：他每天开着煤车到处跑，这样一来，他对病菌的传播也助了一臂之力。此外再过一阵子，他很可能会把小猪拿到市场上去拍卖，那么邻镇的牲口就很快被感染了。由此可见一点点的疏忽将会造成全国的不幸。

想到这些，即使原先我没有冒冷汗的话，现在我也该开始了。我差一点就加入了“犯渎职罪”的兽医群。

我认识很多这种同行，而且我也由衷地同情他们，因为这类的疏忽太容易发生了。他们忙着在阴暗的栏房里检查乱踢乱蹦的牲口，或许同时他们的脑子里还在安排待会儿出诊的顺序。更何况还有很多疫病的症状往往会使兽医误为其他的病。而造成我疏忽的原因竟是板球，这真是不可思议。幸好我逃过了这场灾难，现在平安地泡在热水里——我不得不悄悄地感谢上天。

稍后，我全身换了一套衣服，继续出诊。站在贝利先生的农场门口时，我再度庆幸自己的幸运。沿着小路两边的草地上，全是高贵的母牛。它们低着头，悠然地吃着草。它们是牛类中最完美的代表，而且是无法取代的。

一旦发现口蹄疫以后，整个有关的地区都陷于紧张的等待状态中。农庄上，道路上，到处都是兽医、农业部的官员。当然，最紧张的还是牲口的主人。他们时时刻刻检查他们的动物，随时准备以电话报告可疑的情况，否则疾病一传染开来，他们就要破产。

对居住在城市的人们来说，口蹄疫也许只是报纸上的一小段新闻而已，而对农夫，这将是宁静的庄园转变成屠场的大灾难。

我们静静地等待，日子一天天的过去，电话里并没有传出可疑的病例。看来杜家的插曲诚如我们所希望，只是由进口肉类所引起的独立事件。

那一阵子，我每天都生活在消毒水中——进入农庄之前要消毒，回到家也要消毒。当我走进商店、邮局或银行之类的公共场所时，农夫们都尽量避开我。

两个礼拜过去了，我开始放下那颗悬挂已久的心。可是那天贝利农场打来的电话使我不禁悸动了几下。

打电话的是贝利先生本人。“哈利先生，请你立刻过来一趟好吗？我的一头母牛乳房上长了一个水泡。”

“水泡！”我的心脏剧烈运动了一阵子，“它有没有流脓水？腿有没有跛？”

“都没有。看起来像是普通的脓疱，里面有一些液体。”

挂回听筒的时候，我觉得呼吸困难。如果是口蹄疫的话，一个脓疱就足够了。我飞车赶了过去。

贝利农场是我离开杜先生家以后头一个出诊的地方，会不会是我把病菌带过去了？可是我换了全套的衣服，也洗了消毒澡，至于诊疗器材，我根本完全换了一套……我还能怎样呢？会不会是车轮？不，我也消毒过了——如果事情再发生的话，实在不能怪我。可是……可是……

贝利先生的太太站在牛舍门口等我。

“我也是今早挤奶的时候才发现的，哈利先生。”辛勤苦干是贝利家的传统，他们夫妇俩每一个寒风刺骨的清晨都是在牛舍里的牛腹下度过的。

“我一捏住乳头就发现母牛很不安的样子，”她接着说，“然后我就看到很多水泡——其中有一个特别大。我想把奶挤出来，结果水泡全破了，只剩下那个较大的。”

我很焦急地蹲下去检查乳房。诚如贝利太太所说，乳头旁边鼓出了一个脓疱，里面滚荡着乳黄色的液体。我扳开牛嘴，死命地往里看。如果我发现什么的话，我一定会立刻昏倒。幸好上帝还暂时不同意这么做。

我立刻扳起牛的前蹄，翻开它们的趾缝——除了泥巴和干草屑以外，什么也没有。接着，我在母牛的后腿上拴了根绳子，将绳端抛过屋梁，然后在一位长工的帮忙下，把母牛的后蹄升了起来。情况跟前蹄一样，趾缝里全是些无关紧要的垃圾。检查了另一只后蹄以后，我稍稍松了一口气。

我用温度计量了量体温，发现水银柱稍微偏高了一点点。于是我走出牛舍。

“其他的牛有没有类似的情形？”我问。

贝利太太摇摇头：“都没有。只有这一头。”她长得很漂亮，今年三十多岁，一身又紧又红润的皮肤是典型苦干的农妇的表征，“你想是怎么回事？”

我还不敢明确地告诉她。在传染区内任何可疑的病况都不容大意，所以我不敢冒险告诉她不是。我还是得找农业部的官员来决定。

“我能借用你的电话吗？”

她像是很吃惊的样子，不过她还是勉强笑了一下：“当然，请到屋子里来。”

走过草原时，我回头看看一列列整齐的牛舍和另一端刚刚放出栏吃草的小牛群。它们在贝利农场每日不绝地生产新鲜的乳品，而世界最优秀的牛种也正在这儿滋养成长。可是那无形的杀手可顾不了这么多。想到“砰、砰、砰”连续的枪响能在两个小时之内就把这座欣欣向荣的农场变成墓场，我不禁打了几个哆嗦。

进了厨房的门，贝利太太指指走道另一端的门。

“过了那道门就可以看到电话。”她说。

我脱掉长筒雨鞋，穿着袜子走过甬道。才走了几步，吉甫就从旁边的房间爬出来，害我差点踩到他。吉甫今年才一岁，是这个家庭头一个婴儿。我把他抱起来放在走道旁边。

他的母亲笑着说：“这孩子皮死了。要不是他刚打过牛痘手臂痛的话，他会更调皮呢。”

我拍拍孩子的头，继续向前走。当时我心里只想到待会儿怎么向农业部报告，可是才走了几步，我突然又停下来。

我回头面对厨房：“你刚刚说种牛痘？”

“是啊。种了以后他每天又肿又痛，所以我只好每天给他敷药。”

“你给他敷药……然后挤牛奶？”

“是啊。”

我恍然大悟。晶亮的阳光穿过我脑海中的茅塞。我回到厨房里并随手把身后的门关上。

贝利太太沉默地看了我几秒钟,然后才犹豫地说:“你不是要用电话吗?”

“不……不……”我回答说,“我改变主意了。”

“哦……是的。”她扬起眉毛,好像想问什么又没有问出来,她拎起茶壶,“那么,咱们喝杯茶好了。”

“谢谢你,好极了。”我高兴地选了张椅子坐下来。

贝利太太把茶递过来的时候终于忍不住了:“哦,对了,你还没有告诉我那头母牛到底怎样了。”

“哦,当然,”我说得很自然,好像刚把这件不重要的事忘记了,“它得了天花——事实上是你传给它的。”

“我传的?……这怎么说?”

“牛痘疫苗是牛体上的病毒制成的,你把婴儿身上的病毒带给你的母牛。”我对这一刻很满意。

她的嘴先张开了一下,接着又咯咯笑起来:“老天,我真不晓得我先生会怎么说。我从没听过有这种事。”她把手指在眼睛前面转了转,“我一向很小心的。”

“不过这并不严重,”我说,“我车里有药膏,擦一擦就好了。”

我边喝茶边看着小吉甫在地板上爬来爬去。他对所有容器的内容都极有兴趣,因此橱子里的每一只锅都被他搬出来,打开盖子瞧个究竟。

他看见所造成的混乱已经足够了,就爬到我脚边开始研究我的袜子。他一定对袜子里的东西充满了幻想,于是当我故意扭动大拇指逗他的时候,他就下定决心要弄明白真相。他花了好大的工夫才抓住我的趾头,那一刹那之间,他咧着只有四颗牙的嘴开心地笑了起来。

我也对他回笑着。我不仅是感激他及时使我松了一口气,而是我根本就很喜欢他。直到今天，我还是一样喜欢吉甫，因为他是我最忠实的客户。他自己组织了小家庭，也有自己的小农场。他还是像婴儿时代一样爱笑，只是嘴张开的时候，牙齿多了一点。

可是他永远也不会知道他的牛痘差点害我心脏病突发。

空中飞鞋

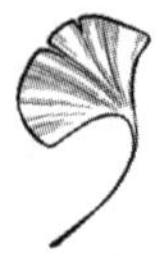

我看看四周堆得像山一样的皮靴、衬衫和一列列的空架子。我正受雇于西顿公园的一家军服修补站。活生生的事实再度证明皇家空军发现我是个留之无用、弃之可惜的家伙。

战争的巨轮旋转得正滑顺，它能把许多老百姓变成飞行员、领航员或机枪手，但也能将一些不合格的小子淘汰成削洋芋的。只要没有干扰，这部巨轮就会运转得很顺利。

我就像齿轮中的一粒沙子，我可以从一连串的约谈之中看出来，当局觉得我为他们带来了很多麻烦。我并不以为丘吉尔先生会为我而失眠，可是我既不能上飞机，也不能服地勤，自然他们就得为我的去路伤脑筋了。他们好像实在想不透一名兽医在空军里该干些什么似的。

我知道逼不得已的时候，他们只好让我还乡继续当我的兽医。可是这是极重大的决定，就算通过的话，可能也要很久的时间。很显然在我的去处被确定之前，我必须暂时做些很没有意义的工作。

其中有一次约谈我是面对着三位军官。他们都很好，脸上容光焕

发，微笑长驻。当然，他们的任务是尽力在地勤方面替我安插个工作。我想他们一定都是心理医生，因为他们不断问各种问题，而且不论我的答案是什么，他们总是点头微笑。

“好，哈利先生，”坐在中间的那位军官说，“我们还要给你做一连串的能力测验。这项测验为期两天，明天就开始。做完测验之后，我想我们就可以决定你该分配到哪个单位了。想必你会喜欢这项测验的。”

事实上我真的很喜欢。我在一张长长的测验单上填下各个答案，又画了各种几何圆形。第二天，他们拿了一些奇形怪状的积木要我塞进同形的孔里。这实在很有趣。

测验过后两天，我又面对着三位军官。这回他们的表情都比前一次动人——事实上，他们简直是兴奋。还没有开始前，他们每个人的嘴角都咧得开开的。

“哈利先生，我们真的找到你所适合的了。”中间那位说。

“是吗？”

“是的。我们发现你对机械方面有卓越的才能。”

我傻住了。他的话像是一拳打在我鼻子上。如果说这世界上只有一个机械白痴，那一定就是我——吉米·哈利。我从小就痛恨引擎、齿轮、活塞、汽缸或运动杆。我连最简单的器械都不会修。要是哪位修车工人向我解说什么原理的话，他简直是在对牛弹琴。

我坦白地告诉了三位军官这些话，他们的笑容立刻有限度地收敛了一些。

“可是，至少……”靠左边的那位说，“你从事兽医工作的那段日子里，每天都要开车吧。我们认为你接触的机械总比一般人多。”

“是的，长官，我开车开了好几年了，可是我一点也不晓得汽车是如何发动或运转的。如果我的车坏了，我只会站在路边喊救命。”

"是的,是的。"那些笑容越来越保守了。接着,三个脑袋凑在一块儿,叽叽喳喳地商量了一番。

最后,中间那个脑袋抬起来看着我。

"这样好了。哈利先生,你有没有兴趣做个气象员?"

"有啊。"我回答。

我很同情他们,因为他们那么急着想给一个对一切都不通的人安插一项工作。可是从那天起,我决定永远不再相信任何能力测验。

当然,我也绝不是做气象人员的料——我猜想这就是我被踢到军服修补站的原因。他们要我到修补站找一位姓威格的下士报到。于是我又开始了新的职业。

威格下士胖得令人却步。他看到我来的时候,很险恶地打量着我。

"哈利,是不是?在这儿你会找到自己的兴趣。其实这儿工作也不多,因为这只是分站——我们的工作是收取换洗的军服和修补的皮鞋。"

他正在说话的当儿,一位头发很好看的年轻人走过来。

"AC2摩根,"他说,"我来领皮鞋——一双换鞋底的。"

威格下士撇了撇头——我沿着他的视线,头一次看到了那座鞋山。"上面都有标签,自己进来找!"

那位年轻士兵吃了一惊,可是还是乖乖地绕到柜台后面,在几百双看起来完全一样的黑玩意儿里翻拣。他足足找了一个小时,才找到自己的鞋子。在这段期间,威格下士咬着烟斗翻杂志,像是对那小子的遭遇很不关心的样子。最后,他把标签从鞋跟底撕下来,然后抄在一本登记簿上。

"以后你要做的就是这些事。"他对我说,"不难吧?"

他并没有夸张,这些事确实很容易。在这间修补站里的日子就是这么平淡。刚进去几天我就发现这屋里一些可爱的规矩都是威格下士自定的。修补站的工作也是崇高可敬的，可是管理之道绝不该是如此。这儿的四壁全是贴好字母牌的架子，按理送进送出的衣服、鞋子应该按姓名字母摆好，领取的时候才节省时间。可是威格下士是个绝对懒得为整理而花工夫的人。他把所有的东西全堆在地上，而让架子空着。

凡是有鞋子送进来，他就往鞋山上一扔。送洗的衣服袋装满了他也不管，任之堆积到了快碰到屋顶。

过了三天，我知道我再也不能忍受了。

“威格下士，”我说，“如果我有点事做也好打发时间。你不介意我把这堆衣服和鞋子全部整理出来放在架子上吧，这样别人来领取的时候可以节省很多时间。”

他继续翻他的杂志——我发现他有翻书癖——起初我以为他没有听到，接着他用舌头把烟斗顶到嘴角，然后隔着一阵烟雾狠狠瞟了我一眼。

“老弟，你最好打消这个念头，”他懒懒地说，“该怎么做我会告诉你的。我是这儿的老板，命令该由我来发，对不对？”说完，他又回头看他的杂志。

我沉坐在椅子里。很显然我冒犯了监工，我必须因袭他所规定的传统。

可是称威格为监工并不十分正确，因为从第二天早上起，他每天都交代我不可以改变修补站里的摆设，然后就溜出去玩了。我成天一个人坐在木制的柜台后面，遇到有衣物送进、取出的时候就登记一下，大部分的时间则都是在那儿发呆。我有一个感觉，那就是所有的空军伙伴们大概就属我下场最惨了。

我发现最令人尴尬的就是看着那些小伙子在衣服鞋子堆里找寻

属于自己的东西。这时候我往往深为他们的耐性所感动。因为我算是修补站的负责人,他们都认为我该为这儿的作业系统负责。尽管他们会发牢骚,但从来没有人对我加以肉体攻击的。有一天,一个大块头走过来对我说:“你应该把这些东西按字母在架上摆好的,懒猪!”——这是我所听过最严重的攻击,同时我很诧异他没在我鼻子上轰一拳。

可是每当那些高贵的青年边咕哝边埋头苦干的时候,我还是很不自在。然而渐渐的,我发觉我已经能够持续地摆出奉承的微笑了。

我惟一险遭私刑修理的一次是有一天下午,柜台前面突然出现了大片人潮。某单位突然放假,大约有三四百人同时涌过来领取洗好的军服,不但如此,他们还都希望立刻领到,好赶火车回家。

顿时之间,我吓得不知所措。如果我让他们冲进来找自己的衣服的话,后果将不堪设想。于是我抱了几捆衣服到柜台上,喊叫标签上的名字。

“华特!”在万头攒动的某处传出了一个人的声音,“在这儿!”

我找到了发声处,将那一捆衣服朝大概的方向扔过去。

“魏利!”

“在这儿!”

“麦当乐!”

“这里!”

“吉米森!”

“在这儿!”

我很快就熟练了。扔了几次以后,我都能很准确地将那捆衣物扔到它的主人那儿。当然,也有几次不幸事件发生——那就是绑衣物的带子在半空中断了,一件件的内裤、袜子或军服就像骤雨似的迎着一张张仰望的脸撒下去。也有些衣物自己从捆包里挣脱出来,降落在泥巴地上。

像这样发下去,过不了多久总会引起一些较急躁的人的愤怒。渐渐地,每次我的投射物一扔出手,下面就传出咒骂声。

“臭小子,要是你误了我的火车,我要你好看!”

“喂,狗儿子,别乱扔好不好!”

其他大多数的咒骂都比这两句要激动得多,还有很多难听的我都不好意思写出来。不过印象令我最深刻的是有位年轻小伙子把他的衣服从地上拾起来,然后努力挤到最前排。他把脸凑到距离我只有几英寸的地方。虽然他气得满脸凶相,我还是看得出来那原本是张温柔而有教养的脸。他一看就是那种不随便说粗话的青年,可是当他直逼视着我的时候,嘴唇颤抖了好久——我还发现他的脸颊在抽动。

“这简直是……”他犹豫了很久——我知道他一定鼓足了勇气才说出下面这句不雅的话,“这简直是……是狗屎嘛!”

说完,他很羞愧地挤了出去。

我完全同意他的说法,不过我没有别的方法,只好继续扔。我似乎听到脑海里有个小小的声音在问我:“吉米·哈利——皇家学院兽医系的学生,怎么沦落到这种下场?”

过了半个小时,柜台前等待的脸孔并没有减少。我开始愈发感到更大的灾难就要降临了,因为那些表情充满了怒气和不耐烦。

突然,人潮里起了骚动。一大群人开始像海浪般的朝我挤过来。我抱住一捆衣物保护前胸,并向后退了几步。情势已经到了他们不冲上来打死我不足以泄愤的地步了。可是我想错了,他们是想加快分发的速度,因此有一打以上的志愿者爬上柜台,照着我的方法帮我往下扔。

当然,这么一来,只见空中全是高速飞过的投射物,连天色都为之阴暗下来。空中撞击事件也时常发生,其结果必然是内衣、内裤像降落伞似的高雅地飘下来。历经十几分钟的混沌大乱,最后一名等待者在地上拾起他散乱一地的衣服,向我瞪了漫长的一眼,然后悻悻离去。

我一个人站在修补站里,悲哀地想到这些年轻小伙子对我的尊严的看法。不过最令人难过的还是上级仍未决定我的去路。

坐娃娃车的小狗

当我在修补站里如同坐牢般的日子得到解脱的机会时，我一定会到曼彻斯特的大街上去走走。我想大概是由于我刚做爸爸，所以我会特别注意街上各式各样的婴儿推车。绝大多数的娃娃车都是由女人推的，可是我偶尔也会看到男人做这件事。

我想在城市里男人推娃娃车并不稀奇，可是在寂寞的乡间小路上，这种事值得任何一位路人多瞥一眼——更何况娃娃车里坐的是一只大狗了。

偏偏我在德禄的山上就看过这种事。有天早上我在山路上开着车的时候，挡风玻璃前面出现了一个正在推娃娃车的男人。在前几个礼拜中，我见过他一两次，所以我猜想他是最近才搬来的。

我减慢车速。当车子快超越他的时候，他回过头笑着挥挥手。那是一种很少见的亲切笑容。那人大约四十多岁，皮肤很黑，他没有穿衬衫打领带，而是穿着一件领口开得很低的条纹运动衫。

我禁不住要猜想这个人到底是谁。他的高尔夫夹克和灯芯绒长裤并不能提供任何线索。别人也许会认为他只是个随处旅行的人,可是我发现他的脸上散发着企业家的精力——当然一位企业家是绝不会穿着这种衣服到乡下来推娃娃车的。

我摇下车窗。约克郡5月的凉风扫到我的脸颊上。

“今早还蛮冷的。”我说。

那人显然有点吃惊。“是,”他停了一下才说,“我想是蛮冷的。”

我看看那辆旧得生锈的推车，又看看里面坐得端端正正的大狗。那是只杂种猎犬,它也用冷静的眼光回敬我。

“好狗。”我说。

“它叫杰克。”那人又笑了,似乎故意露出那口整洁的牙齿,“它是只了不起的狗。”

我挥挥手就开走了。从反光镜里我瞥见推车里的狗把头伸得直直的,胸部也挺出来,一副很严肃的样子。

我不必等很久就又碰到了这古怪的一对。我正在一位农夫家的马厩里检查一匹马的牙齿时,无意间看到马厩外的山坡上有个人正跪在石墙边。他的旁边停了一辆娃娃车,车外有一只坐得很端正的大狗。

“嘿,等等,”我朝山坡上指指,“那人是谁?”

农夫笑了:“那是卢迪。你认识他?”

“不,不,我不认识。只是几天前在路上和他聊过几句。”

“在路上?”农夫若有所悟地点点头,“不错,那是你该碰到他的地方。”

“可是他是干什么的,从哪儿来的?”

“他来自约克郡的某处,我想没人知道他原来到底住哪里。不过我可以告诉你,这小子什么活都能做。”

“唔。”我看见他很熟练地用石头补墙上的洞,”“这年头能补墙的人已经不多了。”

“可不是吗,补墙需要很高的技术,可是你看他做得多熟练!”

我拿出一支牙锉,把马儿大臼齿的角磨平。“你知道他打算在这儿待多久吗?”

“谁晓得,也许补好那堵墙就走了。我可以留他住两天,可是他好像在哪儿都待不久似的。”

“难道他没有家吗?”

“没有。”农夫又笑了,“卢迪是没有家的人。他所有的东西都在那个娃娃车里。”

又过了几个礼拜,冰冷的春末变成温暖的初夏,绿油油的草地上长满了樱草。这一段期间里,我时常看到卢迪——有时在路上,有时在草原上。当然杰克总是跟着他。它几乎都是采取同样的正襟危坐的姿势,很有耐心地看着主人。我真正与他打照面是那天到波森先生家去为绵羊注射预防针的时候。

波森先生有三百多头羊。他请了很多帮手把羊一头头赶入圈栏内好让我下针。卢迪也是帮手之一。我看得出他是位真正的行家。尽管那些野羊像子弹一样的从他身边呼啸而过,他也能心不在焉地就抓住它们的毛。有时候他还能一把揪住腾空跃起的羊。他很熟练地把羊按倒在地上,把它们前肢的关节处露出来!那是块无毛的地方,好像大自然专门赐给兽医下针的礼物。

在羊栏外,那只大的杂牌猎犬以它惯有的姿势坐着。它带着一丝兴趣打量着草原上那些为了赶羊而忙碌的牧羊犬,不过它好像并没有起身加入它们的意思。

“你把它训练得很听话。”我说。

卢迪笑了:“嗯。它绝不会乱追人或别的狗。它只知道坐在那儿等我做完工作。”

“看它的表情,它好像很乐于这么守着你似的,”我又瞥了杰克一眼,它静得就像座雕像,“到处随你旅行——它一定过得很愉快吧?”

“你说的是一点都没错,”波森先生打岔说,他刚赶了一群羊进来,“它跟它的主人一样无忧无虑。”

卢迪什么也没说,只是趁羊群涌进来的时候,伸直了腰,深吸口气。他一直在干活,因此额头上的汗水分成两列流下来。他抬头看看远处的草坡,显得很虔诚的样子。过了好久,他才开口说话。

“我很同意波森先生说的。杰克和我都无忧无虑。”

波森先生很羡慕地笑笑:“是啊,看看你,没老婆,没孩子,没牲口,也没有银行的透支通知。你的日子一定宁静极了。”

“我想是吧。”卢迪说,“不过我也没有钱就是了。”

农夫疑惑地看他一眼:“你不觉得多存两个铜板,对你的生活会更有一点帮助?”

“不,不,钱是带不走的。我想一个人只要能满足他的生活方式就是富有了。”

这些话并没有什么特别之处，不过我这一辈子都将记得这句话，因为他说这话的时候像是非常有把握的样子。

针都打完了以后，羊群又悠然回到开阔的草地上。我对卢迪说:“今天真谢谢你。有你这么一个好帮手,我做起事情来快多了。”我拿出一包烟,“抽不抽烟?”

“不,谢谢你,哈利先生,我不会抽。”

“你不?”

“对——我也不喝酒。”他很客气地笑笑。我觉得他的躯体和心智都那么纯洁。不抽烟、不喝酒、没有钱、没有野心……一无所有——这些都表现在他的眼神里。他的肌肉很结实，肤色也那么健康，虽然他的个子不大，但是我相信他是打不倒的。“杰克，走吧，该吃午饭了。”说完，那只大猎犬很兴奋地跳过来。我过去对它说了几句话，它的身体整体摇摆起来。它长得很好看，眼神也是那么友善。

我摸摸它的鼻梁，又搔搔它的耳朵：“它很漂亮，也很了不起——就像你说过的。”

说完，我走到屋子里洗手。进门之前，我回头看了一眼，他们俩坐在石墙的阴影下。卢迪小心地把食物包打开来，杰克则很急切地看着主人。刺眼的阳光照着草原，凉飕飕的和风从墙顶吹过。这一对好友的身影显得万分和谐。

“他是个自食其力的人。”农夫的太太站在厨房的窗前说，“我们欢迎他进来一道便饭，但是他坚持要在外面和他的狗一起吃。”

我点点头：“像他这样到处在各个农庄跑的人，到底睡在哪里？”

“他到处都睡。”她回答，“谷仓、马厩，或者野外。不过和我们在一起的时候，我们都请他睡楼上的房间。我知道这附近任何一位农夫都愿意请他到家里来睡，因为他总是把屋里弄得干干净净的。”

“原来如此。”我把毛巾拉下来擦手，“他是个很怪的人，不是吗？”

她若有所思地笑笑：“可不是吗，他除了一只狗，一辆推车，什么都没有。”她从烤箱里端出一盘热腾腾的烤肉，“可是我要告诉你，他真的是个好人。所有的人都喜欢他。”

卢迪在德禄待了一整个夏天，因此我越来越习惯于在农庄上或村路边看到他的身影。下雨的时候，他就披一块油布，平时则穿着那件高尔夫夹克和灯芯绒长裤。我不晓得他这套衣服是从哪里收集来的，不过要是打赌他这一辈子绝对没有去过高尔夫球场的话，我一定赢。他的夹克想必又是他一生小小的一个谜。

一个10月的清晨，我又在山边的公路上碰到他。历经一夜的严寒，山壁的石缝间都结满了薄冰，草尖上也铺上一层粉白的霜。

我必须边开车边在大腿上搓手，才使手指不致冻僵。可是当我看到卢迪的时候，他还是穿着同样的衣服。

“早，哈利先生。”他说，“很高兴能认识你。”他停了一会儿，冷静地向我笑笑，“路的那头有个工作可以让我做好几个礼拜，我这就是要过去的。”

“哦，是的。”我很了解他，所以我没有问他上哪儿去。我看看正在闻草尖的杰克，“今早它怎么自己走，不坐娃娃车了？”

卢迪笑了一下：“有时候它也喜欢走路。坐车、走路，全看它自己高兴。”

“卢迪，我相信我们会再见面的。”我说，“祝福你了！”

我们挥手道别。车子走远之后，我觉得我丰富的生命中好像缺少了什么。

可是我错了，当天晚上8点，诊所的门铃响了。打开门后，我看见卢迪站在台阶上。他身后朦胧的夜里，停着那辆娃娃车。

“我想请你看看我的狗，哈利先生。”他说。

“什么事？”

“我也不知道，它好像会间歇性地昏厥。”

“昏厥？这不像是杰克该有的病。它在哪儿？”

他向后面指了一下：“在娃娃车里，刚刚才清醒过来。”

“好，”我把门开大，“把它带进来。”

卢迪很技巧地把推车搬上台阶，然后叽叽嘎嘎的车声回响在甬道里。他把车停在诊疗室的灯光下。篷盖掀开后，我看见杰克平稳地趴在里面。它的脑袋下垫着那件熟悉的油布，四周则摆满了卢迪的日用品:一叠衬衫和袜子,一包茶,一个热水瓶,一把刀,一支汤匙及一包军用口粮。

大狗抬头很惊恐地看我一眼,我伸手摸它,发现它还在发抖。

“让它在这儿躺一会儿。卢迪,”我说,“把它的症状告诉我。”

他搓搓手掌——我看见他的手指在发抖。“下午才开始的。刚下雨的时候,它还很好,后来就……就昏过去了。”

“怎么昏倒的?”

“好像抽动了一下,就侧躺下去。倒下去以后还在喘气、流口水之类的……我还以为它就要死了。”说到这里,他的眼睛张得很大,像是受了惊恐一样。

“它昏了多久?”

“只有几秒钟。稍后,它又爬起来,好像没事似的。”

“后来又发了?”

“嗯,一次又一次。我差点急疯了,可是没发的期间,跟平日一样正常。”

这象征着癫痫症的前兆。“它几岁了?”我问。

“今年2月已经满五岁了。”

那不会,它稍老了一点。我把听诊器放在心口上,可是只听到受惊恐的动物的心跳声,并没有不正常的现象。我又量了体温,也没有什么发现。

“卢迪,咱们把它抱上桌子,你抬后面。”

大狗坐在桌子上显得更害羞。它四下打量了一圈,然后把头挤到主人脸旁边,热情地舔了起来,同时它的尾巴也扫了几下。

“你看!”它的主人说,“现在又正常得很。”

它是很正常,至少它对自己已很有信心。它向地板上看了看,突然跳下去，并将前爪搭在主人的胸口上。

我看着它站在那儿摇尾巴，心里舒了一口气。“至少目前它很好，刚刚它进来的时候，眼神就好可怕。我在想，不管它得的是什么病……”

我乐观的想法立刻就被打破了。杰克突然在地板上踉跄地走了几步，它的嘴张得很大，好像快要窒息的样子。它挣扎了一阵，最后在推车旁边倒下去。

“老天，怎么会?!快抱上桌子!”我抓起杰克的前肢，卢迪帮我把它抱回桌子上。

我不可思议地看着它静静地躺在桌上。它已经不再挣扎呼吸了——事实上，它已经停止呼吸，而且一点知觉也没有。我把手指压在鼠蹊的动脉上——它还在跳，很快而且很弱，可是它还是没有呼吸。

这样下去，它任何一刻都会死。我呆站在桌子前，我所受过的科学训练现在完全无济于事。最后，我用手掌压它的肋骨。

“杰克！”我狂叫着，“快呼吸！快呼吸！”

它立刻以微弱的呼吸回答我，接着，它的眼皮张开来，两眼向四周转了一圈。渐渐地，它恢复了知觉，但还是很惊恐的样子。

在它完全恢复之前，这间屋子里寂静了好久。最后，它坐起来，很冷静地看看主人。

“这就是我说的了。”卢迪轻声说，“你都看到了。我以为我对狗还懂一点，可是我完全猜不出这会是什么毛病。”

我没吭声，因为我也想不透，而我竟是名兽医。

我过了很久才开口：“卢迪，它不是昏厥而是窒息。它的呼吸道可能有杂物，”我从口袋里拿出小电筒，“我要看看它的喉咙。”

我把杰克的嘴巴拉开，再用食指压下它的舌根。它是只善良的狗，任我怎么检查，它都绝不会抗拒。我很希望看见喉咙里卡着一块骨头或什么的，可是我用手电筒照遍了喉腔，除了健康的扁桃腺，闪闪发亮的大臼齿和桃红的舌根之外，我什么也没看到。它的口腔里一切都是那么完美。

我正要把杰克的头扶正的当儿，它抽搐了一下，接着我听到卢迪喊叫。

“又来了！”

我惊恐地看着它挣脱我的手，毫无抵抗地趴了下去。它的嘴再次张开，口里流出唾液。接着肋骨不动了，眼皮也合上。我赶紧照老方法压缩胸腔，可是这次不管用了。我翻开眼皮，瞳孔放得很大——它快不行了。恐怖的悲剧感立刻降临在我身上。它不只是一只狗，而是一个简单的家庭最重要的一员，而我却将束手无策地看着它死去。

这时候我听到杰克发出极微小的咳声。

“该死！”我大叫，“它在咳。气管里一定有什么东西！”

我托起狗头，又把手电筒伸进去。现在回想起这件事最令我感激的是刚好在那一瞬间，它又咳了一次，喉咙里的软骨开了一下，而就在那一瞥之间，我找出毛病了。软骨盖下面的气管里有一个比豌豆还大一点的圆形物。

“我想里面有个小石子，”我喘气说，“正卡在气管的入口。”

“在喉结下面？”

“差不多。那块石子就像一块活塞，不时会塞住气管。”我摇摇狗的头，“你瞧，现在石子被震离原来的位置，它又可以呼吸了。”

杰克又一次清醒过来，并且很平稳地呼吸着。

卢迪摸摸杰克的头，又顺着摸摸它的后腿。

“可是……可是……它还会再发，对不对？”

我点点头:“恐怕如此。”

“如果下一次小石子没有震开,它就会死掉,对不对?”他的脸色变得好白。

“对。所以我们立刻把石子弄出来。”

“可是怎么弄?”

“切开喉结!立刻就动手,这是惟一的方法。”

“好!”他咽了咽口水,“咱们开始,如果它再来一次我可受不了了。”

我非常清楚他的意思。我的膝盖已经抖了很久了,我深信如果杰克再倒一次,我也会倒下去。

我抓起剪刀,剪光喉部的毛,将局部麻醉剂打进喉咙,然后用消毒水擦拭下刀处。谢天谢地,消毒箱里正好放了一盒现成的开刀工具。我打开盖子,把工具拿出来放在桌上。

“抓稳它的头。”说完,我拿起手术刀。

我划开表皮、肌膜和肌肉,喉咙的底部立刻呈现出来。我这一辈子还没有开过一只活狗的喉咙,可是危急的情况不容许我犹豫。几秒钟之后,我切开喉咙的薄膜,气管的入口立刻呈现在眼前。

我并没看错,那确实是一颗小石头——灰色的,并不大,但足以致命。

我必须干净利落地取出小石子,否则滚进气管里问题就更大了。我在盒子里翻了很久,才决定使用一支宽面的镊子。我拿稳镊子,在伤口的上方停了一会儿。我想老牌的兽医此刻绝不会发抖;即使是一个稍微正常的人,也不会像我这样冒汗。我深吸一口气,咬紧牙齿,先用工具把伤口撑开,再慢慢地、小心地,把镊子伸进去。

镊子碰到小石子时,我屏住呼吸。镊子抽出来了,小石头紧紧地夹在上面，这是最神奇的时刻。我把小石子搁在桌面上。

“就是这个？”卢迪轻声问——他几乎不敢说出声音。

“嗯。”我开始穿针引线，“现在一切都过去了？”

我只花了几分钟就把喉咙缝好了。手术一结束，杰克也醒过来。它睁大眼睛急着想跳下桌子。很显然它也知道危机解除了。

过了十天，卢迪带它来拆线。那天也正是他们离开德禄的日子。我把如丝的肠线抽出来以后，陪着卢迪走到门口。

他把娃娃车的篷子拉起来：“上来，杰克。”命令刚一下达，杰克就已经坐在它的老位子上了。

诊所门口的落叶在秋风中翻滚了一阵，空中的薄云开了一道裂缝，把一缕阳光投在德禄的某处。半年前的景象又重现我面前——高尔夫夹克，开门很低的运动衫，灯芯绒裤，生锈的娃娃车和一只雄踞其中的杂牌大猎犬。

“好了，再见了，卢迪。”我说，“希望你再来。”

“我想我会回来的。”他笑着说。杰克也回过头用极自然而又很高贵的眼神看着我。

娃娃车的锈轮子开始发出叽嘎声，杰克的脑袋随着车身的摇摆而晃动。随后，卢迪的背影已经远离了。推车的轮廓使我想起那天晚上所瞥见的：小刀、汤匙、茶包、热水瓶……还有一样东西——一张从信封中掉出一半的旧照片。我只知道那是个女的，没有看清楚她的长相。这一点使得卢迪的故事更神秘……不过他也解释了一些事。

那位农夫说的没错，他所有的东西都在那辆娃娃车里。当卢迪消失在转角的时候，我还清楚地听到他的口哨声。

他们终于把我送到沙匹岛上的伊斯丘吉。我知道这是我的最后归属了。

我看看四周蛇形的队伍，立刻联想到要是在史卡保罗训练基地，这根本不够格称为“队伍”。那时候每天早晨在戈兰帝饭店门口集合时，每个人都站得笔直，连头也不敢撇一下。我们的皮靴亮得可以当镜子，大衣的铜扣像金币。班长带着长官一一检视仪容的时候，我们甚至连呼吸都不敢太大。

那一阵子我每天和其他人一起大声抱怨无聊的基本训练，可是现在离开了那一切，分发到这种地方，我又不禁开始怀念那些并不是完全没有意义的日子。

这儿的空军大兵个个都懒洋洋地站着。有人在闲谈，有人吹口哨，也有人不时偷吸一口烟，而队伍前面的士官正拿着一列长长的名单边点名边指派今天的任务。

今早的工作大概是搬搬东西。班长煞费苦心地用铅笔在每个人的名字下面记上分配的工作。一位大块头的爱尔兰人大概等得快睡着了才大叫:“喂,喂,看在上帝的分上,可不可以快点解散啊,我的脚在抗议啦!”

班长头也不抬一下。“闭嘴,白利!”他回答,“该解散的时候我会宣布的。”

伊斯丘吉好像是皇家空军的大过滤桶。还没有到这儿的时候,就听人说这里是大杂碎。这儿像一座挤满了空军各个单位代表的集中营。不过这些代表都有一个共同之处,那就是等待——有些等着再分发;可是大部分是部队里打回票的,他们在这儿无所事事,只等着退伍还乡。

这是个认命气息很浓厚的地方,大家仿佛都接受了一个事实——过一天算一天。上级偶尔也安排一些训练课程或找些活儿给大伙干,可是我说过,这些并不能引起兴趣,大家只是一心等、等、等……

奈德正在约克郡谷地的角落里。他也是个成天等待的人。我还记得他的老板叫他的模样。

“看在老天的分上快工作好吗?不要光站着不动!”戴吉先生抓住一头刚跳起来的小牛。它正在嘶声大叫。

奈德无动于衷地看了他一眼。他的脸上永远没有表情,不过那一双颜色淡褪的蓝眼珠总是在期待什么事发生似的。他真的很想抓住一头牛,可是小牛的身手比他矫捷得多,最后,他终于抱住一头三岁大的小牛的脖子,将它押到我旁边的干草堆上。

“先打这一头,哈利先生。”戴吉先生接掌小牛的脖子,“看来这些工作全得靠我一个人了。”

我正在为二十来头的小牛打预防针,因此奈德也连带受苦了。每次看到他瘦小的身材,我都会觉得他不该做这些工作的。可是已经六十多岁的他竟干了一辈子的农庄粗活。他的腰有点弯了,脑袋也秃了,然而还是每天与牲口奋战。

戴吉先生一转身就又揪住了另一头迅速经过的小牛的耳朵。那头小牛仿佛知道挣扎也是枉然的,因此毫无抵抗地让我把针头戳进脖子里。在另一端,矮小的奈德死命把一头小牛顶住石墙,试图揪住它的耳朵。可是他的老板对他的表现很失望——他只是冷冷地瞟他一眼。

我和戴吉先生终于完成了工作,而奈德并没有帮上什么忙。我们走出牛栏的时候,戴吉先生擦擦眉毛上的汗。尽管已是11月天了,他的额头上还是渗出丰沛的汗水。他趁着草原上起风时,把他的六英尺之躯靠在石墙上休息。

"唉,那个老家伙一点用也没有。"他咕哝着说,"真不晓得该怎样才能容忍他!"他停了一会儿嚷道,"喂,奈德!"

奈德正漫无目的地在草原上闲逛。他转过那张皱缩的脸,毫无感觉地看着老板。

"把这些草袋都收进仓库里!"老板命令道。

奈德一声不吭走到推车旁边,很吃力地用肩扛起一袋草。当他喘息着爬上楼梯的时候,我看见他那干瘪的腿在发抖。

戴吉先生叹口气,对我摇摇头。他那幽灵的脸孔总是散发出不幸的眼光。

"你知道奈德是怎么回事吗?"他略带神秘地悄悄问我。

"我不懂你的意思。"

"你知道他为什么抓不到牛吗?"

我个人的猜测是他的身材太矮小,力量也不够。不过我还是摇摇头。

"我不知道,"我说,"为什么?"

“好吧，我告诉你，”戴吉先生的眼珠转了一周，然后用手遮着嘴说，“他太喜欢去‘亮屋’了。”

“什么？”

“他疯狂喜欢‘亮屋’。”

“亮……亮什么……在哪里？”

戴吉先生又靠近了一点：“他每晚都去布林斯顿。”

“布林斯顿？”我伸着脑袋向三英里外的那个村庄张望。那儿是个凄凉的地方——几间破房屋，几盏快熄灭的油灯。我想不透“亮屋”跟那些破房子有啥关系，“我还是不懂。”

“好吧……他每天上酒吧。”

“哦，你说酒吧？”

戴吉先生慢慢地点点头，可是我还是不懂。任何一个酒吧每天晚上都是挤满了农夫，他们顶多喝两杯啤酒或玩玩骨牌，这也没什么惊奇的啊。

“他常喝醉吧？”我问。

“不，不，”农夫摇摇头，“并不是这一点。是他每次都待在那儿很久。”

“回来得很晚？”

“是啊！”他的眼睛瞪得好大，“有时候过了9点、10点都不回来。”

“真的？”

“就像我站在这儿一样真实。还有，早上他爬不起来。我们常常工作了大半个上午他还在床上。”他停下来，往四周偷看了一下，“你相信也好，不相信也好，反正他常常睡到7点才起来就是了。”

“真有这种事？”

他耸耸肩：“算了吧，进屋里去吧，你不是要洗个手吗？”

我走进修补得像万国旗似的厨房。我必须弯得很低才能在陶土砌的水槽里洗手。我深信从亨利八世到现在，这间屋子的样子就没有改变过。倾斜的横梁，令人触目惊心的破砖墙，又重又硬的木桌椅……不过舒适这两个字对戴吉先生似乎并不重要。

戴吉太太的头发梳向后面结成一个髻，腰上系条油腻的围裙。她没有小孩，可是她这一生还是屋内屋外忙个不停。

厨房的角落有一道木梯钻进天花板上的阁楼里——那就是奈德的卧室。自从50年前还是个孩子的奈德来到戴吉的父亲家起，他就一直住在这间阁楼上。50年来，他没有离开过德禄，也没有一天不在农庄上做着同样的事。

没有太太，没有子女，没有朋友，他静静地度过一生。永无止境地挤奶、喂饲、铲草和等待，我怀疑他这一生还能再发生什么事。

钻回到车子之前，我又回头看了看宽广的草地、凹陷的屋顶和刻满斑纹的石墙……它们都限定了居住在其中的人们的生活方式。奈德永远是个不能讨价还价的长工，而老板的叫骂也永远回荡在石墙里。戴吉先生也并不是个冷酷的人，只是他和他的太太在这荒远的角落里被严峻的生活方式造出了刻板冷漠的表情。

离开农庄的时候，我在想，德禄的农夫大部分还是经常充满着欢笑和幽默的，戴吉先生只是极少数的例外。

绵延的绿野和温煦的阳光在汽车前卷开时，我又禁不住感受到生命的喜悦和充满变化。或许我的心情是受了就在一里之外的下一站的影响——那将是气氛迥然不同的曲小姐家。

富有的曲小姐是才从南部来的，她买下了一栋封建时代的庄园，将它改建成为豪华的别墅。我相信她家光是装潢就花了好几千镑。

爱丝为我打开门来——她是曲小姐的管家，也是我最欣赏的人。

她大约五十来岁，身材又圆又小，活像个大皮球。一双弧形的短腿从涨紧的黑裙子底下伸出来。

“早，爱丝。”我说。她立刻哈哈大笑起来——除了她的外型，我最欣赏她这一点。她是个听到任何话都会由衷开怀大笑的人，事实上，就连她自己说话的时候都免不了要掺杂一些笑声。

“请进，哈利先生，哈——哈——哈。”她说，“今天天气真不错，嘻——嘻，下午我要出去一趟，呵——呵——呵。”

只要有了她的笑声，任何客套都属多余的了。尽管在这方面她有点令人费解，可是这种欢迎方式使得每个来访的客人都笑容满面的。她引我走进客厅，女主人看到我，立刻从椅子里勉强地站起来。

曲小姐年纪也不小了，她因为患有严重的关节炎，所以行动很不方便。不过她的亲切并没有受到任何影响。

“嘿，哈利先生，”她说，“真是太欢迎了。”她侧着头观赏我，好像我是她最乐于见到的画面。

她才搬来六个月，不过她的三只狗、两只猫和一头驴子是我和她接触频繁的主因。

我这次来访是处理驴子生长过旺的蹄子。进门的时候，我随手已经拿了一副蹄剪和锉刀了。

“哦，快把工具放下。”她说，“爱丝，请你倒杯茶——我想哈利先生一定有时间喝一杯的。”

我很乐意地坐在一张软绵绵的沙发上。我正在打量屋里舒适的布置时，爱丝很乖巧地捧着茶盘走出来，那模样就像脚底装了轮子似的。她把茶杯摆在我前面的茶几上。

“这是你的茶。”她说完，又疯狂地笑起来。这回她真的很激动，以至于必须扶着我的椅背才不会摔倒。她没有脖子，所以笑起来的时候，全身都很均匀地振动着。

一会儿后，她又像皮球般悄然滚回厨房里。接着，我听到厨房里传出勤快的锅碗声。抛开爱笑的特癖不谈，她确实是个优秀的管家。

我和曲小姐聊过了愉快的十分钟以后，走到院子里去看驴子。工作完成时，我顺着后院的小径绕了一圈，走到厨房半开的窗台前，我看到爱丝正在做饭。

“谢谢你的茶，爱丝。”我说。

她必须用双手撑着炉台，才不致跌倒。“哈——哈——哈，不用客气。不用……嘻——嘻，客气，哈——哈——呵——呵——呵。”

驾车离开的时候，我想到一件令我不安的事。要是那天我真的对爱丝说了什么好笑的话，她不是非得笑死不可了。

没过几天，我又回到戴吉家去看一头站不起来的母牛。戴吉先生相信它是瘫痪了。

我到那儿的时候已接近4点，农庄上刚点上灯火。

检查母牛时，我猜想它一定是不小心把自己陷在牛舍的死角里，蹄子刚好嵌在烂木头中。

“戴吉先生，我想它是在发脾气。”我说，“有些牛试了几次爬不起来，就会赌气不想再站起来。”

“也许你说得对，”农夫回答，“它一直是头大笨牛。”

“还有，它的体型太大，站起来很花力气。”我把一根绳子的两头分别拴在牛栏和母牛的后脚踝关节上，“我从这里推，你和奈德从另一端拉。”

“拉？”戴吉先生酸酸地看了奈德一眼，“算了吧，他还能拉得动什么东西？”

奈德没说什么，只是钝钝地看着前方，两手无力地垂挂着。看起来他像是一点都不在乎似的。我不晓得他的心在哪里——如果一个人的眼睛代表他的思想的话，奈德的脑袋里只有一片空白和等待。

我绕到母牛后面，在他们俩开始拉绳子的同时，我也开始推母牛的屁股。至少戴吉先生是在拉，因为他的脖子青筋毕露，而奈德只是点缀性地扶着绳子。

我们把母牛一英寸一英寸地移到牛舍中间较宽阔的地方。我正要叫停的当儿，绳子突然断了。戴吉先生刻不容缓地飞出去，降落在硬石板地上。当然奈德只是轻微地摇晃一下，并没有跌倒，因为他压根儿就没有用力。他木然地看着平直躺在地上怒眼相视的老板。

"小乞丐！由此证明你根本没出力！我真不懂你为什么那么不管用。"

跟我所意料的一样，母牛脱离了困境，很容易就站起来了。农夫向奈德比了个手势："别发愣啊，快拿点干草擦擦母牛的四肢，它的脚都麻了。"

温驯的奈德抓了一把干草照着老板的吩咐做了。戴吉先生吃力地爬起来，他挺了挺腰，走到母牛旁边去检查它的四肢。他走过去的一刹那，大母牛刚好向他靠了两步，于是它的后蹄刚好结实地落在戴吉先生的脚上。

"嗷！嗷！嗷！"戴吉先生大叫着用拳头挥打母牛的屁股，可是这团1000磅重的牛肉仍旧无动于衷地搁置在他脚上。

母牛像是想了很久才满意地把脚抬起来。我也尝过这种滋味，所以此刻我非常同情戴吉先生的处境。

戴吉先生抱着一只脚在牛舍里乱跳了一阵。"狗屎！"他叫道，"真是狗屎透了。"

这时，我随便瞥了奈德一眼，发现那张一向没有表情的脸竟然也咧出了宽广的笑容。我从来没有看到他笑过,所以我的表情显得相当惊讶。他的老板一定看到了我的表情才发现奈德在笑的。可是当他冷酷地回瞄奈德时,奈德的笑意立刻就消失了。他恢复原先呆滞的表情,继续弯腰擦拭牛腿。

戴吉先生用一只脚跳着送我出牛舍。我要上车的时候,他用手肘碰碰我。

“你看他!”他用气声说。

我看见奈德正在勤快地打扫牛舍,一反平时懒洋洋的样子。

他的老板苦笑了一下:“他只有在这个时候才会急着干活,因为他想办完了事去酒吧。”

“你说他不会喝醉,我想上上酒吧也没有害处嘛。”

戴吉先生那双凹陷的眼睛抓住了我:“你一定不相信,这样下去对他非常不好。”

“我想几杯啤酒……”

“可是酒吧里不只有啤酒,”他四处瞟了几眼,“那儿还有女人!”

我笑了好久才停下来:“别开玩笑了,戴吉先生,什么女人?”

“白瑞家的人哪。”他悄悄地说。

“店东的女儿,哦,真的。我真的不相信……”

“好吧,随你怎么说。反正他每天都是去看她们就是了。我知道——我只去过那儿一次,可是我亲眼见识过。”

我不晓得该说什么,不过即使我晓得的话,我也没机会了,因为他说完转身就走开了。

我站在又黑又冷的夜里看着农庄上房舍瘦高的影子。11月的雨被风卷成狂乱的丝条,农家的炊烟被旋上高空,铺成灰蓝的石板。西方还有最后一丝的灰白,而东方已为一团庞大无际的黑影所吞噬。那种气氛令人感到压抑和威胁。

厨房里的灯火摇曳,炉台下的火光微弱得直想熄灭的样子。我看着直通阁楼的木梯,想象奈德急切地爬上去换衣服的情景。

山谷对面有一条让人柔肠寸断的石子路，两旁散落着几户人家。其中一栋点着昏暗油灯的破屋就是奈德的“亮屋”。我了解他的心情。在戴吉家熬过了一天,布林斯顿就成了他的蒙地卡罗。[①]

这件事一直缭绕在我心里，所以晚上又出了几个诊回家的时候，我决定多绕个几里路。车子驶入布林斯顿时已经8点半了。想要找到“亮屋”是很困难的事,因为这儿的酒吧门口没有招牌灯。可是我下定决心要知道戴吉故事中的奈德到底腐败到了什么程度。

最后我终于找到了。酒吧的大门跟其他挂着倾斜的破窗子的住户并没有什么不同。进了门以后,我看到有人在玩骨牌,也有人在轻声聊天。白瑞家姐妹的确是令人看了心旷神怡的中年妇女。她们分别坐在吧台的两端,当然,奈德一定坐吧台的正中间,脸前放着半品脱啤酒。

我坐在他旁边:“嘿,奈德!”

“哦,哈利先生。”他心不在焉地说着,还用奇怪的盼望眼光瞄了我一下。

两位白瑞小姐中的一位放下织着一半的毛线向我走过来。

“一品脱啤酒,”我说,“奈德,你还想喝点什么?”

“不,谢了,哈利先生。一杯足够了。你知道,我是不能喝的。”

白瑞小姐笑了:“他顶多只能喝两杯，可是他就是爱坐在这儿,对不对,奈德?”

“对,对,”他抬起头看着她,而她含笑把我的啤酒端过来。

奈德低头吸了一口酒:“我来这儿只是打发时间,哈利先生。”

---

① 注:摩纳哥之赌城。

“当然，”我说。我懂他的感受。也许他在这儿只是默默地坐上一整个晚上，可是他的四周就是谈笑声和温暖的友情。一根新送进壁炉里的木柴正发出熊熊烈火，把吧台后的镜子都映得通红，墙上贴满了威士忌的广告……这儿跟戴吉农庄没有一点相同。

奈德并没有说什么话，只是在一个小时内，慢慢地把他的半杯酒喝完。然后，他在我又叫第二杯的时候，凑过脑袋去看人玩骨牌。白瑞姊妹一位在编毛衣，另一位在招呼吧台外的客人。每当走过奈德身旁时，她都会拍拍他的肩膀。

9点45分的时候，奈德站起来付了钱走出去。他还要骑几里路的脚踏车才能到山谷的那一端——对他来说，这又是个迟归的夜晚。

这是个早春的礼拜二。按惯例，礼拜二海伦为我准备的午餐一定有牛排和苹果饼，所以一整个早上我在外面跑的时候，心里就不住地想到午餐的事。早春是母羊产子的季节，也是兽医们最忙碌的时刻。这一个早上我都卷起袖子对抗刺骨的西伯利亚的寒风，所以还没到中午肚子就已经在呼唤了。

海伦把肉切好放进我的盘子里。

“吉米，今早我在市场上碰到曲小姐了。”

“哦，真的？”当海伦又把苹果饼铲给我的时候，我口里已经直流酸水了。

“她要你下午有空的话去她那儿替韦伯的耳朵滴两滴药水。”

“哦，下午比较清闲。”我说。韦伯是曲小姐历史最悠久的猫。忙了一上午，我倒也希望下午能跑个轻松的地方。

我举起叉子，正要戳下去的时候，海伦又开口了：“哦，对了，她还有个有趣的消息告诉我。”

“真的？”我终于嚼下我的第一口。此时，我的思想在很遥远的地方。

“是关于她的管家的事。爱丝，你知道她吗？”

我点点头，又连连吃了两大口，“当然知道。”

“真没想到，爱丝就要结婚了。”

我的食物卡在喉咙里，“什么？”

“真的。或许你还认识新郎呢。”

“快告诉我。”

“他就在曲小姐家附近的农庄上做工。他叫奈德。”

这回我完全给食物呛住了。海伦连在我背上拍了几下才使我不至于窒息。我咳了几声，才说：“奈……奈德？”

“这也是曲小姐说的。”

我像在梦境中吃完这顿午餐，可是结束之前，我终于接受了这个事实。海伦和曲小姐都是细心敏感的人——她们不会弄错的。然而……即使在我的车停在那幢门前的时候，我还坚持着不敢完全相信它。

爱丝像平常一样地打开门来。我一动也不动地看着她。

“我听到你的事了，爱丝。”

她先开始咯咯地笑，很快地，她那球形的身体也受到感染而震动起来。

我把手放在她肩上：“是真的吗？”

咯咯笑声转变成强而有力的狂笑。如果她不是握着门把的话，我相信她一定会倒下去。

“对啦，都是真的啦！”她喘着气说，“我总算找到了一个男人，而且就要结婚了。”她无助地趴在墙边上。

“我很高兴，爱丝。我祝你幸福、快乐。”她没有力气说话，只是靠在墙上点头。接着，她带我进入客厅。“你先坐，哈——哈——哈。”她利用狂笑余波的间隙说，“我给你倒茶，呵——呵——呵。”曲小姐微微张着嘴唇站起来向我点点头：“哈利先生，你知道了吧？”

“知道了，只是怎么会……”

“这件事开始是由于我向戴吉先生买新鲜的鸡蛋。他派奈德骑车把蛋送来，然后命运之神就安排了后面的一切。”

“这简直是太妙了。”

“是啊。我记得好清楚呢。那天奈德提着篮子走进来。当时爱丝正在这儿擦桌子，哈利先生。”曲小姐拍了一下手，很激昂地笑了起来，“哦，哈利先生，他看见爱丝的头一眼就充满了爱意。”

“是啊……是啊，太妙了！”

“从那天起，他每天都来一趟。现在他每天晚上都到厨房里帮爱丝做事。”

“他们什么时候决定结婚的？”

“哦，他过了一个月就提出来了。我真为爱丝高兴，奈德是一个可爱的家伙，是不是？”

“是啊，”我说，“他是个好人。”

爱丝快速地把茶盘放在我面前，然后掩着脸就逃跑了。我坐在沙发上，把韦伯抱上膝盖。

这只大老猫在我把药水滴进耳朵的时候，不高兴地叫了两声。它得了中耳炎——并不十分严重，但有时候会阵痛。曲小姐不愿意做滴药水的事，所以只好由我代劳。

韦伯在我点完药水之后并没有立刻跳走，相反的，它用侧脸在我身上搓了两下，然后竟然趴在我大腿上休息起来。

我靠回椅背上，边抚摸韦伯，边吸啜着茶。历经一个早上的折磨，我感到腰酸背疼。面对着刺骨的寒风,我还得脱去外套,把手伸进水桶里。所以现在是一个兽医最珍贵的时刻。

曲小姐又开腔了:“婚礼之后,我们要举行一个小小的宴会。以后这幸福的一对就要在这儿建立他们的新家。”

“你是说,他们都住你家?”

“是啊,我这儿多的是房间。我准备在东厢给他们整理出两个房间。我想他们会觉得这儿很舒适的。哦……想到这一点我就觉得兴奋!”

她为我加了些茶:“走之前,你一定要叫爱丝带你看看她的新房。”

走出客厅的时候,小胖女管家带我走到院子遥远的另一端。

“这儿,嘻——嘻——嘻——”她说,“这就是……嘻——嘻,我们将要度过头一晚的地方。这……就是,哈——哈——呵——呵……噢,我的天,我真不好意思说,这是我们的卧房。呵——呵——呵。”她像醉汉般地摇晃了一阵,然后边擦眼泪边问我的意思。

“可爱极了,真的,爱丝,我觉得可爱极了。”我说。

卧房里铺着亮色的地毯,桌椅都是新的,还有一张雕花的大床。屋里到处是鲜花。这是我见过最舒适的洞房。

当我看着爱丝的眼睛时,我想象得出奈德将会在他的新娘眼中看到的欢笑、温暖、活泼,还有——对于这两点我更深信不疑——美丽和魅力。

母羊的生产季里,我几乎跑遍了德禄附近所有的农户。自然我也去了戴吉先生家一趟。我为他接生了两对双胞的小羊,可是这一点丝毫没有使他高兴。他把草地上的毛巾拾起来扔给我。

“你想要知道我对奈德的事看法如何,是吧?让他过去和那个女人住在她主人家里?”他不同意地嗤嗤鼻子,“告诉你吧,他迟早会尝到那股窝囊气的。”

我走回布满阳光的草原上。经过牛舍门口的时候,奈德刚好从里面推了一辆手推车走出来。

“你早,奈德。”我说。

他像过去那样,用空虚的眼神看看我说:“你早,哈利先生。”

可是,这次我发现他的眼光并不全是空虚。我花了好几秒钟才分辨清楚他已经失去了存在眼光中几十年的盼望。毕竟,像他这样的空虚是出于自然的。那是一对正常的眼睛。

因为奈德的一生终于发生了一些事——他可以不必再等待……等待……

夜夜交际的猫

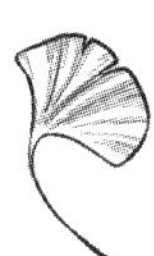

在伊斯丘吉，我手边有太多的时间可以做自己的事，而我所做的事中最重要的一项就是想家。我相信只有当兵的人才会真真正正地去想家。

我离开德禄以后，海伦就搬回娘家住，那么西格诊所顶楼那间小房间现在一定空荡荡而且布满灰尘了。可是屋里的一切东西始终清清楚楚地存在我脑海里。

我仿佛又看见象牙色的木窗外，就是翻腾的树冠和绿野。屋里仅有的家具就是一张床、一个床头柜、桌子、椅子和一个必须塞着袜子才能使门关紧的衣柜——也就是那双吊着的袜子使我受到了重重的一击。

虽然事情过去那么久了，我还依稀听到床头的收音机正在播着音乐。那是个冬天的夜晚，当我和海伦正打算入睡时，屈生的喊叫声从遥远的楼梯下传上来。

“吉米！吉米！”

我爬起来,把头伸出窗外:“什么事,屈生?”

“抱歉打扰你,吉米,你能不能下来一趟?”那张向上仰着的脸仿佛很急的样子。

我一步跨两阶地跑下去。上气不接下气地下到一楼时,屈生从屋后的诊疗室里伸出脑袋向我招招手。一位年轻女孩正站在手术桌旁边,她把手放在桌上一张微微鼓起的毯子上面。

“是一只猫。”屈生说着,把毯子掀起来一下。我看见下面是一只大型的花猫。我说它大,只是指假如它身上长了很多的肉的话,可是我看到的却是一根根明显的肋骨。我用手摸了摸那张一动也不动的皮毛。

屈生清清喉咙:“吉米,还不止这些!”

我好奇地看看他——这是他头一次这么正经。他轻轻地把猫翻过来,让它肚皮朝天。它的腹部裂了长长一道口,沾满泥巴的肠子吊在伤口外面。我吓得还没来得及问清原因时,那位女孩就先开口了。

“我看见这只猫坐在布朗先生院子附近。我发现它很瘦,而且有点过于安静,于是蹲下来拍拍它,然后我就发现它受了重伤。我立刻回家拿了张毛毯,把它包起来送到你们这儿。”

“你做得很对。”我说,“你知不知道这是谁的猫?”

女孩摇摇头:“不知道。我觉得它像是走失了。”

“我也这么想。”我把视线移开那恐怖的景象,“你是马格丽,对不对?”

“嗯。”

“我跟你爸爸很熟,他是这里的邮差?”

“嗯。”她正要笑,嘴唇突然又合拢了。

“我想我该走了。你们会结束它的痛苦,对不对?我想……谁也救不了它了吧?”

我耸耸肩，又摇摇头。女孩的眼眶里滚着泪水。她伸出手摸摸猫，然后很快地转身走出去。

“谢谢你，马格丽，”我在逝退的身影后面追了两步，叫道，“不要担心——我们会做妥善处理的。”

尔后随着来的是几分钟的沉默。屈生低头看着破碎的猫体——在手术灯下，他能够看得非常清楚。

“你认为它是怎么变成这样的？”屈生过了好久才开口，“给车轧的？”

“也许，”我回答，“也可能是其他任何原因。给狗咬了，或给人踢了……”人类对猫可能做出各种暴行！因为很多人天生就痛恨它们，而以踢打它们为荣。

屈生点点头：“管它呢，反正事情已经发生了。它一定饿了很久。它瘦得只剩骨架了，我打赌它一定迷失了好几里路。”

“屈生，”我说，“咱们只有一个法子——它的肠子都破了，可能已经没有希望了。”

屈生没有说什么，只是边吹气，边用食指尖在猫的脸颊上划。可是说也奇怪，猫儿凹陷的胸口里竟然发出了微微的咪咪声。

他看看我，眼睛圆圆的：“老天，你听到了吗？”

“是啊……简直不可思议。它的生命力很强。”

屈生低着头，继续原先的动作。我知道他的感受。尽管他这一生大部分的时候都是乐观幽默，而且对什么事都不在乎的样子，可是有一点他瞒不过我，那就是他特别在乎猫。即使是今天，我们都已经60岁了，他还是会借着喝啤酒的时候跟我谈起一只他养了好几年的猫。说起来这也是微妙的事，总之屈生只要看到猫，就会发自内心地想去逗它们，而猫儿看到他也会表现出特别友善的样子。我深信这些都是出于真情。

“没有用，屈生，”我很婉转地说，“咱们一定要做该做的事。”说完，我走到旁边拿针筒，可是内心中另一个自我却在阻止我把针头扎进这么瘦的皮毛里。

“拿一块布洒些乙醚盖在它鼻子上，它就会很舒服地离去。”我说。

屈生一言不发地拿起一瓶乙醚，慢慢地将瓶盖扭开。可是毛毯下又传出了叫声。那声音先是很微弱，接着就越来越大声，就像由远驶近的汽车引擎声一样。

屈生像是在霎时间变成了石像。他紧握着药瓶的手停在半空中，两眼直瞪着隆起的毯子。

最后，他转过来看我一眼，并咽咽口水：“我不喜欢这么做，吉米。我们不能想什么法子吗？”

“你是说……把那些玩意儿再塞回肚子里？”

“嗯。”

“可是它的肠子都破了，就像漏勺一样。”

“我们可以把它缝起来，是不是？”

我掀开毯子又看了看：“坦白说，屈生，我简直不晓得该从哪儿下手，而且伤口这么脏……”

他没说话，只是继续很平稳地看着我。我是个不需要怎么说服的人。被屈生那样的眼光一封住，我就知道他还不想洒乙醚了。

“好吧，”我说，“我们试试看。”

在麻醉面罩同氧气罩的帮助下，我们用温热的盐水把露出来的肠子洗了一遍又一遍。我发现不管洗得再仔细，你都无法除净每一粒沙子。然后，我们开始了漫长而痛苦的缝合工作。想到这儿，我要感谢上帝赐给屈生那么纤细的手指，使他能够很巧妙地缝合肠壁上的每一个细孔。

两个小时以后，我们把整圈的肠子塞回腹腔里。缝合肌肉和表皮时，我才感觉到它的腹部胀得紧紧的，至少它看起来比刚才胖了一点点。这时，我为原先想逃避毛毯下那一摊乱糟糟的东西而羞愧。

“屈生，它又活了。”我在我们洗工具的时候说，“咱们只好把它放在杀菌箱里，祈求上帝保佑它。”

门推开了，海伦走进来：“吉米，什么事耽搁这么久？”她走到手术桌旁边，看着桌上昏睡的猫儿，“好瘦好可怜的小猫，它只剩一把骨头了。”

“幸好你没看到我们一走进来时所看到的。”屈生把洗好的工具放进消毒器里，“现在的样子好看多了呢。”

她摸摸猫儿的颈背：“它伤得很重吗？”

“恐怕是的，海伦。”我说，“我们已经尽了最大的努力……不过，我想它的机会还是不大。”

“噢，多可怜！看它长得多可爱！”她伸出手摸它又细又柔的毛。

屈生点点头说：“它的血统好极了。”

海伦笑了一下，但是我看得出她有点心不在焉的。她想了一会儿，匆匆走到储藏间，回来的时候手上多了一个空纸箱。

她若有所思地说：“唔……唔……我可以在纸箱里为它铺个床。吉米，今晚它和我们一起睡。”

“哦，是吗？”

“嗯。它一定会觉得很温暖，对不对？”

“是的，当然。”

稍后，我躺在床上看着卧房里和谐的画面：山姆趴在篮子里，占据了炉火的右边；猫儿身上盖了毛毯，蜷曲在纸箱中——它在炉火的左边。

我渐渐飘入梦乡之前，心里感到很舒逸，因为我的病人正安详地睡着。可是另一方面我又实在担心它能不能活到明天。

我知道它至少活到了早晨7点，我醒来的时候正听到海伦在和它讲话。我穿着睡衣拖着脚步走到纸箱旁边和猫儿对看了一会儿。我轻搓它下巴的时候，它只是张开嘴，身子并没有动。

“海伦，”我说，“这只猫的肠子刚缝好，只能吃流质的东西，也许要过一个多礼拜才能正常进食。有空的话尽量用汤匙喂它牛奶。”

“好，好。”她脸上又是沉思的表情。

以后的几天之中，她不仅喂它牛奶，还喂肉汁、蔬菜汁和最有营养的婴儿食物。海伦每天喂食的时间都很固定，以至于我吃午餐时，她一定跪在纸箱前面。

“我们就叫它奥斯卡好了。”她边喂边说。

“你是说我们要养它？”

“是啊。”

我很喜欢猫，只是我们狭小的卧室里有一个山姆已经够挤了。我似乎可以想见未来的混乱，不过，我还是决定随海伦的意思。

“为什么要叫奥斯卡？”

“我也不知道。”海伦把满满一汤匙的灰色汁液送进鲜红的小舌头里面，并且很关心地看着它吞咽。

我最喜欢女人的深不可测，所以我也没有追问她。我很高兴让事情自然发展下去。养奥斯卡并不是容易的事，我必须每隔六小时换一次药，而且每天早晚各量一次体温，以防止并发症。此外，它大概是肠胃不适应，每天都要吐个好几回。

奥斯卡的动物本能似乎在告诉它没事尽量不要乱动，因为它成天趴在纸盒里一动也不动。当我们靠过去看它时，它也只是小声地叫一声。

奥斯卡的叫声很快就成为我们生活的一部分,最后,它终于可以爬出纸箱在屋里游荡,并享用跟山姆一样的晚餐——肉和饼干。这真是胜利的一刻,我相信它也有同感。

看着那副瘦骨架愈变愈丰满,实在是最令人欣慰的事。它不断地吃最好的食物,身上也不断地长出新肉来。还有它的毛色也变成发亮的灰与黑。我们家里所养的已是一只健康美丽的大猫了。

奥斯卡渐渐恢复的期间,屈生自然也是我们的常客。

每次一来，他就浑然忘我地和猫儿玩起来。很显然，他一定觉得——事实也是如此——是他救活了这只猫。屈生最喜爱的游戏就是把脚伸过去,然后在奥斯卡扑上去前,再迅速收回来。

而奥斯卡也并非那么轻易被戏弄的猫。我觉得它的愤怒是合情合理的,因为屈生一再用同样的方法欺骗它。有一天晚上,奥斯卡埋伏在桌子下面,在屈生还没来得及开始要老把戏之前,它就先发制人扑上去,一爪正好扫中屈生的脚踝。

山姆也是奥斯卡的最佳玩伴，它们很快就成了至死不渝的密友。猫儿是很爱用爪子洗脸的动物,过了不久,山姆也从它那儿学到了这个好习惯。

奥斯卡顺理成章地成了我们家的一员，直到几个礼拜以后的一天,我从外面出诊回来,发现海伦的脸色很难看。

“发生了什么事？”我问。

“是奥斯卡！它走了！”

“走了？说得再明白一点！”

“吉米,我想它是跑了。”

我直瞪着她:“它不会的。它常常跑到楼下的花园里去玩……你确定它不在那儿?”

“百分之百确定,我找遍了院子的每一角,甚至还在镇上绕了一圈。还有,别忘了,”她的下巴微微颤抖了几下,“以前……它也从别的地方逃跑过。”

我看看手表:“10点,这就怪了,它不该在这个时间跑的。”

我刚说完,门铃就响了。我快步冲下楼梯。在甬道的转角口上,我看出玻璃后面是牧师的妻子海斯太太。我拉开门,看见她手上抱着奥斯卡。

“我想这是你的猫吧,哈利先生?”她说。

“是啊,海斯太太。你在哪里发现它的?”

她笑了一下:“说来很奇怪。我们正在教堂聚会,发现它坐在椅子上。”

“坐在?”

“是的。就好像它也在听布道似的。事后我觉得我该亲自把它送还给你。”

“实在感激不尽,海斯太太。”我把奥斯卡接过来挟在腋下,“我太太还在难过呢,她以为它走失了。”

它的出走是个谜。为什么它会突然不告而别?不过幸好之后的一个礼拜里,它对我们忠心的态度都没有改变,所以我们也就没把这件事放在心上。

有天晚上一位客人带他的狗来诊所打疫苗,走的时候没有把门关上,我回到楼上才发现,奥斯卡又跑了。这回我和海伦远征到市场和那附近的小暗巷,可是几个钟头以后,我们还是沮丧地回到家。11点时,我们决定先上床睡觉,等天亮再说,可是门铃又响了。

又是奥斯卡,它正趴在牛先生的怀里。牛先生张口说话时,随风飘进一股很浓的啤酒味。

他很仁慈地向我笑:“给你送猫来了,哈利先生。”

“谢天谢地！”我感激地接过奥斯卡,“你在哪儿发现它的？”

“唔……事实上,是它找到我。”

“怎么呢？”

他闭上眼,过了好久才小心地说:“今晚是个大日子,你知道的,哈利先生,掷飞镖的冠军在‘狗和枪’颁奖。好多好多人都聚在那儿喝酒。”

“我们的猫也在那儿？”

“对!”牛先生神秘地咯咯一笑,“老天,它真快乐。我不断把杯子里的啤酒分给它喝,把它乐坏了。有一度,我还以为它要站起来掷飞镖呢……只可惜它是猫。”他高兴地笑了起来。

我抱着奥斯卡上楼时,心里百思莫得其解。像它这样随随便便就出走,实在造成我和海伦很大的困扰。我甚至觉得寝食难安。

我不必等多久就碰到了第三次。隔了三天,它又不见了。这回我和海伦都放弃出去搜寻——我们只是坐在家里等。

这次它回来得比前两次要早一点。9点钟左右,我听到门铃响。打开门后,辛太太站在外面,她并没有抱着奥斯卡!它正坐在门垫上等着进来。

辛太太很感兴趣地看着奥斯卡进门, 然后自动走上楼梯。“好极了,我很高兴看它平安回家。我知道这是你的猫,所以一晚上我都对它的行为感到很好奇。”

“请问,是在哪里？”

“哦,在妇女协会。我们聚会刚一开始,它就进来,直到结束还不肯走。”

“真的？对了，辛太太，今晚你的节目是什么？”

“我们开了会员大会，然后水利局的华特先生为我们放幻灯片，最后嘛……就是比赛做蛋糕。”

“是的……是的……那么奥斯卡都在做什么？”

她笑着说：“和我们打成一片。很显然它对幻灯欣赏和蛋糕特别有兴趣。”

“是的。你没有带它回来？”

“没有。它自己回来的。你知道，我到你这儿只是顺道。我按铃是想确定你知道它回来了。”

“太谢谢你了，辛太太。我们正在发慌呢。”

我走上楼梯，看见奥斯卡在海伦膝盖上。她正在摸它。我笑了出来。

“我知道奥斯卡了。”我说。

“知道它什么？”

“为什么它常在晚上出走的事。它不是逃走——它只是出游。”

“出游？”

“是啊，”我说，“你看不出来吗？它只是爱串门子，爱凑热闹。它对别人的聚会特别感兴趣。它是个天生的交际花。”

海伦低下头看她腿上那一团可爱的软毛：“是啊……不，应该说是交际名流！”

我和海伦都笑了，奥斯卡很快乐地轮番看我们，后来它索性咪咪叫着凑热闹。自从猫儿走失以后，海伦一直焦急地踱步子，现在它又平安回来了。我和海伦的笑声自然也含着解除烦恼的意味。

从那天起我们更深爱它，因为它可爱奇特的个性给我们带来无数的欢笑。同时,它也继续不遗余力地参加各种社交场合,它成了各种聚会中不可或缺的出席者。学校的音乐会、拍卖会、童军会议……到处都可见到它的影子。大多数的时候,它都是极受欢迎的,可是只有一次,它被扔了出来!那是在乡村计划会议场上。主持会议的先生实在不太习惯看到会议桌上坐着一只猫,所以才出此下策的。

起初,我为它终日在街上乱窜很担心,可是有几次我无意中在街头看到它过马路时,竟然像人类一样左右兼顾,然后才快步通过。很显然它相当有交通常识——凭这一点我可以相信它从前那次受伤绝不是由于交通事故。

就这样,奥斯卡在我们家快乐地居住下来。它成了我们欢笑的根源,也打发了我无数的休闲时间。

直到有一天,完全意想不到的事情发生了。

我在诊所看了一天的病,晚上收班前我探头往候诊室瞥了一眼,看见一个男的和两个小孩。

"下一位,请进。"我叫道。

那位中年男士站起来,他没有带任何动物。看那粗糙黝黑的皮肤,我想他一定是位农夫。他紧张地玩弄手中的布帽。

"哈利先生。"他说。

"是的,有何贵干?"

他吞吞口水,然后直直看着我的眼珠:"我想是你拿了我的猫。"

"什么?"

"我的猫丢了很久了,"他清清喉咙,"我们原来住在米斯顿,后来住在威德利的一位何恩先生雇我帮他们耕田,我们就搬过去住。我的猫就是刚搬去的时候搞丢的,我想它是想走回老家,但是迷路了。"

"威德利,那是巴村的另一端,距这儿至少有30英里。"

“我知道,对猫来说,这并不算远。”

“可是你怎么晓得你的猫在我这儿?”

他更加不安地转弄帽子:“我有个表哥住在德禄,他常常看到我的猫参加会议。我们为了它找遍了各地。”

“好吧,”我说,“那么请你告诉我它长得什么样子。”

“灰色和黑色,长得很健美。很喜欢凑在人多的地方。”

一只冰凉的手抓住我的心。“你最好上楼来!带着你的孩子一起。”

海伦正在加炉火里的柴。

“海伦,”我说,“这位是……唔……抱歉,我还没问你贵姓大名。”

“季,季西本。别人都叫我季老七,因为我在家里是排行第七。这两个小家伙是我最小的孩子。”两位男孩显然是双胞胎,他们大约八岁左右。

我真希望我的心脏能冷静点,不要跳得这么激烈。“季先生认为奥斯卡是他的。不久以前,他的猫搞丢了。”

海伦放下手中的钳子:“哦……哦……是的。”她僵直地站了一会儿,然后勉强地笑笑,“请坐,奥斯卡在厨房里。我去带它过来。”

过了一会儿,她抱着猫走过来。她还没穿过门槛,两位孩子就嚷嚷起来了。

“小虎!”他们叫道,“哦,小虎!小虎!”

那位农夫的脸颊像是从内部透出了光芒。他三两步走上前去,用那粗大的手抚摸猫儿的软毛。

“老家伙,”他说,接着,他以容光焕发的微笑面对我,“是它!哈利先生,就是它,一点也没错。”

“你们叫它小虎?”我说。

“嗯。”他很高兴地回答,“因为它身上的斑纹像老虎——孩子给它取的。它走丢了以后，孩子们的心都碎了。”

两位孩子倒在地板上打滚时，奥斯卡也加入他们。它兴奋地用爪子搔他们，还不时咪咪叫着。

季先生又坐下来：“过去在家里它就经常这样。它可以和孩子们玩上几个小时。天呐！我们真想死它了。”

我看看他那绽出白线的帽檐，又看看那张尊贵、诚恳、坦率的“约克郡”脸——这就是我日常生活中最常见到也最尊敬的脸孔。像他这样的农夫一个礼拜的收入只有30先令——这一点可以从他磨得发亮的袖口、抽了线的夹克和开了口的雨鞋看出来。当然，那两个穿着兄姐们流传下来的旧衣服的孩子也是最好的证据。

可是他们三人都那么干净、整齐。那男人的脸透着红光，孩子的头发很整齐地梳向一边。他们都是贫苦而善良的人，我不晓得该说些什么。

倒是海伦替我开了口：“那么，季先生……”她的音调很不自然，“请你把它带走好了。”

那人犹豫了一下：“真的，哈利太太，你决定了？”

“当然。它本来就是你的嘛。”

“我知道，可是有人说谁捡到就是谁的。我来这里并不是一定要把它带回去的，我只是……”

“我知道你不是，季先生，可是你养了它这么多年，而且你也找得它这么苦。我们怎么可能抢着不放呢？”

他赶紧点点头：“对，你说得对。”他又停了片刻，脸上的表情变得严肃起来。他把奥斯卡抱起来说，“如果我们要赶8点的车的话，我们差不多该走了。”

海伦向他靠近一步，把猫儿的头托在手心上，然后很稳地看着农夫,“你们会好好照顾它的,是不是?”

“太太,你放心好了,我们会的。”两位孩子在旁边仰起头说。

“我送你们下楼,季先生。”我说。

下楼梯的时候,我还用手指逗逗趴在季先生肩上的猫儿。我们在门口的台阶上握过了手,然后挥手道别。我一直看到他们三人和那只搭在主人肩上往后看的猫儿都消失在街角,才回头走进屋里。

我上楼的习惯一向是一次跨好几阶,而这次我却像老头一样地慢慢爬上去,同时,我觉得喉咙又干又紧,呼吸也不很顺畅。

我责骂自己是个太情绪化的傻子,可是推开我们卧室的门以后,我找到些许慰藉。海伦颇能处之泰然。从那只猫来到我们家以后,海伦日日夜夜都在照顾它,因此它和海伦的感情也特别好。原先我以为像这样出乎意料的分离一定会使海伦伤心欲绝,可是事实并不如此。她表现得冷静、理智极了。你永远也搞不懂女人——不过谢天谢地。

现在我该做的就是如何来配合这屋里的气氛。我把嘴角调整出适度的微笑,然后轻松地走进屋里。

海伦站在窗口向外看,我走过去搂住她的肩。如果不是我心情这么糟的话,我一定能够说些话让两个人都高兴一点的。

这种事很快就能够复原的。我们告诉自己,毕竟奥斯卡并不是死了或走失了——它是到了一个知道如何好好照顾它的家庭里。事实上,那才是真正的回家。

何况,我们还有山姆。奥斯卡刚来的时候它似乎很担心自己会失宠。每次一看到炉火边的纸箱,它就无奈地叹口气,然后知趣地钻到桌子底下趴着。其实我们对山姆的爱并没有改变,它仍旧是我们的精神寄托。

还有一点,那就是我一直在脑海中酝酿着一个想法,当时机恰当时，我就会向海伦提出来。大约一个月以后的一个晚上，我和海伦到巴村看电影，散场出来的时候，我看了看表。

“才8点，”我说，“怎么样，要不要去看奥斯卡？”

海伦吃惊地看着我：“你是说开到威德利去？”

“是啊。才五里路嘛。”

她脸上渐渐扩展开一丝笑意：“这倒是个好建议。你想他们会不会介意？”

“季家人？不，我确信他们不会。咱们走吧。”

威德利是个大村庄。季家的土墙屋就在卫理公会教堂边上。我推开花园的矮门，走进季家的院子。

一位像是很忙的矮妇人打开屋门。她正拿了一块干布擦手。

“季太太？”我问。

“是的，我就是。”

“我是吉米·哈利，这是内人。”

她的眼睛不解地瞪着。显然我的名字对她并没有什么意义。

“我们曾经养过你的猫。”我又加了一句。

她突然笑了起来：“哦，我记起来了。西本跟我提过，快请进，请进！”

眼前的厨房兼客厅构成了典型周入30先令并有六个孩子的家庭的画面：破旧的家具，乌黑的锅炉，堆满一盆的脏衣服。

季先生从炉火旁边的木椅上站起来，戴上一副金边眼镜，然后走过来和我握手。

他向海伦指指旁边一张快要散掉的椅子：“能看到你们真是太高兴了。我还经常向内人提到你们呢。”

季太太把毛巾挂起来：“很高兴你们来。我去倒茶。”

她笑着把一桶泥水提到角落说:“我正在给孩子洗球衣。他们好像永远嫌衣服不够脏似的。”

当她正在冲茶的时候,我偷偷向四周瞄了一眼——同时我发现海伦也在这么做。可是我们白找了,这屋里根本不像是有猫的迹象。该不会是它又逃跑了吧?

我一直到茶端来了才敢提出自己的疑问。

“小虎怎样了?……它还好吧?”我发现我的音调有点奇怪。

“哦,它好极了。”矮妇人很轻快地回答。她抬头看看墙上的钟,“它快回来了,你们随时都可能看到它。”

季先生竖起一根指头:“我想我听到它的声音了。”

他走过去打开门,我们的奥斯卡大大方方走进来。它看到海伦时,先愣了一下,然后跳进她怀里。海伦高兴得惊叫一声,赶紧把茶杯放下来抚摸奥斯卡。

“它认识我,”她喃喃地说,“它还认识我!”

季先生点头笑着说:“当然,你对它那么好,它怎能忘记!就连我们也不会忘啊,是不是,孩子的妈?”

“哈利太太,我们永远不会忘的。”季太太说,“你们都是好人,希望有空常来我们家看小虎。”

“谢谢你。”我说,“我们很乐意——我们时常到巴村来。”

我靠过去用手指挑挑奥斯卡的下巴。“对了,现在都9点多了,刚刚这半天,它都上哪儿去了?”我问季太太。

她抬起头,眼光盯着天花板想了一下。

“我想想看,”她说,“今天礼拜四,对不对?今晚是参加瑜伽班上课。”

回家的路

讲到我关上身后的车厢门时，这本书也该结束了。我挤坐在一位肥胖的空军妇女预备队员和一位正在打鼾的士官长之间。

我想现在我是真正“被迫除役”的人了。他们收走我的天蓝色制服，另外发给我一套“遣散服”。这是一套恐怖的打扮：不自然的咖啡色配上明显的紫色横条。穿上了这身衣服，我觉得我看起来像是古代的老太保。不过他们准许我把空军衬衫和皮靴带回去做纪念。

我随身仅有的物品就是行李架上小箱子里的《兽医大字典》，除此之外，我还有一件大衣。回到德禄是段漫长的旅程，火车里又很冷，所以大衣对我是很重要的。

我差不多晃了一个多世纪才到伦敦。下了车以后，我等了好久才登上北上的列车。火车大约到午夜才开。之后的七个小时里，我一直缩在漆黑的一角打颤、发抖。

最后一段路是乘公车。我搭的车刚好是若干年前我头一次到德禄找工作时所搭过的。不仅如此，那位驾驶员也没换。快要解体的公车在山谷里回转，当早晨第一束阳光照射到大地上时，我又看见那些熟悉的农舍。

不久，天完全亮了，公车晃进市场前的空地。我看到“德禄合作社区”的牌子还挂在一家商店门口。太阳把温暖的金光洒在高低不平的破瓦上。远处衬底的青山也渐渐翠绿起来。我下了车，呆站在广场上。

一切都跟从前一样，甜甜的空气，宁静的住家，空旷的石板广场。钟塔下坐着几个老人，他们一向是坐在那儿等着晒太阳的。其中一位老头抬头看看我。

“你好，哈利先生。”他一点也不激动地说，好像我们昨天才见过面似的。

镇上主要的街道在杂货店门前拐了个弯就消失了。教堂四周还有更多宁静的街道，只是我都看不见它们。我已经好久好久没有踩在这条路上了。我闭上眼，仿佛已经看到西格诊所门前爬满老石墙的常春藤和屋檐后的那些小房间。

我必须在这儿重新开始一切，我要继续拾回那些已经被遗忘的。吉米·哈利将又是一位全天候的乡间兽医。我现在还不想顺着这条路走回诊所，还不想……我要好好享受这种感觉。

多少年以前，我头一次到德禄镇来找工作时，我也是在这儿下的车，手上也是提了一个没有什么内容的箱子。这么些年来，不但这座小镇毫无改变，就连我也是跟刚来的时候一样两袖清风——不，有一点最大的不同，那就是我有了海伦和小吉米。

就凭这一点，一切又都不一样了。我没有钱，也没有一栋真正属于自己的房子。可是任何可以遮盖我太太和儿子的屋顶都是我温暖的家。山姆一定还和他们在一起……他们一定都急着看到我。从这儿到家还有一段不算短的路要走。我低头看看发亮的皮靴和那条令人发窘的紫裤子。皇家空军不仅教会了我飞行，也教会了我如何走路——几里路还不至于使我心烦。

我提起衣箱走出广场。左、左、左、右、左……班长的行进口令又回响于耳际……我已经走在回家的路上了。

他远离密集的人群和荣耀的中心
安静地站在尘土之上仰望星空

作者轶事

这是个有趣的英国男人。

他曾获得大英帝国勋章，受到英国女王共进午餐的邀请。当他儿子目瞪口呆地看着女王的邀请函时，吉米·哈利却只是淡定地说："我想这个邀请我不好拒绝吧，你说呢？"

当他回来之后，家人问他是否坐在女王身边。

"不，"他回答，"我和女王之间还坐了一些不重要的人。"

"谁呀？"

他微笑着说："英国银行的总裁。"

哈利从小就热爱田园生活。

虽然是都市小孩，哈利却常常在日记中记录他对田园景色的欣赏。"今天一整天都和吉米及恰克在山里度过，真是棒极了，我不知道该用什么话语来描述。"这些童年远足的经验使得哈利培养出对野外生活的热爱。

当财富和荣誉接踵而至，事业达到巅峰时，他却在报纸上发表如下心声：

"我觉得我真的要逃离这一切。我已快65岁了，我要的只不过是能够休息片刻而已。我从来都不是属于镁光灯的人，现在，我只想成为一个平凡的人。我想多陪陪孙儿孙女，享受那些我钟爱的事物，像是园艺和散步等等。我想要再度投入那些我最擅长的事，那就是当一名兽医。"

图书在版编目（CIP）数据

万物既聪慧又奇妙 /（英）哈利著 ; 戴国光，种衍伦译. -- 北京:九州出版社，2014.12（2022.5重印）

ISBN 978-7-5108-3440-0

Ⅰ. ①万… Ⅱ. ①哈… ②戴… ③种… Ⅲ. ①长篇小说一英国一现代 Ⅳ. ①I561.45

中国版本图书馆CIP数据核字(2014)第308536号

著作权合同登记号：图字：01-2014-7990

万物既聪慧又奇妙

作　　者	（英）吉米·哈利 著　戴国光 种衍伦 译
出版发行	九州出版社
策　　划	双螺旋文化
责任编辑	陈春玲
特约编辑	唐　浒 李　丹
装帧设计	友　雅
地　　址	北京市西城区阜外大街甲 35 号（100037）
发行电话	（010）68992190/3/5/6
网　　址	www.jiuzhoupress.com
印　　刷	固安兰星球彩色印刷有限公司
开　　本	880 毫米 ×1212 毫米　32 开
印　　张	13.25
字　　数	280 千字
版　　次	2015 年 3 月第 1 版
印　　次	2022 年 5 月第 8 次印刷
书　　号	ISBN 978-7-5108-3440-0
定　　价	59.00元